# 进学记

黄仕忠 ◎ 著

人民文学出版社

图书在版编目（CIP）数据

进学记 / 黄仕忠著. -- 北京：人民文学出版社，
2024. -- ISBN 978-7-02-018925-0

Ⅰ.I267

中国国家版本馆CIP数据核字第202402AZ05号

责任编辑　李　昭
装帧设计　李思安
责任印制　苏文强

出版发行　人民文学出版社
社　　址　北京市朝内大街166号
邮政编码　100705

印　　刷　河北博文科技印务有限公司
经　　销　全国新华书店等

字　　数　278千字
开　　本　880毫米×1230毫米　1/32
印　　张　12　插页7
印　　数　1—6000
版　　次　2024年10月北京第1版
印　　次　2024年10月第1次印刷

书　　号　978-7-02-018925-0
定　　价　59.00元

如有印装质量问题，请与本社图书销售中心调换。电话：010-65233595

2018年6月，与夫人陈定方在中山大学学人文库

1990年10月，与博士导师王季思先生在华南植物园

1997年8月，与硕士导师徐朔方先生在杭州黄龙洞前

1993年4月,"纪念王季思先生从教70周年"会议期间,与博士同学郑尚宪在中山市翠亨村

· 2001年11月,与天理大学理事长山田忠一(中)、创价大学教授水谷诚(右)在天理教大教堂前

2005年2月，曾永义先生带领参观台北中华民俗艺术基金会

·2009年12月，在东京大学东洋文化研究所桥本秀美研究室

2013年3月，在中山大学中国古文献所黄仕忠研究室，左起：铃木阳一、马兴国、黄仕忠

# 目 录

序 / 陈定方 ……001

## 第一辑 问学之路

书的诱惑 ……003
我的大学之路 ……010
徐门问学记 ……022
我心飞扬
　　——记跟随季思师学习的时光 ……036
　　附:学者之域 ……048
我的学术经历 ……052

## 第二辑 从师岁月

长留双眼看春星
　　——回忆晚年的王季思先生 ……073
往事如轻烟摇曳在风中
　　——怀念业师徐朔方先生 ……088

舒徐礼乐自圆融
　　——忆礼学宗师沈文倬先生 ……114
胸中剩有丘陵在，好听昭时鸣玉珂
　　——怀念刘操南先生 ……121
依然旧梦堪追忆
　　——怀念郭在贻老师 ……131

## 第三辑　师友往事

江南词客潇洒
　　——记波多野太郎先生 ……141
丁香花发一低徊
　　——怀念王贵忱先生 ……157
且饮美酒登高楼
　　——追怀曾永义先生 ……171
金文京先生小记 ……179
我与铃木阳一先生 ……182
我的表舅 ……189

## 第四辑　东瀛书影

影书侧记 ……197
东京短章 ……207
掬念成香
　　——《水浒记》训译本与千叶掬香 ……225

尘世匆匆，相逢不易

  ——偶遇徐志摩 ……231

众里寻他千百度

  ——王国维旧藏善本词曲书籍的去向 ……237

## 第五辑　学人书序

东廊又见月轮出

  ——《玉轮轩曲论》编校后记 ……253

十年辛苦亦寻常

  ——《日本所藏中国戏曲文献研究》后记 ……260

此中有真意

  ——李芳《清代说唱文学子弟书研究》序 ……267

清代内廷演剧的戏曲史意义

  ——熊静《清代内府曲本研究》序 ……281

探寻戏曲史研究的新视野

  ——彭秋溪《乾隆间饬禁戏曲研究》序 ……292

"戏曲"一词的西去与东来

  ——孙笛庐《近代戏剧观念的生成》序 ……303

## 第六辑　我的大学

大学印痕 ……313

## 大学生活撷珍

恋爱篇 ……320

粮票篇 ……325

衣服篇 ……330

自行车篇 ……337

外语篇 ……342

体育篇 ……348

## 附录

### 读书种子
——《中国戏曲史研究》序 / 郑尚宪 ……356

后记 ……363

# 序

陈定方

人生是一个进学的过程。黄仕忠这本《进学记》，记录了他从读书求学、访书问学到指导学生的一些人和事，从中也可以窥见一代学人的人生历程。责任编辑希望我作为亲历者和见证者为此书作序，读着仕忠的文章，我也渐次打开记忆的闸门，就借此机会，说一些回忆和感受。

## 一

我本科在西南师范大学（后与西南农业大学合并，更名为西南大学）中文系，毕业后留校任教。三年后，有感于专业基础不足，我放弃教职，报考研究生，在1987年秋天进入中山大学，师从李新魁教授学习汉语史，专业是汉语音韵学。

黄仕忠比我早一年到中大。他在杭州大学中文系读本科、硕士，毕业后留校教了一年书。虽然已在《文学遗产》《文献》《杭州大学学报》等刊物发过论文，但自觉学识尚浅，若久滞一地，眼界便会受限，所以想再作深造。他的专业当时只有王季思先生招生，就考来了广州。

我们俩在本科同学里年纪偏小，都属于"听话"的那一拨，平时只想着怎么把书读好。同时在家里都排老幺，父母身体健康，上有哥姐，所以可凭兴趣做自己想做的事。不经意间，我们离家越来越远：我从蜀水（成都）到了巴山（重庆），又来到羊城；他从西施故里（诸暨）到了西子湖畔（杭州），再南下珠江水边，缘分让我们相逢于康乐园。

1980年代后期的中大，学风甚好，导师认真教，学生勤勉学。研究生阶段的同学，至少是从本科直接读上来的，在工作与深造、做学问与走仕途之间摇摆，不免有"选择的焦虑"。我俩因为有过工作经历，目标早已明确，所以每天只是读书做笔记，拟题写文章，听导师讲授指点，与同学交流心得，专注学业，岁月静好。

我俩的专业，一个是语言，一个是文学，就像巴山蜀水与会稽山阴，似乎相隔甚远，实际上又很相近，因为都是做古代典籍的相关研究，他的研究对象，也是我的研究材料，二者互为表里。语言学是一门传统而现代的学科，强调实事求是，力求得出"科学"的结论；文学则属于古老而前卫的领域，需要张开想象的翅膀，面对复杂的人性，鲜有定论。我们很少就对方的研究本身作讨论，只是分享各自对学术的理解和导师的趣事，印证老师们对于同一问题的不同理解，又或是交换师长的相互看法，倒也蛮有意思。

黄仕忠于1989年夏天毕业，留校在中大古文献所任职。次年夏天我毕业时，未能留校。当时有去行政机关和出版社等几个选项，我去了花城出版社，以为在这样的机构，或许有继续做学问的机会。我先在古典文学编辑室，两年半后转到《随笔》编辑部，再一年半后，因偶然的机缘转向图书批销，从此断了做学问的念想。

## 二

1990年11月，我和黄仕忠在广州结婚。既无婚纱照，也未办婚礼，把碗盏瓢盆合在一起，就是成家了。

90年代初，正是全民经商热潮兴起的时候，"学问无用"之说渐起。不过这些好像和我们没关系，我俩从来不曾有过经商下海的念头，也不觉得自己是做生意的料。虽然收入不多，但两个人挣，两个人花，也没有太大压力。编辑工作安定，只要认真细心便好，不像做学问那么"烧脑"，收入比在大学当老师还高些，其实很适合我。

黄仕忠在古文献所，不用坐班，不用上课，每天编校古籍，撰写论文，也是悠然自得。他认为自己平生喜欢的，就是读书做学问，如今不但每天有书可读，而且每月还有工资可领，这已经很好了；至于学问有用或无用，在未做成之前，是没资格置评的，何况在大学里，总归还是要讲学问的。所以他不仅安之若素，还觉得自己的进学经历是在杭州和广州，学术的中心则在北京，应当去亲历体会一番，才算完整。

那一年，教育部开放了人文学科的博士后流动站，黄仕忠第一时间就联系了北大袁行霈先生。袁先生咨询后，遗憾地告知，只有应届毕业的博士才有资格，那时黄仕忠博士毕业已经三年，职称是副教授。但他这个人，一旦认定了目标，便是非办成不可。再咨询有关部门，得知可以申请做访问学者，于是在1993年秋到1994年夏，他赴北大跟随吴组缃先生访问学习了一年。正是在这一年，我的事业也发生了转折。

1993年10月，诗人顾城去世。我大学低一级的学妹兼好友，是一位新诗爱好者，她从海外带回许多关于此事的纵深报道。我们合作编成一本书，题为《朦胧诗人顾城之死》，交由花城出版社出版，希望赶在11月首届"南国书香节"上发行。但以当时社里的出版流程，不可能在一个月内赶出来，社长建议我走"非常规"流程，由我们具体操办此书的编辑校对和印刷发行,才赶上了时间。这本书当时引起了很大的反响。借此机缘,我们合作注册了一个公司。

半年多后,1994年6月18日,因偶然的机缘,我在广州市图书批发市场租下了一个位置不错的档口。只是刚签约,我就得去编新一期的《随笔》。五天后,仕忠结束在北大的访学回到广州,才知道这件事。那时他一个月的工资才够两天的铺租,但他二话没说,第二天就去打扫铺面,粉刷墙壁,搬书开张,成了我的第一位"员工"。我则在编完稿后,设法向亲戚朋友借了一笔钱,交上了"两按一租"铺面费用。在我去档口时,对面的老板娘对我说:"你家那个戴眼镜的马仔很不错。"只是他才帮了不到十天,就因急性阑尾炎住了院,"牺牲"掉了他的阑尾。不过这已让我赢得时间窗口,得以安排好有关事宜,从此正式进入图书批发行业。

但是既要组稿、编稿,完成出版社的任内工作,又要管理一家新开张的公司,这个公司每年还要向出版社交管理费,我实在忙不过来。也想过让店面员工承包经营,但他们不敢承担经营责任。而这个时候,公司已经产生债权债务,我也不能一走了之。于是从1996年元月一日开始,我正式办了当时颇为流行的"留职停薪"手续,专心经营公司,并在当年秋天,开办了第一间零售书店——学而优书店。

回想起来,他说要去北大一年,我一点也没觉得诧异,就让他去了;我签下这个档口,他说签都签了,那就做吧。他后来才说,其实不无担心,只是觉得这是我的选择,也是我的机会,成与不成,试过才知道;哪怕亏了,只要及时收手,大不了苦上两年,总能还清的。我的很多重要决定,大多是源自我的直觉及偶然的机缘,他通常会提出意见或建议,却从来不曾反对。——事实上,对他的选择,我也是同样支持的。

## 三

留校任职的前十五年，仕忠的工作较为清闲。我曾与他讨论过，是否可以像有些老师那样兼着炒个股之类，他笑而不接。其实哪怕在最困难的时候，他也没想过"炒更"（打短工，兼职），更不要说炒股了。按他的说法，要保持一份静气已是不易，一旦沾染外面的气息，再想静心做学问，就难了（正如我一样）。

另一方面，他的兴趣很广，并不会一头钻进故纸堆里就不出来。他的博士论文做"负心婚变母题研究"，上溯到《诗经》时代，下延至现当代文学，结束于1988年谌容的小说《懒得离婚》。他不仅着眼于文学本身，也关注当代社会中的婚变事件，且有感于大学生和返城知青的婚恋所遭受的舆论压力，展开文学社会学的研讨，对妇女解放、婚姻道德等现实问题也提出了独到的看法。以传统学术为基石而又十分关注当下，或许正是这代学人的特色吧。

1998年，他应邀为江苏文艺出版社编选了一本《老中大的故事》，从一个独特的视角，发掘诸多鲜为人知的文献，进而对现代高等教育的变迁和院系调整等事件有了新的感悟。他曾考虑过将来有机会要做一做这个题目。

在90年代的"文化热"中，他从区域文化的角度，观察广东的改革开放，解释广东"先行一步"背后的文化因素，在《羊城晚报》发表了一系列文章，讨论广东人的"文化品格"。这组文章以散文的笔触、独特的视角、严密的逻辑和简洁的文字，受到了读者的肯定，有多篇文章被《文摘报》摘要转载。但当朋友们鼓励他趁势而为，往风头正劲的文化散文一路发展时，他却又回到了自己的老本行。

对我办书店这事，他也很感兴趣，认真分析了学而优书店得以快速成长并走向成功的原因，饶有兴味地从中体悟市场经济及其包含的"物竞天择"的涵义，考察"二渠道"这条"鲶鱼"所起的作用。他也喜欢听我讲书业界朋友的故事，他说，将来有机会时要写一下90年代中国出版业的故事。

在我的图书批发门市刚开张的那段时间，我心里没底，问他到底是赚还是亏呢？他盘算了一下"流水"，说应该还是有得赚的。我说那就可以了。之后我的业务快速发展，他却又从旁观角度，认真地做着"学术探讨"，认为我在普遍缺少诚信的社会背景下，做事踏实，讲究信用，因而赢得了同行的信任，获得许多资源和合作机会；读书、教书到编书的经历，又使我对好书有着某种直觉，出手较稳较准；虽然在商言商，但图书毕竟不同于一般商品，发行图书其实也是在传播文化，我们更多想的是怎么把事情做到最好，就像做学问那么认真，而不是只计算着怎么才能赚最多的钱，无为而无不为，这是学而优书店能够赢得读者青睐、获得某种成功的一个重要条件。

这些分析让我很受用，不但因为这是比较真实的我，也因为这让我对自己有了新的认知。像我这种算术很差的文科生，原本就不太会"计算"，把事情做好就行，这既是我的出发点，也是我的归宿。我自认为对于书业有着一定的使命感，只要不亏或者少亏，就是在做一件有意义的事情，就已经很好了呢。

他却又天马行空地引申到他自己的专业领域：在轻商的传统社会里，古代文人总把矛头对准商人，因为商人凭着"三千茶引"就可以夺走他们心中的女神，让穷酸们情场向隅、青衫湿透；再者骂商人不但没有风险，而且"政治正确"。延续下来，很多做传统文化研究的学者，十分鄙视充满铜臭的商人，口不言"阿堵物"，殊不知商业活动和经济利益，原是推动社会进步的原动力之一啊！

不仅如此，他还由此引申出文艺与娱乐产业的关系，觉得可以把市场竞争、市场准入、客户分级等概念运用到戏曲研究之中，来解读演剧相关的活动。有人把底层演剧与文人剧作对立起来，以为是文人"侵占"了艺人的舞台，他却从"把蛋糕做大"的角度得出不同的结论。这让他与单纯待在象牙塔里的学者，有了一丝丝不同。

他自认是在做严肃而高尚的学问，但他并不认为在象牙塔里做学问就一定是高尚的。学问之事，犹如一枚钻石胸针，在兵荒马乱、食不果腹的时候，便是一块无用的石头；在经济发达、社会安宁之时，它的价值才会凸显。既然如此，我们有什么理由轻视经商做实业、为政府缴纳税收、为社会提供就业机会的企业家呢？

他又说，我们的书价太便宜了，因为大家只计算纸张及印刷的成本，从来不觉得写书人的"知识"有价值，才会嚷嚷书价太贵。问题是说书太贵的，还都是读书做学问的人，这其实是让自己的"精神生产"贬了值呢。

我赶紧制止他：这些在自己家里说说就好了，千万不要到外面去讲，你会被口水淹没的，何况我们家本来就是开书店的！

## 四

黄仕忠其实是一个十分固执的人，连导师黄天骥先生也是这般觉得。因为他总喜欢对别人的话说"不不不"，而要说服他，则是难上加难。他在北大任教的同乡老友说：黄仕忠总要说得他是"正确"的，所以我们就不和他争了。

对这话我深有感触：仕忠喜欢寻根究底，书呆子脾气上来，每句话、每个字,甚至一个语气,都要如他的意,才肯放过。有时候兴冲冲告诉他一个想法,希望得到他的肯定,结果他往往来一个"其实你还可以如何如何",当头一瓢冷水,搞得你兴致全无。

我有时说他刚愎自用,而且从来不肯认错。他却并不生气,辩解说,一个学者,需要有一点"刚愎自用",才能坚守本心,如若不然,他便不是他了。世间滔滔皆如是,也不妨有那一小撮人并不如此。所以他甘居"另类",因为他想的与做的,与别人很不相同。他自我解嘲说:这是诸暨人性格所致,硬碰硬,不屑取巧,无意捷径。后来我才知道,他的硕士生导师徐朔方先生就是这样,真可谓有其师必有其徒,所以我也只好随他了。

他认为自己很幸运,上大学时还不满十八岁,不像他的一些同学那样被"文革"耽误了许多年,同时他又经历了在乡村底层的艰难岁月,早早就懂事了。他能考上大学,主要靠自学。在大学里,也能自己安排读书。后来读研究生,师承徐朔方、王季思先生,不仅受到系统的学术训练,而且接续了民国学风,从中感悟到学术与人生的关联。因为读书还算认真,基础也还扎实,平时总想着"另辟蹊径",所以他很早就在专业上有自己的看法。他半真半假地说,岭南属"化外之地",学术竞争强度没江浙高,生存不难;何况已辛苦太太开书店赚钱了,既然如此,也就无须在意世俗的眼光和管理方的要求,埋头做自己认定的学问就好。

他倒是很自信:真正的学问,一定能进入学术史,能够传承下去,必然是符合民族国家的利益,也是管理方所需要的,那么迟早会得到认可,从冷门变成热门;哪怕这些都落空了,只要内心坦荡,没有虚度光阴,也就不枉付出了。

从20世纪90年代到新世纪前十年,人们先是感叹学问无用,后来则又批评学界"浮躁",他却对学生说:哪怕世界上百分之九十五的人都是浮躁的,我们也应争取做剩下的百分之五中的一员。

古人有言:"肉食者鄙,未能远谋。"他"刚愎自用"地认为,要论真正的学问,仍得听学者的;学者的学问,源于个人的追求和自律,不是"管理"出来的。他的目标是做一个合格的学者,所以我行我素,甘愿游离于"主流"之外,坐了二十年"冷板凳"。另一方面,他又保持旁观者立场,努力站在历史的高度,持理性批判的态度,思考从大学教育、大学改革到学科发展的诸多问题,认识"学术"的本质,自以为有独得之见。不过在那时,这些都只能与二三素心人一说而已。

他所在的中山大学古文献所,在1983年成立时,是与院系并列的实体单位,但一直处于边缘,在新世纪初更被降为二级单位,差点儿解散,暂时挂靠在图书馆。他在2004年接过古文献所这个摊子,当时老所长退休,新所长调去北京,他只是副所长,就主动向校长要"官位"。校长很高兴,觉得此人"自讨苦吃",说明是愿意做事的,就任命他做了所长(无行政级别)。他又去找主管文科的校领导,认真地阐发了自己对学科发展的设想,领导十分诧异地说:想不到黄仕忠你还是有一套想法的嘛。仕忠闻得此言,"呃"而无语,回来后与我叹息了一番。

此后,古文献所与图书馆学、情报学和档案学专业联合组建了"资讯管理系",在保留研究所体制的同时,也从事教学工作。2009年冬,该系升格为"学院",他辞去了系副主任职务,带着本所同仁,将教学岗位转到了中文系。至此,他才不用一次次向朋友解释,为何来中文系总见不到他,为何他的职位去了图书馆学专业。

2013年春,古文献所成立三十周年,学校主要领导去看该所的成果展,颇有嘉许:近五年的学术成果甚是丰硕,不逊于本校的教育部重点文科基地;中文系当时所得六个国家社科重大项目,有两个半是该所教师承担的。

也是在这一年冬天,他通过了教育部"长江学者"特聘教授的评选,进入到"主流"。此前他做了很多年的四级教授(教授最低级),只是他没怎么在意,因为四级也是"教授"嘛!

## 五

回顾这段进学历程,我们在各自的领域努力,也算各有所成。

感谢仕忠的支持,我的学而优书店,已经与广州的读者同行了三十年,成为广州的一座文化地标,我个人也受到国家新闻出版总署的多次表彰,获得了一些重大荣誉,如2014年度的"国家出版政府奖",而黄仕忠与学生以十年心力编校整理的《子弟书全集》,也只获得该项政府奖的"提名奖"。

仕忠却说,他得到的更多。

因为我和我的书店,让他在90年代商潮涌动时,仍能有一张安定的书桌。2001年春,他第一次出国,赴日本访学一年,致力于寻访日藏中国戏曲,邀请方给予的生活费相当于他的十倍工资,因为没有后顾之忧,他把这些钱都用于访曲的旅费以及复制资料了,从而得以开启一个新的学术领域。

他说到很多次与出版社接触,只要自报家门是"陈定方的先生",便得到刮目相看。他在社科文献出版社出版《子弟书全集》,在广西师范大学出版社出版《日本所藏稀见中国戏曲文献丛刊》等,即是缘于我的介绍,认识了两社的老总,承蒙他们青眼,看中了这位刚过不惑的普通学者;他不用出钱资助,就早早确定了几套大书的出版计划。老总们说,现在居然还有这样纯粹的学者,理当大力支持。他与这两家出版社的系列合作，一直延续到今天。

另一方面，最近十多年来，在互联网的冲击下，图书销售行业生存艰难。我逐步收缩战线，从高峰时近三十来家门店，到只剩下一家本店。在清理债权债务的关键几年，因黄仕忠获聘"长江学者"，额外得到了一笔不菲的收入，再加上他的公积金，正好用来补贴我的书店，让我能把书店的事情摆平，嗣后正式退出管理岗位，并开启新的进学旅程。近五年来我感兴趣的事情，是五行针灸和花精治疗。中医理论博大精深，自然疗法法天则地，我现在更多关注个体的生存状态，关注环境、情绪、心理与生命的关系。

想想也真是巧合，在我涉足图书批发行业和退出之时，这位"戴眼镜的马仔"都给了我及时的后援。这，大概就是命定的缘分吧。

2020年正月，黄仕忠的父亲以九十五岁高龄去世。因为新冠疫情，人们大部分时间只能关在家里。为了纪念父亲，仕忠撰写了一系列回忆文章，记录童年少年的时光，记录父亲母亲和家乡父老的事迹。他写得废寝忘食，有时饭菜上桌一个多小时了，还在写；甚至睡梦里都在琢磨情节、安顿文字，几乎魔怔了。他对每一篇都用尽了心血，浸透了感情，带着无言的酸辛，也带着深切的悲悯，所以感人颇深。

朋友们说他是被学术耽误了的作家，同事吴承学教授称之为"新锐乡土散文作家"，我则戏说"一颗大器晚成的作家新星，正在冉冉升起"。他的这些文章已经结集，题作《钱家山下》，将由广西师范大学出版社出版。

学者应当有两支笔，一支写学术，一支写文学，这是徐朔方先生和王季思先生当年的谆谆教诲，黄仕忠铭记在心。只是他以往虽然偶有写作，但不曾着意开拓，如今记忆之门蓦然打开，文思纷至沓来，便再也收刹不住。

他进而叙写了大学时的师长、学界的前辈，但与通常所见的回忆文字不同，他把这些学者放在一个特定的历史时期，放到学术史的大框架里，写下了他们的经历与个性，喜悦与哀伤，遇与不遇，理解与误解……几乎每一篇文章都写出了学者鲜明的个性。更重要的是将这些文章合而观之，又构成一个整体，可见一个时代知识人的群像，也是一个时代思想史和学术史的记录。

他也用文字记录自己在大学时代的懵懂时光，但又别具匠心。他用了恋爱、学外语、衣服、粮票、自行车等事件或物件，来切入恢复高考后最初几届大学生的生活，让人仿佛回到当年的时光，引发了广泛的共鸣。

他很少为人写序。他为学生的书所写的序，也与一般偏重于介绍和揄扬的情况不同。他指导学生时，通常根据学生的具体情况，商定合适的领域，目标是使其拥有一块属于自己的"领地"，从文献的全面寻访入手，通过研读、叙录，由表入里，循序渐进，争取三到四年筑基，五到八年有所成，十至十五年或可自成一家。他说若有半数学生能"听话"而各有所成，他日这些"点"连成"面"，对于学术的贡献，便自有可观了。所以，他在序中记录了他当初的规划以及学生在进学过程中的种种经历，着意写成不同领域的学术史记录。

概而言之，我以为仕忠的随笔写作，可以归纳为三：一是笔带深情，二是写出了人，三是记录了时代。

现在，仕忠把同类文章汇集成册，于是有了这本随笔集。其实我不曾细读他所有文章，我个人的阅读感受也不一定准确，我只是作为他进学旅程中的陪伴者和旁观者，记下所经历的一些点滴，让读者对这位"新锐随笔作者"多一些了解，勉强算作序吧。

2024年5月

# 第一辑 问学之路

# 书 的 诱 惑

大学四年结束，攻读硕士研究生又近三年，天天与书作伴，不仅搭进去了伙食费开支外的所有收入，而且觉得除了看书，诸事全无乐趣。以前总讥笑别人心中只有书，人也成了书的一页，不料如今自己也落到这步田地，再这样下去，怎么得了？

当然，书也不是时时诱惑得了人的。捧着发黄的书页，抠着晦涩的词句，烦躁起来，便恨不得把书架推倒，把书抛却、烧掉，去当和尚，坐禅三月，使脑根清静。但要是真的有那么两天不摸书本，却又像失落了魂灵似的，无精打采，寝食难安。可见已成根性，难以改变了。

这种诱惑不知始于何时。现在回想起来，的确是很早的。

儿时喜翻连环画，忘食废寝，几乎如醉如痴。小学五年级后，开始捧一些繁体简体、竖排横排的书，半懂不懂，凭着想象和猜测，一知半解，就已满足。最盼正月做客。说做客，主要也是去二舅家，不仅有权力吃最好的东西，更要紧的是表哥藏的不少有趣的书，这时就会无保留地开放，允许看上整整一天。

在我想来，凡去做客的人家，必然有我没见过的书。而我，首要的就是找书。只要有书，独坐一隅，就不在乎招待是否热情，饭菜是否丰盛。稍大后，走的地方多了，方知有的人家竟连一本历书也找不出，才打消了作客的念头。

　　进了中学，书的诱惑更强烈了。但山乡人家，难得有书。姐姐借得一本书，我们姐弟四人就围着煤油灯同看。有人看完一页，有人还没有看完，一个要翻，一个不让，争吵也就难免。只好轮着看。但大多数时候，借来的书还有别的人等着，借期最多两三天，甚至只有一个晚上，轮着也不行。为此，我们订下君子协议：谁借来，谁就有坐着翻书的权力。

　　在旁边看书，开始时还保持一定距离，后来就越凑越近，直到油灯烧着头发，发出"嗞嗞"的声音。几个人挤在一块，情节一紧张，人越专注，就越往书前倾靠，把坐着翻书的压得直叫唤。而且，耳边"呼哧""呼哧"的喘气声，也不好受。

　　但我们以此为乐。

　　我在家里最小，那时还没法为自己借书，在旁边又够不着，书瘾却最大，就趴在对面看。字是颠倒的，开始时虽然费劲，但时间长了，习惯之后，也就与正常阅读差不了多少。我又不能要求别人等待，必须一眼描过去，就把人意把握，才能在哥哥、姐姐翻页之前，了解个大概。这倒让我养成了一目十行的习惯。记得在大学里，有同学在看新到的报纸，我也习惯性地站在对面看新闻，以为这并不影响他。不料次数多了，他却发起脾气来，把报纸一丢："去去，给你看得啦！"我不禁暗自长叹，从此不再使用这种"倒读法"。

　　在家里，我是"伙头军"，放学回来，就帮母亲烧饭、煮猪食。借着灶口悠悠的火光看书，现在想来，倒是挺有意思的事。火光一点点暗淡下去，人也不知不觉地往灶里钻。要是拉风箱的话，火苗一明一灭，必须不断添柴，看书总不能尽兴。每当这时，我就偷偷拿劈碎的干透了的柴爿，架好火，这样能够连续烧十几分钟。母亲发现了，就要骂我偷懒。因为这些柴爿积攒起来,是准备过年搛年糕、煮粽子用的。烧完饭,我一人就到屋外玩去了。母亲又唠叨说:那么好的炭火,自个儿熔化了。而本来应该及时撤到炭甏里,制成木炭,冬天生火炉用的。

最讨厌的是刚砍来的青柴,拉一下风箱,就冒一缕青烟,熏得人涕泗齐流。要是青柴也接不上,烧起稻草来,就更糟糕。稻草不耐燃,得不断地塞,草灰又轻,一顿饭烧成,浑身是灰。这个时候,就只好用最快的速度完成任务,再坐下来看书。但农村人家,总有干不完的活儿。屋里忙完地里忙,即使是半大的孩子,闲着的时候也很少。

比较自由的是在饭桌上看书。一张八仙桌,我和哥哥同坐一横。要看书就得占住左边,这样,挟菜时菜汤不会淋到书上。要挟菜,需得移动视线,影响看书,就大大挟上一筷,以减少次数。看书入迷时,思维转剧,筷子划动不由自主加快,咀嚼速度也越来越快,直到一口气把一碗饭扒完。古人有《汉书》下酒之说,似有些荒唐,但书可以下饭,却是我亲身经历了的。只是久而久之,平时吃饭也是狼吞虎咽,作客时,不得不特别注意放慢速度,免得被人笑话是"饿煞相"。直到现在,我最怕的也是被邀作座中客。去食堂吃饭,更是绝对不和数粒而食的女同胞一起用餐,免得出洋相。

中学里,有的学生找书的路子很广,但向他们转借,却又不肯。书的诱惑实在使人心痒,只好趁他们某一天玩其他事的机会,用课余时间,或者搭上一两节课,花三两个小时,把二三百页的小说啃完。这样经历多了,反倒逼出了一目十行的本领,如今帮了我不少的忙。那时尽管读得粗,印象却十分深刻,经久不忘。而现在慢读、细读,却总是记不住,大约那时看到的书少,有一种强烈的"饥饿感"吧。

那时收音机在农村是奢侈品,电视机更是稀世之珍。书既无处可借，报也无处得阅。闲极无聊，翻箱倒柜，把家里有的从50年代到70年代的语文、历史、地理教科书，以及叔叔读大学时发的关于"大跃进"的时事手册，凡是家中尚存、可供阅读的书刊，统统翻出来，一本一本，反复品尝。我读过枯燥的语法书，常翻成语字典，有时也背字典。有本小字典，是解放初出的，注拼音也注同音字，字是繁体，对我阅读白话小说，识记繁体字，帮助不小。至于家中残缺不全的《说岳》《今古奇观》之类，不知翻过多少回。冬夜则和哥哥赛记《水浒》一百零八将里各位英雄的绰号和名字。去年中秋，与友人同登宝石山，说起《水浒》山寨头领，尚能一口气报上四五十名，使友人颇为惊讶。

家中唯一完整的是一部《三国演义》。看的次数多了，知道诸葛亮终于出师未捷身先死，蜀国未免为司马氏所吞并，总不忍卒读，就只挑选蜀汉获胜的章回。又深深惋惜，魏延踏灭了长明灯，使孔明借寿未成，不然，历史便当改写。这部书后来被大表哥借去给人看，丢失了第二册，于是也成了残书。

书也曾被我用作"犯罪工具"，只要我们在看书、写字，父亲就宁肯自己多做一些，非到不得已，是不会来差唤我们的。有时，我明知活儿忙不过来，却故意捧起书本，或者取出毛笔，以逃避劳动。母亲来唤，口里答道"来了"，或者说"等会儿就做"，其实却半天不动窝。母亲哭笑不得，只得差哥哥姐姐。也许因为我最小，所以总得到偏袒。每当这时，哥哥就愤愤不平，而我则暗自得意。

进了大学，到了书的海洋里，再也不用三四个人围着油灯争书了。有条件的同学，还可以买上许多新出的好书，记下所购地点，署明年月，敲完藏书章，置之书箱，留待将来阅读。而我没有这种福气，只好借助学校图书馆和系里的阅览室。别人收藏，我则阅读，各得其乐。

夏日共读（与宣新瑞同学，摄于1981年6月）

　　中文系那时尚在分部，学生借书又只限五册，除去一二册是外语之类必须放在床头每日阅读的，真正能流动的就只有两三本了，所以每个星期必须跑一趟图书馆。三、四年级时，更是常常跑两三趟。去图书馆借书，是最紧张的时候。必须事先准备好几大张索书单，广种薄收，这样花上一刻钟或半小时，就可以解决问题，否则，难免半天时间泡汤。有的书递过十几次单子，终于出现在柜上，令人欣喜欲狂。

　　填借书证时，得留意不要送到那两位严格把关的出纳人员那里。因为他们总是像海关验证那样认真仔细，要是发现多借书或者超期借书，就像抓住了蒙混出境者那么高兴，大印一敲，你三四里路就白跑了，连个商量的余地也没有。要是出纳粗心，超额借给一二册，心中又惴惴不安，像是偷了书似的。此外要多借些参考书，就只好请读物理的同乡帮忙了，因为他们借的书少。

大学期间，我不知道到底借了多少书，只记得换过三次借书证。

读研究生，许多书必须自备了。总不能为了一二条材料，老跑图书馆。于是挤出钱来，一本本、一套套地买。每次进城，总逃脱不了书的诱惑，似乎不把最后一分钱交给书店，就不舒服。到如今，大学毕业，不能为父母分忧解愁，却得伸手要家里的资助，都是因为这该死的"诱惑"。

我不知道该怎么办。我无法像别人那样，有那么多的话，可以毫不费劲地向恋人诉说一个又一个晚上，所以至今找不到女朋友。我也与别人一起打扑克，下象棋，以解烦闷。但玩时固然痛快，过后，反而觉得更加烦躁。我喜欢篮球，却又担心会不会多占看书的时光。别人有假日、节日，可以嘻哈玩乐，而对于我，只要日出日落，就都是一样的：每天醒来是书，睡倒是书，聊天闲谈还是书。我搞不清楚是书缠住了我，还是我离不了书。

事到如今，懊悔已迟。我想，干脆与书成亲得啦。

1985年元旦，于杭州大学听雨斋

【附记】在20世纪80年代，图书馆不开架，学生限借五册。我们系在分部，只有阅览室，借书必须去总部。那时藏书少而借阅者众，名著名作很难借到，必须多填纸条，以碰运气。借的书需要将书名与编号登记在借书证里。填满一本时，就再换一证。

此文原刊于《杭州大学研究生》，系内部刊物，后不知为何人取去，刊于1986年元月八日的《中国青年报》。又因篇末戏语："我无法像别人那样，有那么多的话，可以毫不费劲地向恋人诉说一个又一个晚上，所以至今找不到女朋友。"故一时颇受同龄人青睐，得信甚夥，为山下人赢得薄幸之名。而今时光已流过二十又二载矣！移录于此，以忆昔日读书之情景，聊供一粲。

2007年1月8日

# 我的大学之路

1976年6月，我高中毕业，未满十六周岁。谁也不会相信，我那时的梦想，其实是在十八岁时做生产队的小队长。更没想到，当十八岁生日到来的时候，我居然成了一名大学生。

我1960年11月出生于浙江农村，那是诸暨县东北部枫桥镇永宁公社所属的小村子，名叫钱家山下。那山，远看犹如一张撒下的网，所以人们也叫它作"老网山"，而我所在的生产队，就叫网山大队。出生时，正值"三年自然灾害"时期，粮食匮乏，我却在一岁多时，就能吃一茶缸米糊。听母亲说，我那时什么都能吃，长得也比别人快。

我在1967年就读网山小学。这学校在两个自然村之间的一座庙

钱家山下：一个位于老网山北侧的小村庄（摄于2024年4月）

里，那地方叫"上木沉庙"。我去读书的时候，已经看不到塑像，圆柱子是石头琢成的，两个小孩才能围抱着；木头的横梁，比斗桶更粗。教室高大而空旷，有些阴森，夏日午睡，走到门口晒太阳，才感到些暖意。

那时候两个年级在一起上课，老师布置完一个班的作业，就给另一个班上课。也知道正在进行着伟大的"无产阶级文化大革命"。同一个村子的同学，每天放学时，列成队，一路高呼革命口号。一个同学拿着老师给的纸，另一个同学则据纸上所写，领呼口号。

三年级的时候，正值"七亿人民迎九大"，我积极响应老师的要求，专门拿了一张报纸，读给不识字的远房婶婶听。婶子正在切猪草，其实没有听懂我读的是什么，只是不停表扬我很懂事，令我很有成就感。

小学读完了，就到隔壁新山大队办的新山学校读初中。

记忆最多的是写黑板报。经常是别人放学了，我还站在方凳上写粉笔字。还想着变着法子把板报出得好看一些，学会了写空心字，把标题与正文，用大小字加以区别。抄写时，发现有错字、病句，或是啰嗦不清的，顺手就给改了，版面不够时，则不变文意而做删节。结果，既习了字，也练了各类文章。

后来想想，这过程中，其实还学会了校对、排版、改稿——这些正是我做教师后经常用到的基本功，而喜欢改动别人文字的"坏习惯"，大约也是这个时候染上的。

班主任郭恒松老师，教语文，对我的作文有过表扬。他说文章要写得朴实、准确、简洁才好。这个话我记得牢牢的。从此一概排除漂亮浮华的字句，只走朴实一路，力求准确。这甚至影响了我一生的文字表达。我的作文本上，他有时用红笔在一些字的下边加了圈。我想，这可能是说这个字用得不够好，就又想出一个更好的字来代替。我上大学后才知道，这叫"圈点"，意思是肯定我那个字用得很好。

至于其他课程，记得物理课，是现场接电灯；数学课，学丈量农田。这些知识，后来都派上了用场。

1974年夏天，我初中毕业，该上高中了。那时从大学到中学，都时兴"推荐上学"。村里人说：他家四个孩子，三个都上过中学了，应该让贫下中农上了。因为我家是中农。据说郭老师帮我说了一句：可也要有成绩好的去上呀。凭这句话，我上了高中。

这高中就是我家对面山脚下的"新书房"，当时名叫白米湾五七中学，聚集了来自三个公社的学生，他们是住校生，我则是走读生。这中学在"文革"初期才冠以"五七"二字，县城著名中学甚至诸暨师范的名牌老师，都一度下放到这里任教。我二姐和哥哥都是这所高中毕业的。他们的老师，如王文浩校长回县城后担任过县里的局级干部，石如鑫老师原本就是诸暨师范里教语文的资深教师。

我入学的时候，这批最厉害的老师已经返回了，但仍有不少优秀的老师加入进来。如教语文的汤洁仁老师，黑框眼镜，小而瘦，声音十分洪亮，擅长吴昌硕体，粉笔字写得黑板哗哗作响，十分硬气。教化学的马剑英老师，高高瘦瘦，他是本县最优秀的化学教师之一，他的字也像人一样秀气飘逸，我和很多同学都学他。直到上大学后才明白，学他这字，若不到位，便会绵而无力，我后来练了一段时间魏碑，总算站住脚跟，不易被风吹倒了。

我们当时半农半读。中学有数百亩茶山。春天里有三个多月是"春茶战役"，全体上山采茶。清晨露浓，茶芽齐整，望之令人欣喜，入手触觉亦佳。秋冬天则是采茶籽、松土护理，练出一手老茧。

汤老师则组织我们撰写歌唱春茶战役的诗篇。记得1976年的春天，每天清晨，公社的广播里传来的都是"反击右倾翻案风"的声音。

我听了报道，有几日一早醒来，内心不能平静，写了一首长诗，来表达战斗的情绪。后来被汤老师收入"春茶战役诗集"，却是其中唯一不曾与茶有关联的诗歌。那册子我至今还珍藏着，只是一时要从柜子里翻找出来，却是不易了。

上中学那会儿，父亲布置家里造新屋了。因为我们兄弟两个，家里却只有一间屋。先是平地基，然后从河里挑沙子，到几十里外用双轮车拉石灰。筑地基时，抬石头、砌墙脚，都是请人帮的工。打沙墙，用的是"版筑"法，除最初几圈外，都是我们自己打的。

一版版的沙墙，一层层地升高。父亲琢磨着如何垂直与平衡，不知不觉中成了合格的泥水匠。而我和哥哥则是在这个过程中，渐渐视高如低，甚至可以在高高的架子横梁上走路了。上顶梁时，父亲在红纸上大书两幅"×××万岁"，以作上梁文，百邪皆避，最是适宜，至今仍粘在梁头，堪称文物了。

为了造房子，哥哥放弃了高中的最后半年。我则是在高中二年级时，从夏天到秋天，有大半个学期没去上学。班主任何瑞良老师来叫我去上学，我迟疑着表示不会再去了。后来班上四位要好的同学来叫，我说担心跟不上。同学说：嗨，你怎么可能跟不上呢！于是有了台阶，重新回校，读完了最后一个半学期。

1976年的夏天，我在懵懵懂懂中，读了九年半的书，还未满十六岁，就高中毕业，回村里务农。由于那时心思不在读书，完全不记得高中时学了些什么。反正回乡种田，这已经是"高学历"了。

我在七八岁时就跟着父兄后面，在自留地里干活。每人仅7厘的自留地，其实承担了家里三分之一口粮。到初中时，每到周末，就去生产队挣工分。从一日挣1.8个工分开始，到高中时可挣五六分——全劳力则是每天10分。除了赶牛耕田这特殊农活有专人承担而没有做过外，其他农活都尝试做过了。

由于从初中时就开始长个子，有体力，高中毕业后，短途挑二百斤的担子，已经没有问题。高考那年，去国家粮库交"爱国粮"，一百四十斤的谷袋子，两手抓住袋角，一甩便上肩头。

至于插秧、割稻，当然不肯落在人后。总提醒自己，只要别人能干的活，我也一定可以做到。

我还努力学习"科学"地种田、养猪，例如看到邻村介绍用发酵饲料以助猪崽生长，就尝试着在糠里加酒曲来制作发酵饲料，虽然最后并没有什么效果，但我母亲十分支持我的这种实验。

雨天，则在家里用揉制过的稻草打草鞋，斫来山上的野竹，削成篾片，编制或补葺畚箕。

晨起，看稻田里禾苗葱绿，微风轻拂，波浪起伏，油然而生"良苗亦怀新"之感，虽然当时不知道陶渊明有这诗句，但真的好像感受到了那禾苗的喜悦情绪，于是也心生愉悦。

只是看见花草，便总想着能结何种果子；看到树木，则想着可作椽子还是梁柱或是板材。观水塘，想着摸螺蛳；见麻雀，想着掏鸟窝。所以，凡是看到的东西，总想着能有什么用处，从来不会发生"小资情调"式的单纯欣赏。而且，小时候的影响是如此巨大，到了现在，依然不曾有多少改变。

那时，往来活动的范围，不过三五里之间，却是我的世界的全部。所以经常琢磨怎么样用好田头地角，安排耕种。那时最大的期待，便是在十八岁时成为我们生产队的小队长，以便"把所在的社队建成大寨式的社队"。而实现这个梦想的途径，便是包产到人。这是从农忙时生产队实施的包工制推衍而来的，同时我相信农民自己才知道怎么能种好田，既然仅有7厘的自留地可产出三个月的粮食，就没道理种不好田地。

只是我并不知道,这条道路早已被定性为"资本主义道路"了。由于中农成分,我父亲是地主的外甥,事实上是不可能让我来担任生产小队长的。甚至连跳出农村的唯一途径——参军,我都没有参加体检的机会。但人总要有梦想,据那时的报道,即使是地主富农的子女,也有着"可以教育好"这条路,所以,我依然充满憧憬。

但农活也确实繁重,繁重到令人不堪承受。特别是"双抢"季节,炎热的天气,在田坎角落里弯腰割稻,闷热到四十多度,却没有一丝风,令人喘不过气来。又或是挑着百余斤的柴担,山行数里,垛柱撑着,双膝不停打颤,行至山脚路边,扔下柴担,仿佛卸下了一座大山。这些时刻,又让我觉得不能一直这样待下去,我要离开这山村。

每当爬上老网山顶,眺望四周,连绵皆山,可耕种者不过是山谷间梯田坡地,唯有北望十五里外的枫桥镇,山峦之间,房屋隐隐,令我常生遐想,不知那山之外,究竟是什么;不知外面的世界,是何种光景。只是从来没有进过城市,所以没法想象城中景象,只是想着,山那边可能仍是山,但总归会有些新鲜故事,心中不免痒痒。

夏日气压低,沉闷的时候,偶尔也会传来阵阵火车的汽笛声,那铁路虽在几十里外,却让人想象飞驰的远方。因为年少多梦,日子也就过得飞快。

后来才知道,父亲为我的未来,做过许多规划,而最好的前途,就是有一门手艺傍身。父亲先是通过年轻时的朋友阿宝石匠,谈妥了让我参加公社的石匠队,那是接近于工人的职业。本来已经说定了,不幸有一位石匠出了事故,需安排他的儿子顶职,没了我的机会。

父亲又给一个箍桶师傅送了烟,希望他能收下我做个箍桶匠。想想我已经长成一米八的大个子,肩宽腰厚,却要去做一个坐在小凳子上讨生活的箍桶匠，总不免有些违和感。

然后，稀里糊涂之间，忽然听说，有得考大学了。

那是1977年的秋天，村里人纷纷议论高考的事情。虽然考试的程序、细节还不清楚，但村上有头脸的人，已经在说应该是让贫下中农先上的，"四类分子"家属当然不应该给机会。我家是中农，从来没想过推荐上大学的事儿能轮到我家，现在只要考试就行了，而我们姐弟以前学习成绩还不错，这是个机会。

我大姐在1966年还上着初中，"大串联"时到过北京，在天安门广场见过毛主席，但这时结婚已经几年，刚有了孩子。二姐高中时是学习委员，学习很是出色，多年后我上高中，老师们对她印象依然深刻，得知我是她弟弟，在问询间，似乎还有另眼相看的意思。二姐在1972年高中毕业，当时曾说要恢复高考，给了她很大希望，却因为张铁生交白卷事件，生生给改变了。二姐很是绝望，把书都丢了。哥哥倒是适龄，但高中未读全，那时心思也不在读书，成绩还不够突出。只有我这个最小的弟弟，无牵无挂，加上以往读书成绩还算可以，年龄也达小，所以机会正好。

浙江省1977年的高考，印象中似乎先有初试，通过初试、政审，刷掉了许多人。但贫下中农出身的，也没有了优惠，大家一起凭本事考。

我赶紧把高中的课本找出来，着手复习。发现数学虽然只有薄薄的两册，内容却是完全不认识了。看了一个多月，居然又自学学通了。然而后来实际考试的内容远远比这个要深得多，完全没有用。其他科目则根本没有可以用来复习的资料，也不知道到哪里去找。于是稀里糊涂地参加了高考，事后便没有什么记忆了。

只记得那年浙江省的语文作文题是"路"。我认为自己抓住了要义：这肯定是要我们写革命的道路。出考场后，听溪东村的宣梦传说，他写了家乡的那条小路，让我惊讶得张大了嘴巴，几乎合不拢来。后来才知道，我其实连什么叫小说、散文都不知道，只会按"文革"里学到的"大批判""大宣传"的路子写文章。

1977年冬的高考，我们公社至少有上百人去考试，最后只考上了宣梦传一人，上的是绍兴师专中文系。我当然也是名落孙山，但至少明白了高考是怎么一回事，觉得自己离触摸到那扇大门，好像并不太远。

冬天过了就是春天。第一次高考的热闹转眼过去，大家都已经明白，即使放开了限制，大学依然离农村青年有多么遥远。我姐姐、哥哥好像就此便安心现状，不再做大学的梦。而我却有了新机会：1978年的三月间，枫桥镇教办组织高考补习班，文科班就设在白米湾中学，挑选了二十五六个人，大约是高考成绩比较接近及格线的，另有一部分人是参加了区里考试选出来的。我也收到了通知。

于是，在此后的三个月里，每天走读去白米湾，倒是真正有了读高中的感觉。

从中学校长到补习班的老师，比我们还投入、还兴奋，议论着每一个补习生，传看我们每一次的测试卷子。据说还把同样的试卷来比较应届毕业生和补习班的考试情况。他们想方设法找来各省区1977年的各类试卷，油印出来，成为我们的复习资料。于是历史、地理、政治，都有了厚厚一叠资料，没有寻找之苦，只需要理解与背诵。

那时我的头脑出奇的好，好像只是把新知识一层层地放进去，有条不紊，到要用的时候，顺次抽取，无比的轻松，也是异常的愉快。这三个月里，我比高中两年的收获还多。

语文的练习则是另一条路子。资深的语文教员梅村夫老师担任了补习班的班主任，他年近六旬，深度近视，声音很低，讲解课文，其实如同呓语，不知所云；但当他离开课文而作抒发时，却是神采飞扬，抑扬顿挫的语调，仿佛帮我们推开了一扇深邃的门户，让我深深感受到语言文字的魅力。

受此激励，我每天早上去学校的路上，都会构思几个题目，选择农村的经历、听过的故事、所闻的时事，思考几种结构、几种开头或结尾，然后选一个较为成熟的，每天完成一篇作文，写在四开的白纸上。后来装订成册，居然写了好几本。现在还有一本留在手上。

这个封面用镂空字写着"作文"两字的本子，目录下面还有一些札记，写着我觉得可能会被列为作文题的内容，可以看出当时一个农村考生所能拥有的视野：

一、新时期的总任务（人大文件，宣传资料，华的号召）（批四人帮）

二、科学技术进军方面（报告）

三、雷锋（事，题词）（成长，明灯，理想小议）

四、自己成长（怎么辅导，接受工农兵教育，[一颗红心]两种准备的认识）

五、怀念、歌颂（华、毛、周）

六、教育革命（新气象、先进的老师、同学，招生制度的改革）

七、写人、事、天、活动，劳动（如批判会）

八、（平时多流汗，战时少流血。平时有所准备，考时少搔头皮）

从补习班放学回到家，离天黑还有一个时辰，父兄还在地里劳作，

白纸裁剪后加封皮装订成的作文本,当时有多个本子,其他的已失掉了

对高考作文试题范围的猜想(记于1978年5月)

我就像以前那样，下地帮活。父母从来不过问我在补习班的学习情况。所以，我居然没有感受到高考的压力，只是平静地上学，享受学习的快乐。

这之后，我在杭州上大学，读研究生，毕业留校，然后又考到广州读博士，从此远离家乡，双亲也是这样听任我自己安排，从来不曾直接干预过。这是我深感幸福的事。

母亲其实并不是不关心。有一次在河边洗衣服，听人说起：你们家仕忠，补习班里成绩顶好，次次头一名，大学一定考得上。她当作不经意似的跟我聊起这件事，我能听得出她的高兴。

离高考还有大半个月，补习班就结束了（多年后才听说是有人反对的缘故）。然后，到枫桥镇上参加考试。二姐嫁在镇上，所以考试那三天食宿在她家。记得做医生的大表哥给了几粒小小的药片，临睡前吃一片，一觉睡到天亮，起来精神甚好。考场里也是平安无事：能做的都做了，做不出来的便是做不了的。考完回家，心里十分平静，我知道自己肯定能上。

那年的高考成绩出来得有些晚，村里不时有传言，说是有谁考上了。也有人专门对我母亲说：你们家仕忠不在考上的名单里。母亲有些担心地跟我说起这些传言，我平静地说：总要看到正式的成绩单，才能算数。

成绩出来了，我们公社上线的就我和补习班的同学郭润涛两人。我的成绩是356分。数学只有36分，其他四门则在78到82之间。因为不知道有哪些大学哪些专业合适，只知道杭州大学在本省有文科的大学里靠前，所以就填写了中文系。然后就被录取了。

我高中同届两个班的同学，近一百一十人，侥幸考上大学的，只有我一个。其实我能够考上，也是因为平时喜欢读书，而家里还有一些叔叔和姐姐读过的书，以及偶尔读些姐姐她们借来的书。在农村，

1981年冬，在杭州大学校门前

想要读书，原本就不容易，那时如果不能在中学里获得知识，即使高考的机会到来，也完全没有竞争力。

录取到杭大后，云定表哥专门来找过我，以他的经验，读中文，有很大的危险性，杭大有地理系，文理兼收，最为安全，所以建议我转去这个专业。但我对地理没有感觉，而写文章则是我喜欢的事，想来要转专业也不会那么容易，所以没有行动。

1978年10月16日，父亲陪着我到杭州大学报到。一个月后，我在杭大度过了十八周岁生日。我没有如愿做小队长，而是幸运地成了一名大学生，从此彻底改变了我的人生道路。

2017年7月15日

# 徐门问学记

## 一

1982年秋,我在杭州大学读研究生,跟随徐朔方先生研习戏曲史,有着某种偶然。因为我原来是准备考小说方向的。报考前,才知道徐先生要招元明清戏曲方向,基于对徐先生学问的敬仰,我临时决定改考戏曲。在此之前,我完全没有接触过戏曲史。于是在临考前的三个月里,抱来有关戏曲的书籍,一顿猛啃。侥幸地,我成了那一届先生唯一的学生,也是第一个师从先生学戏曲的研究生。

但先生本人的研究并不限于戏曲,所以,我的课程并不是从戏曲开始的。在得到录取通知后,我拜访徐先生,他告诉我,下学期他给七九级本科生开"《史》《汉》研究"选修课,让我先读《史记》和《汉书》。于是我在暑假里通读了两书,此后又对两史篇章相同的部分,逐字对读,随手作笔记;还根据《史记》不同的版本,作了部分的比较。

先生在上课时讲解了一部分范文。他顺着司马迁的文章,随口解释词义,说出他的理解,补出文字后面的内容。对于没有做过课前预习的学生来说,这样的课程会是比较平淡的。但对我来说,感到的是一种震撼。因为我第一次真正领悟到书应该怎样读,古人的文字应该怎样去理解。同样的经历,是开学前先生给广播电视大学的学生讲《牡丹亭》,那些我读过多次的文字,在先生轻描淡写的叙说中,洞开了一个新的天地。

先生开这门课程,是因为当时他正在修订《史汉论稿》,后由江苏古籍出版社出版(1984)。其写作始于"文革"期间,因为当时戏曲已在"破除"之列,只有读这些史书是无碍的。书出,有学者以为先生学术已转向,更有同系学者向我表示对先生越"界"的不满。

我的感觉,这部书既非纯是从历史学角度,也非纯是从文学角度,更多的是从文献学角度作出的疏理。然后在文献的基础上,站在一种第三者的立场,对一些传统的观点,提出自己的看法。其中也包含着把司马迁作为一个普通人来理解,观察其心绪的变化与得失,因其情绪的因素而带给写作上的成功与不足,等等。后一方面他在课堂上讲得更透彻一些。这样的视角与观点,在我所涉猎的这个领域的有限著作里,是独特的,因为这也是基于一种心灵的对话。

习惯以"无韵之《离骚》"的瞻仰的角度来看待《史记》的学者,对此可能不易接受——因为曾有学者这样向我披露过。对我来说,却止是从这里开始,在学术的对象上,不再有神的存在;同时,还让我明白学术无疆界,无处不是学问,有见解即是学问,原不必画地为牢。

先生在课堂上毫不客气地对一些权威的观点提出批评,直截了当地表明自己的见解,不作含糊之论。我后来明白,这是他固有的风格。当他发表不同意见时,哪怕是些微的不同,他也往往是先说一句:"我不同意你的看法。"甚至是"我完全不同意你的看法"!他喜欢指名道姓地争论、辩驳,而不管对手是有名或者完全无名。在他看来,所有人在学术上都是平等的,指名道姓,才是对他人的尊重。因而他也时时期待着对手的响应,进行真正的学术论争。不过,先生的等待,大多会是失望和寂寞的。因为在大陆,直到现在我们也未见到一种正常的学术批评氛围。

先生又常自嘲："我所做的只是一加一等于二的工作。"因为他是先从文本入手，逐字逐句地比较，对同一对象在不同地方记录的不同，逐一加以考察，把许多细小的歧异都一一检核出来。有时却因这细小之处而涉及一个大问题的解释，涉及一些定说的重新评价。他的所有理解都来自对细节的直接感受。

先生说：这是小学生的工作，是谁都可以做的，只是他们没有这样做，所以一些知名学者也人云亦云地跟着错了。

每当先生说到这类地方时，他会抬起头，离开书本，把老花眼镜稍稍下压，从镜架上方透出目光，扫视一过，然后轻轻地摇摇头，或是皱一皱眉，语调中带着一丝叹息。

对我来说，先生所说的，也即是在告诉我做学问的态度与门径。在80年代中，学术界浮躁的风气渐盛，侪辈动辄以构筑大的框架、体系而不屑实证，或者是想避开烦难之考据，不从第一手材料出发而另求快捷路径。我能一直坚持重实证的态度，是因为先生为我指明了方向。

学期中间，先生让学生做作业，是关于太史公生年考证的。王国维、郭沫若有不同的说法，后人大多承此两说而各持争议。徐先生说他已经写了文章，他让我们把各家所用的材料加以查核，将其推论重新演绎一遍，就好像是做数学练习题一样，最后一起来讨论。从中可以体会这些学者是怎样处理材料、作出推论的，为何同一材料而有不同结论，原因是考虑了哪些附加因素，合理与否，等等。这个作业的效果看来是很不错的，其中有同学提出新的实证材料，还被徐先生采入书中，并附记示谢。

徐先生在讲解作业时，更涉及文献的理解与文献的辨伪问题。他

1998年前后,在杭州拜望朔方师

2001年10月,参加"庆祝徐朔方教授从事教学科研五十五周年学术研讨会"时的合影

说到，考证固然需要材料，但材料本身却不可以不加择别地予以相信。即使是当事者自己所说的，也是如此。因为说话的背景、场合不同，含义自有不同。

对我来说，可以用"恍然大悟"称之。因为在比较王国维与诸家之说的不同时，我发现王国维实际已经把所有可能的因素都充分考虑到了，尽管当时他并未发现某些材料；而反驳王国维之说者，往往一分材料便说一分话，看似理由充足，实则前提已有缺陷。这便是为何大致相同的材料，常常有全然不同的理解与结论的原因。

以后，先生还对我说，写论文，不要把所有材料都用完，论文所表现的，应是冰山之一角，更厚重的则在水面以下。驳论，则要抓其最关键的证据，关键之点辨明，其他辅助证据可以不必辨，因为前一点不成立，后一点自然也就倒了。这样文章才能简洁明了。

其实先生很少专门就这些方法问题作解说，大多是在说到某一具体问题、具体观点，顺带说到致误的原因时，才予以指出，所以令我印象深刻。

记得先生给我们这一届古代文学研究生上专题课时，是从他刚发表的那篇《汤显祖与晚明文艺思潮》讲起的。先生是汤显祖研究的大家，我觉得这篇文章是他所有关于汤显祖的论文中最有分量的一篇。先生诙谐地说，学者发表出来的文章，是"鸳鸯绣出从教看，莫把金针度与人"，而他这是把金针度与人。

先生说，一篇论文的触发点，也可能是文中很不起眼的一点，而且问题生发的过程，也未必同于论文表述的前后序次。他给我们展示了他对这个问题从思考到撰文的全过程，也补叙了并未在文中全部展示的材料与思考，告诉我们必须注意到将材料本身还原到当时的社会条件下，从作家们的相互关系中去理解，等等。

对我来说，这一课真正可谓是醍醐灌顶，终身受用不尽。

我的第一篇论文是《摩钱取镕与五铢钱》，这是一篇千余字的考证，但涉及的问题不算太小，二年级时，发表在《杭州大学学报》（1984年第2期）上，也算是用先生所教予的考据方式的一种练习。徐先生在学报上看到后，说可以用这篇文章来代表学期成绩。对我来说，这是莫大的鼓励。

## 二

先生对我的学习非常关心。他认为这是他的职责。每一次见面，他总会说："有什么问题？"遗憾的是我那时刚刚接触到学术的外围，根本无法与他对话。所以他只有叹息。

有一次他问到学习与生活上有什么问题时，我随口说，我们住的楼是学生广播站所在地，广播站太吵。他想了一下，说："图书馆线装书部的门外，有一张长桌子，很安静，可以看书。"

我不记得当时怎么回答，只记得是愣了一下，一时思绪万千。我常去线装书部，如果那儿人来人往仍可以不受影响的话，广播站的一点吵又算得了什么呢？何况广播站的"过错"，其实只是一早打破了我们的懒觉而已。

令我惕然自思的是，我们有多少事情不是想着自我的改变，而总是抱怨环境？例如那时大家最喜欢发的对学术氛围、学术风气、学术条件的抱怨，都可以归为此类。

徐先生多次不以为然地说到，学术是个人的事，在哪里做都是一样的。我是在很久以后才慢慢对先生的说法多了一些领悟。因为在读的研究生，总希望有一条什么快捷路径可以直达学术之巅；当不能做好时，总怀疑自己所得的条件不如别人。

先生说，如果你选择了正确的学术道路，要紧的即是具体地做的过程，任何氛围和方法都不会自动解决问题。特别是现在的资料条件已经有了很大的改变，可以选择的余地非常大，只要不是资料太缺乏的地方，则在哪里都是一样的；反过来说，许多学者处于资料条件很好的地方，并没有做出多少令人信服的成绩，也说明资料并非决定性的，起决定作用的是人。

就我个人而言，我当时只是以为，我辈身微，图书馆善本部的门坎又高，轮不着见到珍稀书籍，所以只有从当时容易得到的材料做起。再说对尚未入门的人来说，要学的很多，所有常见的东西，也都是珍本。

当我后来查访《琵琶记》版本，得到了许多前辈名家也未见过的资料时，我体会到，原来以为只有名家才能得到珍稀资料的想法，是非常幼稚的。只有在有了问题以后，不断追寻，才可能获得罕见的材料，这材料也才"有用"。

事实上，在今天，许多原来珍贵无比的材料，渐次影印出版，却并未见到学者更多的研究文章。因为大家仍是在期待那不可或见的资料。这实际上反映了一种对于学问的心态问题。难怪那时先生对我们总是强调"学术氛围"不好，感到很是困惑了。

先生向来不为家事而找学生。有一次，先生来找我，说他母亲因摔跤骨折住院，医院电梯检修，而下午二时要拍 X 光片，必须由人从二楼抬下去，让我找同学帮个忙。我们到医院时，离约定时间还有不到十分钟。一眼看见先生站在病房门边的走廊上，脚下放着一个黑色人造皮革提包，双手捧着一本线装书。看见我们到了，他赶紧合拢书本，说："啊，对不起，医生说可能还要晚几分钟。——你们带书了没有？"

我们面面相觑。因为我们根本没有想过要带着书去。

先生末尾这一问，近二十年来，时常在我的耳边回响。先生视时间如生命，而学术也就是他生命的重要构成部分。他总是抓紧每一分钟时间。他为可能比原定时间多耽搁我们几分钟而马上表示了歉意，他更以为还有几分钟时间，完全可以再看一会书，所以有此一问。而我们呢？我们什么时候想过要这样来利用时间？

我现在也把这件事，讲给我的学生听。因为他们总是说没有时间。但他们真的充分利用了时间么？我不知道他们对这件事的感受如何。

事后，先生告诉我，他有一本书即将出版，让我把帮了忙的同学的名字告诉他，他要送书以示感谢。这就是先生的风格。而这，也是我跟随先生的三年间，唯一为先生做的家事。

## 三

我在1996年出版的《〈琵琶记〉研究》（广东高等教育出版社）的后记里，感谢先生"授以惟真理是求的真谛，引领弟子初窥学问的门径"。这并非套话，而是真切感受。

先生多次谈到，观点应该鲜明，甚至可以和老师的意见不同，只要你能自圆其说。没有想到的是，我选择的毕业论文题目，就注定了与先生的观点相左。我的论题是元末高明所作的南戏《琵琶记》。

关于这部作品，1956年的六七月间，有过一次将近一个月的讨论会，前后参加的人数达一百七十余人。各家意见之相异，发言之踊跃，是前所未有的。因而是"反右"前罕见的一次真正的学术讨论会，会后出了一本《〈琵琶记〉讨论专刊》，在古代文学研究领域影响十分巨大。

先生是会上"否定派"的主将,他的否定理由,以当时新潮的理论为依据,虽略有教条式理解的印记,但也有其逻辑的严密性。讨论会以"肯定派"占压倒优势而结束,徐先生本人也说他需要对自己的观点作重新考虑;但他提出的某些问题,由于时代的原因,肯定派其实也未能给出合理的解答。

会后,特别是在60年代以后,对《琵琶记》加以粗暴否定的倾向愈来愈烈,直至"文革"中对所有传统戏曲的彻底摒弃。而我在80年代初想做的工作,则是从"肯定派"立场,为高明"翻案"。我选择这一题目,是因为我做过"一加一等于二的工作",仔细比较过不同的版本,注意到不同版本间的差别对于理解作品所表述的内容拥有的重要意义。我以为是"持之有据"了。既然可以自圆其说,那么肯定是合于先生要求的,作为毕业论文并无不妥。

后来才知道,同学及朋友们都为我捏了一把冷汗,甚至担任论文答辩委员的老师,也有这样的想法。因为即使到了现在,在人文科学领域,直接提出与导师完全相反的观点,还是易于被认作大逆不道的。有些学者,因为有人与其师有不同意见,便撰文强词夺理,以为这样是在捍卫师门的尊严;另外,也有很不错的学者,明知其导师之说存在问题,但因为导师已经这样说了,不仅径予采用,而且以此为基础,复加推论。所谓"吾爱吾师,吾更爱真理",也许只是一种装点门面的说法而已。

但也有学者,不仅欢迎不同意见,还因材料的发现或时代、理论的发展,检讨自己的观点。这些,我后来在王季思先生那里也看到了。而徐先生本人不仅一贯采用指名道姓的学术批评,而且同样欢迎以学术的方式展开争论。所以我并不以为有什么"风险"。

当然,我与先生交换过意见,得到了他的首肯,标准即是"自圆其说"。也许在先生的学术观念里，这只是一件极其平常的事。

结果，我不仅顺利过关，而且也留校任教了。但这也不是说先生认同我的说法，他只是认为各人可以坚持各人的看法，只要你所依据的在理。所以此后关于《琵琶记》的讨论，我们仍有分歧，某些方面可以说有很大的分歧。但这仍然是在学术的范围之内，而且对同一问题，我们也有过许多的交流。

我于1985年在《文学遗产》上发表的一篇文章，对于借"元谱"之说以否定高明著作权的观点提出批评，从钮少雅自序与冯旭等序的比较，指出"大元天历间"之谱的说法不可信；又认为先生此前的文章未注意钮氏自序，故在肯定高明著作权时，又信从了"元谱"之说，遂推定高明之前另有一个相近的文本，这是不对的。先生后来将论文收入文集时，修正了自己的看法。

又如关于高明的卒年，先生向我查问发表在《文献》的文章，我们的结论相同，而论证的角度可以互补。但先生对我《从元本〈琵琶记〉看明人的歪曲》一文，提出很不客气的批评。他在发表前，将论文给我看。我觉得，先生在一些关键之处误解了我的意思。例如他以为我也简单认同钱南扬先生的明本将"元本"改得"面目全非"的观点，其实，因为那篇文章发表在1986年的《杭州大学学报》上，我关于《琵琶记》版本问题的系列论文还未写成，而南戏研究大家钱南扬先生的观点却正流行。另外一些具体例证理解之不同，正是由于对版本流变史以及对于作品和人物的总体理解有所不同之故。当然，其中也包含着我的某些思考还不成熟，表述或有不当。多年后，我的《〈琵琶记〉研究》（1996）出版，也作了相应的答复。

另外，先生认为《琵琶记》的版本之间，就全本整体而言，差异只是极少一部分，从这种比例来说，这些不多的出入应该不会影响到对整体的评解与理解；又认为版本的先后序列未必可以搞清楚，因为可能各有祖本，其祖本又互有交叉影响，难说孰先孰后。对此，我根据对明代数十种版本的考察，依然难以认同先生的看法。

而我近来重温先生50年代在《光明日报》"文学遗产"专栏上发表的《〈琵琶记〉是怎样一个戏曲》一文时，发现徐先生对赵五娘婆媳之间关系的分析，正是我后来从伦理角度重新认识《琵琶记》内在价值的出发点。

我很幸运，我有这么一位导师，他以学术为唯一准则，一方面可以说是非常的严厉，但另一方面给我学术的自由空间却又是十分的广阔。能够获得这种幸运的学生，在现在也未必有很多。因为坚持这一学术标准的学者并不多见。

## 四

先生认为，表扬一个人，对他不一定好；指出其不足，才能使他进步。

1986年秋，在留校任教一年之后，我考上了中山大学王季思教授的博士生。赴广州前，我请先生提一些忠告。先生说："我要说的意见，在以前都已经说了。不过，我要提醒你，王先生也是我的老师，但我们的风格完全不同，我们的意见也不完全相同；我这里是讲批评的，王先生是不批评学生的；你要么适应，要么不适应。"

我后来慢慢体会到两种不同风格，其实是各有千秋，对我来说则可谓是相得益彰。

我的理解，徐先生的严厉，对于初涉学术、尚未入门的学生来说，也可能会吓得知难而退；但这是学术的正道，要成为一名真正的学者，必须坚持这样的态度。

王先生的宽厚,是使每一个学生都能够在原来的基础上有所长进,会给学生以自信,这对于成长中的年轻人,更是十分必要的。其实王先生并不是没有批评,只因其晚年待人之宽厚,总是先肯定成绩之后,再指出不足,故罕棒喝之效;而学生之不自知者,或许会陶醉于老先生的这一分肯定而忽略其批评之深义,遂不知轻重。

如果从两位先生的学术经历看,我妄以为,王先生早年籍籍无名却大受吴梅先生的恩惠,或许与他一生对待学生特别宽厚,并重视师生传授与提携后进,有其一定的联系;而徐先生从研读西洋文学起步而最终归于研究中国古代文学,更多的是以一己之力,特立独行地进入到学术深处,故更多地强调学者个人的操守,对于非学术的行为,毫不宽贷。

另外,徐先生那时正当盛年,处于学术成熟与高产时期,他所关注的,似乎更多的是作为一个严肃的学者应该如何做的问题,不太关注也不太赞同构建学术梯队,以为应顺其自然。王季思先生则因年逾八旬,特别重视学问的薪火相传,以为个人的力量毕竟有限,唯有化身千百,方能传之久远,故着意群体的学问及其传承问题。况且优秀的学者毕竟是可遇而未必可求;以群体的力量来弥补其不足,让一个普通的学者,也能够发挥其最大的潜能,也应该看作是学术的福气。

近年回杭时,我每次去见徐先生,他总是当面批评说:"你写得太多,太快了。"我回味先生的话,写得太多,则意味读得太少;太快,则仍未去其浮躁,思考尚未成熟即图相炫。所以我近来较少发文章,有一些文章压在手边已有几年,总想,冷一冷,或许还有问题。冷一冷的另一结果,却是开始真正体会到求索、思考问题与写作成文本身的快乐;至于发不发表,或是先露面后露面,都不重要。虽然有时或许因此而被人"抢先",但那也可能只是些时兴的泡沫而已,原不必再去增加一篇垃圾。况且某些学术问题数十年已未有人涉足,根本无人来"抢";或则既为独特思考结果,必与人不相重复,也无可与争。

## 五

依照鄙见,徐先生的学问,可用"特立独行"称之。

先生似乎更像是一个"独行侠",无门无派。以个体的学问而论,在戏曲、小说研究领域,达到了极致;在当下的明代文学研究上,站在了最前列;在《史》《汉》研究领域,则如掠过了一阵清风。他用自己独特的理解,构成一套富有个性的体系。他绣罢的鸳鸯,已经成为后辈效仿的范本。先生之为人为事,所依据的是一种理性。他向来反对媚俗。他所做的工作,如他常说的,也只是"实事求是"四字而已。

因为事实是如此,如骨鲠在喉,所以先生有时不免说一些不合时宜的话,做几篇不合时宜的文章。例如,他写了《汤显祖与梅毒》这样的论文,还用了二十多年的时间来争取发表;又如他在名家云集的振兴昆曲艺术的讨论会上,说出既然被历史淘汰是必然,就不必花钱去"振兴",也肯定是不可能振兴之类的话语,令在场者无不目瞪口呆;还如他在80年代出任全国人大代表时期,提案要求某高官为其子的犯法行为承担责任,尽管会场内并无响应者。凡此等等,难以一一列举。

作为以汤显祖研究而成名的专家,先生原本似乎应该为汤显祖"讳"。而先生还在被劝说不要发表关于《汤显祖与梅毒》一文时,疑惑地说:"我有材料呀!"因为他从来没有想过有所"讳"的问题,他求的是事实之真。且从学术的角度来看,这样的文章对于了解那一时代文人的生活与其社会关系，有特殊的意义，根本无损于汤显祖的清誉。

先生的某些不合时宜的话语，其实只是挑明皇帝没有穿衣服而已。不过，人们也不是不清楚这一点，只是觉得徐先生这样有名望的学者，不应该这般道破。由此可见先生仍保有率真之性。

窃以为：如果一个严肃的学者，面对真实，仍得自欺欺人，那么，又还有谁会来点破这个事实呢？

所以，先生才在纪念他从教五十五周年的学术研讨会（2001年11月，杭州）上，有所感慨地解嘲说：我是个"捣乱分子"。

我以为，先生所做的，只是基于一个严肃学者的基本准则：求真。先生所思考、所解说、所叙写的，原本不过是事实而已。有用抑无用，大多会受制于某一时期的某种价值观念，有用者亦未必能沿之久远，唯有真实，才是不灭的。一个学者应该以求真为务，只要所据者为真，且不管有无人认同，有用抑无用，都应该坚持。

问题在于，我们现在还有多少学者明白这一基本准则，并且在坚持着呢？但有先生这样的学者导人先路，我期待着后来者越来越多，而不是相反。

【附记】此文为纪念徐朔方先生从教五十五周年而作，2002年2月撰于日本东京。徐朔方先生于2007年2月去世，兹以此文，感念先生之教诲。

# 我心飞扬

——记跟随季思师学习的时光

一

1985年初，我在杭州大学跟随徐朔方先生读研已近三年，稍稍触摸到学术殿堂的门庑，有意以学术为未来的目标，又觉视野尚窄，基础有缺，听闻新设有博士制度，便想再读一个学位。

当时招戏曲研究的导师，只有北京的张庚、郭汉城先生和广州的王季思先生。询问朔方师，答曰：不论导师，应选北方。我内心也很向往北方，因为京城才是学术的中心。但那年北京的先生不招，就选择了中大。

考试点就设在中大。这是我第一次来到广州，住在西区招待所，参加笔试和面试。午后赴考时，中途遇雨，曾在西区球场的竹林边小避。之前听说考博士不用复习，只考平时积累，我就没有事先通过师友做了解。翻开文学理论教研室出的试卷，只有两个大题，都属于马列文论，源自马、恩的书信，我本科时虽有涉及，但那一刻却是真切体会到"猝不及防"的窘状。

面试时见到了王先生和黄天骥老师，小心翼翼地回答了提问，心中却没有底。结果是没录取。不过，有了这次经验，对中大也有了更

我的两位导师：王季思先生（左）、黄天骥老师（右）

多的了解，让我坚定了信心：明年再来！

　　第二年，我已在杭大任教一段时间了，但心里依然向往中大。我到徐朔方先生家里，请他再度为我写推荐信。徐先生咧嘴一笑，说："去年你的成绩其实够了的……"然后就定定地看着我。

　　我没有细问原由，对自己决定了的事情，却是十分执着，就坚定地点了下头。徐先生便取来信笺纸，写了两行字，大意是黄仕忠同志毫不气馁，勇气可嘉。我后来才知道，和我一起面试的中大应届毕业生谢日新兄也没录取，王先生空了一年。

　　第二年，黄天骥老师正式招生，两位导师联合培养，我则再度报考。这次是中大寄来试卷，委托杭大研究生办代为监督考试。考完，我就放下了。不久便收到通知，我被录取了。

　　后来听说这年考生很多，成绩都不错（我多年后知道有两位没被录取的，没再考博，但很快就成了研究戏曲的翘楚），两位导师向学校争取名额，招了三人：南京大学教师郑尚宪、华东师大应届硕士毕业生谢柏良（现在多署作"谢柏梁"）和我。两位师兄对我这个突然"冒"出来的小师弟，略有些好奇，因为面试时并没见到我。我推测是我去年已面试过，就免了这一关。

入学报到后，拜见王先生。先生说，原本想请徐先生也参与指导，你是徐先生的学生，成绩排在最前，徐先生同意带的话，就可再多招一名。但因一些具体原因，徐先生没有答应。我报到时是9月23日。一周后，刚过国庆，先生赴山西临汾参加第二届古代戏曲学术研讨会，让我们也一起去。这是一次有将近二百人参加的学术会议，规模宏大。据说前一年在郑州开的第一届，也是名家荟萃，俊彦齐集，规模盛大。但之后再也没了第三届。季思先生是古代戏曲学会的会长，也是会上几位资深学者之一。下榻后，他把我们三个博士生召去，特意叮嘱：你们年轻人，要与年轻人交朋友，那是一生的朋友。

听从先生的话，在这次会议上，我们结交了一大帮"一生的朋友"：刚从中央戏剧学院硕士毕业分配去北京戏曲学院的卜键，《文学遗产》的李伊白，南京大学的周维培，南开大学的陆林，安徽大学的朱万曙，北京大学的李简，中华书局的马欣来，同时还熟悉了中大同门董上德，学弟陈维昭、钟蕴晴、云亮，在暨大读研的小师妹王小雷，华南师大的周国雄老师，等等。二十多年后，我在东京大学任教的大木康教授那里看到会议合影，发现那次他也在！

会议期间，我们一同到《西厢记》故事发生地——蒲州普救寺，寻访当年那位多情才子跳墙的踪迹，像张生一样，久久伫立黄河渡口，领略那浊浪排空的九曲风涛。归途中，在西安的碑林里感受那剥蚀的时光，在华清池边想象贵妃出浴、力士捧靴、李白挥毫的身姿。我们还登上了华山，在西岳之巅仰天长啸，笑指日出，听野老闲话沉香太

1986年10月，在普救寺合影，左起：谢柏良、郑尚宪、王季思先生、姜海燕师母、黄仕忠

子劈山救母的传说。真可谓同学少年，意气风发。

二

就这样，我们进入先生门下，开启了全新的历程。

黄天骥老师当时是系主任，行政事务十分繁忙，因为中文系不仅新规划了本科生一年级"百篇作文"的写作，还设立了"刊授中心"——王先生曾赋《满江红》词，题作《中大中文系为自学成才创办刊授中心，被称为没有围墙的大学，喜赋》——学员累计多达二十万人。所以甫见面，黄老师就轻松地开起了玩笑："我的任务是把你们招进来。你们的学习，我就交给王起老师了。"

老师们没有给我们开具体的书单，也没有限定具体的要求，完全是让我们自由发展。他们主要根据我们的作业来作引导，而我们自己心中其实也是各有计划。尚宪跟我一样，已经留校教了一年书，他考来中大，南大起初不愿放行，让他写下字据，保证毕业后一定回去（毕业时因没有指标，无法回去。这是后话）。柏良虽是应届毕业，但出手很快，论文不少。大家心无旁骛，埋头书堆，努力让老师们看到我们的成绩。

我们这一届博士生，文理在内，全校才十一个人，都是恢复高考后上的大学，也就是现在统称的"新三届"。有这么好的平台，这么好的资料条件，又有这么好的导师带领，我们简直是放开了步子撒野，个个踌躇满志。每天想的都是问题，相互讨论，勤于写作，也不乏合作，写了就投。

80年代初，学术研究刚刚"拨乱反正"，回归正道，旧迹未尽，新途待拓，新观念、新方法纷至，我们在这个背景下打下了学术的基础，又个个力求走出自己的新路。尚宪从厦门大学考入南京大学，基础厚实，为人纯朴，其学谨守师训，老老实实地做着版本比勘研究；柏良从湖北师院考入华东师大，沾得海上风气，心高气雄，着力于构建自己的独特体系。我则谨奉老杭大"论考结合"的准则，力求将理论与实证融通。我之所为，正好介于两位师兄之间。三人秉性各异，风格不同，却可互济。

两位导师经常是读到我们发表出来的文章，才给予评说的。他们微笑着颔首肯定，然后委婉地提出意见与建议。我们高高兴兴地接受了表扬的话语，却有意无意地漏过那些批评的词句。

在那个神州复苏的80年代，一切都是那么美好，那么生机勃勃，年轻的我们，意气风发，睥睨四海。

当时导师没有专门开课授讲，但不定期地会举行精心安排的"辅导课"（研讨课），给我们无数的启发。地点就在王先生家的客厅，时间是一个上午或下午。所有讨论课,先生都全程参与,并发表意见。有几次是王先生亲自主讲。

那时还没树起"中大戏曲研究团队"的旗帜,实际则已形成。参加研讨课的,中年一代有苏寰中、黄天骥、吴国钦三位老师,年轻教师有罗斯宁、欧阳光、师飚、康保成、董上德,学生则是我们三位博士生,有时还有硕士同学参加。那时外部学术交流很少,这个群体却能经常展开内部研讨,对我们三位初窥学术门径的博士生来说,等于是得到了一次次的集体辅导,因而大开眼界,收获良多。

研讨课每次都有一个主题,有时是精选的戏曲史问题,有时是取学界新发表的论文,或由老师主讲,或由同学承当,这些都是由王先生与黄老师提议或商定的。研讨中所有人都是自由发言,直率表达自己的见解,或是不同看法。我不仅观察到师长们各自的个性、风格以及学养,还能体会到年龄和经历的不同而产生的"代际"差异,观察到各人在理论掌握与逻辑思考等方面的特色,内心也颇有跃跃欲试的冲动。

这种集体研讨课,成为中山大学戏曲研究团队的传统。我毕业后作为年轻教师也一直在参加。到1990年代,黄老师提出韬光养晦,沉潜下来,夯实基础,带领我们研读经典,每两周一次,定期举行。这种研读会和研讨课的传统,一直延续至今。

有两次研讨课,给我印象深刻。

一次是王季思先生主讲悲剧,他提出中国古代戏曲的特征是"悲喜相乘",并作了系统阐释。我听了,有一种每个毛孔都被打开的感觉,几乎浑身发抖,一时浮想联翩,十分激动。课后我根据先生的提纲和我的笔记,附以我的理解,整理成文,题为《悲喜相乘——中国古典悲、喜剧的艺术特征和审美意蕴》,后来发表在《戏剧艺术》1990

年第1期。这成为先生晚年最重要的学术论文之一。在发表时，先生特意在文末加了一段话："这是我的博士生黄仕忠根据我一次辅导课的讲授提纲和录音整理的。第四节里融入了他个人的一些见解。"

我为先生整理的另一篇文章是《关汉卿〈玉镜台〉杂剧再评价》，先生也是特地附上一笔："这是黄仕忠同学根据我的提纲和谈话撰写的。在某些段落还融进他自己的见解，不见拼凑痕迹，这是不容易的。"其实我在整理时改动、调整了先生的一些观点与表述，加了我的浅见，先生却不以为忤，附言肯定。

另一次是黄天骥老师主讲元代钟嗣成的《录鬼簿》。黄老师没有写提纲，即席开讲。切入的角度十分特别，仿佛打开了一扇新的门户，令人思绪万千，更有许多新的角度与新的可能在我脑海中活跃了起来。我的书写速度比较快，把主要内容记录下来了，课后安排新入学的博士生作整理，就把笔记给了他们，可惜最后却未能成文，笔记也遗失了。多年之后，我说起此事，黄老师也说，那天去先生家的路上，忽然灵感触动，纷至沓来，许多以前从来没想过的问题，一下子冒出来，又全部贯通了；可惜事忙，后来这种灵感消失，就再也记不起来了。我觉得十分遗憾，不然，学界应能收获一篇出色的论文。

入学第二年（1987）夏天，黄老师组织在佛山的西樵山举办《长生殿》讨论会，不要求与会学者提交论文，"只带头脑来就可"。事先安排尚宪和我撰写研究综述。我们花了近一个月时间，认真阅读了所有能找到的有关《长生殿》的论文和著作，写出了三万多字的综述，印发给与会代表（其中一万多字后来发表在《文学研究参考》上），也让我们对有关的各类问题，心中有了一个底。

会上的讨论十分精彩而激烈。每提出一个问题，都能引发不同的回应，又引出更深入的思考、更激烈的争论。很多发言我听来十分熟悉，因为之前的论文已有涉及；但又不相同，因为角度、路径有别。学者之间各执己见，互不相让，争得面红耳赤。也因为这样，很多细节，很多从来没有被关注的问题，被一一翻了出来，让人一新耳目。尚宪曾这样记道："在花果飘香的夏日，我们与众多师友聚会在南海西樵山麓，一边啖味荔枝，一边细细探究唐明皇与杨贵妃的生死情缘，为《长生殿》扑朔迷离的主题争个不亦乐乎。"

我在记录时，也悄悄地观察着学者的个性。有的性急气盛，抢先致辞，逻辑严密，言辞犀利，直人人心，例如南开大学的宁宗一教授；有的则是沉稳含蓄，到最后才发言，已经系统地梳理了前面的讨论，附以己见，给人条理清晰、滴水不漏的印象，例如华东师大的齐森华教授。

会后，我和尚宪根据录音记录成文字，编为《〈长生殿〉讨论集》，由文化艺术出版社出版。季思先生十分认真地准备了提纲，作了二十多分钟的发言，会后他又专门审读了我们的记录，做了细致的补充。他说发言时口头表达跟不上思路，会有缺漏。这种认真的态度，给我留下了深刻的印象。

许多年之后，与会学者回忆起来，仍赞不绝口，称这才是真正的学术讨论会。在我迄今为止参加过的会议中，也是找不出第二次同样的研讨会。

那时我们还在先生家里唱"堂会"，从昆曲、现代京剧到地方戏，众位师兄弟妹各显身手，连黄天骥老师也一展歌喉，演唱了粤剧，且有身段表演，让王先生十分开心。

我也被推上场表演越剧《红楼梦》唱段，民乐专业出身的谢嫂子用二胡伴奏，这是我第一次随伴奏唱曲，一心想着配合，结果总慢半拍。尚宪小声对我说：你只管唱，她是有经验的，会随唱合乐。于是让我对演唱与伴奏的关系有了新的体悟。

## 三

博士三年，我们是在两位导师的关心与指导下，在一种亢奋的情绪中度过的。中大为博士生提供了单人间寝室，让我们不受干扰地安心学习，当时在全国也是独此一家。

入学报到的那天黄昏，我尚未将宿舍整理好，师兄叫我一起去先生家拜见导师。王先生问：都安顿下来了吗？ 我们说，房间都定下了，里面还剩些垃圾，清理一下就好。先生听了，有些不高兴。黄老师接话说，报到的日期早就定下的，他们为什么不事先清扫？ 说要给房管处打电话。我们赶紧说不用不用，我们可以处理。在我们看来，这点事根本算不了什么啊。两位导师对学生的呵护之心，于此可见一斑。

事实上，学校和系里对我们也都是大开绿灯。柏良因为家人孩子要来，希望换个宽敞些的房子，后来就给他换了个套间，又因孩子吵，不利于写作，系办公室就为他临时找了个房间，所以他在博士阶段撰述甚多。

入学时，每人都有一个经费本，每年八百元经费，都归个人支配，只要符合财务制度，经过导师签字，就可以自由开支。所以1987年暑期，我为散心而有西北之行，前后历时四十三天，经西安、麦积山，转兰州、甘南拉卜楞寺，过西宁、柴达木，转敦煌，再往乌鲁木齐，游历了北疆和南疆。在柴达木往敦煌的戈壁沙滩上，草色遥看近却无，感悟到生命的艰难和个人的渺小；在无边的塔克拉玛干沙漠北沿和劈开漫漫黄沙蜿蜒千余里的黑色公路上，体会到心胸被撕开的感受。正是这次游历，我忽然找到了生命的节律，将混沌复杂的思绪化为有序；而回到广州寝室，首先看到的却是先生嘱师母写给我的安慰的便笺……

多年后，尚宪为我的论文集作序时写道：

绿树掩映的"玉轮轩"里，我们曾无数次围坐在两位恩师的身旁，聆听他们的谆谆教诲，感受一代大师的道德文章和崇高风范。每年初夏时分，我们趴在宿舍窗口，用细竹竿勾取洁白的玉兰花，给远方的亲友寄去缕缕芳香；秋冬时节，我们常常在江堤上漫步，看着夕阳将珠江染成一派通红，然后踏着暮色回到斗室，黄卷青灯读到深夜。元旦晚会上，我们不敷粉墨就昂然登场，在哄堂大笑声中，串演了一出"歪批三国"。

然而更难忘的，还是三年中那无数次竟夕长谈：在书堆纵横的桌上挪出一小块空间，摆上一把缺了嘴的茶壶，两个锈迹斑斑的小茶杯，泡上一壶他从家乡带来的大叶茶，然后就海阔天空地聊将起来。我们聊人生，聊理想，聊家乡趣闻，聊往日师友……常常一聊聊到深更半夜，茶壶里倒出来的水早已淡白无味，而我们的谈兴却越来越浓。一个个想法在神聊中产生，一篇篇文章在聊天后出笼。

无论我还是他，每当有了一个新的想法或读书有所得，第一个念头就是找对方聊聊，切磋切磋；每篇文章脱稿后，总要让对方第一个过目，提提意见。有时候干脆合作撰写。这种学问商量之乐，是常人难以体会的。

写到这里，尚宪问我："有一次你穿着拖鞋去系办公室，被反映到黄老师那里去了，不知道你是否还记得？"我说：知道。那时十分放飞自我，"目中无人"，以为不同于杭大，反正没人认识我，不用管别人，我所做与人无关。

事实上，是一头沉浸在自己的问题里，每天都在书堆里泡十来个小时。往往是快中午了，才骑个自行车，趿拉着拖鞋就去系里看信，然后飞快返回，从来没去留意别人会怎么看……这种"与人无关"的感觉，仿佛就在眼前：骑着单车，穿行中大，哪怕知道遇见的人是谁，但既然我们从来没有打过招呼，那就是不认识，对不？我不问候你，你也不用招呼我，大家都省事、省时间，多好！于是飞驰而过，目不旁视，潇洒快活！

我们很幸运，就是在这样神采飞扬的日子里，学习、生活、思考、成长、完成学业。

我在第二学年结束时，才确定以"负心婚变母题研究"作为博士论文选题。

我硕士时做《琵琶记》的研究，它原是一个负心婚变故事，前身可追溯到宋代的"赵贞女蔡二郎"，甚至上溯到唐人小说《玉川子·邓敞》，其后身则延续到清代《赛琵琶》《铡美案》。我以此为中心，再作展开，往上追溯到《诗经》的《氓》《谷风》，向下涉及1988年谌容的小说《懒得离婚》，主要就同一事件在古今作品中的不同表现，展开"文学社会学"的解读。

表面上看起来这只是我硕士论文的延续，其实这是受王先生《从〈凤求凰〉到〈西厢记〉》《从〈昭君怨〉到〈汉宫秋〉》等论文的影响，而以"负心婚变悲剧"的成立、转换、复现作为元明清三代的阶段性特征，则是以王先生主编的《中国十大古典悲剧集》序言对悲剧的解说为基础的。这个选题还有着现实的因素，因为当时高考和知青返城所引发的婚恋变故，被视为社会问题，备受争议。学术研究应当关注社会现实，也是先生一直强调的。

1991年，我在《文献》杂志上刊出一篇文章，梳理了从《诗经》时代"清庙之声，一唱三叹"，及《楚辞》之"乱"，吴声西曲的"趋、艳、送"，到唐代《踏摇娘》"旁人齐声和之"，《小孙屠》的"和""和同前"，再到弋阳腔的"一唱众和"，说明"帮腔合唱"源远流长，在南戏中已是常态，而不是弋阳腔的发明。

我去拜见先生，先生说他收到了杂志社赠刊，读过这篇文章了，并有嘉许之意，让我按这个路子走下去就好。这让我深感喜悦，又解释道，文章寄出后，还找到好多资料，没能放进去。

先生听后，呵呵笑了，轻声说："结论对，材料会越来越多，找不完的，也不用都放的呢。"我这篇文章虽是以考证为主，却也是学习了先生一贯主张的上下打通的模式。

尚宪后来记述道："有位友人读了仕忠某篇文章后，很感慨地对我说：'黄仕忠得了徐朔方先生的真传！'我告诉他：你多看他几篇文章，就能看到王先生、黄老师的影响。"诚哉郑兄，确具慧眼。

我们博士毕业时，正值那个动荡的夏日。先生十分担心国家的前途和命运，忧心忡忡。6月7日，先生召集我们三位同学去他家里，商量答辩诸项事宜。因为当时交通中断，各地情况不明，无法邀请北京、上海等地的学者前来，只得临时改请广州本地学者。议定这些，先生坐在那张圈椅上，用沙哑的嗓子说："我自己一生经历多次战乱和运动，没有多少时间读书做学问，本以为你们可以有一张安静的书桌，谁知道……"说到这里，先生老泪纵横，哽咽不能成声。此情此景，至今犹在眼前。

6月13、14两日，我们三人顺利通过答辩。不久，先生被要求"自愿退休"，从此不再招收研究生。就这样，我们三年的博士生生活，以及我心飞扬的80年代，从此落下了帷幕。

2023年1月28日

## 附：学者之域

1986年秋至1989年夏，予于中山大学随文学史家、戏曲史家王季思先生（1906—1996）攻读博士学位。后留校，仍得时闻先生教诲。归则私记之。今值先生去世十周年，亦是先生百年寿诞之期，追思先生当年之所述，以为仍颇具现实意义，兹刊布数则，以作纪念。2006年6月。

### 一、名与实

尝侍季思先生侧，论及学人的名实问题。

先生曰：名与实，通常可以看到的，不外乎两种：一种是名实相副，另一种是名实不副。

在名实相副的过程中，存在两种情况：一种是实才至，名即归之，

1990年1月，在王季思先生家客厅

这当然是最好不过的了；第二种是实先至，而后名方随之，这种情形最为常见，是人生之常，不必慨叹。

至于名实不副的，也有两种情况：一种是骤得声名，但实不仅不足以称之，而且看不到增长的可能性，所以别人视作"名不副实"，也就有了根据；第二种情况是看起来好像"实"不称"名"，但不久之后，实也很快提升到足以与名相称的地步，叮以称之为"名全实附"。这类情况最要注意区别。如果简单地以名不副实视之，就会失之偏颇。

## 二、锐气与成熟

常闻前辈学者诫言板凳要坐十年冷，厚积须当薄发，私意也以少年老成之文章为自得，对侪辈的雄文，略不以为然。

以此询季思师。

先生曰：也当有所区分。少年有少年之文，老者有老者之作。

文章与气势相关。少年时当养其气。能用其锐气，则常有出人意料的见地，能发人所未发。少年人较少拘羁，思绪飞扬，所以时有所得。虽然其中也难免出现稚率的情况，但应当允许他们由不成熟，走向成熟。如果一味强调老成持重，磨光了锐气，长此以往，恐怕还没有达到厚重的境地，却先见到萎靡不振的情状了。

文章事，本来就不应限于一种风格。风格的获得，应当以适合个性为标准。老年人返朴归真，举重若轻，以大手笔做小文章，因而能达到一种很高的境界。年轻人应当知道有这类文章，能够体悟到其中的妙处，知道平常话头也能表达出余味不尽的境界，有华辞丽藻所不可及处。但，也不必一味模仿，亦步亦趋。

另外，文章之道，别无他径，只有多练多写。厚积薄发，并不是说不写，只是说拿出来的都应是成熟的作品。

就每个人的不同情况来说，谨厚者当鼓励其多作文，多练，敢于发表己见；而过于张扬者，则当提醒其返于厚重，不可一味使才。

所以说，也无一定的规则。

## 三、思想与教条

季思师谓其少年时代，不满私塾的旧式教育，对日日诵读五经四书，深觉烦厌。后来读中山先生关于三民主义的文章，感到耳目一新。塾师或学校屡加禁止，就用五经四书用作封皮，以障耳目。

但民国以后，在学校中，这类文字，又成了必须天天讲、月月讲的东西，成了不可置疑的纲纪，也就令人生厌。结果便以三民主义读本作封皮，用来遮掩进步书籍的阅读。

所以，无论何种革命、先进的思想，一旦成为教条，成为不可怀疑的东西，成为唯一的真理，强制人日日诵习与接受，便成为阻碍人类思想发展与进步的障碍，最终也必然会为人们所抛弃。

## 四、专精与博学

予叹前辈学人之博学，我辈遥不可及，遂请问其途径。

先生曰：其实不必太过神秘。博，也是相对的。此事需得从长计议。倘用三五年时间，做一个领域，当能臻于学术之前沿；然后再用三二年时间，用于相邻的领域，亦必能成为专家。

人对于学术的追求，原是一辈子的事情。一个人，一生中若能有三十年用于学术，每三五年能成为一个领域的专家，如此持之以恒，待到耄耋之年,便自然是博学之士了。

我的一生,历经战乱与许多政治运动,难得平静致学的时光。你们看起来应当能够处于一个安定之境,倘能认定目标,循序渐进,他日于学术上之所得,必会超过我们。

予默识于心。

# 我的学术经历

## 一

1960年11月25日（农历十月初七），我出生于地处浙江诸暨东北部的枫桥镇，一个名叫"钱家山下"的小村子。1967年春读网山小学，1976年夏高中毕业于白米湾五七中学，只要参考这十年的特殊背景，就可以想见我在中小学期间的学习状况。

只是因为从小喜欢看书，家里也还有叔叔留下的、姐姐任代课教师时借来的书，无书可读时对某些书籍的反复阅读，构成了我的精读基础，让我能够幸运地在1978年10月考入杭州大学中文系。入学一个多月后，才度过了十八岁的生日。

入学时，系里分配课外阅读书籍，我领到了一本汪辟疆编选的《唐人小说》。因此开读唐人小说，然后是宋元话本，再到明清小说，后来决定考古代文学研究生，这可能是最初的机缘。

三年级时，我写了一篇谈唐人小说《李娃传》的文章，以为以往名家的解读，也仍可以再议，被编入杭大中文系本科学生的一本论文集，算是在学术上蹒跚学步的开端。

又因为反复阅读《李娃传》，对书中情节十分熟悉，发现其中所写东肆、西肆比赛唱歌判定高下的场景，在屠格涅夫《猎人笔记》中也有相近的叙写,所以在完成古代小说研究课作业时,将这两者加以比较,写了一篇类似于比较文学的札记,任课老师给了"优"的成绩。

接着准备研究生考试,起初想的就是小说方向。不过,对于是考去北京,还是选择本校,曾有过犹豫。后来招生目录出来,徐朔方先生在元明清文学专业招生,于是确定考本校。该专业有两位导师,徐先生说是各自出题,他将招戏曲史方向,所以我调整备考方向,临时改读戏曲史有关书籍。

录取时,我的专业课成绩是60分。事实上古代文学专业同届的五位同学,入学时的专业成绩好像都是60分。只是唐宋文学专业录取两人,其中一位得了61分。这大约是杭大先生们的习惯。

入学后,徐先生并没有专门开设研究生课程。我跟随徐先生学习,是从旁听七九级本科生的《〈史〉〈汉〉研究》开始的。为此,我在假期就先通读了《史记》和《汉书》,又因徐先生在课堂上的提点,我自行安排把《史》《汉》重叠的部分,做了比较研读,把异文记在八开的白纸上。比勘中,有一些发现,觉得关涉的问题很重要,又努力从小处见大,并据此写了几篇文章,其中《摩钱取镕与五铢钱》一文,二年级下学期时发表在《杭州大学学报》上,这是我第一篇公开发表的论文。

又从《史记》载汉事的诸表中"臣迁谨记"等语,考司马迁最初是公开著史,并意图借此取悦武帝,故武帝可能在天汉三年之前看到过当时已经完成的《史记》的部分篇章。

在比勘中还发现,颜师古注《汉书》,没有参考《史记》,所以有些地方《史记》不误,他则据《汉书》误字强为之作解;《汉书》在删节《史记》时,偶有删削未尽之字,依语句实是不通,颜师古则按字面意思强为之解释。

这种细读比对后的心得,似乎可以自成一说,所以,一度也考虑是否继续下去，以《史记》研究作为硕士论文的题目。但认真考虑之后，觉得徐先生从事《史》《汉》研究，只是"文革"期间许多领域成为禁区之后的选择，他真正擅长的毕竟是在戏曲方面，而且他在出版《〈史〉〈汉〉论稿》（江苏古籍出版社，1984）之后，也已经全面回归戏曲小说。我既然跟随徐先生，自当学习他最擅长的领域，所以到了二年级，我将主要阅读对象改回到戏曲书籍，名剧校注本而外，系统地读了《元曲选》《元曲选外编》《六十种曲》等曲集。元代的杂剧，后来又按照作者年代先后顺序再作通读，以求对具体作品有总体的印象，体悟先后作者在实际创作中的探索的异同，从而对文学的内在演进有所感悟。

随徐先生研读《史》《汉》二书，我得到了很好的学术方法训练。后来在研读《琵琶记》时，我发现早期版本与明代后期的版本相较，在文字上有所不同，所以也很自然地选择代表性的版本，做了详细的比勘，一一罗列异文，细细体味不同的细节处理在具体演出及刻画人物心理上的差异，体味明人改本在局部场景下对人物心理的新理解、定位，与剧本整体是否相洽。这样多方揣摩，对剧本的理解渐趋深入，慢慢构成对作者整体思路的一种新的理解。

之后，我又把"作者原义"与明人依据自身思想观念的要求而增加或强化的那些"引申义"加以区分，从而发现今人对于《琵琶记》负面评价的例子，大多与明人的改动、选择性强化有关。又从早期版本以求"作者本义"，并与作者生平与诗作相印证，对高明撰写《琵琶记》的创作意图提出新的理解，并尽力将"作者原义"、宋代负心题材故事所拥有的惯性，与明人所理解以及经过明人改写而衍生或强化的"接受之义"区别开来。这构成了我硕士论文的主体，故题作《〈琵琶记〉新论》。

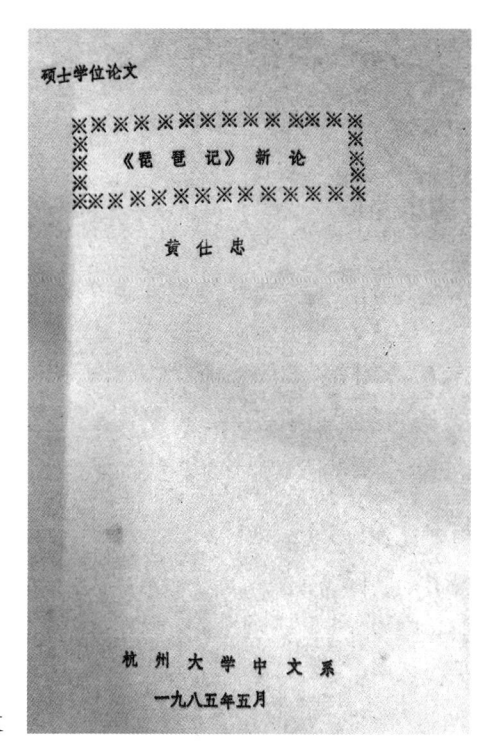

我的硕士学位论文

我的结论是全面肯定高则诚与《琵琶记》的,而徐先生在50年代关于《琵琶记》的论争中,曾是否定派的主将。我那时对与导师唱反调是否有忌讳之类,是懵懂不明的。幸而徐先生不以为忤,认为只要自圆其说便可。他的"求真"态度,让我坚信"吾爱吾师,吾更爱真理"是可行的,一切以学术为本位,应当是学者所坚守的,这对我后来的学术道路,有很大的影响。

我读研究生的80年代初,学术界一面是努力挣脱旧的樊篱,另一面又着意构成新的范式,所以也是新观念、新方法盛行的时期。虽然新风涌动,引人眼球,而沉潜有力之作无多。偶闻师长辈述说:杭大的学风,是"论""考"结合。顿如醍醐灌顶。因以夏承焘、王驾吾、姜亮夫诸先生的学术相印证，以蒋礼鸿、吴熊和、郭在贻等当时的中青年教师的工作作观摩，心有所得，并恍然醒悟：徐先生的学术之路，便是在50年代新的思想方法兴起之时，能较好地将新观念与旧传统有机结合，因而别树一帜。所以我对自己的学术训练，是从细微处着手，培养文献实证方面的能力，同时也注意方法论方面的学习，努力在具体的文学阅读体悟中，找到新的理论方法的契合点。这样的明悟与训练，直接影响着我的学术走向。

## 二

1985年7月，我硕士毕业后留校任教，并续有文章在《文学遗产》《文献》《杭州大学学报》等杂志上刊出。但我发现硕士三年读书所做的积累，其实非常有限，很快就会用完，因而希望能有机会继续学习。遂放弃了在杭大的教职，在第二年9月考入中山大学，跟随王季思、黄天骥先生学习，以期拓展自己的视野。

博士学习期间，我的主要精力是以《琵琶记》等具体文本研究为基础，在中国戏曲史视野下作宏观的思考，努力构筑我自己对于戏曲发展过程的独立理解。而博士论文选题则直到第三年才正式确定，题为"负心婚变母题研究"，这母题研究（Motif Research），实际上是运用比较文学主题学研究的一种尝试，着眼点是考察此一母题在一国文学中的古今演变。具体而言，又是以《琵琶记》为代表的书生婚变事件为中介，向上一直追溯到《诗经》时代，向下则延伸到1988年谌容的中篇小说《懒得离婚》。以各时代具体的文学书写为研究对象，从这些书写所体现的观念为关注点，然后从婚姻史、妇女生活史、女性婚姻地位的变迁、知识分子的社会角色，以及文学书写者本身地位、视角的变化等角度，展开文学社会学的解析。涉及的文献资料十分庞杂，相关的文学事例都是我从古今文献中收罗爬剔而得，但在主题学的线索下，隐约可见其间清晰有序的变迁转换脉络。

我发现，离婚事件，古今中外皆不可避免，离婚固然意味着女性被遗弃，但如果离婚后可以再改嫁而不受非议，贞节不是重于女性的生命，则并不一定呈现为悲剧性结局。所谓"负心婚变"，体现了对女性的同情回护，但其实只是保护"嫡妻""正妻"的地位而已，而且只有遵守礼教的正妻才有资格得到保护。所以，这种道德谴责，本质上是为了保持伦常制度的稳定性，不能简单借用这种道德观念来保护在当代婚姻生活中处于不幸的那些女性。

具体而言，从先秦到汉魏六朝，可以称之为"弃妇诗"时代，主要载体是诗歌，以弃妇的悲怨为主要意象。其特质即是所谓"哀而不伤，怨而不怒"。因为女性虽然可以藉勤劳为美德，但如果无子、婆母不喜，在礼教制度下，并不能保障自己的婚姻地位，除了叹息遇人不淑、良人二三其德，其实也无法索求更多，所以只剩下怨苦一途。

唐代以后，科举选士制度的实施，为男女婚变注入了新的内容。特别是到了宋代，汉魏以降的门阀制度解体，白衣秀士，落魄书生，也可能经过科举而变泰，从而为女性有恩于这些落魄的书生提供了可能，使这些女性有权力要求书生在发迹之后给予回报，这构成了一种"恩报"结构。对于毫无政治背景的书生来说，为了仕途畅达，联姻高门便是最好的途径。但既要隐瞒已婚的事实，又不愿再认可原先给予帮助的女性，甚至必须用极端的方式来解决这难言的"隐患"，才有马踏赵贞女、王魁负桂英等事件发生。

宋代书生优渥的社会地位，知书识礼的教育，使他们成为时代的骄子，这与他们的负心行为构成一种道德上的巨大反差，在大众的观念中,被视为人神共愤,唯有雷击、魂索才足以宣泄其愤慨。婚变悲剧因此得以成立。赵贞女蔡二郎和王魁负桂英故事便是其中之代表,随着戏曲在宋代的形成并成熟,产生出真正的悲剧作品。

不过,这种现象随着宋亡又有了变化。在元蒙统治时代,书生沦落到近乎"九儒十丐"的境地,所以元代戏剧中,书生通常被塑造成"志诚"的形象,原先的负心故事,大多用"误会法"为之释解开脱,涉及婚变的书生故事也由此有了新的构思。《琵琶记》《王俊民休书记》等表现书生志诚不负心的故事,即所谓"翻案"剧,就是在这种背景下应运而生的,其纠集点主要不是书生负心与否,所以我把元代称之为负心婚变悲剧的"转换"时期。

到明代,《焚香记》《葵花记》等仍是在这一路子上为书生开脱,婚变通常是由于书生处于不得已之故。如果这一夫二妇的婚姻出现问题,也大多是如《葵花记》所写的,是相府之女的妒性所致。这种情况延续下来,直到清代《赛琵琶》《铡美案》,才再次回到宋代式的悲剧模式。

20世纪初,一面是新文学背景下,以自由恋爱、冲破包办婚姻为号召,某些旧时代被认为是负心婚变的事例,得到了正面肯定的书写;另一面,在传统戏曲里,仍然用《秦香莲》《情探》这样的故事,沿袭着传统的套路。

到1950年代中期,出现《在悬崖上》《离婚》等小说,也有对负心婚变事件的书写,但其对象均为受过教育的读书人,其婚变的原因则是因为受到"小资产阶级思想"的侵蚀。直到1980年代,情感被视为婚姻的基础,一批女性作家从女性的自立、自尊的角度探讨婚变问题,并且以一批报告文学对于保护那些情感已"死亡"的婚姻事件的书写为标志,不再单纯把婚变视作男性的道德缺失,从而完成了对传统道德背景下的"负心婚变"概念的消解。

其实我选择这个题目,也是有着现实的针对性,是有所感而发的。当时那一代年轻人,由于高考恢复和知青返城,处境、条件的变化,让年轻人重新选择婚恋对象,成为一个"社会问题"。在"保护妇女权益"的口号下,所有婚恋中的变故都被认为是受"资产阶级思想污染"的结果,受到严厉的道德谴责。1980年,《中国青年报》登载一则报道,杭州大学政治系七七级的一位学生,因为与恋人发生了性关系之后仍要求分手,被判为严重道德败坏,开除学籍。这使得许多此前谈着恋爱的年轻人,纵然双方已无共同语言,也不敢主动言变,结果在被动走向婚姻之后,面临更大的痛苦,此时再想挣脱这婚姻枷锁,就需要付出更大的代价。而我发现,在"资产阶级思想"还没有进入的中国古代,同样的婚变现象也代代不绝,显然,这是一个社会问题,与外来思想的侵袭无关。

我当时的私愿,是通过对古代婚变文学的探索,来正视现实中年轻人的婚恋问题,不至于动辄就被扣上"小资产阶级思想"的帽子。

当然,我的写作与努力,在当时并没有发生任何作用。这个问题的真正消解,其实是由"时间"来完成的。因为八〇级之后的大学生,基本上都是高中毕业后就进入大学的,他们的婚姻,都是大学毕业之后缔结的,是在同一环境里、对等条件下谈婚论嫁。而所谓的"负心婚变",其实特指男女地位变迁造成巨大反差背景下的分离;同等条件下的婚姻变更,则可用中性的"离婚"一词。而"负心"虽然与私德有关,却不再构成一种社会性的道德绑架。所以是社会的变迁,让这些问题停留并消解在80年代。当然,这是后话。

我的毕业论文,在当时按要求只打印了宋元明负心婚变悲剧的成立、转换与复现这三章,用作答辩之用。后来叶长海先生将其压缩

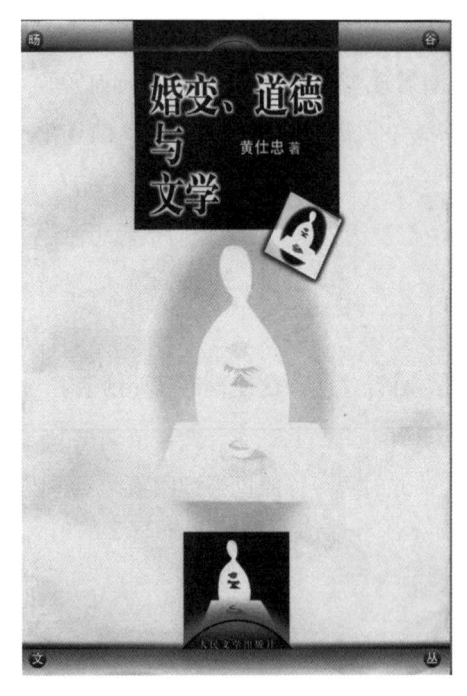

*《婚变、道德与文学：负心婚变母题研究》*

到三万字，以《负心婚变母题研究》为题，刊于《戏剧艺术》。又因硕士同学陈飞的介绍，由陕西一家出版社取其中古代部分编入"羊角丛书"。直到1999年，才由人民文学出版社出版了完整的文本，题作《婚变、道德与文学：负心婚变母题研究》，算是为此一问题的探究，写下了一个句号。

## 三

博士毕业之后，我的研究主要集中在两个方面，一是《琵琶记》的研究，二是戏曲史的思考。

硕士论文提出关于《琵琶记》主题的新解，关注不同版本之间文字上的差异,是其支撑点之一。我通过两个主要版本的比较来说明明代人的改动如何"歪曲"了"作者原义",并撰成文章刊于《杭州大学学报》(1986年第2期);然后撰写了近二十万字的《〈琵琶记〉研究》初稿。但是因为未能亲睹《琵琶记》的所有版本,内心仍然不是很踏实,所以在博士学习及毕业之后,仍努力查访更多的明代刊本,以求了解《琵琶记》在明代的接受改造过程。

在对大陆所藏版本一一访查的过程中,我发现版本本身的研究,也具有重要的学术价值。这方面,蒋星煜先生的《明刊本〈西厢记〉研究》(中国戏剧出版社,1982)作出了榜样,也给我以信心。所以,我在全面梳理《琵琶记》版本系统的基础上,通过版本的变迁以及明人的评本、评论,来反观元明两代戏曲观念的变化;从接受美学的角度,以及时代、社会条件变化的角度,来考察从宋代的《赵贞女》到元末

《〈琵琶记〉研究》

《琵琶记》对于同一负心婚变题材表述、处理上的变化，更为细致而符合逻辑地把作者原义、明人积极的改造过程做了梳理。最后经过十余年的积累，数易其稿，出版了《〈琵琶记〉研究》（广东高等教育出版社，1996）一书。

其中有对具体版本的探讨，有在版本比较基础上对细节的把握，也有从接受美学观念的理解，以及从戏曲发展史角度的观照。同时，不再局限于"作者本义"，还把这一题材放诸中国伦理社会加以考察，解读为一种契合于中国传统社会的伦理悲剧，以揭示中国悲剧有异于西方悲剧的特质。

我在硕士阶段自以为已经把握住了"作者原义"，颇有雄心，想要为高则诚"翻案"，到此时，已经平和地把所有时代对于《琵琶记》的褒贬，都作为接受过程的不同环节来看待。回想选择这个题目的初衷，原因之一，是这部作品被认为"最复杂"，评价最是分歧，但又是戏曲史和文学史上的重要作品，如果我能够将明清以来纷纭复杂、尖锐对立的各种观点梳理清楚，并且在此基础上提出自己言之成理的看法，或许可以让自己在学术上得到最好的锻炼；如果我能把这些所谓"复杂"的问题，从不同视角、不同层次，逻辑分明地加以阐述，并说明其具体表现以及造成这种情况的原因，也就意味着真正在学术的道路上登堂入室了。当时诚然是无知者无畏，也可算作是志存高远。

幸而这样的努力，有了一个不错的结果。这本《〈琵琶记〉研究》成为我的代表作，受到了学界同行的厚爱。

至于我对于戏曲史的思考，也不是从现成的理论出发，而是通过对《琵琶记》这样的具体个案的深入探讨来展开的。如前所说，我的博士论文的选题，即是对此一题材在宋元明清的接受、改造情况的梳理，以及从社会变迁的角度，解析它们在文学写作中的变化。这本身就是一个宏观的视角。它们与我重构戏曲发展史的目标,部分地重合,并通过诸多具体作品的研讨,来获得坚实的基础。

正是在研讨和思考《琵琶记》等问题的过程中,引出了诸多新的具体问题,需要在戏曲史的视野下,挖掘出其中蕴含的意义。

例如我在研读《琵琶记》时,发现赵五娘一人在场,所唱曲子中也用了"合";照通行的说法,这"合"是场上人同唱的,但此时场上只有一人,因而于理不通。所以我怀疑它最初是由后台帮腔的。再将陆贻典钞本与通行本《琵琶记》比较,发现在陆钞本里,很多情况下这"合"的文字内容与场上主角参与唱曲有所冲突,而通行本则通过增删更换,让这种冲突消泯,变得可以由场上所有脚色参与合唱。由是深入考察,发现这种表演方式,在宋元及明初,与明代后期有所不同。

进而考察其渊源流变,让先秦的"一唱众和"的"和",经唐代《踏摇娘》的"旁人齐声和之"的"和",到《小孙屠》的"和""和同前",下及弋阳腔的帮腔,构成一种延绵不绝的帮唱传统。这便是《和、乱、艳、趋、送与戏曲帮腔合考》这一篇文章的由来,并且得了王季思先生的首肯。

对"合"的解释,其实还涉及对《琵琶记》的理解与评价,因为第五出前半夫妻在场,悲叹爹娘逼儿赴试,其"合"作"为爹泪涟,为娘泪涟,何曾为着夫妻上挂牵",若作场上合唱,为伯喈夫妻自述,便显得刺耳,故今人评其"狂热宣扬礼教"之类,多取以为据;如果作后台帮唱,只是场外合唱者评论,便毫无滞碍。所以虽是对一种演唱方式的新理解,实际牵涉的问题很多。

再如因为钮少雅《九宫正始》引用了一种"天历间"的"元谱",其中所引《蔡伯喈》的文字,与今本《琵琶记》无异,遂有学者怀疑元末的高明并非其作者。这让我关注到"元谱"之说法的由来,发现钮氏本人并没有直接说明他所得到的就是"天历间"的谱,那是在冯旭的序文中才提出的;但冯旭对钮氏年岁也不清楚,可知其所说是从"臆论"中发挥而得,故不足凭信。更进而考虑《九宫正始》的编例,以及所谓"九宫"外别有"十三调"的现象,从而对南曲谱及明人对于南曲宫调的概念加以考析,因而有《九宫十三调曲谱考》一文。

此外,因《琵琶》《拜月》高下之辨,让我注意到从戏曲发展史的角度看待"本色论";因为明人对《琵琶记》用韵甚杂的讥议,让我思考南北曲用韵的差别,而且发现这种差别并不是每个曲论家都明白的,例如吴江一派的作家与曲论家,就都认为南曲也应以《中原音韵》为标准。把这些具体问题的考论与戏曲史宏观思索相结合,我写了系列文章来作阐释。

1997年,我把《〈琵琶记〉研究》之外的戏曲研究论文结集为《中国戏曲史研究》,由中山大学出版社出版,算是对硕士、博士阶段所着力思考的问题的一个小结。

## 四

1997年之后,我的戏曲研究论文写作,有过一段时间的停顿与徘徊。因为虽然还有不少题目可以撰写论文,但总体而言,这基本上将只是数量的增加,而无法做到对于一个领域研究的质的改变。所以,我仍需要有新的积累,努力开拓新领域,以争取学术上的突破。

2001年,一个偶然的机会,让我迈向新的领域。这一年4月,我赴日本创价大学作为期一年的访问研究。因为没有授课任务,我把所有精力都用于访查日藏中国戏曲文献。

最初的目标只是为我们即将编纂的《全明戏曲》寻访未获之版本，但在对图书馆及文库进行逐个的调查过程中，深感文献之丰富浩瀚，而海外访曲，经历种种，实是不易，因而萌生一个愿想：为日藏曲籍编制一个总目，可让人按图索骥，无须重复我的辛苦，也可以省下时间去从事更深入的研究。

此项工作最后经过十年努力，2010年，以《日藏中国戏曲文献综录》为题，由广西师范大学出版社出版，并蒙田仲一成先生赐序首肯。

我在调查中发现，还有不少珍稀的曲籍，向来未被关注，即使以往已有介绍者，也仍有不少未被影印，获见不易，所以又有了编选影印珍稀曲籍的设想。在金文京、乔秀岩（桥本秀美）两位先生的帮助下，我们经过五年努力，在2006年出版了《日本所藏稀见中国戏曲丛刊》第一辑，主要收罗了东京大学、京都大学、内阁文库等国立大学和公立图书馆的收藏。直到2016年，在金文京、真柳诚、冈崎由美等多位学者帮助下，才出版了第二辑，主要收录天理大学、大谷大学等私立大学及私立文库的藏品。

因为要为影印本撰写解题，必须了解各文库的曲籍收藏源流，从而开始关注日本的戏曲研究情况，并多次赴日，再作访查，重点调查了明治时期中国戏曲研究有关的论著，作学术史的梳理，遂由文献庋藏的调查，转而关注日本的中国戏曲研究史，以及近代以来中日学者的交流与相互影响。后来藉以上研究探考为基础，作为十年工作的总结，在2011年完成《日本所藏中国戏曲文献研究》一书，由高等教育出版社出版。

这十年的工作，也改变着我的学术领域与研究方式。从《琵琶记》现存版本的调查比勘，到日藏戏曲的全面寻访、逐册翻阅，让我对戏曲文献有了更多具体而微的经验积累；借助以往对于戏曲史的宏观思考，让我能够把每一项新材料的发现和每一个具体问题的考证，放到

《日本所藏中国戏曲文献研究》

宏观视野下观察其所具有的意义与价值,并从戏曲史的具体研究,拓展到学术史的探讨。关于日本江户、明治时期对中国戏曲的接受研究,以及王国维的戏曲研究与中日学者在近代以来的相互影响等文章,都是在这一背景下作出的延伸与拓展;对汤显祖剧作题词所署时间、顾太清的戏曲创作等文章,也都有着域外文献的支持。

1997年到2007年这十年间,我很少发表文章。但这十年"停顿期",通过对文献的寻访、比勘、校理,辅以思考、探索与积累,让我完成了自我的学术转型,得以在更宽广的视野下来规划学术,用较长的时段来耐心展开,走出一条适合自己的学术之路。所以最近十年间,在多个领域有系列成果面世或后续推进。

所以,这种学术转型,也是主动、自觉改变的结果。

80年代以来的学术,相对于60、70年代,可以说是拨其乱而反之正。但是，即使回归到50年代的轨道，仍然与真正的学术有着距离。更为重要的是，以戏曲和俗文学研究为例，我们的研究工作，其实都是建立在50年代以来学者所梳理的文献资料基础之上的，如郑振铎先生主持的《古本戏曲丛刊》前四集和傅惜华先生的系列戏曲俗曲目录，成为学者手头的基本材料。而那个时代的工作，受其客观条件限制，已经不能满足当下学术研究的新要求。在新世纪到来之后，我们不仅要面临国际化的大潮，而且也面临着诸多新的挑战。

随着时间的推移，晚清、民国都已渐行渐远，许多原先"非主流"的领域，随着学术"往下走"的潮流，进入到学者的研究视野。而每一学术领域的推进，都是以新一轮的资料文献整理为基础的，需要有人从事文献调查、编目、影印、标点出版，为新的学术发展作一些基础性工作。而这样的工作通常需要五到十年，乃至更长时间的积累，需要有坚定的信念和不懈的努力，需要在日益严格的考核制度下，合理地对待，超然地应付，才不至于被以刊物级别来判别学术水平的潮流所裹挟与湮没。

我们的目标之一，是对戏曲文献的编集、整理和影印。

这首先是赓续王季思先生主编的《全元戏曲》，通过《全明戏曲》整理，来完成有明一代戏曲文献的编集，同时重新为元明戏曲编制完善的目录，对明代曲学文献作重新梳理，为今后的研究开启新路。

此项工程在2004年启动，2010年由黄大骥先生主持申请成为国家重大项目，《全明杂剧》近期可望出版，传奇部分也基本点校完毕。我相信这项巨型工程的完成，会将明代戏曲研究置于一个新的平台上，呈现出全新的面貌。

事实上，当黄天骥老师和我各自校读完全部明代杂剧时，我们都深有感触，因为拥有了一种与以往完全不同的整体感觉，对明代戏曲发展史有一种新的明悟，有一批新问题，有助我们对明代戏曲史的深入理解。

此外，我主编的《清车王府藏戏曲全编》（广东人民出版社，2013）、辑校的《明清孤本稀见戏曲汇刊》（广西师范大学出版社，2014），以及前举日藏曲籍的影印，还有正在展开的海外藏珍稀戏曲俗曲文献的荟萃影印工作，都是经过了十年乃至将近二十年的努力，朝着同一个目标行进。

目标之二，是继续向"下"走，戏曲而外，重点关注说唱类俗文学文献。

我在2001年着手北京"子弟书"文献的整理，到2012年与学生李芳、关瑾华共同完成《子弟书全集》（社会科学文献出版社）和《新编子弟书总目》（广西师范大学出版社）的出版，再到李芳的博士论文《子弟书研究》的完成，以十年时间，构成了一项系列性工作，以推进这个领域的基本建设。

2005年以来，我和学生还以十余年时间，调查汇集了广州府属木鱼书、龙舟歌、南音、粤剧等在1930年之前的文献，作为《广州大典》的续编影印出版。目前进行中的工作，还有潮州歌册、闽台歌仔册等的寻访、编目、整理事宜。

以上各项研究工作，都遵循以下程序：在全球范围内展开全面系统的文献调查，以此为基础编制总目，然后对文本作校点或影印出版，最后完成研究性著作，时间周期大多在十年以上。如果没有高远的目标和持之以恒的追求，是难以做到的。

最近，我们创办了《戏曲与俗文学研究》刊物，以期为俗文学研究提供一个发表的平台。主要是以文献实证为中心，通过版本、目录、文献整理、具体个案研究等方面的稳步推进，逐步改变俗文学研究领

《戏曲与俗文学研究》第十一辑

域的面貌。

在这个过程中,我也自然而然地从个体的学术研究,融入一个团队、一个共同体,并随着年龄的增长,在这个学术团队中承担更多的责任。因而要求自己设定更为高远的目标。通过共同努力,整体地推进某个领域的基础工作,至于单篇论文,则只是这个进程中的副产品。

## 五

回顾个人的学术成长过程,我深深觉得,自己是一个很幸运的人。虽然说起来小学、中学都是在"文革"十年中度过的,在课堂接受的知识十分有限,但我十七岁上大学,幸运地在最适宜于接受教育的年龄,获得了系统地学习知识的机会。并且在不断抛弃"极左"思想的历程中，平和地接受传统文化，开放地吸纳外来思想，相对均衡地吸纳各类知识，这对于我个人的成长，无疑是十分有利的。

由于早年书籍的匮乏，构成阅读上强烈的"饥渴感"，甚至担心毕生可能只有大学四年的学习时光，所以几乎是在一种轻微的强迫症中，展开广泛的阅读。中文系有关书籍之外，还有意识地翻阅了中外哲学、历史、思想史，甚至心理学的书籍。所以，虽然直到大学三年级时，才第一次蓦然发觉，自己还可以通过考研究生来获得继续学习的机会，但某种意义上，却使自己在无意中，让本科阶段的阅读面较为宽广，知识结构较为均衡而又有所侧重，这些对于我后来的学术成长，都是十分重要的。

更重要的是，在研究生阶段，我很幸运地受到几位名师的指导与影响，这种影响不仅是专业知识和基础训练方面，还在于思想层面。徐朔方先生让我明白了学术研究的意义与价值，让我感悟学术的目标应是求真。王季思先生让我懂得在更广阔的视野和胸怀下思考问题、直面社会人生。他们的言传与身教，还让我能够感受民国以来学术的脉络，而明白何为真正的学问，并且让我在90年代最困难的时候，也从未失去对学术的兴趣与信心。

2017年6月7日

第二辑

从师岁月

## 长留双眼看春星
—— 回忆晚年的王季思先生

我是王季思先生带的最后一届学生,从1986年秋到1996年春,我自读博士到留校,追随先生度过他人生最后的十年。如今,先生离去已将近三十年,近来读亲朋所写忆念先生的文章,恍然间觉得先生那蹒跚的身影似乎并未远去,令我有重闻謦欬的感觉。于是掇拾思绪,写下我的忆念。

### 一

我读博士时,先生已年过八十,但仍然写了多篇超过一万字的论文:大多是自己列出提纲,然后通过讲述,与助手、学生合作撰写。我也曾根据先生的提纲与讲述,为他整理过两篇论文。1993年,先生与郑尚宪、我合作编集《中国当代十大悲剧集》《中国当代十大喜剧集》《中国当代十大正剧集》,选目都是先生在反复征求意见之后确定的;每集都有一篇超万字的序言,虽是我和尚宪起稿,但都经过先生的悉心指导和最后审定。

年过八十五之后,先生还通过口述,写了一些短篇论文。最后的两年,则是在家人和学生陪伴下,写一些随笔和回忆文字,从千余字到数千字不等。这些随笔中，我印象最深的有两篇，一篇是《我的老年心境》，另一篇是《祸福交乘　冤亲平等》。后一篇，看题目，我以为会讲"宽恕"，或是像鲁迅那样的"一个也不宽恕"，先生却说："我感激那些信任我、赞助我的同志，也不忘记那些从反面激励我前进的朋友们。"

至于诗词短章，是先生一直都在写作的。在生命的最后几年，他连口述散文也变得艰难，但每年春节仍然自拟春联，在元旦时吟咏新篇。例如1994年的春联：

　　放眼东方　万里晴光来晚岁
　　托身南国　一生学术有传人

1995年的春联是：

　　薪火相传　一生无大憾
　　中兴在望　双眼盼长青

从这些春联，可见他心心念念的，一是对学术的薪火相传，欣慰已得传人；二是对国家兴盛的期盼，泰然面对离去那一刻的到来。

甚至当他只能卧床，连翻身也不方便时，仍在床榻上吟咏诗句，让守护在身边的儿女记录下来，有时候也寄给朋友看，如林芷茵先生就收到过"半章"诗篇："世味尝来惯，浮生认不真。药医不死病，佛渡有情人。"虽谈不上是华美的辞章，却依然可见不老的心声。

所以，先生的小女儿小雷说："爸爸的最后几年，有意识地用诗词文章来证明他的生存。"

《南方日报》记者曾举这话问先生的长子兆凯,大哥的回答是:"生存意义啊?! 现在问题是这样。你只要把他解放之前和解放之后的诗词作个对比,解放以前他的屁股是坐在哪里? 他坐在百姓那边,平民那边,反映他们的疾苦;解放以后写的那种,什么在灿烂的阳光下,今天是好日子,明天是好日子,后天还是好日子,这种应景的诗词,他本身也是很痛苦的。"(《王季思和陈寅恪走的是不同的路》,下文所引王兆凯语均同此,不另注)

小妹说的是"最后几年",这是女儿对父亲晚年心态的解读;大哥是《王季思全集》的整理者,他的回答,已转换到对先生一生写作的评说,其实并无矛盾。

我对小雷的说法深有同感。记得有一次我陪侍先生散步,他说,脑子要经常用,夏(承焘)先生晚年不写文章,脑子很快就退化了;我因为经常写些小文章和诗词,所以现在脑子还能转动。夏先生晚年深受病患困扰,但心态的"躺平",可能加剧了老年痴呆蔓延的速度。而王先生在晚年仍然努力吸收新的思想与知识,十分乐意与年轻人交往,感受那些勃郁的生气,因而在暮年仍焕发着生命的活力。

1989年6月,我们三名博士生毕业。一个月后,先生被要求"自愿退休",从此不能再招学生,但黄天骥老师仍然恭请先生来指导学生。那时先生行动已经不便,说话方音更重,写字手抖,但不仅继续校读完成了《全元戏曲》十二卷的编纂,而且对学生、对来访的年轻学者、对团队建设,都是认真地提出指导意见,并一直保持着写作状态。

先生在给40年代一同参与抗日演剧的林芷茵的信中说:"我去年(1989)暑假后也已退休,但《全元戏曲》有待完工,同时也还写点小诗短文。我以三句话自约,即:退而不休,动而不劳,衰而不落。偶

然写点东西,可以克服老年人的失落感。"(林芷茵《一个人的世界》,宁波出版社,1997)

系友许石林记录1994年6月的一次拜访,也可作印证:

> 我对先生说:"您的徒子徒孙们目前只有一个愿望:祝您健康长寿!"
>
> 先生嗬嗬大笑。他说:"我每天坚持工作,现在手抖得厉害,不好写字。但是每个月至少写一篇文章、写一首诗或填一首词。发表出来,让中文系毕了业的学生看了,知道我还活着,还能思考,还能写。"(《玉轮轩写意》,《东方文化》1995年第1期)

活着,便要活出意义,而不是畏惧死亡。他在《我的老年心境》中说:"相信在我生命终止的最后一天,亦将含笑赴长眠。"

在这位耄耋老人看来,单纯只是肉体存在而不能思想,"生存"便失去了意义。所以在那"最后几年",即使行走不便,甚至都不能下床了,他仍努力通过诗词文章来证明自身生命的存在,而不是"行尸走肉"。这便是先生晚年的心境。

我是在跟随先生学习的这段时间,逐渐明悟一个合格的学者应当如何自处。我十分幸运,在学术起步的阶段,跟随徐朔方先生和王季思先生学习,当时他们都已功成名就,但依然孜孜不倦,勤于写作,他们完全不需用学术来作稻粱谋,也不需要再向世人证明什么,纯粹是出于内心的需要,在寻求生命价值的自我实现;他们把学术内化为生命的组成部分,用写作来证明自身"存在"的价值,体现生命的意义。这让我深刻地认识到学术和人生的关系,从而能摆脱世俗功利的桎梏,克服浮躁的心态。

## 二

王先生对学生的关心爱护，对后学的奖掖扶助，更是众所周知、众口一词的。我曾以跟随徐、王两先生分别学习三年的感受为例，比较两位先生指导研究生的异同。

徐先生其实是"自学成才"、自己悟通学术之路的，所以他主张不作十预，让研究生自己领悟；只有能领悟者，才有资格成为合格学者，否则便不当入此门。因而表扬少，批评多。又由于他是学欧美文学出身，已经融入一些现代人际观念、责任界限，见面时，他总是先问我学业方面有什么问题没有，以为这是导师的职责，而从不过问我个人和家庭的情况，也不让学生去帮他做任何家事，以至被人误解为"不近人情"。

王先生早年深深受惠于吴梅（字瞿安）先生，甚至在逃婚时曾住于其家。瞿安先生则藏书任用，悉心指导，竭力推荐。所以王先生对学生、晚辈一向宽厚，通常是先肯定鼓励，再批评建议，并且十分关心学生的生活，逢年过节时经常请学生到家里吃饭。由于表扬多而批评少，看起来似乎是只说好话而不作批评。王先生说，学生资质有高低，老师的责任，是让学生有所进步，不必要求皆有成就。

我现在对学生，更倾向于王先生的做法，但也会直言不讳地指出问题所在，所以实际上是对两位先生的做法作了折衷。

有一次，上海戏剧学院召开学术会议，寄函给先生，请他推荐人参加。由于当时中大的老师们都有事不能去，先生说：那就让仕忠去吧。——你还可以顺便回家探望父母。我听得先生此言，当时眼睛就湿润了。这就是我的老师呵，他对学生的关心就是这样细心周到！

1991年7月,古文献所教师与王季思先生合影,前排左起:陈伟武、刘烈茂、王季思先生、王小雷;后排左起:谭步云、王月娥、黄仕忠、麦耘、张小莹

  康保成师兄是1984年入学的,他回忆当时的情况,说:"不断有人问我:'王先生已八十高龄,他还能带你们么?'言外之意是很明白的。是啊,文科研究生以自学为主,何况是博士生!北京某名流的研究生告诉我说,他们平均每年和导师见面三到四次。毕业时,除班长外,有些导师竟叫不出学生的名字!"(《我的导师王起先生二三事》,《文教资料》1990年第2期)说起来,博士制度设立后,第一、二批导师是由国务院学科组评出的,大都是泰斗级学者,但其中不少老先生年事太高,已无力指导,学生便处于"放羊(放养)"状态。有的先生记忆力严重衰退,已认不出自己的学生。王先生年事虽高,事务繁忙,门下学生众多,但头脑清晰,依然能为学生周到考虑,怎能不让人感动万分呢!

  我们想要对先生有所报答,也是发自内心的。但先生只说:你们若能有所成就,便是最好的回报。

师生情如父子，而又异于父子。学生深感机会难得，求知若渴，虽片言只语，也视若拱璧，回味再三，犹恐愚钝，未解真意；偶得长者之赐，常怀涌泉相报之念。而儿辈则不同，或许会烦厌于父母的唠叨，以为老话过时，况父子遗传，性格相近，易生排斥，沟通维艰，于是做家长的不便多说，即使是为之绸缪，大多是悄然以行，儿女或不知，或是当时并不理解。

当然，学生多了，分润多了，儿女所得便显得少了；当无数学生、晚辈一次又一次地感念老师的恩泽，仿佛老师那里有一个取之不尽的宝库似的，也可能会让人觉得他为了学生已经掏尽了一切。

《南方日报》记者问先生长子王兆凯："王季思非常爱护学生，人所共知，不知道他对家庭的态度怎样？"王兆凯说："他把大部分的精力放在学问和教学上，放在扶助青年上。受过他提携的学生、年轻学者不少。他是个很有成就的学者，这是无可否认的。对子女的话，他没有花很多的精力去扶助或者引导。我们的专业是自己选择的，他从来没有建议。"黄天骥老师说，先生的女儿曾经埋怨："爸爸就是爱学生，不爱子女。"先生嘿嘿一笑，不作辩解。（《朵霞尚满天》）

我想起1990年秋，姜海燕师母患急病去世，有一天晚上我和先生的三公子则柯值班照看先生，有过长谈。则柯说，他初中就住校，直到上大学，都是自己想的办法，在成长过程中好像没有得到过父亲的关心。但我读到他最近写的《与父亲在北大》，回忆起那些往事，可见父爱如山，舐犊情深，只是他当时年少，略不以为意。

我阅读先生哲嗣们的回忆文章，发现他们都曾一度感觉到爱的缺失。因为就在那个特殊的时段，悲痛的事件接踵而至：

1957年初，师母徐碧霞被查出患有胃癌，先生带着她四处求医，忧心如焚。

6月间，先生被教育部请到青岛讨论文学史编写，这是首次破天荒可以携带家属，先生高兴地安排在北京的长子、长媳到青岛来举行婚礼，证婚人都请好了，长子却在临行前被划为"右派"，婚礼自然也吹了；幸而在艰难岁月中，媳妇始终不离不弃，宁可开除团籍也不肯离婚。

1958年秋，碧霞师母在重病一年多后，带着对长子的无比挂念，因疾病与操劳而不幸去世。离去前，坚持将家里的奥米格手表留给长子。这年三儿子则柯十六岁，小儿子则楚十三岁。

持家的母亲原是维系这个大家庭的内在支柱，一朝倾折，仿佛天崩地塌。失去母爱的庇护，孩子们对父爱的渴求会变得特别强烈。而先生向来是"甩手掌柜"，家务事全都交托给妻子，而一旦痛失"会持家"（先生语）的爱妻，又要当爹又要当妈，那种"不知所措"的窘状，不知有几人有过理解，有过同情？

另一方面，这个时间点，正是"反右"运动如火如荼的时候。1957年5月下旬的"引蛇出洞"，时任系主任的王起教授在座谈会上的发言，就已经滑到"右派"边缘，受到有关方面的警示。这年夏天，他被解除了系主任职务，由商承祚教授继任。

"反右"运动结束后，党组织作出了这样的鉴定：王起"在'反右'初期，对运动的重要性认识不足，一段时间扭不过来。曾认为陈残云同志对董每戡'两副面孔，两种做法，两种法律'的谬论的批驳，有点过火。后来经党的教育和帮助，迅速地端正了态度，积极地参加了'反右'斗争，态度较坚决。"（《王起的表现材料》，1960年7月）

后人已经无从知道当时党组织给予了怎样的"教育和帮助"。眼前病重的妻子、一大家子的生存，是沦为"右派"而家破人亡，还是保全自己和家庭，这残酷的现实，是否对他"迅速地端正了态度"起到了决定性的影响？ 而"积极的参加"，并表现出"态度较坚决"，这期间是否也曾承受过内心的煎熬?

往事似乎已经成为云烟,后人只知晓结果如此,至于那过程中必然存在的痛苦心绪,无人在意。

二女儿美娜回忆说:"妈妈病危像晴天霹雳,爸爸甚至不能自已,一次骑车回家撞到了树上。"骑着单车,眼前行进的道路一片迷茫,恍惚之中,车不由己,一头直接撞到了大树上——可以说给那个时候王起教授的状况,从一个侧面留下一份写照。

则楚说:"母亲的五个孩子都读了大学:大哥王兆凯考上北京钢铁学院,二姐王美娜考上清华大学,三姐王丽娜考上上海戏剧学院,三哥王则柯和我考上北京大学数学力学系。"(《我的母亲徐碧霞》)

是父亲遮风挡雨,为儿女们提供了保障。而那些在运动中沉沦的不幸者,他们的子女也随同沉沦了。

## 三

80年代后期,我去北京访书,拜见师友时,有师长对我说:"你们王先生是圣之时者。"黄天骥老师也在文章中记述了他曾听到同样的话。"圣之时者",原是孟子评价孔子的话,说他是圣人中最识时务的,这是批评王先生跟时代跟得太紧。

先生年轻时就接受"五四"新思想,勇于抗争,有叛逆精神。他以注五经的方式注《西厢》,关注底层的通俗文学,本身就是这种新思想的体现。所以,跟上时代,与时俱进,是他毕生的追求。

1950年代初,中山大学曾编纂了全国第一本用马列主义思想为指导的《中国文学史》,教授们为学习新思想,倡言"三年不看线装书"。广东也是孙中山先生的根据地,北伐的大本营——"文革"后更是"先行一步"，成为改革开放的前沿和窗口——或许其中有着共同的因子。这里毗邻香港，面向海外，易于接受新思想，勇于改变旧面貌。在我看来，先生南下广州后的作为，有其个性的因素，也有区域人文环境的影响。

先生一生都在努力进步。因为历经山河破碎，对国民党极其失望，才对共产党充满向往。1930年代他在松江中学执教时的学生严慰冰，是陆定一的妻子，师生在新中国成立后恢复了联系。陆与先生同岁，毕业于南洋公学，新中国成立前后担任中宣部部长达二十年之久。一次我们散步时，先生说，他那时读陆定一的文章，觉得这些共产党人真有水平，比较之下，自己的思想水平很是不够，所以凡是自己的想法与政策、思想相左时，就习惯性地检讨自己，努力改变自己。直到经历"文革"，才开始有所反思，明白问题之所在。先生的反思与自我批判，大量散见于晚年的文章与交谈中。

早在80年代中期，先生就在《光明日报》发文，强烈批评了党内一些领导文艺的同志："把他们长期从事革命斗争的经验运用到文艺领域里来，从批判俞平伯的《红楼梦研究》起，到'文化大革命'的十年浩劫止，斗争越来越尖锐，思想越来越'左倾'，在文化教育领域造成的危害越来越大。作为党外的一个民主人士，我当时以'听毛主席的话，跟共产党走'作为自己前进的方向。但是，思想也跟着越来'左'，甚至对自己解放前后有些基本正确的做法，如独立思考、自由争论等，也未能坚持。这教训是十分深刻的。"（《元曲的时代精神和我们的时代感受》，1985年4月9日）先生还说："我一生做过许多错事，有些事想改也来不及了。"（许石林《玉轮轩写意》，《东方文化》1995年第二期）

又如1981年9月，先生请助手根据他提供的资料完成了一篇《王季思自传》，经过先生审订，发表在《文献》第十二辑（1982），文后，先生特别加了一段附记：

> ……问题是传文对我过去走过的弯路，如学术工作中的贪多务博，主次不分；在十年浩劫中的随风俯仰，缺乏定见等，没有指出。

这篇自传随后收录到《中国当代社会科学家》（第六辑，书目文献出版社，1983），先生又将"在十年浩劫中"改为"在历次运动中"。1988年3月28日，先生再次作了大幅度的修订，完全重写了结尾部分，在列出自己的著作之后，他写道：

> 在这些著作中，可以看到在我的前进过程中不免有迷失方向的时候和不切实际的想法。解放后的新形势，对知识分子追求人生理想、搞好专业工作是比较有利的，但由于教育、文化领域时"左"时右，特别是一九五七年以后愈来"左"的思潮，使我有时只能左右摇摆、跌跌撞撞地前进……

1993年，中山大学举行"庆祝王季思先生从教七十周年大会"，大家纷纷赞扬他的成就与贡献，先生却在致"答辞"时说：

> 在这条道路上摸索前进的时候，我也经历过一些坑坑坎坎，也走过一些弯路，写过一些错误文章，既批错了自己，也损害过别人。（见《王季思从教七十周年纪念文集》）

我们可以看到，王先生在晚年对自己的过往，是不停地检讨自责，不断地自我批判，反复地声称"过去走过弯路"，"我一生做过许多错事"，"失去了独立思考"，每每表示忏悔。他其实"毕竟是书生"，我们却从来不见他有过一丝一毫的自我辩解，既没有原谅自己的过错，也从来不曾有推诿于时代、潮流的话语。

王先生是一位优秀的戏曲专家、文学史家，但并不是一个思想家。黄天骥老师在不同场合（包括与先生当面时）多次说："王先生在政治上是很幼稚的。"先生的哲嗣们曾多次提醒要看到先生的不足，其实学生们敬重王先生，并非看不到他的不足，也不是讳言其事，而是看问题的角度有所不同。

世上从无"完人"，作为一个纯粹的学者，王先生一生在学术研究和教书育人方面所做出的成绩，就已经非常了不起。

南方日报记者问王兆凯："你最想让人记住王季思的是什么？"大哥回答说："最想让人记住的，他是一个人、一个平凡的人、一个学者、一个出色的学者。凡人有的欲望他都有。他在学术上确实是下了功夫的，研究问题很透。他研究元曲的时候，会去研究《元典章》，就是元朝的法律。研究中国古典戏曲的现实意义是什么，研究古典戏曲，对我们研究今天的社会是有意义的，它在今天是有投影的，或者说是有影响在的。"

这说明大家对先生的理解与评价已经基本一致。

## 四

王兆凯更直言，王季思与陈寅恪走的是不同的道路："就我来说，陈寅恪的形象远比王季思的高大。现在，就是要用'独立之精神，自由之思想'这两句话来挽救中国的知识分子、中国的知识界。"

1954年秋天，王家搬至东南区一号的一楼，与二楼的陈寅恪成为邻居。这是一栋独立的别墅，旧称"麻金墨屋"，原住一户。后加墙作隔分，住两户。陈家住二楼，从北面大门进，出门左转有一条白水泥路，东至大路。王家住一楼，从南面的原后门出，另有一条小道出行（今已去掉，连成草坪），接南侧小道，经小道折往东，才能至大路。

2011年时，记者问王兆凯：两家关系怎么样？

时年七十九岁的大哥答道：两家关系，《陈寅恪的最后20年》一书的作者不是写了嘛，"鸡犬相闻，老死不相往来"。

记者说：黄天骥教授回忆说，"当年，我去拜访他，他常提醒我说话声音要轻一点，以免影响楼上的陈老先生。我知道，他对陈寅恪教授由衷地敬佩"。

兆凯答：这个没有问题。但是王季思走的，和陈寅恪走的是不同的路。王季思走的是驯服的路。

兆凯大哥不幸被划为"右派"后，二十多年间经历了非人的遭遇，父子之间的政治观点有着较大的差异。陈寅恪先生当然是令人高山仰止，可是，不仅在中大只有一位陈先生，连整个中国也只有这一位呵！而拥有王季思同样想法与做法的，在那一代知识分子中，大概是属于多数吧。

则柯记道：因"院系调整"，以原中大医学院和原岭南大学医学院为班底组建了中山医学院，陈家的原邻居周寿恺教授迁居东山。我家迁来楼下，上下为邻，直到"文革"期间相继被逼迁出。（《与陈寅恪先生做邻居》）

陆键东兄在《陈寅恪的最后20年》中这样写道：

王与陈素昧平生。王起第一次接触陈寅恪是在1953年，那次学校专门组织中文、历史等文科数系的老师去听陈寅恪讲课，题目是"桃花源记"。陈、王两家来往不多。1957年之前陈、王两人偶尔有诗词唱和,之后则极少交往。王季思比喻为"鸡犬之声可闻,而老死不相往来"(据王起回忆,1993年10月7日),这大概也是当年知识分子身处的一种环境。(三联书店,1995年版,第68页)

陆兄所记,都是事实。组合在一起,则给人许多想象的空间。

周寿恺这位朝夕交往的好友搬走了,陈寅恪更显孤独。新搬来者,原本"素昧平生",后来两家也"来往不多"。据王先生本人所说及后人所记,作为邻居的两家不是很亲近,应是事实。

另一方面,陈比王大十六岁,王尊陈为"教授中的教授",敬而不近,也属正常。

陆键东根据1993年10月7日对王起的采访,这样写道:1958年,"与陈寅恪共居一幢楼房的王起,不同意陈寅恪对《莺莺传》的一些解释,某日得允登门与陈寅恪切磋",三十多年后,"王季思依然清晰地记得:陈寅恪听完他的说话之后没有表态"。

这"得允登门"的场面,可见王起"政治上的幼稚",因为他认真地想做一次"正常"的学术交流,却在不正常的时代里选错了时间;当时作为被"拔白旗"对象的陈寅恪,感受到的可能是另一层意思,所以保持了沉默。

兆凯大哥直接引用了陆键东书中记录的话,来说明两家关系,作为直系子女,能够毫不讳言,十分可敬。但事情有时候可能不是那么简单。可能王先生的回答,也包含着些许微妙的意思。两家虽然居相邻,但要得到陈寅恪先生的认可,并非容易,当时在整个中大,能得以近距离交往的,不过冼玉清等三二人而已。

王季思先生在年轻时关注国家前途、民族沦亡、民生疾苦。他性情刚烈,也因这种性格,一度入狱、失学,1948年因与当局冲突,被迫离开浙江，远赴岭南。他的这种性格也遗传并影响了子女。

长女田蓝受父亲影响，1948年从上海幼专奔赴华北解放区投身革命。长子兆凯在"鸣放"时积极建言，遂被打成"极右"，一生坎坷。则柯中年之后从研究数学转向经济学，在专业上独树一帜，被称为中国经济学的岭南一家，还写了大量经济学随笔，并撰文议论时事，可见对父亲的义脉传承。则楚调回广东后，二十多年中不断提出议案，为民生疾呼，受人关注。他们的身上，不仅流淌着先生的血脉，并且隐约可见先生言传身教的痕迹，只是他们自己反而可能没有太多感觉。

## 五

到了90年代，我去北京，拜见同样的师友，他们纷纷向我表达对王先生的问候和敬意。

王先生晚年所写《自题玉轮轩》二首，其二曰：

> 人生有限而无限，历史无情还有情。薪火相传光不绝，长留双眼看春星。

这是一个睿智的老人对于人生与历史的感悟，也是一个从教七十余年的老师，对于学术薪尽火传的期待。

我想，一个人的人生，漫长而又曲折；一个人的思想，若是经历过动荡岁月，必会如过山车那样高低跌宕。个人的命运，在时代的大浪中，是如此的卑微与渺小，如果我们不能看到人生的起伏波动与特定时代的关系，如果我们不能完整地看到全过程，恐怕都不免会失去真实。

2023年3月15日

# 往事如轻烟摇曳在风中
—— 怀念业师徐朔方先生

## 一

我于1978年10月考入杭州大学中文系。本科时，徐朔方先生并没给我们年级开课，我对先生也一无所知。三年级下学期，我决定报考本系研究生，看到导师栏里有他的名字，我才开始去做了解。

先生本名徐步奎，但其论著都署"徐朔方"，外界知其笔名而不知本名。80年代初，有一位北方学者来杭大做访问研究，写明要跟随徐朔方教授，见面的却是徐步奎老师，他十分怀疑是否搞错了，徐先生只好解释说：我就是徐朔方。

我后来到中大，有人说，你们中大有两个学者很厉害，一个叫王起，一个叫王季思。也许这样的故事，在每个学校都会有吧。

我曾琢磨过先生的本名与笔名，奎宿主西方，朔方在北疆，两者似无联系，我也一直不敢问。后来发现先生在诗集《似水流年》的自序中，已经揭开了谜底："西北的中心是古代的朔方，那时千百万青年都有过对它的憧憬。这是我笔名的由来。"

未见先生，就听说了不少他的"八卦"。结论是：学问确实好，为人很可怕。

我的同乡学弟宣新瑞,七九级的,他说系里曾安排同学分小组去老师家帮忙打扫卫生,老师们都热情接引,糖果点心摆满茶几;到徐先生家,压根就没让进门,先生出门与同学边走边谈,走到大马路上,就说:你们走吧,家里的事我自会做的,不麻烦了。然而我再次听说同一件事时,却已变了味道:学生连门都没让进,就被赶走了!

这件事还要从杭大的沈文倬先生(1917—2009)说起。沈先生家人在上海,工作在杭大,年过花甲,独自生活。我们年级有一位同学,平时如子侄般照料先生,沈先生很感激,系里认为这是正面典型,值得推广,于是发动学生去帮老师做事,作为学雷锋日的活动。

七九级胡正武同学还记得这事:这一次到徐先生家里去"学雷锋",被徐先生笑说"我家不用你们打扫,我陪你们到外面散步",就把我们三四个人一起引到河东宿舍外的大路上,然后跟我们说"你们回去吧",他还有事回家去了。这给我们留下深刻的印象。现在回忆起来,应该是1981年3月5日的事。时间本来记不牢,因为是学雷锋,就记住了。

正武又说,同一日到姜亮夫先生家学雷锋,受到了姜先生的优待,不让我们干活,让我们坐他周围,听他讲话。具体的内容已经忘记,但当时姜先生的音容笑貌还是未忘,特别是他的厚厚的眼镜,特别难忘。

我又听说徐先生考试极严。七九级楼含松同学说,徐先生给他们班做一次期中测验,"结果班里几乎有一半同学不及格"。而且,徐先生不喜欢打高分,他觉得80多分就已经很高了,所以给分极是"吝啬"。而其他老师,有的会给90分以上,并且全班都是。

这一点很快就得到了验证:我这一届古代文学研究生共录取五人,专业课成绩,有一人61分,其他四人都是60分。大概导师们觉得够录取线就可以了。我很怀疑这是徐先生定的,那时他是古代文学教研室主任。

当时有位60年代的毕业生,因晋升职称需专家意见,便给母校送了篇手写的论文，谈《杜十娘怒沉百宝箱》，系里交给徐先生评审。据说徐先生的评语是：姑且不论观点如何，仅这么多病句错字，就不合格！——其实按资历和成绩这位老师应该评上，论文评审只是走个过场，徐先生却认真了。系里极是尴尬，只好悄悄换个人，重写了评语。那人顺利晋升，而徐先生"不近人情"的名声就传了开来。

还有一些故事，是后来陆续听到的，而且都是别人主动告诉我的。所有内容，都往同一个方向集结：怪！

**锱铢必较**。你们徐先生，都大教授了，出差回来，连几分钱的公交车票，也点得一清二楚。

**不合于群**。那种场合，别人大多打个圆场，哈哈一笑。你们徐先生，一是一，二是二，十分较真，老叫人扫兴。

**不合时宜**。你们徐先生，参加全国"振兴昆曲"会，坐在主席台上，那些比他老的先生都在献计献策，他却说：该死掉的总归要死掉的，不是想振兴就能振兴得了的。

**崇洋媚外**。你们徐先生，才去了美国一年，回来逢会必谈美国的好，说到那里借书的方便，甚是夸张，又声讨国内图书馆，明明有书也不让他看；还得意地炫耀，他编明代曲家年谱，就是凭了美国的资料才完成的。会中人面面相觑，他还意犹未尽。

——美国图书馆的好，我听徐先生亲口说过。他说："到浙江某馆，尽管找了人，就是不给看。在美国，几十部明版线装书就堆在我的桌子上，本馆没有，就从外馆给调来。"我自己在国内访书，也是尝遍各种滋味；2001年以后，我有机会到海外访书，是有书就能看，最多不过要预约，才深深理解当年徐先生为什么"逢会必说"。图书馆是知识开放的公共平台，但在我们这里，这些藏书似乎成了管理方的私产，得看他们的脸色与心情，要等他们"研究"过了，才能给其他学者使用。我一直想写文章来说说这种不合理现象,只是后来我与图书馆界的人也成了朋友,就不好意思再说了。

**跨界占地**。你们徐先生,明明戏曲小说做得好好的,忽然又来做《史记》了;做了倒也罢了,还专挑司马迁的错……

——这里其实包含了两位学者的话。前一句是一位系副主任说的。我当时只能唯唯,私下则腹诽:你都知道他是我的导师,为什么还要说这话呢?有谁规定了学术的地盘?你这么说岂非太过狭隘?难怪做不出大学问!

先生说:《史记·平准书》说"天下大抵无虑皆铸金钱矣",司马迁这话也说得过头了,怎么可能天下人都去铸钱?这不是史书应有的语言。——这一句出自某位崇拜司马迁的学者,他大约是看不得这般的批评。

**说话噎人**。你们徐先生,系办让他做事,他却不耐烦地说:这种事体难道不是你们该做好的?

——这确是原话,但只录前句,省了后语。徐先生认为职责应当分清,该是他的,他决不推托;该是别人的,就不要放到他头上。

江湖传言:在路上见到徐先生,你恭敬问候,他通常不会应答,最多只是严肃地看你一眼。

……

说起来有些好笑,当时我的感觉是,大家都怕徐先生,又不敢与他当面论理,于是一个个都向我这个学生来诉苦。

## 二

我这个诸暨人,家母总说我是个"木柁",憨而犟。诸暨人做事,是"石板地上掼乌龟——硬碰硬"。这么有学问、有个性的学者,不正是我所希望的导师么? 至于他人的评说,与我何涉? 杜甫有诗,"世人皆欲杀,吾意独怜才",用在这里当然不合适,我的意思是:正因为人家这般数落徐先生,我才更加迫切地想要了解他。

当时元明清文学专业有两位导师招生。报名前,我去问先生,他只说了两句话:我招戏曲;我们卷子不同。

另一位导师招小说方向,我一开始其实更想做小说研究:大学刚入学时,班里分配参考书,我得到的是汪辟疆编的《唐人小说》,我就从唐人小说读起,中间经本系前辈胡士莹的《话本小说概论》,再顺势而下,涉足明清小说。而戏曲,则从来不曾留意过。

但不知为什么,我却认准了要跟徐先生。当时离考试只剩下三个月,我硬是把图书馆能找到的戏曲研究书籍,全部通读了一遍。其他的课程,则完全没顾上。当然,也因为范围无边,没法复习。

考试后,我上了线。后面好像有复试,是等额面试,没有悬念。确认录取,已经到了5月。我去拜见徐先生,先生说,下学期要给七九级开"《史》《汉》研究"选修课,你可先通读两书。于是在9月入学前,我通读完中华书局标点本《史记》《汉书》,不仅了解了史事,也获得了语词及名物典章制度的有关知识。后来听人说蒋礼鸿先生能背前四史,老一辈把这些视为必读书,我顺势把《后汉书》和《三国志》也通读了一遍。

开学后,我去听课,先生提点说,《汉书》抄《史记》而又有修订,可以比照着读。杭大有日本人泷川资言的《史记会注考证》,我借了出来,对《史记》《汉书》的重合部分做了比勘,把异文记录在八开的白纸上,细加体会。我发现班固做了细微的修订,可见班、马观念上的差异;颜师古注《汉书》,没用《史记》作校勘,班固误改和抄误之处,多强为之解；司马迁写史，起初是歌颂盛世，想讨好汉武帝的，部分篇章曾经进呈，留下了"臣迁谨记"等痕迹，完稿时，则是"藏之名山"，不想给武帝看了，等等。

其中"摩钱取镕"的"镕"字，意为"钱范"（略如翻砂用的模子）；《汉书》作"鋊"（另一处作"铅"），师古释为"铜屑"。此字的解释，是了解五铢钱得以确立并通行七百余年的关键。若将铜钱磨成铜屑再铸钱，未免太过麻烦，直接熔化了重铸，岂不省事？我认为《史记》是对的，原本说的是提高铸钱的难度与成本，再不能随便印个模子就来铸钱，现在防止伪钞，用的也是同一方式。我撰成一篇小文，二年级时发表在《杭州大学学报》上。徐先生是从美国回来后才看到的，给了表扬。

就这样，我第一学期几乎没读戏曲，第二学期仍在做《史记》的纵深探讨。我忽然觉得不对：到底是做《史记》，还是做戏曲，这是一个问题！戏曲才是先生的擅长，我是跟先生来做戏曲研究的！于是第二学年，我回到了戏曲领域。

然而，学期初徐先生就去了美国，在普林斯顿大学整整一年。不过，我觉得自己目标已定，要读的书尚多，无课打扰，正好系统阅读。每天早晨起来，泡一杯清茶，摊开书本，直读到晚上撑不住眼帘。如此这般，将元杂剧读过两三遍，并作札记，写不出时，没话也要找出话来"硬写"，居然累积了数万字。明代作品，主要通读了早期南戏的明刊本和《六十种曲》等。读《琵琶记》时，按《史》《汉》相同内容作比较的方式，把最早的版本与明代通行的版本作了细致的比勘，发现版本的差异，其实是接受与重构的结果，于是找到了毕业论文的题目。

这般独自学习，其实很快乐。我每个学期至少写两篇小文章，抄正了，寄去美国。半个月寄达，再过半个月后得回信，聆听教诲。有一次先生回信时顺手用了杭大介绍信的背面，我保存了下来。近来听马大康兄说起，才知道他们那时嬉笑着称我是"遥控生"。

难怪那时我会听到许多徐先生的怪故事，而且都是别人主动讲给我听的！也许大家是在委婉地提醒我，跟着这样的先生，实在是受委屈？也许是看着我这傻大个懵懂无所觉知，对我深含同情与怜悯？再或是带着嘲弄的口气，想看我这"西洋镜"？

但我心既定，便不会在意别人说什么。我只是在心底里反复地问自己：这些故事中，作为主角的徐先生本人，到底是怎么想的？他看问题的逻辑基点是什么？他的价值标准是怎样的？是他完全不合于群，还是"众人皆醉我独醒"？他还有多少与众不同之处？他究竟走过什么样的路才来到这里？我该学他么，会如齐白石所说的，"学我者生，似我者死"？

这些都是夜深人静之时，在我脑海中冒出来的问号。它们日复一日地回荡着，深深地刻蚀在记忆之中。

## 三

在读研之前，我以为做古代研究的老师，每天都钻在发黄的故纸堆里，所思所想亦多属"冬烘"，不谙世事。读研之后，才知道徐先生毕业于浙江大学英文系，精通英国文学，能读外文原版书，会弹钢琴，爱唱昆曲，擅写新诗，年轻时喜欢穿西装背带裤……强烈的反差，让我目瞪口呆。

先生说，他在1943年考入浙大中文系，听了一堂繁征博引的《庄子·逍遥游》之后，就与《牡丹亭》女主角有了同感："依注解书，学生自会。"于是第二年就转到了英文系。此后读英诗，写新诗，如鱼得水。他用英文写了毕业论文《诗的主观和客观》(*Poems: Subjective and Objective*)。论文以勃朗宁（R. Browning）的长诗《指环和书》作为评论的起点。他觉得勃朗宁的戏剧诗属于"客观的诗"，与王国维《人间词话》所说的"无我之境"异曲同工。

1947年从浙大毕业后，经夏承焘介绍，先生在省立温州中学教英语，先教初中，后来教高中。英语之外，也教语文，并一度与化名张嘉仪的胡兰成做了同事，过从甚密。胡对中外文史哲都很有修养，在胡的影响下，先生看了不少佛经。

1949年解放，先生调入温州师范学校，当了中文老师。

1954年春，因夏承焘等师长的运作（《天风阁学词日记》："夕，[吴]天五来，谓徐步奎是不易才，当争取其来师院。"），先生调入浙江师范学院。——这所学校在院系调整时从浙江大学拆出，1958年重组，改名为"杭州大学"，1998年又重新回到浙江大学。

徐先生是调入之后，才开始正式发表学术论文的。第一篇论文是《论〈西厢记〉》，发表在《光明日报》1954年5月10日的"文学遗产"专栏里。

徐先生是浙江东阳人。东阳与诸暨南部相接，两地风气相近，所以他是典型的"山地越人"性格：为人实在，不作虚语；耿介狂狷，特立独行；是

1956年，朔方师在浙江师范学院中文系

非黑白，界限分明。对于吴人式圆滑婉转，非不知也，乃不为也。所以他的弟子也以耿介者居多。

东阳人的根性，英文系的底子，让他面对中文系的事务时，与"正统中文人"格格不入。徐先生多次对我说："我这个人很好说话的。"他的意思是别人难说话。我点着头，心想：您是不知道别人怎么说您很难说话的呵。

徐先生说："你必须守时，约定的时间，不可迟误。"说到这里，他又呵呵一笑，说："当然，我会等你的。"他的意思是别人未必会这样。我从此记住了现代礼仪的要求。

徐先生说，你不要太相信书上的话，别人的话，哪怕他自己说的，也不一定靠得住。我点头谨记。我知道他不是对人不信任，而是人之所言，因具体场景不同，其表达方式与真实含义之间存在着差异，不能只按照字面去解释。

徐先生总是把他的观点摆在十分明晰的位置，开口就是"我与你不同"，甚至说"我与你完全不同"！

1988年夏天，我与廖可斌兄在泉州参加学术会议（他当时是博士二年级），我们俩中间"溜会"去爬山（徐先生说：有些发言没必要听！）。我们交换了对徐先生的印象，可斌也大有同感。他举例说，午餐时，他开玩笑说："徐先生，今天我与您一样了：餐后刷了牙。"先生马上说："我与你完全不同：我是每次餐后都刷牙的！"

我想起诸暨话说某事"横竖"如何，直接转成普通话，就是"一定"如何，其实原意是"很大可能"会如何，只是那样说就太啰唆了。这种方言语词的转换，使含义在不知不觉中发生了细微的变化，让听惯普通话的人很不习惯。徐先生说"完全"，大约是如诸暨普通话所说的"一定"吧？

当然，徐先生不会不知道这些差异，但依然我行我素。他甚至故意让自己的倾向表现得更明显一些。在世俗社会中，我们都主张说话要留有余地，但在学术领域，这种圆滑的两面讨好的做法，会让讨论失去意义。所以，除非不介入，既然介入，就得表明立场！

学弟楼含松说：熟悉徐先生的人，经常会听他说两句话："我不同意你的观点！""我不知道。"有一次，徐先生毫不客气地指出："你的文章，'也许''可能'用得太多了，既然自己都没有把握，为什么还要写出来呢？"

日本神奈川大学的铃木阳一教授，1990年代曾跟先生学习一年，他说：我有时介绍日本学者的看法或提出自己的意见，他的回答一般只有四种："我同意。""我不同意。""我不知道。""我没有根据，不能说。"

那时徐先生常常有"大煞风景"之举，始终不见有所改变。

他在1980年代初就写了一篇关于汤显祖与梅毒的论文，指出随着中西交流，梅毒传入中国，汤显祖因此得病，"病患给他带来的苦痛经验，影响了他的诗文戏剧创作"。这内容有些耸人听闻呵！直到二十年后，文章才在《文学遗产》上发表（2000年第1期）。有学者啧啧称怪：你们徐先生，毕生学术得益于汤显祖，也不替他遮一下！（这是怕别人说汤显祖不检点呢！）

早在1956年，中国剧协组织讨论《琵琶记》，共有一百七十余名学者参加，总体上是肯定此剧的成就，他却是会上仅有的三位反对派主将之一。会议结束作总结时，在王季思老师的批评下，他才退让说自己对此剧仍需要做深入了解，但又坚持认为别人的观点还不能解释他质疑的逻辑。事实上他对学术的这种态度，贯穿终生。他在许多学术问题上都与主流观点很不一样。

例如50年代以后，人们总爱引用列宁的话："王安石是中国11世纪的改革家。"徐先生却说："列宁没有研究过中国的宋史，引列宁的话来论定王安石，有什么意义呢？"

再如1960年代初，他与侯外庐（时任中国科学院历史二所副所长）展开学术争论，中共中央宣传部副部长周扬同志要他据侯的观点修改《汤显祖集》前言，他不肯。此集在1962年出版时，一书两"前言"，观点存分歧，成为奇观。

80年代初，华东某市有"衙内"依仗父势，多次在别墅家中强奸、轮奸女青年，在"严打"中受到惩处，社会舆论拍手称快。但先生认为其父也有纵子为恶之责，于是在出席全国人大会议期间，以人大代表身份递交了议案，要求追究有关官员的关联责任。虽然没起到作用，但他却觉得自己做得对，很有必要，逢人便说，也和我说过多次。

六二级系友贺圣谟说：我不止一次在不同场合听徐先生说过自己是个"荒谬"的人。2001年，纪念先生从教五十五周年，在会议最后一场，先生致答辞，就自嘲说"我是个捣乱分子"。因为他总是挑起学术的纷争，十分嚣人，让人无奈，完全没有老先生身上常见的那种"温柔敦厚"。

其实先生并无成见，只是奉"理性"为准则，强调务实求真，唯真理是求。他认为学术研究，不过是"实事求是"而已。所以他对别人质疑他发表汤显祖与梅毒的文章，大惑不解，认真地说："我有证据呀！"他无论如何也想不到这和"为尊者讳"有关系，而他原是在学术领域怀疑一切"神明"的存在的呵！

所以，世界很现实，先生太天真；他愈到晚年愈见赤子之心，别人却说：您已德高望重，怎可罔顾世情？

## 四

渐渐地,我能理解先生的这些"怪",而这些"怪"却慢慢变得"不怪"了。

依传统观念,为人要圆润,观点要摆平,说话要周全,若有棱角,便不妥帖。徐先生虽然做传统文化研究,实际则属于"现代派",其行事符合国际潮流,却与世俗格格不入。

他认为,作为导师,要对学生的学习负责。每次见面,必问我有什么问题,读书有困难否,但从来不问我的家事及情感问题。

或许是受西方观念影响,他对人际空间距离较为敏感,通常不会请人到家里去。那时他的居室狭窄,上有高堂,下有二子,外人进出,着实不便。他没让本科同学进家门,原因亦在于此。而姜亮夫先生那时年近八十,只师母在旁,居室稍宽,喜欢学生前去,因为年轻人会带来活力。所以两者不能简单比附。

不仅如此,徐先生自己也是不轻易进别人家的门的。据我的老同学、浙大方一新教授回忆,有一次徐先生突然来他家,就站在门口(请他进来,他不肯),扶着门框,对一新、云路夫妇说:"你们第一本书不错,但再出书就应该有所拓展,不能还是那样写了。"当时先生年过七旬,专门爬上六楼,为的是告诫这对年轻的学者夫妇,却连门也没进。

外地学者来,先生从不叫他们到家里去。

学弟楼含松说:"在徐先生家,我经常遇到这样的情形:正在与徐先生讨论学术问题的时候,有人敲门,徐先生总是快步走到门前,打开一条缝,问来人有什么事。不管是熟人还是生客,只要没特别重要的事情,徐先生一般不会让人进门,就隔着纱门,简单将事情说完,道声再见,随手就将门关了。"

那时没有电话,徐先生说有事要找他,就在晚上七点之后,因为这时晚饭已吃完。我在门口一探头,师母就微笑着来打招呼,让我稍等,先生换了鞋出来,就带我往黄龙洞散步。徐先生喜欢散步和爬山。如果在夏天,他更喜欢游泳,只是我从没跟他去过,也不敢想象与他裸裎相对的样子。

我硕士毕业答辩时,请了复旦大学李平教授做主席。李老师说:"你们徐先生,早上五点钟就来叫我去爬山!"

答辩前,我去见先生。先生说了一些要注意的事情,然后宽慰我,也是感慨:"不用担心,会过的。我不太同意刁难学生的做法,卡住了,过半年还得再来一次,大家都麻烦,何必呢!"

先生这话让我心中大定,其实我也没担心出问题。那时有一种莫名的自信,以为自己对《琵琶记》的解读,以版本比较为基础,用了接受美学的思路,对材料、观念、历史过程以及人情物理都有所考虑,然后提出己见,这肯定符合先生的要求。因为先生说过,能"自圆其说"就叫。

后来我才意识到,我对《琵琶记》的这种"肯定派"的解读,与徐先生当年作为"否定派"的主将,天然就是冲突的。那时学生与答辩委员的观点相左,就曾引发过不少"事故",何况与导师观点直接相左! 旁人都替我捏了把冷汗,我却木然无知。难怪李老师意味深长地说了句:"黄仕忠,你呀!"

徐先生从不鼓励我去拜见学界前辈,除非有事。他说,大家都忙,不要无端去打搅;真想了解,就去读他的书。

1985年冬,谭帆兄从沪上来,让我带他去拜见徐先生。我俩到了先生家门口,先生说"稍等",换鞋出门,让我们随着他走。过了马路,走到校园内，先生说：你有什么要问的？谭帆急中生智，想出三个问题。先生说：第一个问题，我没有研究。第二个问题，你的说法本身已经回答了你的问题。第三个问题，我完全不同意你的看法……说完，前面已是谭兄住的杭大招待所，于是道别。谭帆说，他原是礼节性拜访，就见见老先生，寒暄几句，猝不及防之下，出了一身冷汗。

对于先生的问答风格，很多学者都说有同样的感受。我师兄郑尚宪谈到他1990年3月去杭州组稿，可斌兄告诉他，此前不久，有一位外地学子慕名去见徐先生，甫一见面，徐先生劈头就问："有何见教？"该生讪讪地说只是想见见他。徐先生说："那你现在见过了，可以走了。"顺手拿起书看起来。

1986年秋，我到了广州，发现广东人说请人"吃茶"，其实就是吃饭，但不在家里请，而在馆子里。只有极为亲近且与家人也熟悉的人，才会请到家中吃饭。当然，现在南北各地都是这样了。徐先生的许多做法，在今天已属平常，当年却是让"友邦人士，莫名惊诧"（借用鲁迅《"友邦惊诧"论》中的话）！

再后来，我慢慢听到了许多认可徐先生的声音。更有意思的是，大多却是拿徐先生为基准来说其他老师的不是，令我哭笑不得。

系办老师说："你们徐先生其实蛮好说话的，行就行，不行就不行，答应了就一定会做到。"系办公室的工作人员，最怕的是模棱两可，因为无所适从。系办承诺的事，事后没做到，徐先生会很不高兴，但系办愿意"认栽"；有些先生当面答应得好好的，过后却忘了，还不能与他"理论"，因为他说根本就没答应过！有一次，我看到徐先生在系办有说有笑，那样子真的"很好说话"，让我差点惊掉了下巴！

系办老师又说："你们徐先生最讲原则，每一分钱都算得清清楚楚。"我知道他们是在说有些老师爱占小便宜。徐先生认为，合理的报账,哪怕一分钱也该算清;不合理的,再多他也不取。

系友贺圣谟忆道:宁波师院曾请徐先生做兼职教授,要奉寄酬劳,徐先生说:"不曾上课,自然不能收受兼职费,作为知识分子,这点觉悟还是应当有的;若你们定要寄钱来,只好从邮局原封退回,那样大家都麻烦了。"

许多学者当面对我说:"你们徐先生评学术,对就是对,错就是错,有一分就讲一分,从不含糊其辞,不怕指名道姓,也不管对方官位、影响高低。"据我所见,先生论太史公生年,力主王国维,反对郭沫若;当时观堂属于"遗老",鼎堂声誉正盛。

还有学者说:"你们徐先生最好说话,连本科学生指出问题,有一毫可取,都照录于书,还表感谢。"我所见有二例。一是考太史公生年,七九级一位本科同学的观点,被先生收录于书中。二是先生批评一些戏曲,主人公明明是福建泉州人,自报家门时偏要说是河南光州人。我博士同学郑尚宪是福建人,让我转告先生:福建人多系河南移民后裔,习惯自称光州人,乃不忘根本之意。先生在文章结集时,便据此作了修订,并注明来源,复赠书以表感谢。

有七七级同学说:"你们徐先生的课,最突出的特点是决不盲从,不相信所谓权威,凡事都有自己的看法;他多次让我们删改教科书上的文字,从此我才知道,原来教科书也是不可信的。"

很多人说:"你们徐先生对学术的态度,与流行的风气大不相同,令人感佩。"

听到那许多赞美的话语,我作为学生,深感"与有荣焉"。

蓦然发觉,前面所举的种种"怪事",到了新世纪,早已是"日常操作"了。

如此说来,徐先生的"怪",是他的思想与行为,"超前"了这个社会至少二十年,并且很早就与"国际接轨"了。只是那时改革开放刚刚启动,旧有的思想、旧有的观念、旧有的习惯仍顽强地占着主导地位,人们才会觉得徐先生的"怪"不可理喻吧。

## 五

我很好奇,先生的学术之路是怎样的,他究竟是怎么做出这样一套学问来的。

也许这一切,要从浙大英国语言文学系说起。

我们已无法知道,当年在英文系,年轻的徐朔方究竟读过哪些西方著作,对西方文化与文学理解到什么程度。从他以学术求真、强调逻辑思维的做法中,我嗅到了类似王国维的某些气息。王静安深受康德、叔本华影响,将学术视为求真。日本学者狩野直喜说,"正确理解西洋的科学研究方法并用于中国学问之研究,是王静安所以成其为卓越学者之故。"徐先生出身英文系,做中国古典的学问,庶几近之。

先生说,他对新诗的喜好,远超旧体诗。他的新诗,又有着英伦诗人的影子。他对外国文学的喜爱,更是贯穿终生。有次他外出开会,我见他那不大的手提包里,就装了一本狄更斯的《大卫·科波菲尔》中译本,很厚,颇沉。

徐先生比夏承焘、王季思先生晚一辈。虽然1947年已大学毕业,但当时并无著述;他是到50年代才有论文发表,路子与老师们明显有异。徐先生比吴熊和、蔡义江老师又高了半辈。他与这些50年代培养的学者,路子也不一样。在1980年代的学术大厦里,徐先生处于"夹层"的位置:上不搭边,下不相同,别树一帜。

当时"文革"刚结束,老一辈日渐凋零,幸存者中,头脑清晰且

朔方师与杨笑梅老师合影（1950年代前期）

能做研究的，寥若晨星。老杭大的知名学者，任铭善、胡士莹已经去世，词学大师夏承焘居北京，已不能写作（1986年去世）；墨学大家王焕镳（驾吾）仍担任系主任，但已经不上课，而且在1982年就去世了。只有姜亮夫先生（1902—1995）作为老一辈的代表，仍然在第一线，并将学脉延续到了90年代初。

徐先生很恭敬地称王季思先生为老师，但他其实并不曾跟王先生学习过。先生自己说："王季思是我的老师，不过，我没有做过他的学生，我只是在大学时听过他一次关于'比兴'的演讲。"（据师弟徐永明记录）

董上德教授早年亲炙于王季思先生，曾从王先生那里闻听许多旧事。他说：王、徐二人是通过杨笑梅认识的。杨是王先生在浙大时的学生，又是温州同乡，王先生对其才华甚是欣赏，指导她做《牡丹亭》的注释。杨、徐结缡，王先生才认识了外文系毕业的徐朔方。

徐先生读大学时从中文系转到了英文系，毕业几年后再跨回中文系，他其实是一个"自学成才"的学者。——有意思的是，他的老师夏承焘就是"自学成才"的；前面提到的沈文倬先生，则是"自学成才"

1985年4月，在郑州，徐朔方先生（左）与王季思先生（右）

的礼学大师。

徐先生说他很庆幸，从1954年调入高校教书，没有做过助教，不必因"对导师的衷心敬仰或是出于世俗得失的考虑"而"放弃自己的独立思考"；"大树底下好遮荫"，但"浓荫底下长不成茁壮的幼树"，"作为新手，三四年内我教遍了大学中文系的全部文学课程"（据查，他讲过教育实习、儿童文学、现代文选及习作、外国文学等，并一度担任外国文学教研室副主任），这"逼使我涉猎了比我的专业远为广阔的范围"。

不仅如此，他认为自己做学术研究，只是一个"误会"。他说，"我得坦率地承认我从来无意于研究，而有志于创作"。他的目标是做一名诗人，年轻时写过很多新诗。调入浙江师院时，自填专长，是"发表过一些新诗"（据其档案）。他说"我要承认我的任何一篇论文都没有像我写作《雷峰塔》时那样认真，它占用了我一生中最好的岁月"。

所以他在《徐朔方集》第五卷设有"创作编",收录了随笔集《美欧游踪》和新诗集《似水流年》(长诗《雷峰塔》也在其中)。

人们或许不怎么把他这些话当真。近二十年来,有两句诗"我们相爱一生,一生还是太短",深受年轻人喜爱,流传颇广,许多人将之置于沈从文名下,其实这是徐先生的诗,发表在1948年《文学杂志》第二卷第十二期。

先生曾说:"几首小诗,1948年承废名先生介绍,发表于朱光潜主编的《文学杂志》。"在同期杂志上,有徐朔方的两首诗,列在林徽因、废名、林庚之后,穆旦之前。这几位都是新诗史上的名家,却无人注意到其中的青年诗人徐朔方。

我想,徐先生对英国文学的修养和他的新诗创作,让他对中国传统文学有一种独特的感触,而这是从事文学研究最重要的素养之一。正如他自己所说,"文学就是文学,原没有古今中外之分"。

我查看徐先生早年的论文,从他而立之年开始,数年之间,爆发式地连续发表了多篇戏曲研究论文。1956年7月,他将这些文章结集为《戏曲杂记》,由上海古典文学出版社出版。这一年他二十四岁。

此书共收录八篇论文。据文末所记,最早一篇即《论〈西厢记〉》,不仅初稿写于1952年12月,刊载也是最早的:1954年5月10日《光明日报》;其次是《汤显祖和他的传奇》,初稿写于1953年5月,刊于次年;接着是《杂剧赵氏孤儿大报仇》,1953年10月写成。最晚一篇是《洪昇和他的〈长生殿〉》,署"1956年3月据旧稿改写"。全书共111页。这是新中国成立之后最早的新撰戏曲研究论文专集之一,1957年3月第二次印刷,1958年5月第三次印刷。

因为这些论文与专集,1956年,他从外国文学教研室转到了古代文学教研室,直接接受他的老师、教研室主任夏承焘的领导,从此以中国古代文学研究者的身份，为世人所知。

我查这一时期新刊戏曲论著，有王季思《从〈莺莺传〉到〈西厢记〉》（1955.9）、钱南扬《宋元戏文辑佚》（1956.12）、任二北《唐戏弄》（1958）、周贻白《曲海燃藜》（1958）、赵景深《元明南戏考略》（1958）和《读曲小记》（1959），等等。以上学者的著作，一部分工作是1949年以前完成的。徐朔方是王老师之后的第二位结集者，但都是新撰论文，也是其中唯一的青年学者。

当时，刚刚经历了大学院系调整和知识分子思想改造运动，政府倡导以马克思主义思想指导学术，一些老教授提出"三年不读线装书"，腾出时间来研习马恩著作。只是这些旧学根底深厚的学者，想要掌握马列新思想，并运用到文学研究之中，不是短时间就能做到的。这是一个全新的时代，胡适之流的"烦琐考证"正受到猛烈的批判，人们迫切希望用新方法、新视角，按新的政治标准来揭示古代作品的意义与价值，来批判地继承遗产，并创造出一种新的论文写作范式，来承载这个时代的思想与学术。

我读50年代的戏曲研究论文，老学者所写的勤文章，多为"漫谈"式写作（多题作"漫谈""谈谈"），先用几句话提出问题，然后摆出一二三点意见，就构成一篇论文，给人的感觉颇是单调。

用新观念、新方法撰写戏曲论文比较出色的，当推王季思先生。他在1954年发表了《关汉卿和他的杂剧》（载《人民文学》本年4月号），用新的视野高度评价这位斗士式戏剧家，揭示《窦娥冤》等杂剧反抗黑暗时代的内容与精神，这为此后的研究定下了基调。1958年10月关汉卿被推举为"世界文化名人"，这篇文章起了重要的作用。夏承焘教授对好友王季思的论文写作十分赞赏，以为是自己想做而没能做到的。事实上王先生在整个50年代也只写了几篇这样的论文，其中还包含为校注本《西厢记》《桃花扇》新写的两篇前言。

在这样的背景下,年轻的徐朔方脱颖而出,成为戏曲研究领域一颗璀璨的新星。人民文学出版社邀请他为戏曲名著作校注,他很快就完成了《牡丹亭》(与妻子杨笑梅合著,1958年4月)、《长生殿》(1958年5月)二书的校注。这样,中国古代四大名剧的权威校注本,他与王季思老师各占两部,从1950年代到如今,影响了千百万的读者。但王注《西厢记》是在1940年代完成的,《桃花扇》则是与学生苏寰中合作的;徐朔方虽说有太太杨笑梅的协助,其实几乎是独力担当的(当然,王季思、夏承焘、任铭善、蒋礼鸿等人都提供过材料或修订意见)。

与此同时,他还完成了《汤显祖年谱》(1956年初稿;中华书局,1958年11月)。继之又完成了《汤显祖集》中诗文部分的整理(中华书局,1962)。

这些成绩,在那个时代,可谓达到一个学者的极致了。但在徐先生自己看来,这只是拥有了一个良好的基础,便于多向拓展而已。

1963年,他写下了《汤显祖与莎士比亚》一文,展开了他的"世界文学"视野。囿于当时的形势,该文一直没拿出来,直到"文革"过后,才发表在《社会科学战线》1978年第2期。1980年代之后比较文学热潮兴起,殊不知他已早着先鞭。

他发现小说《金瓶梅》里引用了李开先《宝剑记》传奇里的曲文,由此深入思考中国古代小说与戏曲的关系,认为两者"同生共长,彼此依托,关系密切"。

在"文革"期间,学术凋零,到处皆为"禁区",他无奈之中,积极寻觅尚可涉足的新领域,展开了对《史记》《汉书》的研究,到80年代初,在为学生开设了几次选修课之后,他将研究成果结集出版为《史汉论稿》(江苏古籍出版社,1984)。

即使在"文革"中,有一次他在给工农兵学员上课,谈到学术讨论时,也强调要有"思想自由",他说:"学术交流不自由,就相当于李玉和戴着手铐脚镣跳舞!"(据赵延芳老师的回忆)

1983年秋,他赴美国访学一年,在得以完成他系列性的晚明曲家年谱的同时,通过与汉学家韩南等人的交往,加快了小说研究的征程。有意思的是,赴美前,他特地开设了一学期"英诗选"选修课,用英语讲授,逼得自己捡起一丢多年的英语口语。中文系老师开英诗课,在当时是很新鲜的事,据说效果挺好。

他是当时《金瓶梅》研究的引领者,进而提出中国小说戏曲"世代累积型"创作特点,撰写了一系列研究论文。

他经常和我说,"小说戏曲不可分开","戏曲小说应当打通了来研究,双轨并行"。他本人早就是如此践行的了,可惜我个人能力有限,勉强承继得"戏曲"一支。

今天的学者,最佩服的是他的《晚明曲家年谱》,惊艳于他对文献资料掌握之丰富、运用之娴熟。但纵观1950年代以来的学术史,徐先生最初得到学界的认可,其实是缘于他对古代戏曲作品思想内容的解读和评论。

从思想根源而言,也是有迹可寻的。他喜爱新诗,明显可见受到"五四"新文化运动的深刻影响;他年轻时就向往延安,"那时千千万青年都有过对它的憧憬",故取名"朔方";他在大学里读英国文学,写革命诗篇,关心"时事和现实",虽然不免是"近于政治口号而缺少艺术性"。他自谦"只会空想而艰于行动",但同情共产主义,追求思想进步,在那个时代的青年人中具有共同性,他对马克思主义的阅读与了解在此时已经开始。(虽然在1950年代他并没有加入中国共产党,80年代初更以无党派人士被推选为人大代表,但在人大代表任期结束后不久,他就正式加入了中国共产党。)

　　**我私下妄加猜测**：马克思主义来自西方，马克思本人长期居于英国，马、恩思想原是对西方文明的继承与发展，因而必须对西方思想文化有所了解，才能真正掌握马克思主义。徐先生从英文系毕业，接受过西方学术的基础训练，加上向往延安与对革命的憧憬，他年轻时就已经积极理解、拥抱马克思主义，所以在50年代初，他在接纳、融会新思想方面有着明显的优势。作为诗人对文学的敏感，兼以英国文学的基础，让他很快掌握了新的观念与方法，能娴熟地用马克思主义的思想来解读、评价中国古代作品，于是在学术领域"脱颖而出"。

　　他的文章拥有一种理论高度与逻辑力量，别具一格：老学者缺乏新思想，难以摆脱旧套路；新学者往往概念先行，机械套用，略显生硬。当时的年轻学者徐朔方，先是在戏曲评论方面树立标杆，继之在文献整理研究方面颇有作为，两相结合，进而提出一些具有前瞻性的命题。

　　如此这般，时至1980年代，徐先生把这个时期戏曲小说学术大厦的"夹层"做高做宽了。随着民国过来的老辈学者凋零殆尽，这"夹层"自然也就成了"顶层"。在杭大中文系，他与沈义俺、蒋礼鸿等1920年代出生的先生，是其中杰出的代表。曾经的怀疑与嫉妒，奇迹般地转换成神话般的仰望。这之后的"学术史"，需要变换成另外一种叙述视角了。

　　先生在1987年2月写的《退休》诗中道："不管生命在什么时候终结，不管自然对我慷慨还是悭吝，只要我的脚跟还立在地上，已经到达的都不是我的终点。"他的思考与写作，直到跌倒再不能醒来，才告结束。丙戌年除夕的下午4点45分，先生在病床上停止了呼吸，享年八十四岁。

　　如今，先生离去已经有十六个年头，不久后就将是他的百岁冥诞。多日来，先生的身影总在我眼前闪现，就像当年我曾与他在梦境里相逢。

我又一次翻开他的《似水流年》，读到了这首《往事》：

> 在秋夜里细听三月的梅雨，
> 在梦境里寻觅过去的游踪——
> 我串起过断线的珍珠，
> 往事如轻烟摇曳在风中。

时为1941年12月，先生虚龄十九。

我十分喜欢结尾这句，就用做了本文的标题。大约是因为这里"串起"来的那些"断线的珍珠"，正是我在秋夜里寻觅到的先生那"过去的游踪"。

2023年10月28日

【附记】我检索电脑中的文档，查到2001年7月1日我从东京写给徐先生的一封信的底稿。末尾一段如下：

> 我计划在十月间来杭州参加会议，恭贺您从教五十五周年。如果说我自己能够在戏曲研究方面有些微的成绩，那也都是由您当时领着入门的缘故：在广州使我开拓了眼界，但基础其实都是在杭州打下的。
>
> 我想我称不上是您的合格的学生，但您对学术的态度、您的学术方式、学术准则，却是我常常在心底里默念的；我心里时常想着当时您对我说的一些话，跟随在您身边经历的一些事，虽然这些对您来说只是平常的，但对我来说却是不同的，因为它们直接

影响了我的人生和学术的抉择,所以我把它们作为我自己的财富。

我觉得自己的性格与您有很大的差别,很难直接仿效,所以更多地想着怎样从精神上和理性方面去理解与把握,找到适合自己的方式;因而虽然具体的表现也许与您完全不同的,但在根子里,在骨子里,我以为我所有的,也仍是您的影响,您的影痕。

那次为参加徐先生从教五十五周年纪念活动,我写了一篇文章,记录跟随先生学习的经历与感受,修订后题为《徐门问学记》,曾作刊载与推送。本次从新的角度记录我所知道的徐先生,并努力与前一篇不相重复。

【回音壁】

**徐礼杨**(先生长子):仕忠兄好,谢谢分享你的文章,带来许多美好的回忆。有些补充:

一是我父亲喜欢外国文学不假,"文革"时,住在我母亲学校宿舍,晚上在学校操场乘凉,总有许多人听他讲故事。从雨果,到大仲马;从《巴黎圣母院》,到《基督山伯爵》,至今印象深刻。

二是我父亲对钢琴有种特别矛盾的感情。以前家里有架钢琴,后来父亲看见我特别喜欢,怕将来我不务正业,就送人了。我儿子弹琴很好,每次和他聊起钢琴,他总是劝我不要让我儿子花太多时间在琴上。后来我给儿子买了架三角钢琴,告诉他后,他再也没有说什么。我母亲去世后,他自己也买了架钢琴。

我小时候,什么东西都学过,书法,绘画,古文等,开始是强迫我学,等我慢慢地有兴趣时,他说我已经不可教了。理科,是我有兴趣的,我父亲也没有办法。上大学前和我长谈过一次,大约就是在那个时候,他就有了将来要把他的藏书捐出去的念头了。

我父亲还有一个爱好,知道的人不多,就是西洋古典音乐。他收藏了不少胶木唱片,家里也有台留声机。唱片除了京戏、昆曲,就是古典音乐了。因为放一张唱片就要换一枚唱针,在当时有点奢侈。每次听留声机是童年一大享受。至今,古典音乐也是我的最爱。

父亲和王季思先生有很多书信往来,有相当长一段时间,我是帮父亲取信的,我知道,父亲母亲结婚蜜月是在广州度的。我猜想应该是和王先生有关。因为广州应该不是我母亲心心念念的地方。

其实我父亲待人还是有原则的。用今天的话说,就是公事归公事,私事归私事。对于到家里来谈教学和公务的,大概是这样的。但也有一些人不一样的,比如蒋礼鸿先生,还有中文系里几位老师,他们来家都很随便,还有他的老乡。我的很多同学和我父亲都很聊得来的,高兴时还一起吃过饭。

最后,我父亲在"文革"时,对美食非常有兴趣,常遣我去买这个买那个。"文革"后这个兴趣完全消失了。倒是我把这个兴趣继承下来了。哈哈。

**徐礼松**(先生次子):黄老师,一口气读完您的文章,直呼畅快!幽默风趣而又入木三分地写出了父亲的性格。虽然学术方面我不是很懂,但是我想到最后,留在大家印记里的还是一个活生生的人的形象。您是真懂我父亲的。

印象里您和廖可斌老师都是身材魁梧高大的。我想父亲是很喜欢的。他跟我们一直强调几点,一是要注意锻炼身体,二是做事要坚持,不提倡猛干,但是要细水长流地去做。就像爬山一样。身体好才是一切的基础。

有些事也是长大了才有更多的体会。谢谢你的文章,又把我带回到了几十年前。

# 舒徐礼乐自圆融
—— 忆礼学宗师沈文倬先生

沈文倬先生（1917—2009）在杭州大学是个"隐形人"。1978年10月，我进中文系读本科，他曾在"古代汉语"课里讲过几节"古代文化常识"，但我没有留下印象。读研究生时，他是导师组成员，我才开始有所了解。

80年代初的杭大校本部（今浙大西溪校区），面积不大，高大的法国梧桐树舒展地伸向林荫道，构成一道道穹窿，展示着这个校园所经历的岁月。东南角是几排青灰色砖块砌成的四层楼房，教师集体宿舍和研究生宿舍前后相望。两楼之间是锅炉房，早晨炉火轰然作响，我们每天都要去那里打开水。秋冬时分，梧桐叶已经灰败，锅炉房的行道上洒满了细碎煤灰，映衬着青灰色的砖墙，眼前一片灰濛。

那时沈先生就住在一号楼第一单元一楼的一间房子里，大约十五六平方米，对面是公共厕所，春季潮湿，夏日闷热，冬天阴冷。没有厨房，只能在走道升火，所以二十多年间，他一直吃的食堂，偶尔才煮个蹄膀之类，改善一下生活。（直到1986年分到两居室的房子，才搬离此处。那年7月他被国务院学科评议组批准为博导。）

我从未进过他的住处，只是每次路过时，会有片刻的仁视。后来多次在梦中到过他门外，从门上方的玻璃透过去，仿佛看到了墙上的

沈文倬先生于沪寓（2006年5月28日）

条幅，却总看不清内里，就像他的为人与为学，十分神秘，望不真切。

我经常在去食堂的路上遇见他。那时他年过花甲，宽广的额头，稀疏的头发，花白的胡子，脸色却十分红润。他个子不高，但很壮实。冬天时，他在老棉袄上套一件陈旧的灰色罩衣，左手挎着一个很浅的竹篮子，也像是个簸箕，那双大手，有着粗壮的指节。他总是面带笑容，仿佛挪动似的走在路上，口中略有"呼哧呼哧"的声音。若是遇到旁人注视的目光，他用眼中的笑意作回应，嘴巴似有牵动，并不说出话来。他看起来是温和平静，又如海似渊。他微笑时身上洋溢出能量，让路人也不禁受到鼓舞。所以我觉得那个时候他的心情很不错。

我们这些"新晋"的研究生，那时经常谈论的便是自己的导师和对方的导师：主要做哪个领域，出版过什么著作，在哪里发表了论文，听闻有怎样的评价，对学生有哪些要求，有什么口头禅，在课堂讲了什么新鲜事……并自豪地介绍各自对导师的发现，以作分享，再认真地听别人的补充与议论。

室友陈剩勇是沈文倬先生所带的第一个研究生。我对沈先生的了解,便是通过剩勇同学充满崇拜的解说和大家的议论,慢慢地丰富起来的。

沈文倬先生,字凤笙,号菿闇,江苏吴江人。幼入私塾,长则自习,未获任何文凭。他早年从沈昌直学读古文辞,从金天翮、姚廷杰受文史之学。1940年代初,从曹元弼专攻"三礼"之学,为其关门弟子,耳提面命达九年之久。曹元弼(1867—1954),人称清代最后一位杰出的经学家,时已年逾古稀,故寄厚望于沈文倬:"善守可望有成。"

1946年,他发表了《说高禖》《"蜡"与"腊"》等文章,引起顾颉刚的注意,破格聘其为国立编译馆副编审,主要负责校点经籍、编撰提要、草拟经学词典。

1950年,被派往北京华北人民革命大学政治学院学习。次年6月,分配至上海图书馆,任编目部副主任。我们经常查阅的《中国丛书综录》,极厚的三册,叠起来有一尺多高,就是由他主持编成的。1960年,《综录》编辑组被评为上海市先进集体,身为组长的他,作为代表出席了上海市群英会。

1963年2月,应姜亮夫教授的邀请,调入中国科学院浙江分院的语言文学研究室(设在杭州大学,夏承焘为主任),为专职研究人员,只身赴杭州。

3月,甫抵杭,即往谒马一浮先生;4月下旬,再往。"以后学求谒前辈学者之礼相见,主亲客敬,融洽无间"。有所悟,也有所思。晚年撰《蒋庄问学记》以记之。秋后到长春文史研究所讲《仪礼》,入冬回杭。欲再谒,未成。次年,"谈论古学的风气戛然而止,而情趣也大减"。不久,即下乡参加"社教运动",到了我的家乡诸暨县的某公社,驻留有时。

之前,他有多篇论文在《考古》上发表(1961,1963),传言时任中国科学院院长的郭沫若先生见后，评价颇高。

"文革"发生后，研究室解散，他转入杭大中文系，在系资料室做资料员。因博闻强记，同事惊为"活字典"。他则独自默处，但从未停止礼学研究。

1974年，被安排赴安吉参加杭大最后一期"五七"干校"农林班"，白天做"鸭司令"，晚间仍探礼学之奥。

1975年3月，将《武威出土〈礼〉汉简考辨》等四种，寄请顾颉刚先生审阅。顾复信称"台端实为今世治礼经者之第一人也"，同时又叹息，这些成果不知何时才能面世。——以上这些话语，当时只是在一个很小的圈子内流传，并不为外界知闻。

到"文革"结束，情况又有了变化。1979年，他转为教师岗位。次年，评为副研究员，时已六十四岁。我们八二级研究生，是他第一次招生。

那时杭大文史学者对中华书局的《文史》和上海古籍出版社的《中华文史论丛》最为推崇，视为古代文史领域的顶刊，沈先生则是其中的常客。如《略论礼典的实行和〈仪礼〉书本的撰作》(《文史》15、16辑，1983)，提出"礼典的实践早于文字记录而存在"，阐明礼典与礼书的关系，后来杨向奎先生称此文"鸿文巨制，成绩空前"。又如《黄龙十二博士的定员和太学郡国学校的设置》(1983)一文，对汉代建立经学博士的复杂史实条分缕析，正皮锡瑞《经学历史》之误，纠王国维《汉魏博士考》之偏，从而详判武、昭、宣三代各经博士官的兴废增缺。

有后学称，沈先生的文章视野非常开阔，既有宏观的观照，贯通古今，又有微观的考证，心细如发。同时运用各种方法容纳材料，信息量极大。他对传统礼学中的主要问题，几乎都有独到的见解，文中的每一句话，几乎都凝聚着思考的结果。他的叙述语言非常典雅，几乎与引用文献可以无缝对接，是一种很难达到的境界。对此，我也深表赞同。

不过，我那时并没有认真拜读过沈先生的著作与论文，也怕读，因为太深奥了。我只是读过他在《中华文史论丛》上的专栏，名为"菿闇述礼"，有时一期内刊有数则，所占篇幅，不过一页、二页，所释则为一字或一物，都属疑难问题之解说，于文史研究关系颇大，而文字典雅凝练，令我叹服不已。这类短文，他从1946年就开始写作了，采山之铜，累积甚丰。很多年后，他汇集成书，仍取栏目之名，不过薄薄一册，十余万字，但甚得好评。

我开始学写论文时，就知道短论文是最难写的，因为数百字、千余字，要提出一个真问题，罗列材料并且讲清楚，是多么的困难呵！据说沈先生的另一本著作《〈礼〉汉简异文释》，写成时有四十余万字，他并不急于发表，反复压缩，最后出版时，只有十六万字。在我们读研究生时（1982.9—1985.6），他除了一些论文，尚无个人专著出版。他的第一部专著《宗周礼乐文明考论》，其实是论文集，1999年问世，写作跨度逾四十年，总数也才十四篇。那时他已经是耄耋之年了。

沈先生一生淡于名利。他说："治经治礼不易，只有心除'魔障'，胸臆如水，方能专注向学，趋于会通。"他一生的著述其实不多，学者却推许他为"礼学大师"，因为他的文章不靠量的堆积，而是以质取胜。他的论文大都能解决历史上一些悬而未决的问题，累积起来，便令人叹为观止，且是仰之弥高了。

非常幸运的是，沈先生专门为我们开了课。当时我们五名研究生，由五位导师指导，他们每人讲授三堂课，构成了一个学期的研究生课程。他的三堂课，连郭在贻老师也来听了，就坐在后排。

沈先生从小患有严重的口吃，连讲一句完整的话，对他而言，都是很吃力的事情。这也是他很少上课的原因。

那时老师们所讲的内容是自选的，也都是多年深思所得。印象中，沈文倬先生讲到了先秦诸子流派和古文今文有关问题。在我当时有限的知识里，《论》《孟》《老》《庄》作为独立的著述，稍有涉猎，《墨子》未曾读过，《礼》《书》则不敢碰，至于各家之间的关系，则全无了解。沈先生的课，却讲出了各派思想之间错综复杂的关系，特别是稷下学派、名家，这些几无著述传世的学派，原来也曾在与各家的角逐中占得大势，令其他各家不得不作回应与调整；某些消失的流派，其学说则为他家所融合而流传于后世。这让我忽然明白，原来每一家说法都不是在对某种理论来作完整系统的阐释，而是针对对手发表自己的观点，如果不知道这个论辩的背景，便会觉得其论极偏，像是对着空气作战，不知其所以然。

这很像我在篮球场上打中锋，每一次强打，都必须用力把背后顶着我的那个人靠开，才能翻身把球打进。你必须知道那"顶"的力量有多大，才能明白我这一"靠"要花多少的气力。若是将我身后的人物虚化，人们在镜头中只见我对着空气用力地先靠后转，必然会嘲笑我过度使用了蛮力，即所谓"失之偏颇"。

在我们的课室里，沈先生"哧哧"地把一个个字从口中用力地迸出来，有些词花了两三次方才说得完整，就用手绢擦一擦汗水，口中依然不停。讲到开心处，他也会带着"哧哧"的笑声。他先用他自己的考证与解说，重新厘定了旧有概念，然后再作延伸，对一连串的问题提出新的界说，于是相关的人物事件、流派学说，被拂去久积的尘垢，露出了完全不同的容貌。

我们所有人都肃然聆听，唯恐错过了一个音节。因为那一个个迸出来的字，如同一个个阵符在空中翻飞，构成了一个奇妙的阵法，从中显现出历史的真相。那阵势如此波诡云谲，力与力你来我往，波与波争相角逐，声与理相互呼应，这端的是百家争鸣的时代啊！

　　四十多年过去了，沈先生的具体解说，我只留下了若干印象，例如"礼书"晚于"礼典"，"古文"最初是指六国文字，"今文"则指汉隶，他从文本书写所用文字的角度，解释各经诸文本在汉代的传承情况；某人的解说，被立于学宫，即是"师法"，未立之时，则是"家法"……其他具体的知识，如今大都已经忘记，只有他"哧哧"的声音，偶然还在我的耳边响起，于是他的讲解所引发的那种感触，再次如潮水般漫过我的脑回路，让我感受到一种莫名的震荡。更为重要的是，通过这些讲解，我懂得必须透过文献的表象，去感受时代背后那一道道的"力"及其相互作用，才能依稀看见上帝那只"无形之手"。

　　沈先生在谒见马一浮先生后，撰有一诗：

　　　　儒经释典一炉熔，证得心同理亦同。善美深微容别解，舒徐礼乐自圆融。

并记云："（马）先生知予治姬旦之礼，颇申礼善乐美之旨，为之赞叹不已。予亦进'舒徐'一义，先生颔之者再，不以别解见摒焉。"

　　如今我回忆沈先生的三堂课，记录当时所见所闻的点点滴滴，敬取他的末句为题，以表怀念。

2023年10月26日

# 胸中剩有丘陵在,好听昭时鸣玉珂
—— 怀念刘操南先生

一

我们七八级的中国文学史大课,刘操南先生在先秦两汉这一段讲过几次课。他开口即是吟唱,又让大家跟着唱,场面十分热闹。他还要求大家在课后用这种方式背诵下来。这是我第一次接触吟唱,甚觉新鲜。

印象最深的有三篇。一是《诗经·豳风·东山》:"我徂东山,慆慆不归。我来自东,零雨其濛。我东曰归,我心西悲。"那时我读《诗经》,最喜欢的是爱情诗,这篇却是写出征归来的情景,十分悲凉。二是《离骚》,"荃不察余之中情兮",满是郁闷牢骚。三是曹植的《洛神赋》,还记得刘先生吟诵"黄初三年,余朝京师,还济洛川……"的样子。他吟诵的篇章,都寓有他的人生经历和情感共鸣。

刘先生是江苏无锡人,这吟诵原是他读私塾时的"蒙课",他视我们如赤子,殷勤地献出珍藏。晚年更是热情倡导和推广古典诗词吟诵艺术,曾录制发行《宋词吟咏》,至今在网上仍可听到。所以不同届的同学,只要回忆刘先生的课堂或讲座,首先提到的都是吟唱。

诗词吟诵,如今都上了央视,十分时髦,但那时我们既觉得新鲜,

课堂上的刘操南先生（1983年前后）

又不无疑问：课堂里就该传授新知识，花这么珍贵的时间来教吟诵，有这个必要吗？但刘先生完全没有理会台下疑问的目光，沉浸在自己的世界里。他讲解《离骚》，讲着讲着就吟诵起来，吟到情深处，无语凝噎，眼中满是泪光。另外，上课上到开心处，他会在黑板上写下自己的旧体诗，再得意地吟唱，全然不想这是古代文学的课堂。对此，有些同学颇有微词。

那时中文系年过古稀的老先生，已经不再给本科生上课。还在第一线上基础课的，是年过六旬而又未到古稀的老先生，因为这吟唱的缘故，刘先生成为学生印象最深的一位。只是在学生当中，既有感佩的，也有当笑话的——大家对他，远不如对别的老先生那样尊敬。

我那时年轻无知，既不懂吟诵对涵泳诗歌、体悟韵味的意义，也不能懂得他的学问。本科毕业前报考研究生，元明清文学专业的导师有刘操南、徐朔方两位先生，分别招小说和戏曲两个方向，尽管我之前对小说下过很多功夫，但最后仍然选了全无根底的戏曲。

## 二

我再次聆听刘先生的课,已经是读研究生的时候。五位导师各讲三次课,构成一个学期的课程。

刘先生在课堂上提到了《史记》的《历书》《天官书》和《汉书》的《律历志》《天文志》以及《九章算术》。他说校勘天文、历法、算学,"我们"与前人做法不同,不是据版本来做校勘,而是用现代数学方法来做计算,然后再作校正(那时不能多说"我",得说"我们",以避免个人主义的嫌疑)。我闻之肃然起敬。因为这是真正的"绝学",得有深厚的现代数学功底才行。

后来听说,他曾在本校教师数学竞赛(非数学专业组)中得过一等奖。现在浙江大学出版社正在编集出版《刘操南全集》,编为二十二册,六百余万字。其中历算有关著作,有《古籍与科学》《历算求索》《古算广义》《天算论丛》《古代历算资料诠释》等,另有《古代天文历法释证》(2009)单行。

他研究历算的单篇论文,大多是在老浙大任教时期(1942—1952)发表或流播的,如《〈海岛算经〉新解》《〈九章算术〉注祖冲之开立圆术校补》《〈周髀算经〉勾股方圆图注读记》《〈周礼〉九数解》等,影响颇大。但在我们读研究生的时候,他的上列著作并未出版。因为这类著作在中文系属于另类,在历史系也无人能做,甚至找不到刊物来发表,可谓"走投无路"。所以刘先生高手寂寞,无人会、登临意,只好在课堂上过过瘾。他经常说这个事我写了文章,那个题我已经解决,但给听者的印象,似乎是在自卖自夸,因为他说的这些,真的是"天书",我们完全不懂,无从印证,更无人回应于他。

他当时有资格在多个方向招研究生：先秦两汉文学、古代科技史、元明清文学小说方向。但先秦两汉的学生不好招，科技史根本不可能有人到中文系来读，所以他便定了小说方向，第一届招的是李梦生，我们这届招了陈飞。在学三年，在刘先生指导下，陈飞同学发表了明清小说研究的系列论文，尤以金圣叹研究最为突出，引起学界的关注。

在课堂上，刘先生也讲小说研究，但讲着讲着，他就开始道说他独有的想法与做法：改写古典小说名著为通俗读物。那时他已经与茅赛云合作出版过一本《武松演义》，二十五万字，是以《水浒传》著名的"武十回"为基础，结合杭州评话改编创作而成。这本书1959年由东海文艺出版，初印六万册；1980年浙江人民出版社出修订版，初印十五万册；1983年浙江文艺出版社再版，初印三十万册。难怪刘先生认为这是一条新路，要按这个路子，一个个地来做，写成一个系列，既是弘扬经典，又能去其糟粕。在他看来，文学创作是文学研究的前提，不懂创作就做不好研究。他叹息自己年事已高，在课堂上鼓励大家都来参加，话语里充满了期待，可是我们却无人响应。

当时我心中其实并不以为然，认为改写古代的白话小说没有"学术含量"。与我同样想法的人肯定不少，所以刘先生依然只能踽踽独行。

我看《刘操南全集》的分册目录，《武松演义》《水泊梁山》《青面兽杨志》《诸葛亮出山》四种已经出版，都是据经典小说重写而成，其实他还有相当数量的草创之作，没有收录。

新世纪后，我到日本访学，发现他们对古典名著做了系统性的改写，这才真正明白刘先生所倡导的工作的价值与意义。可惜早在上世纪末他已经离世，我再也不能向他致歉了。

刘先生不仅研究古代，也留意现当代的曲艺。这种"往下走"的

唐耿良先生讲座后合影，前排左起：黄爱华、刘操南、唐耿良、平慧善、王长金；后排左起：李剑亮、朱宏达、黄仕忠、陈飞、李丹禾

做法，在当下被认为是"新视野"，视作未来学术的"增长点"，但那时的"大学学术"里存在一条"鄙视链"，民间文学和说唱文学处于最底端。不过刘先生既做天文历法，又做经学，也做俗文学，所以对此无所察觉。他与说书艺人一直保持着密切的关系，我们读研究生时，他就请了著名评话艺人唐耿良先生来做讲座——意外发现，我也在合影之中。

刘先生对《红楼梦》的研究也别有心得。他发掘了陈其泰桐花凤阁评本《红楼梦》的价值，撰写系列论文作了介绍，整理完成了《桐花凤阁评〈红楼梦〉辑录》（1981）。又广泛收罗弹词文献，辑成《红楼梦弹词开篇集》，只是在他去世后才出版（2003），其中不少是孤本。但这些工作，未能进入《红楼梦》研究的主流。他毕生对小说、戏曲、曲艺都有涉猎，可成一家，但似乎又不够突出。

## 三

刘先生用力最多的是先秦两汉文史。观《全集》所列，第一卷"《诗经》探索"，第二卷"楚辞考释""诗词论丛"，第三卷"《史记》春秋十二诸侯史事辑证"，第四卷"《公孙龙子》笺"和"陈汉章遗著整理与研究"以及第五卷"文史论丛"。这些著作，卓然可成其一家之言。但在他生前大多未曾出版，到现在也只出了其中三卷。

此外，刘先生从小喜爱诗词古文，吟咏不辍，至死方已。他自述一生所作诗词不下万首，但《揖曹轩诗词》（西泠印社，2002），所存不过千首。《揖曹轩文存》则尚未出版。

他的精力是如此旺盛，研究的领域是如此广博，着实令我惊叹。浙大出版社因出《全集》而介绍其生平，称"治学会通中西文理，综贯经史百家，兼擅诗词文章，著述丰赡，成就卓异，蜚声海内外"，这些话并无夸大。可是事实上，即使像我这样的本系毕业生，对刘先生也缺乏应有的敬意。在我们这一届研究生入学不久，刘先生就转任古籍所，之后是集体招收研究生。前几届学生都听过刘先生的课，只有傅杰一人因做《诗经》，选了刘操南为第二导师（第一导师都是姜亮夫先生），毕业时留校做姜先生助手。傅杰说，他实际受郭在贻老师的影响更多一些。

1987年，学校未作知会，直接给他办理了退休手续，刘先生从此离开了自己深情热爱的教学岗位。

那年他七十岁，身体健康。这个年龄的文科资深学者，那时大都仍在教学与科研第一线，而他，大约是因未获博导资格，就只能退休了。看来，名家辈出的杭州大学，并没有认识到他的价值。陈飞在毕业时放弃了留校机会,傅杰留校不久就去了复旦,所以刘先生没有在杭大留下学脉。就在杭州大学被合并到浙江大学的前夕,刘先生因病离开了人世,享年八十二岁。

回想起来,他在课堂上,喜欢穿玄色的对襟唐装,或是藏青色中山装,风纪扣紧扣。他肤色本黑,一副黑框眼镜架在硕大的鼻子上,眼神里总带有一丝忧郁。他吟唱《离骚》,痛惜屈子不被理解,何尝不是切身之感!在生命的最后时刻,他写下了《病中戊寅岁朝试笔两律》,其二云:

> 八十韶华石火过,深惭书剑两蹉跎。祠堂往事抛书忆,黉舍新情剪烛多。谁说天官非国学,终教野史托悲歌。胸中剩有丘陵在,好听昭时鸣玉珂。

"谁说天官非国学",犹如"天问",但无人能答。

## 四

我查刘操南先生的履历,他字肇薰,号冰弦,晚号梁溪狂叟。1917年12月13日生于江苏无锡南门之刘源昌号,家境殷实。六岁入私塾,诵《四书》《毛诗》《尚书》《左氏春秋》等。出塾后直接考入中学,文理皆能,尤擅数学。初三时就写成《四边形之研究》长篇论文,旁征博引,发表在本校毕业纪念刊上。

1937年考入浙江大学史地系,旋因故赴沪,适逢之江文理学院在沪招生,即报考并录取到土木系,在沪就读。8月,淞沪战事起,年底上海被日军占领。次年他重回浙大,仍入史地系,随校西迁,三年

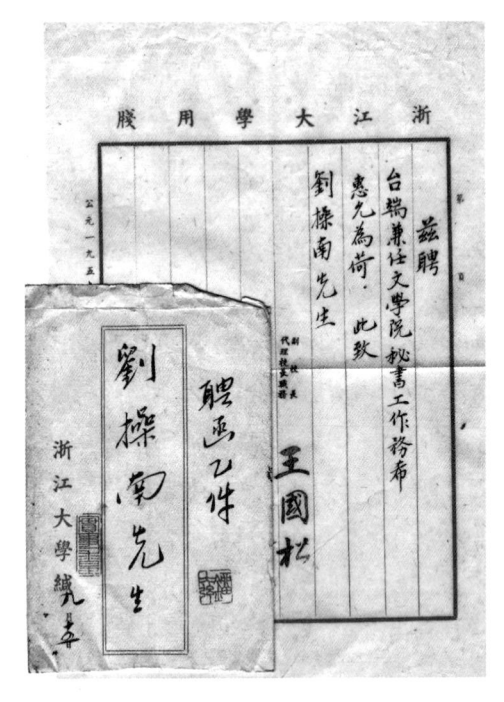

浙江大学聘书

间转辗浙江建德、江西吉安、广西宜山、贵州遵义等地。在宜山时，他申请转系，进入新恢复的中国文学系，但仍兼修文、理两科，举凡地学、物理、微积分、春秋三传、《史》《汉》、唐宋诗词、文字训诂等课程和书籍，一并选修博览。他从钱宝琮习天文历算，从缪钺习词章文史，选修何增禄的光学、朱庭祜的地学、张荫麟的史学等，拜费巩为导师学政治学，会通中西，并非虚语。大学时所撰论文《月有迟疾、日有盈缩，兼论中公历学》，得到钱宝琮的赞许。1942年毕业于遵义，留校任教，是该系直到1947年唯一的助教。1950年兼任院务秘书。

1950年，中国科学院筹编《中国科学史资料丛刊》，时任副院长的竺可桢欲调其赴京，校方不允，未能成行。

留校之后十年（1945—1952），老浙大文理工兼备的环境，让他如鱼得水，尽管战乱频仍，他本人却撰述颇多，如《〈海岛算经〉源流考》，讨论重差术及测定日距方法，得钱宝琮、李俨、裴冲曼诸先生激赏，裴氏称："此继杨辉、戴震、李潢未完之业，岂率尔操觚者可比。"这是他一生最得意的时期。

1952年院系调整，转入浙江师范学院（1958年改名为杭州大学）。旧日的天文历算研究已经难以为继，因工作需要，"转行"研究古代文学，主要教授先秦两汉文学。此时对古代文学的教学与研究，已经要求结合马克思主义思想来取其精华、去其糟粕，反对烦琐考据，这对从旧时代过来的学者来说，是一个新的考验，想来刘先生也不例外。

1964年，刘先生通过副教授职称评定，上报教育部，但因"四清"及"文革"而暂停。1978年恢复副教授认定，1983年升为教授，1987年退休。

这中间还有一则故事。1964年10月27日，"有同学向古典文学教研组提出一份书面意见，对刘操南先生讲古代神话等提出批评"。事因是9月16日刘操南讲了"鲧禹治水"神话，新任政治辅导员曾前来听课，在"千万不要忘记阶级斗争"的背景下，此事被上纲到"阶级斗争"的高度。11月3日，"刘操南先生就以前所讲古代神话中的'错误'观点进行检查"。之后，由徐朔方老师代表教研组来收场。徐老师发表了二十五分钟讲话，既肯定批评者的政治敏感性，又补充了被批评者讲课不够圆满处。此事方算平息。（以上据中文系1962级学生贺圣谟《片断思忆怀徐公》一文）刘先生的讲课似未能与时俱进，于此可见一斑。

用今天的话来说，刘操南先生其实是妥妥的一枚"理工男"，跨界到了中文系。他精于数学，却未测人心；做事讲究细节精确，却讨于较真而不知"模糊处理"，遂致扞格不入；他对人略无心机，于事满腔热忱，常常沉浸于自我的情感之中，而不知今夕何夕。

他晚年自我总结,称:"聆藕舫校长(竺可桢)、琢如(钱宝琮)、彦威(缪钺)诸师之训诲,知为学之须由博返约也。中西交叉、文理渗透,而考据、义理、词章三者兼顾。学者不徒博学、审问、慎思、明辨、笃行,且须深究自然科学与社会科学之规律,开物成务,以富国利民耶?"(《古籍与科学》卷首《自序》)

这确实是剖心之论。但"中西交叉、文理渗透""深究自然科学与社会科学之规律",哪里是做文史哲的人轻易能够做到的?调子定得这么高,听者或以为他只替自己量身定设,借此扬己而抑人,因而大多会报以冷笑吧?古来圣贤皆寂寞。然则泰山其颓乎,梁木其坏乎,哲人其萎乎?幸好丘陵犹剩,遗文俱在,"好听昭时鸣玉珂",且由后人评说吧!

2023年11月4日

# 依然旧梦堪追忆
—— 怀念郭在贻老师

一

郭在贻老师从根底里是一个十分骄傲的人。在他去世三十多年后，我读到他在 1977 年 11 月 21 日写给哥哥郭连贻的长信，畅谈书法流派及当时知名书家，挥斥方遒，非胸中藏有百万兵，不得如此。而手迹所见书道造诣之深，令我骇然。因知其论，乃从胸臆中自然流出，在他，不过是与其兄长的平常谈论，因系私信，无须拘束，遂直言不讳，说得酣畅淋漓，而非欲故作惊人之诂。

1988 年，郭老师与学生合作完成《敦煌变文集校议》初稿。他在给友人的信中写道："此稿专谈我们自己的看法，自信不无发明，其中俗字和俗语词的考释方面，尤多独得之秘。"也是充满自信而非自夸。这样的语气，在他的书信和与友朋的话语中，都可以看到或听到。

我与郭老师只曾偶接謦欬，他个子不高，眼睛不大，但炯炯有神，当他微眯着眼扫视而过时，有居高临下之势，令我不禁心生畏缩。

那时他刚过不惑之年，身上仿佛凝聚着无限的能量，光芒四射，不能直视。尤其是汉语史领域，他是在姜亮夫、蒋礼鸿先生之后扛大旗的人。1986 年 7 月，经国务院学科评议组的批准，杭大中文系在姜

1988年8月，郭老师在寓所书房

亮夫先生之后，迎来了一批新的博导，他们是：沈文倬、蒋礼鸿、徐朔方、郭在贻。前三位都已年过六旬，而郭老师才四十七岁，是全国人文社会科学领域最年轻的博导。

在我读本科时（1978—1982），他给七七、七八级开过选修课，当时我没选，但我对他则是仰望已久。

当时，七七级的几位同学，受郭老师古代汉语课的影响，自发组成了一个兴趣小组，展开语词训诂研究。其中有一位叫边新灿，是我的同乡，且我俩同龄，所以交接略多。他说："郭老师学识渊博，上课幽默，其中一句话对我触动很大：'发现一个新的义项就像发现一颗行星。'可谓照亮了我的心灵。"于是他一头扎进古书堆里，做卡片、抄语词，到四年级时（1981），就在《杭州大学学报》和《中国语文》上都发表了论文。那年他才二十一岁。他的毕业论文也是郭老师指导的。我读过他登在《杭大学报》上的论文，所释语词，词例详备，证据确凿，令人信服，与蒋礼鸿先生《敦煌变文字义通释》的做法简直一模一样。他说，文章写成后，战战兢兢地呈递给蒋礼鸿先生，居然得到蒋先生热心指导，并向《杭大学报》作了推荐；《中国语文》的文章则是他自行投稿而录用的。那时很多老师都苦于写不出论文而不能升等，所以这事给我印象极深。

兴趣小组中的王依民、张涌泉、计伟强诸位，也都于大学时或毕业初就在颇有影响力的专业刊物上发表了论文。依民说，他在《中国语文》的目录上看到自己的名字与杭大老师倪宝元先生排列在一起，让他小有激动。而涌泉在毕业两年后重新考回杭大，跟随郭老师读研究生，在敦煌俗语词研究领域开辟了新天地。这背后，都能看到郭在贻老师的身影。他们只是本科生，经郭老师的点拨，就有这么出色的成绩，让当时还是学生的我十分崇拜，并无限想象他本人的厉害。

我本科毕业应届考上了本校古代文学研究生，这是1982年秋天的事。郭在贻、祝鸿熹等老师则招了六名古代汉语研究生，其中有方一新、陈白夜、金小春、郭小武、王云路和叶青。男生寝室相邻，一新、白夜和我是本科同学，所以我经常去串门，听他们在议论，郭老师要求先标点通读《说文》段注。那时段注有影印本，紫色封皮，大开本，他们每人桌上都翻开着，十分庄重，也颇有炫耀的意思，因为"我们郭老师"认为这是入门的正道，郭老师自己就点读过三四回。这令我很是羡慕，也专门买回了一本，但在是否要跟着通读的问题上犹豫再三，最终放弃了，因为那时我在徐朔方师的指导下，正在做《史记》《汉书》的比勘，时间不够用。而第二学年我从《史》《汉》回到戏曲，系统地通读元明戏曲基础文献，其实也是受到了郭老师间接的影响。

二

郭老师给他的研究生开了"楚辞解诂"课，我也选了课。这是我第一次走进他的课堂，大开眼界，也大呼过瘾。

郭在贻是山东邹平人,口音很重,对我这个浙江人来说,有些字音颇难辨别。即便如此,他讲课却十分引人入胜。他先提出例词,列出异说,再摆出他的证据,一二三四,仿佛是做小学生的竖式算术题那般,层次清晰,一目了然。其实训诂的例证选择极难,若不是对字词语义及其源流十分精熟,便无法找到精准的例词。

可惜我当时只觉得了解一些训诂学的"方法"就可以了,未对郭老师的论文先做纵深阅读,只是浅尝辄止,理解其实不够深入。郭老师是以自己多年的研究为基础,结合前人的成果,在课堂上作补充延伸和示范。核心的内容已经刊出,一篇是《楚辞解诂》,发表在《文史》(第6、14辑,1979、1982)上;另一篇是《唐代白话诗释词》,发表在《中国语文》1983年第6期上。1984年,他凭借这两篇论文,获得了中国社会科学院"首届青年语言学家奖"二等奖(共有三人获奖,另外两位是北大中文系李家浩和蒋绍愚)。这个奖项是"文革"结束后吕叔湘先生为表彰青年学者(限45周岁以下)而设的,"首届"时未有一等奖,所以这就是最高奖了。两年后,他被批准为博导,据说徐复先生对他的研究极为赞赏,竭力推荐。

郭老师很多精辟的讲解,如今我大多遗忘,但他教导的一些"方法",对我后来的学术研究起到了实在的效用。

例如郭老师介绍了联绵词的概念,多为双声叠韵,须重其音,有音声相近的不同写法,而不能拆成单个字来作解释。他又说有些是姜亮夫先生的发现。姜先生的成名作《屈原赋校注》,完成时才二十九岁(1929年初撰,1931年成书)。我翻看《楚辞》,有数十条词语都属联绵词,但当代学者的选注本,仍多是依旧注拆字作解。也就是说,仅凭"连绵词"作追索,就让年轻的姜亮夫有了诸多新见。他在清华国学院的毕业论文《诗骚联绵字考》,则是由王国维指导的。王国维敏锐地把清儒的讨论列为专题，他自己只在一篇文章中点到了问题，就将这个题目交给了学生，学生顺此延展，就开拓出自己的领域。这让我看到掌握"学理"和"准则"的必要性，同时也知道了"家法"和"师承"的重要性。

郭老师在课堂上对那些《楚辞》中的难解之词，以及过去学者以为"无解"之词，作了精彩的解释。从王逸、朱熹、洪兴祖，到郭沫若，到当代诸楚辞学名家，都在他精妙的"解诂"面前，露出某些弱点。他则站在这个领域的高台之上，指点江山。解诂之余，也会给我们讲一些花絮，语含得意。他说，凡是新出的楚辞注本，他都会买一本来，翻检一遍，大多是翻过就扔了，因为没有新见。同时，他会给某些注家写信示贺，表明你的书我已看过了，也是给个暗示："你用郭沫若、文怀沙的，就特别注明；我的解说，却用而不讲，其实我是知道的！"说完这话，他紧闭嘴唇，微微侧头，翘起下巴，在我的脑海中留下了一个定格。

我于是知道，一个学者被认可，需要一个资历的积累过程。这让我在日后能够平静地面对同样的事情。

## 三

郭在贻老师，是当时青年学者中最璀璨夺目的一位。这也让我们十分好奇，他究竟是如何脱颖而出的呢？

据说，在"文革"中他是"逍遥派"，抱来资料室的《楚辞》有关书籍，一本一本地读。他的《楚辞解诂》，就是读了数百种有关资料之后写成的。其间之痴与迷，有一则自述的故事可以为证：有一次去买肉，排着长队，他捧着书本看得入了迷，待到清醒过来，发现天色已暗，市场早已散尽，只他一个人，站在那里看了半天书。但那个时候是"知识越多越反动"，读这些东西只有负面作用，所以人多笑话他。而他的一位老同学，论才华或不在他之下，论"精明"则远过之，在"文革"中积极投入，一度叱咤风云，"文革"后则成"三种人"受审查，当他回到教学岗位时，郭在贻已在学界大放光芒。他才痛觉前非，从头开始。大家由此形成一个共识，学者应当远离政治和"运动"。同时也隐约有传言，郭老师由于读书太用功，身体不很好。

1985年夏天，我研究生毕业后留校任教，分配教工宿舍，我与同学金小春共居一室。小春的毕业论文是郭老师指导的。在此后一年中，我从他这里，听到"我们郭老师"的不少故事。

先得说我有一件与郭老师有关的故事。这年秋冬时节，我和何春晖老师赴上海送本系教师晋升的评审材料，涉及吴熊和、蔡义江、郭在贻、倪宝元等老师。我负责送达文学方面的专家，春晖负责送达语言文字学的专家。她说到见史存直先生，很热情，对杭大这几位老师特别是郭老师评价甚高。这几位我尊敬的师长晋升职称，我曾获参与，颇觉"与有荣焉"。

小春在过年前结了婚，妻子是杭州人，家境甚好，他就搬去住新房，平时很少回来。但回来时，总会与我分享"我们郭老师"的故事。

1986年的春夏，因为职称晋升，郭老师改善了待遇，添置了一些新家具。他心情十分愉快，对小春摆弄他新购置的物件。小春与老师乃处于亦师亦友之间，有时故意与老师斗嘴。记得郭老师得意于他新买的双人沙发，小春便逗着说："我家的是三人沙发！"郭老师一时语塞，说："嘿，我不和你比。"就左看右看，自作欣赏，按捺不住内心的喜悦。

听着小春道说这类小故事，我们心中共同的感受，是一种说不出的辛酸。不过,幸好,这一切都将成为过去,老师的愿景,已经洒满了阳光!

## 四

这年秋天,我考入中山大学读博士;不久后小春也赴美做学术交流,我就很少听到郭老师的消息了。两年多后,1989年元月中旬,突然传来郭在贻老师去世的消息,我简直惊呆了!时也命乎?无以言之,只能默默祈祷,愿他在天国安好。

多年以后,我从张涌泉的文章中,得知郭老师最后的状况。就在B超检查显示为肝癌的那天下午,郭老师忍受着精神上的巨大痛苦,给学生写了一封遗书:

涌泉、黄征:
　　匆匆地告别了,万分惆怅。你们要努力完成我们的科研规划,争取把二本书出齐,以慰我在天之灵。
　　有件事拜托你们:
　　请把我未收入《训诂丛稿》的文章搜集起来,编一个续集,过几年后争取出版(现在当然不可能),为的是赚点儿稿费,以贴补我的家属,我个人则无所求也。
在贻<br>一九八八年十一月五日

一个多么骄傲的人呵,在那一刻,也不忘记他的"科研规划";而为了家人,又只能卑微地说,希望能"赚点儿稿费,以贴补我的家属",

仍要声明："我个人则无所求也。"读这"遗嘱"，怎不令人潸然泪下！

郭老师强忍着病痛，跨入了1989年，但最终无力回天，于1月10日抛却人世。离他五十岁的生日，还差一天！

我后来又读到傅杰写的回忆："在生命最后的日子里，在贻师的话越来越少 —— 既是没有精神，也是因为忧郁。不止一次，他默然甚至是木然地躺着，失神的眼睛不看身边的我们，只看着天花板，突然就出声抽泣起来，让当时还年轻的我们张皇失措。"

也是在确认病症那天，他对涌泉说："情况不妙，我已作好了思想准备，只可怜他们孤儿寡母的……"但即使在去世前两天，他也还对涌泉说："方以智的《通雅》是本好书，如果到了，给我也买上一本。"

他是多么留恋这人世呵！因为他有太多的事情想做，近期就有"敦煌三书"的计划，正与弟子们一起实施，还有一双稚子尚在读中学，然而，羸弱的病躯已经无力支撑，他纵有万分的不甘，却也无可奈何，且无人可与诉说，才会"失神的眼睛……只看着天花板"，"不止一次""突然就出声抽泣起来"……

郭在贻老师离开人世，转眼已是三十多个年头，若是天假其年，今年也不过八十四岁，但那将为汉语史研究开拓出怎样一片天地呵！他的同学后来厚积薄发，在学术上也做出了成绩，如今身体健康。人生若能再度选择，人们将会如何择取？夏承焘对好友王季思说："季思啊，学问靠长命不靠拼命。"可是，人生在世，无不受制于时代与社会，哪能真的由得自己选择呢？况且"文章憎命达"，纵是再骄傲的人，也敌不过命运的捉弄呵！

2023年10月28日

# 第二辑 师友往事

# 江南词客潇洒
—— 记波多野太郎先生

一

波多野太郎（1912—2003），日本神奈川人，自号湘南老人、江南词客。他在日本中国学界以训诂校勘之学成名，在中国小说戏曲及俗文学研究等方面成就卓著，所著有《中国小说戏曲词汇研究辞典索引篇》《关汉卿现存杂剧研究》《粤剧管窥》《近三十年京剧研究文献精要书目》等。

他少年时在湘南中学学习，从十七岁开始就对乾嘉学派、戴段二王的考据学心向往之。1930年考取大东文化大学，本科三年、高等科三年、研究科两年，期间受小柳司气太教授（1870—1940）影响，开始关于《老子》学的研究。1937年毕业，先后在东北大学和大东文化大学任教，于1941年春完成《〈老子〉王注校正》初稿。1949年受聘于横滨市立大学，1953年升为教授，在这里一直工作到1977年退休，被该校授予名誉教授称号。

他的主要著述，大多是在《横滨市立大学纪要》上以特辑形式出版的。退休之后，又受聘于东洋大学等私立大学，也在早稻田大学、东京外国语大学等校兼课，并指导研究生。直到年过古稀，才放下教鞭，但依然笔耕不辍，多有撰述。

1956年，广岛大学斯波六郎教授认为波多野太郎的《〈老子〉王注之校勘学的研究》从王弼注的校勘入手研究《老子》，颇多创见，堪称巨著，遂提请学校授予文学博士学位。是年3月，波多野太郎前往广岛接受了此项荣誉。

那时日本采用的是"论文博士"方式，用递交代表作来申请授予博士学位。这代表作通常必须是对一个领域做出了卓越贡献，并且得到前辈学者首肯，才能据以授予学位。例如久保天随以《中国戏曲研究》（东京弘道馆,1928）获博士学位，八木泽元以《明代剧作家研究》（东京讲谈社，1959）获得博士学位，都是同一方式。前几年水谷诚教授以《〈广韵〉研究》获得博士学位，据说他是最后一位"论文博士"，因为日本现已改用美制，与中国的做法基本相同。

在中国语学方面，波多野太郎著有《中国方志所录方言汇编》（1963—1972）；编集出版了《白话虚词研究资料丛刊》（1980）、《中国语学资料丛刊》五辑（1984）等，后者共六十一卷，二十册，其中颇多珍稀之什，有些虽是清代所出，却极有研究价值，特别是那些关于中国各地方言、俚语、谚语的书，和地方戏曲关系密切，对汉语和俗文学研究帮助很大。

1979年，日本哥伦比亚唱片公司在整理库存时，发现1937年以前录制的五千多张中国戏曲、曲艺、器乐、声乐的原盘唱片，邀请波多野太郎作整理，他据以编成《中国传统音乐集成》五集，并在说明书序文中详述发现、鉴别、编选的全过程。

波多野太郎以训诂学研究称家，而毕生的投入，实以俗文学研究居多，他从诸子学到不登大雅之堂的俗文学，这个跨度颇大的学术转向，与他的思想经历及在中国的交游有关，也体现了战后日本中国学的变化。他在1980年被推举为日本中国语学会会长（1980—1982），同时也是中国学会的理事与评论员。1980年代之后，中国戏曲小说及都市艺能与田野考察等方面研究，在日本学术界获得显著进展，应是与他及同道的倡导支持有着内在联系。

特别是当时学界注重出身，强调学脉，而波多野先生则在人生的最后二十多年中，着意奖掖后进，为那些非"名校出身"的年轻学者执言，令许多后学心存感念。这是我从那些后来成为名家的学者那里亲耳听闻的。

## 二

波多野先生对中国充满热情，热烈欢迎新中国的诞生。他与中国学者有广泛的交流，一面是介绍中国学者的最新成果，另一面则是将自己的新作寄赠同行学者，以文会友。

1962年，他随日中友好协会第五次代表团访问中国。"文革"期间，中日交流中断，他便赴香港研究粤剧，通过田野考察，结合其独到的思考，写成《粤剧管窥》（1971），被学者称为是"从宏观上研究粤剧渊源与艺术特征最精辟的论文"。

他对粤地文艺抱有极大兴趣，多次赴港，在香港、澳门等地购买了大量的本地唱本，撰有《道情弹词木鱼书》《木鱼龙舟南音粤讴粤曲》《木鱼与南音——中国民间音乐文学研究》等文章。其中对广东木鱼书的专题研究用力最勤，从形制与音乐上辨析了木鱼、南音、龙舟歌这几种流传于广东的说唱艺术之间的特点与关系。这些文章基本呈现了粤方言区的曲艺发展史，对当时日本学界来说实乃开风气之先。

他的工作影响了许多后学，如日本学者田仲一成、欧洲汉学家伊维德等,后来也多次在香港做过对粤剧、潮剧的"田野调查"。稻叶明子、金文京等则承其后绪,完成了《木鱼书目录:广东说唱文学研究》(1995)。

他的《粤剧管窥》,后经王季思先生安排译成中文,刊于《学术研究》(1979.5),曾引起中国粤剧界与学术界的广泛关注。

1979年,经语言学家吕叔湘和中国驻日大使馆参赞陈抗的安排,波多野太郎再度访问中国,是改革开放后最早来华访问的海外学者之一。他在成都与王利器先生会面,对《古本戏曲丛刊》的后续出版表示了极大关注;在扬州与任二北先生会面,谈及敦煌歌辞诸问题。

1980年4月,波多野太郎拜会杭州大学的蒋礼鸿、徐朔方两位先生,住在杭大招待所。

他与蒋先生在60年代初就频有交往,互赠著作,曾撰文介绍蒋

1980年2月,杭州大学校门前,二排左二起:蒋礼鸿、波多野太郎、徐朔方、郭在贻、平慧善

著《敦煌变文字义通释》,激赏云:"由于本书的出版,古典戏曲研究,已不再是缓缓长夜之路,而是又点燃了一盏明灯,使民间文学遗产的积极发掘,变得容易起来","裨益中外学者很大"。与徐先生的交往,则缘于戏曲小说研究。

当时蒋、徐所居均为二居室,在楼上楼下,遂联合作了款待。因徐家人少,房间稍宽,故设宴在徐家。徐先生特地让大儿子礼杨去买了一套景德镇陶瓷餐具,用来替代家里简陋的碗盏,此后才开始用了盘碟。徐家的主菜是由十七岁的长子做的金银蹄膀,主料是金华火腿;蒋家则由儿媳做了一盘西湖醋鱼,亦是杭州的名菜。这是两家第一次招待外国学者,所以令小辈印象深刻。然而我那时还只是杭大中文系二年级的学生,对此毫无所知。上述细节都来自于礼杨和蒋遂两位的文章。礼杨说:"两家合谋设宴,这也是前所未有。要知道那时食品供应尚不充分,弄顿好吃的实在不易。"

在1980年代,波多野太郎先后五次率领研究生、青年学者来中国,在上海、杭州、苏州、南京、扬州等处实地考察。在上海,他得到了赵景深先生的热情接待,并登门拜访了说唱研究名家谭正璧、陈汝衡等诸位先生;在南京,则见到了钱南扬先生。期间观摩演出,有昆剧、京剧、越剧等,也听评话、弹词、大鼓等曲艺。中国学者对他的工作印象深刻。

## 三

我是在跟随王季思先生学习之后,才开始对波多野太郎先生有所了解的。王先生比波多野年长六岁,他们的友谊从1950年代就开始了。

波多野太郎对广州有一份特别的爱,他弱冠时曾来岭南大学学习宋词，对后来设在岭南大学旧址上的中山大学也怀有深厚的感情。他很早就通过阅读王先生的《西厢记校注》而建立了联系，多有书信往还。

1959年3月20日，王季思先生在《羊城晚报》发表《答和盐谷节山老人》，提及"近得波多野太郎教授来书，言老人硬朗如常，有时来临舍下，议论纷发"。说明在收到原东京大学教授盐谷温的信件的同时，也收到了波多野的信函。

同年9月1日，波多野有信致王先生，先生作按语后，连原信一并刊于9月24日的《羊城晚报》。

12月初，王先生又接波多野信，内附有其十月初庆祝我国建国十周年的文章剪报，文末云："东海、珠江，一水相通。我在这里打开绿芜书屋的窗子，就像看见你在珠江南岸的研究室一样。希望早日恢复两国邦交，在落英满地的长堤上，共举友谊之杯。"王先生阅后，"意甚可感"，遂赋《清平乐》一首寄之，题云《寄题波多野太郎教授绿芜书屋》：

绿芜书屋。想象人如玉。一夜飞廉去滕六。几处冰山濯濯。　何年踏浪相看。一尊同罄清欢。帘卷樱花似海，东风吹尽余寒。

此词随后发表在12月11日的《羊城晚报》。

1978年8月12日，《中日和平友好条约》正式签订，王先生作诗四首，寄日本友人波多野太郎教授、田中谦二教授。其三曰：

京门邂逅失交期，十载秋风系梦思。遥祝绿芜人健好，踏波应有再来时。

"附记"云:"十数年前波多野太郎教授率日本文化代表团访问中国,曾约相见,因事延误未果。绿芜书屋,波多野太郎教授书斋名。""因事延误未果",大约指的是波多野1962年的中国之行,当时王先生正在北京参与编撰《中国文学史》。

心有灵犀,波多野先生也有羽书来至。王先生记曰:"喜得波多野太郎教授来书,赋此答之。"所赋《念奴娇》词如下:

> 东来青鸟,衔彩霞一朵,翩然欲下。唤起殷勤双白鸽,天半翻飞相迓。富士冰消,昆仑雪化,万里秋如画。和平友好,欢声响彻东亚。　　还期南国春深,蓬莱客到,映日花争发。十亿人民手携手,不许强梁称霸。一水盈盈,千帆隐隐,历史传佳话。举杯遥祝,江南词客潇洒。

1980年8月5日,波多野太郎于横滨作《读〈岭南逸史〉》寄赠,王先生请吴锦润老师翻译成中文,推荐发表于《广东民族学院学报》1984年第1期。王先生又获波多野赠予清末京话小说《小额》,此书国内已失传,1983年广东人民出版社出版《中国近代文学研究》(第一辑)收录此书,即据王先生提供资料影印。

1985年元月下旬,波多野太郎写了一篇题为《我所难以忘怀的人》的文章,说南国广州有他"深深的怀念",在中山大学校园里,"住着玉轮轩主人王季思先生,是我所难以忘怀的人",其有关著述"成了我分析中国小说戏曲的指南针。长期以来,先生不仅亲自评价我的论著,还大力加以介绍翻译。我还常常收到他寄来的诗词"。

波多野本当参加1984年11月在上海举办的《文心雕龙》研讨会，手续都已经完备，却因做小手术休养而未能成行。王季思先生参加了这次会议，其发言后来登在《光明日报》的"文学遗产"专版。在与日本学者交谈时，王先生专门询问了波多野的情况，并赋诗以赠，末四句曰："一水牵衣带，三山系梦思。绿芜人健否，遥与寄声诗。"所以波多野太郎以这篇热情洋溢的文章来作回应。

波多野先生对中国学者友朋，从来都是满怀热情，深切关心。"文革"中神州一片凋零，1972年，他在一篇序文中写道："傅氏惜华已经仙逝矣，马氏彦祥在哪儿？关教授德栋也好吗？海阔山遥，真的无法问问，危肠断矣！"

1996年春，他在给中国友人的信中说："据闻日前粤王教授起仙游，年前扬任氏半塘、沪徐氏扶明、越蒋氏礼鸿、燕吴氏晓铃前后捐馆，悲哉！乐天诗云'耳里频闻故人死，眼前唯觉少年多'，真然。"字里语间，无不真情流露。他这种深沉的关切、奔放的热情，在含蓄内敛的日本学者中，是不多见的。

## 四

由于我研究生考的是日语，考入中山大学之后，王季思先生就把波多野先生寄赠的《中国文学史研究——小说戏曲论考》借给我看，让我对这位日本汉学家的工作有了最初的了解。

这部书是1974年由东京樱枫社出版的，精装，有函套，在1976年就有了第二次印刷，这在学术著作中是十分难得的。书里收录了二十二篇论文。我主要通读了其中有关戏曲的内容，很是佩服他对《窦娥冤》《汉宫秋》《秋胡戏妻》等剧本的分析，逻辑十分缜密。不过，我有种感觉，他对主题思想、作品内容的分析，与中国大陆1950年代以来的研究路径十分相似。这让我意识到，中国学界的研究模式，对战后日本的中国学研究产生了重要的影响。波多野先生是有意学习中国同行的方式而又有所调整。例如，他对关汉卿剧作的解读，既可以看到中国方面1958年将其推举为"世界文化名人"时诸名家所撰一系列文章的影响，又可以看到他摒弃了一些过于强调阶级、对立的观点，而尽量从符合人性物情的角度出发做出解释。

2001年春，我赴日本创价大学做访问研究，为期一年。我首先想到要拜望的前辈学者，就是波多野先生。一是因为系王先生的故交，又是岭大旧雨，早已觉得分外亲切；二是之前读过他的论集，我正着手编校《子弟书全集》，也利用了他的成果。因了这些因缘，所以十分期待拜见。

波多野先生是子弟书研究的大家，他把日本公私收藏的子弟书文本汇集起来，题为《子弟书集 第一辑 坿提要校记》影印出版。第一集（1975）收录日本公私所藏的六十种书，共九十五个版本；第二集（1989）收了一篇《子弟书〈滚楼〉提要 坿〈忆真妃〉》。此外，他根据德国嵇穆教授、早稻田大学泽田瑞穗教授等人的藏本，撰写了《满汉合璧子弟书寻夫曲校证》，又根据自藏本撰写了《景印子弟书满汉兼螃蟹段儿 坿解题识语校释》和续编"再补提要补遗"及"三补提要再补"。"满汉兼"是满文旁附汉语，一行满文，一行汉文，两相对照，形式独特，又称作"满汉合璧"，他校证的这几种也是现存子弟书中仅有的满汉兼文本。

他的这些著述，对我编校著录子弟书帮助很大。后来我根据他的影印本，按图索骥，重新核查、复制了他所依据的原始资料，用于校勘。在这个过程中，我也看到了日本中国学的某些变化。例如他所记来自"日中学院"的藏本,后来我在东洋文化研究所的仓石文库里找到了。说明他引用的时候,仓石武四郎(1897—1975)主办的"日中学院"尚在,仓石把自己的藏书作为学校的公共资源使用。后来学院解散,仓石去世后,藏书售归他曾经工作的东洋文化研究所。

2008年,我去德国访书,专程到科隆大学拜访嵇穆教授,未值。当时他已退休多时,但研究室仍保留着,里面有许多满文书籍。我入室参观,但未见其原本。后来请他的弟子帮助,想据其所藏子弟书原本重新影印,却因为积书成堆,教授年事已高,最终未果。

至于波多野先生自己所藏,木鱼书、弹词和宝卷等曲本和小说,分别于1992年售予、1999年寄赠给筑波大学(我的学生陈妙丹去神奈川访学时,曾去作过调查)。《满汉兼螃蟹段儿》等子弟书珍本则转让给了早稻田大学。2001年底,恰值早大的演剧博物馆将这些子弟书原件和泽田瑞穗先生旧藏的几种明代宝卷一起展出,并做了一次小型研讨活动,请复旦大学的黄霖教授和俄罗斯的李福清院士作了报告,因此我看到了原书。

## 五

创价大学在东京都八王子市,离波多野先生居住的横滨不远。我先与他通了电话,听声音感觉他仍十分健朗。后来又写信给他,表达拜望的意愿。近日检索文档,发现有两封信的底稿尚存。

第一封是这样的:

尊敬的波多野太郎教授:
您好!

我是中山大学的黄仕忠。前番曾与您电话联络，希望有机会去拜访您。

我是王季思教授的博士研究生，1989年毕业以后留校任教，主要从事戏曲史与戏曲文献的研究。近年来稍多关注清代子弟书和俗曲的情况，并拟作《子弟书全集》的编集整理。

本年度我根据中山大学与创价大学之间的协议，作为交换教员，来到八王子市的创价大学工作一年。我的计划是利用这一年时间，尽可能访查一些古代汉籍，特别是戏曲和俗曲资料。目前我已经在东洋文化研究所、东洋文库、早稻田大学等作了访查，同时查对了内阁文库、静嘉堂文库、京都大学、东北大学、天理大学、蓬左文库等处的汉籍书目，从中发现一些藏本为中国所未存或稀见；在查看的过程中，也发现了一些以往未受注意的稀有传本，可以纠正以往的讹传以及著录中的错误。将来拟撰一部《日本所藏中国戏曲综录》，为学者利用这些文献时提供方便。近来的主要工作，仍是查看东京大学所藏汉籍。在看书时为了方便，我也在东大附近临时借宿。

素仰先生在戏曲和子弟书方面的研究，此前也曾拜读过您的《中国文学研究》和《子弟书集》（第一集），甚望在这方面得到您的指教。如果近期您仍常到东京的话，我希望能找一个合适的时间，在东京大学东洋文化研究所一晤，聆听先生教诲……

所署时间是"2001年7月30日"。其时正值酷暑，先生回信说，夏日炎热，待到9月秋凉，就在东京见面吧。我们便约在9月2日在东京的内山书店相见。

内山书店与鲁迅先生有渊源，位于神保町。这里是东京有名的古旧书店一条街。我按约定时间进到书店时，波多野先生已经在里面挑完了书，仍恋恋不舍地望着书架上的书籍，我就以书架为背景给他拍了两张照片。当时也转发给朋友，不意后来电脑更新，居然怎么也找不出这两张照片了。在网络上搜索内山书店，看到网友上传的一张照片，《徒然草》的几种版本十分眼熟，似乎这陈列二十年依然未变。

先生邀我在隔壁一间自助饮室小坐，我们各自要了一瓶可乐，就开始聊天。

他问我所要做的事情，我重点请他介绍日本所藏珍稀戏曲，因为我们计划编《全明戏曲》，有好多种版本藏于日本，需要寻访复制，当然也期待找到更多的日本尚存的珍稀版本。他听了之后，思索了一下，说山口大学藏的一部明版《白梅记》，他之前也告诉过中国学者，这是存于日本的孤本，好像没有被著录过。白梅，也叫盐梅，我想起师兄康保成教授刚刚影印出版了一部日本藏孤本《盐梅记》，这才意识到此项工作后面，也有着日本学者的劳绩。

我介绍了自己在日本四个月中各处访曲的进展，谈到编纂"日藏中国戏曲综录"的计划，他很感兴趣，对我勉励有加，客气地将我的工作比作1930年代初孙楷第先生在东京访查所存的中国通俗小说，认为这部目录若能完成，也将具有同样的意义，所以十分期待。

先生是年已经九十岁，精神矍铄，戴一顶布帽，穿一身布衫，身子瘦削，却是刚毅有力。他从书店出来时提了一个蓝灰色帆布提袋，我提出帮他拎着，他没有拒绝。之所以要先询问他的意见，是因为在这之前，年入古稀的池田温先生专程带我去东洋文化研究所看书，路上我要帮他提包，他却非常用力地收了回去，所以我知道有些老先生不喜欢被别人这样照顾。——但入手却是一沉，那包差点拖落在地，原来里面装的是两部木夹板包裹的古书，足有十多斤重。我本以为他的家人会陪同过来，见面时才知道他是独自一人从横滨坐电车来的。

我们聊了大半个小时，我怕先生疲劳，于是道别。我们一起从神保町坐地铁到目黑，然后转车，只不过他向东，我往西。看着他踽踽独行的背影，仿佛一个时代正在远去，我心中不免有些悲凉。

## 六

2002年春天，我结束在日本的访问，回到中国。第二年元旦过后一段时间，收到了波多野先生给我的明信片。在祝福的同时，他还关切地询问目录编纂的进展。我保存的第二封信，应是对此的回信，内容如下：

尊敬的波多野太郎先生台鉴：

值此新年来临之际，恭祝身体康健、诸事胜意！

去年在东京得聆佳音，甚觉荣幸。归国时匆匆，惜未能面辞。后又得信问候，令晚辈感动。回国后，因忙于杂事，疏于联络。想必近来 您都安好。

我目前正在修订《日本所藏中国戏曲综录》，较之前稿，增加了收藏单位的索书编号，间附考订及部分善本之序跋、解题。此事希望年内能够完稿。届时定当请先生指正。

在此项工作期间，我看到了一些在中国本土不易见到的戏曲文本，例如东洋文化研究所的双红堂文库以及京都大学、天理大学、大谷大学、内阁文库等均有若干珍本戏曲值得介绍。我在去年曾写了一篇《日本所藏善本戏曲经眼录》，选十种戏曲，作了简单介绍。兹附于后，并请教正。对于这些珍本戏曲，我很想把它们影印出来，以便于学者之交流研究，也可以补《古本戏曲丛刊》之不足。此事若能完成，无论对日中之间的文化学术交流，还是对中国戏曲研究，都具有深远意义。

目前，我的这一设想，得到了中国学术界的肯定，在出版资助方面，我已经获得了一些进展。下面的工作，是需要取得日本有关收藏单位的许可，并拍摄影印用胶片。唯不知日本一般收藏单位对此类影印出版之事，是否持赞成态度，或者说有什么特别要求。如果他们愿意共同来做此事，则幸甚。此事正在联络之中。
……

所署时间是"2003年1月15日星期三"。我想请波多野先生为我的《综录》写一个短序，却没有得到回音。后来才知道，本年正月，先生已因脚痛而不良于行，东京的古旧书店再也看不到他的身姿了。12月7日这天，先生遽归道山，他的时代就此戛然终止。

2004年，《综录》初稿完成，我请田仲一成先生写了序，但书中有些内容尚需核对完善，我又先后四次赴日本作短期调查，到2010年才告出版。我们的《子弟书全集》与《新编子弟书总目》，则是2012年出版的。而影印日藏珍稀戏曲文献一事，承蒙金文京、大木康、桥本秀美、冈崎由美等学者的帮助，由广西师范大学出版社分辑影印出版，从2006年出第一种，到2019年出第四种，前后历时近二十年，尚有一辑，仍在编排之中。

至于波多野先生十分关心的《古本戏曲丛刊》余下诸集，在新世纪已经通过国家图书馆出版社的努力全部出版了，我本人也有幸在编集过程中提出了一些意见与建议，并十分感念郑振铎先生的远大目光，吴晓铃等先生的持续努力，吴书荫等先生的后续主持，因为这为未来的戏曲研究奠定了基础，也无负于许多前辈学者的殷切期待。

在推进这些工作的过程中，我每每想到波多野先生，一直想要写一篇文章来表达我的感谢与纪念。近日天朗气清，忆念旧事，忽有所感，遂参阅有关资料，写下这篇文字。

2022年12月20日

【说明】本文参考了《王季思全集》、清水茂《文学博士波多野太郎先生略历论著》、蒋星煜《波多野太郎及其中国戏曲研究》（《河北学刊》1997.3）、陈妙丹《波多野太郎及其汉学研究》（《国际汉学》2021.2）等；陈艳林、沈珍妮等同学帮助查核提供了资料，谨表感谢。

【回音壁】

**黄仕忠**：那年联系上波多野先生之后，我与家人通话，高兴地说及，我儿子刚上幼儿园，闻言很是担心，悄声问妈妈：野太狼会不会把爸爸给吃掉啊？

**铃木阳一**（神奈川大学）：波多野先生发现很多说唱文学的文本，整理而出版。可是70年代研究小说的学者（当然包括我）不知道怎样利用说唱文学的，对他的工作评价并不太高。还听说，先生用横滨市大的期刊杂志发表自己的研究成果，每年复印出版的页数很多，市大的同事们很不高兴。研究小说戏剧的学者都理解说唱文学对小说戏剧的影响很大，但先生已经离开了学校，没能培养出接班人。

先生对我很热情，我在中国学会大会上做第一次报告，先生做主持人。您写文章介绍波多野先生对中国文学研究做的贡献，我非常高兴。

**冈崎由美**（早稻田大学）：1977年至1981年，正是我在早大读本科的时候，波多野先生作为客座教授在早大文学院讲过本科生的课和研究生的课。

他对本科生讲过"中国语学史"的课，我也上过。课本是王力先生的《中国语言学史》。当时我只以为他是语言学者，后来上了研究生，才知道他研究各种俗文学的面貌。

波多野先生对早大研究生讲过宋词、元散曲。我手里有当时的科目表。

**胡传志**（安徽师大）：补充一则资料，供参考。他于1980年4月在南京还拜访了唐圭璋先生。唐先生在给宛敏灏先生的书信中说："四月日本波多野过此，晤谈甚快，他们条件太好，印刷精美，他寄来分类《宋词评释》，考证颇详。去年去北京、昆明、成都，今年过沪杭宁，对我国内研究语言文学很熟习，也很热忱，供给我们资料，中青学者正应乘年富力强之时，急起直追，不然就落后于外人。"

**吴真**（中国人民大学）：说到"体现了战后日本中国学的变化"这一点，波多野先生真是一个标志性人物。去香港研究粤剧这一段，我联想到，1960年代，日本人研究中国不得，转而从香港入手，除了波多野先生，还有可儿弘明等好几个人。之前听田仲先生提起过。

拎包一事，老师观察好细致，日本学者真是很在乎这个细节。

# 丁香花发一低徊
——怀念王贵忱先生

骤闻王贵忱先生于2022年10月26日遽归道山，往事纷至沓来，回想起了因研究龚自珍与顾太清交往而与贵老结缘的过程，先生的音容笑貌，历历如在眼前。

2001年，我在日本做访问研究，赴各处调查所藏中国戏曲。在东京大学东洋文化研究所的双红堂文库里，我见到一册用纸捻装订的稿抄本，书衣题"仙境情缘"，卷端作"桃园记"，下署"艸堂居士订谱，云槎外史填词"。这是一部四出的短剧，演西池金母侍女萼绿华（即梅花仙子）与南极长寿星座下白鹤童子相恋的故事，期间因遭金母阻隔，后经观音大士说情，金母遂令二人下凡，"择个世族名门，成就良缘，儿女满堂，夫妻谐老"。

双红堂文库目录和东京大学汉籍目录都著录了这个剧本，只是大家都不曾留意，也不知道这"云槎外史"究竟是谁，自然也不清楚这个剧本的价值。我经过检索，发现这是清代著名女词人顾太清的别号。

顾太清（1799—1877），名春，字梅仙，号太清。本姓西林觉罗，故自署西林春或太清春，别号云槎外史。擅诗词，工绘事，尤以词称。八旗论词，有"男中成容若（纳兰性德），女中太清春"之语。著有诗词集《天游阁集》、词集《东海渔歌》，撰有小说《红楼梦影》。据我发现，

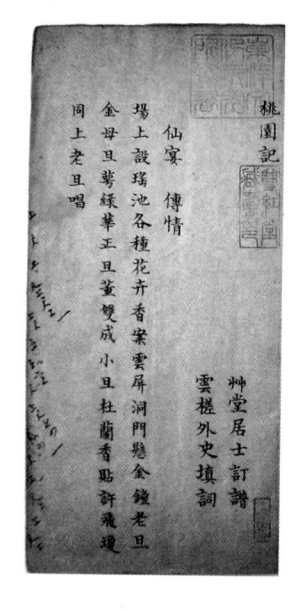

《桃园记》书影

她还是一位戏曲作家。

《桃园记》撰于清道光十九年（1839）秋，内容具有自传性质。彼时正值她的丈夫奕绘去世周年之际，太清以两人早年的恋爱故事为蓝本，以仙界情缘故事，叙写二人婚前相恋与受阻的曲折过程。太清集中有《金缕曲·题〈桃园记传奇〉》词，首云："细谱《桃园记》。洒桃花、斑斑点点，染成红泪。"剧成之后，太清曾大病一场，可知写作甚苦，称红泪染成，原非虚语。

我印象中，《中国古籍善本书目》载有云槎外史的另一个剧目，再作检索，果然找到了，题作《梅花引》，藏于河南省图书馆古籍部。我请河南籍硕士学生全婉澄代为访录并摄得书影。也是一册，纸捻毛订，稿本。书衣题"梅花引"，序及正文均系恭楷精钞，字迹隽秀，当出女性之手。

戏共六出，写章彩（字后素）在西山与幽居等候了二百年的梅精相认相会的故事。此剧因章彩赠梅精《江城梅花引》词而得名，这首词同时收录在奕绘《写春精舍词》和《南谷樵唱》这两部集子中。奕绘，字子章，号太素，《论语》中有"绘事后素"一语，所以章彩的原型就是奕绘；奕绘曾在御书处及武英殿修书处任职，故剧中说章彩本为天宫司书仙吏。太清号梅仙，也已明言"梅精"就是自己，故此剧是用人与鬼相恋的方式，书写两人的真实故事。

观两剧所叙，皆为婚前情爱，内容却未见欢悦，而多见沉重，原因是两人当初结缘，历经劫难。

早些年电视剧《还珠格格》极为红火，五阿哥和小燕子几乎无人不晓，奕绘便是五阿哥荣亲王永琪的孙子。他与太清同年出生，别号幻园居士、妙莲居士。善诗词，工书画，喜文物，习武备，通算学、拉丁文，是清朝宗室中较为少见的博学之士。他在嘉庆二十年（1815）袭爵贝勒，曾任散秩大臣、正白旗汉军都统、镶红旗总族长等职，管理过两翼宗学、御书处、武英殿修书处、观象台的相关事务。道光十五年（1835）被免职，十八年（1838）病故，年仅四十。著有《写春精舍词》《明善堂文集》《南谷樵唱》等。永琪这一支子孙多具数学天赋，或出遗传，惜寿多不永，当亦是基因之故。

我那时正在做清车王府旧藏曲本的整理，发现蒙古亲王车登巴咱尔便是奕绘的女婿，他娶了奕绘的嫡长女。那时奕绘嫡妻已逝，由太清操持了嫁女之事，她集中收录有趣赠给女婿的词作。

不禁感叹：这世界真小！

顾太清在道光五年（1825）嫁入贝勒府，成为奕绘的侧福晋，那时她已二十七岁了。有人说这是因为旗人晚嫁，其实不然，内中颇有曲折。太清籍贯"渤海"，即今辽宁，属满族镶蓝旗。祖父鄂昌，是鄂尔泰的侄子，官至甘肃巡抚，乾隆间因受胡中藻《坚磨生诗钞》文字狱牵连，被赐自尽。父亲鄂实峰，以罪人之后，游幕为生，后娶香山富察氏，置家于香山（今北京西山一带），生一子二女，长女即太清。太清的堂姑西林氏是奕绘祖父永琪的福晋，故太清与奕绘两人本有一层亲戚关系，二人同龄，早年就认识。

太清其实在正常年龄就出嫁了，初嫁于付贡生某氏（与清末内务大臣耆龄为本家），婚后不久，丈夫就去世了。制满后，太清被选入荣王府做奕绘姊妹的家庭教师，两人得以再度产生交集。观奕绘诗集，奕绘对太清的爱恋始于嘉庆二十四年（1819）夏末，至秋冬更为热烈。这年两人都是二十一岁。奕绘有《写春精舍词》，从集名到内容，都是写给顾春（西林春）的，其中许多篇章，便写于此时。

但按宗室祖制，贝勒爷纳侧室，可征女子于"包衣"家，而不得纳满洲显宦之女，也不得纳罪人之后。嘉庆二十五年（1820）上元时节，两人的恋情遭到奕绘母亲的坚决反对。太清"罪人之后"与"文君新寡"的身份，应是最大阻碍。"穿墉雀生角，滕口蝇污璧"（奕绘诗句），外界多有流言，导致两人关系被迫中断。奕绘心情灰暗，大病一场，卧床两月，几乎不起。因奕绘对太清的情感十分执着，生死以之，经某位身份类似"观音大士"的贵妇劝说，其母终于妥协。后来奕绘《梦扬州·记庚辰（嘉庆二十五年）三月病中梦》，有"久别暂留，后会三年休论"之句，说明中断三年之后，才得转机。

两人在道光四年（1824）定亲，太清冒用了荣王府二等护卫顾文星之女身份，呈报宗人府备案，载于清宫玉牒，原件今犹可见。

这是"西林春"转而成为"顾春"的由来。也因为这"顾"姓，导致其身份扑朔迷离，让清末民初的"吃瓜群众"挠破了脑袋。

奕绘对太清是真心爱慕，得偿所愿时，犹以为身在梦中，其《浣溪沙·题天游阁三首》第二首云："此日天游阁里人。当年尝遍苦酸辛。定交犹记甲申春。旷劫因缘成眷属,半生词赋损精神。相看俱是梦里身。"

因此,太清这两部自传性质的剧本,记录的便是"当年尝遍苦酸辛"的经历。王孙与才女,终成眷属,令人为之高兴;但这般"旷劫因缘",又不免令人唏嘘。

我将以上内容,写成文章,探考两人情事及太清早年经历,刊登于《文学遗产》2006年第6期。文章坐实了顾太清早年的婚史及新寡之身,无意中引得太清后人不喜,甚至不愿提二剧为太清之作,而另一方面,却让我与贵老有了共同感兴趣的话题。

我因考索"太清春"的生平而关涉龚、顾二人的"丁香花案",所以对定庵也顺带作了关注。曾见贵老所写文章,谓观太清遗墨,其书法甚似定庵。贵老本人是书法大家,对鉴定书法自是别具只眼,而且这话说得极有分寸。我知道他话里有话,因而在拜见的时候提及此事,遂引出贵老的勃郁兴致。他说他有材料,会有惊喜给我。

所谓"丁香花案",是江苏如皋人冒广生(1873—1959)首先披露的。冒广生在1907年撰写了组诗《读太素道人〈明善堂集〉,感顾太清遗事,辄书六绝句》,首次拈出龚、顾公案。其第六首曰:

太平湖畔太平街,南谷春深葬夜来。人是倾城姓倾国,丁香花发一低徊。

**冒氏针对的是龚自珍《己亥(1839)杂诗》第209首:**

空山徙倚倦游身,梦见城西阆苑春。一骑传笺朱邸晚,临风递与缟衣人。

龚诗原注云:"忆宣武门内太平湖之丁香花一首。"此诗意境朦胧,但地点明确指向位于太平湖畔,那"丁香花"及"城西阆苑春",隐约便有西林春的印记。

冒氏之后,小说家曾朴又将故事写入《孽海花》,遂广为人知。并由此引发争议,后人称之为"丁香花案"。冒氏自言"不意作者拾掇入书,唐突至此,我当堕拔舌地狱矣",但他只是忏悔不该透露别人私隐,并不以为厚诬他人。同时他还回应孟森说,其实他不是直接读诗有感,而是听外祖父周星诒(1833—1904)说了,才找诗集来印证的。周氏是浙江山阴人,定庵续娶即山阴何氏;定庵去世时,周星诒十岁,正是仰慕才子而喜听八卦的年纪,而这些正是与本地相关的才子故事。

此外,文廷式(1856—1904)《琴风余谭》记载:"(太清)词集中,与阮文达(阮元)、龚定庵俱有唱和,锡尚书(锡珍)有摘钞本。"太清《天游阁集》今存,内有与阮元唱和,但与龚生的唱和已不见踪影。

孙静庵《栖霞阁野乘》则说:"定庵以道光十九年,年四十八乞休。二十一年,五十岁殁于丹阳。其殁也,实以暴疾,外间颇有异词。初,定庵官京曹时,常为明善堂主人上客。主人之侧福晋西林太清春,慕其才,颇有暧昧之事。人谓定庵集中《游仙》诸诗,及词中《桂殿秋》《忆瑶姬》《梦玉人引》诸阕,惝恍迷离,实皆为此事发也。后稍为主人所觉,定庵急引疾归,而卒不免,盖主人阴遣客鸩之也。"

1917年,明清史专家孟森写了一篇三万余字的长文,题作"丁香花",澄清其事。他的理由是龚诗作于己亥(1839),而奕绘已于前一年去世,稗史所谓奕绘遭人寻仇,自然不能成立;其时太清被婆母逐出,移居城西养马营,不仅距太平湖很远,且"太清亦已老而寡,定公年已四十八,俱非清狂荡检之时"。况且人们所说的与太清有关的诗词,都作于道光初元,"安有此等魔障亘二十年不败,而至己亥则一朝翻覆者？"

但苏雪林觉得孟森的考证也不够保险，万一是在年轻时候发生的情事呢？所以再考其事迹，认为早年也不可能发生，因此就可以"救得太清"了。

所以学术界的主流观点，是否定龚、顾有恋情的。但好事者多用小说家手法演绎其事，故而至于今日，其事仍然暧昧不明。

贵老听我所言，笑了笑，却有些意味深长。他轻声说，他有一些资料，回头找出来给我。

贵老是辽宁铁岭人，少年时参军。后来南下广州，50年代在粤东的银行部门工作，性喜收藏。一次在北京琉璃厂逛旧书店时，偶遇周叔弢先生，周先生对这位穿军装的年轻人十分欣赏，建议他一应注意与工作相关的文物，二可关注近代文献。于是年轻的王贵忱以钱币和龚自珍著作为重点收藏对象。

贵老关注定庵著作垂五十余年，有遇即收，几乎收罗了所有龚集印本，自称天下收得定庵版本最齐全者，若重编龚集，阙其所藏，便不能完善。其中有稀见的红印本，传世极少的刻本，还有一些有旧藏家的批校题识。顾太清祖籍辽宁，贵老对这位同乡女词人也很是喜欢，故有讨论太清书法之文。

过了些天，贵老托人转给我一份资料，是两页复印件，上有四首诗及注，著"己巳（1929）岁暮得此本漫题"。其第三首云：

摩挲汉玉并秦金，翠墨联翩集羽琌。入手婢好双凤印，拚飞妄念《白头吟》。

羽琌是定庵之馆名。诗原有注："定庵曾为某邸西席，觊觎主人才姬，一时颇滋物议。得汉玉印事，见诗集中，多寓意之词。可约略指之。"又第二首有注云："定公与先伯祖雪庄公乙榜同年，同官礼部。"第四首自注："定公子女多不肖，江浙老辈皆能道之。"从注中可知，相关内容是从与龚自珍关系密切的江浙友朋中传下来的，记述尚称克制，不同于猎奇之论。而《白头吟》一句以文君相喻，似是知道太清原本的身份是文君改嫁。

据这材料，定庵仰慕太清，一时颇滋物议，在当时酿成事件。且诗集中的一些诗作，与此事有关。而关键其实在于确认龚、顾交往的时间。

结合太清早年经历，我发现这个问题可以得到解答。

据吴昌绶《定庵先生年谱》，嘉庆二十四年（1819）春，自珍二十八岁，应恩科会试不售，留京师。因母在家，故未携眷属。（太清二十一岁，是年夏，奕绘有恋情诗作以赠）

嘉庆二十五年（1820），自珍会试仍下第，筮仕得内阁中书。（奕绘于本年正月被迫中断与太清的交往）

道光元年（1821），自珍继续在内阁允国史馆校对官；赋《小游仙词》十五首。（是年自珍三十岁，太清二十三岁）

道光二年（1822），自珍应会试未第。是岁有蜚语受谗事，屡见于诗词。（太清二十四岁）

道光三年（1823）春，自珍在都供职，会试未第。六月，刊定《无著词》（选定于壬午春，初名《红禅词》）、《怀人馆词》、《影事词》（此两种选定于辛巳即1821年春）、《小奢摩词》四种，共103首。七月，母段恭人（段玉裁之女）卒，解职奔丧，奉梓还杭州。

道光四年甲申（1824），自珍丁忧在籍。（太清与奕绘定亲。奕绘词作有"定交犹记甲申春""会后三年休论"等句。）

道光五年（1825），太清嫁入贝勒府。十月，自珍服阕；十二月，自珍得汉凤纽白玉印一枚，考定为赵飞燕故物，后遍征题诗。

据上所列，那些"惝恍迷离"被认为写给太清的诗词，其实都写于道光元年前后，并被编入道光二、三年的集子中。此时太清年二十一到二十三岁，被迫停止与奕绘的交往，但尚未嫁人。龚自珍二十九到三十一岁，且这数年都在京师任职，其圈子或有交集，故而相互结识，互赠诗词，原属正常交往。

据文廷式记载，太清与定庵曾有唱和之什，但应只是正常酬唱，未必对定庵有特别的心思。道光三年，定庵离京返乡，两人已无接触机会。道光四年，太清如愿与奕绘订婚，此身重新有了着落。道光五年正式嫁为侧室，从此安心相夫教子。奕绘对太清的感情亦是真挚不移，即便结婚五年后嫡妻去世，奕绘也未续娶，更未纳妾，太清"九年占尽专房宠"（冒广生诗句），所以直到奕绘四十岁时因病去世，太清都不会移情他想。

但多情而狂狷的龚自珍却可能是念念不忘。当他在道光五年结束了忧时，太清已经成了奕绘的侧福晋。道光五年十二月十九日，定庵购得汉凤纽白玉印一枚。据其自纪，得印之前，尝梦人授以玉印，内孕朱痕一星。后数日，以白金六百九十七两三钱，于嘉兴文氏获此印。映日视之，朱痕宛然如梦中者。考其字体，定为赵飞燕故物。定庵喜极，撰文纪之（原文今佚），又赋四律，并遍征题咏，并命所居为"宝燕楼"。其诗题作《乙酉十二月十九日，得汉凤纽白玉印一枚，文曰"婕伃妾赵"，既为之说载文集中矣，喜极赋诗，为寰中倡，时丙戌上春也》，诗中注云："孝武钩弋夫人亦姓赵氏，而此印末一字为鸟篆，鸟之啄三，鸟之趾二，故知隐寓其号矣。"

此印流传有序。经宋土晋卿、元顾阿瑛、明严世蕃和项元汴等名人收藏。此印从龚氏散出后，清末归陈介祺"万印楼"，民初，陈氏后人将此印抵押给了大总统徐世昌之弟徐世襄。1950年代初，徐夫人孟氏将四十余方印章售予故宫博物院，此印亦在其中。上海图书馆则藏有《汉婕妤赵玉印拓片并题跋》，题跋为郑文焯等人所作，郑氏所作考释，亦同定庵。

今人以为末字实作"婥"而非"趙"，故与赵氏姐妹无关。但龚定庵在道光五年这个时间点，释作"趙"字，强调与赵氏相关，故作张扬，当是别有寄托。

我认为，把贵老所给资料中的"摩挲汉玉并秦金"诗及注与得印、题印之事联系起来看，或许真相已显。

龚、顾相识、唱和，原在太清成为"才姬"之前，直到自珍丁忧离京，才中断了交往。待制满后，太清已嫁入王府，只是自珍情思未减，故此后数年，借咏秦金汉玉等以寓其意，诗称"触手犹生温"，只能"摩挲"心目中的飞燕故物，以慰渴想。故人称其诗集中所咏"得汉玉印事"，"多寓意之词，可约略指之"，这"寓意"即是寄意于太清，亦是"觊觎主人才姬"之说的由来。

自珍释印炫示、征集题咏，种种轻狂举动，自不免"一时颇滋物议"。诚如启功先生所说："定庵文人，狂放不羁，故其幻想偶寄。"此时所为，已有越界之嫌，却又是狂放不羁的龚定庵做得出来的事情。

再看"定庵曾为某邸西席"一句，定庵在嘉庆二十四年春进京会试不第，滞留京城。之后直到道光三年的五年中，都在北京。可能在这期间曾被荣王府聘为"西席"，而当时顾太清也正在王府担任家庭教师，便有了相见相识而且交往酬唱的可能。

进而言之，定庵诗句"一骑传笺朱邸晚，临风递与缟衣人"，今既知太清早年一度寡处，嗣入荣王府为教师，则定庵此诗，所叙仍是此湖、此府、此花，而所忆之人，很可能是指嘉庆末道光初"文君新寡"、在邸中为教师、曾相唱和的才女。且不论太清之前有无婚史，当时尚未嫁入王府，故两人有所交往，亦是坦荡，并无暧昧之处。

只是才子狂放，至多被视为风流，而被招惹的女子，却须承受极大困扰，而且根本无力自辩。前引太清诗题云"七月七日先夫子弃世，十月廿八奉堂上命携钊、初两儿，叔文、以文两女移居邸外，无所栖迟，卖以金凤钗购得住宅一区"，记录了夫死方三月就被婆婆赶出家门的惨事，诗中有句云"亡肉含冤谁代雪，牵萝补屋自应该"，既声明蒙受不白之冤，同时也自责"补屋"不严，内中之意，亦可玩味。

故太清晚年编集，尽删当年与龚生唱和之什，自属情理之中。但溯其本来，其实两位杰出诗人酬唱交往，并无逾礼之举。后来龚生可能心魔依然未退，那也只是龚生个人所想，不应把太清牵涉进来。

我历时三载，方得把个中原由想明白，遂续成文章，题为《顾太清与龚定庵交往时间考》，刊在《中山大学学报》2009年第2期。我先将文稿呈请贵老教正，贵老传话说：如此解读甚好，还望继续。

贵老向来欢迎年轻学者利用他的资料来展开学术研究。有一次，他因所藏龚集版本，提及盛年时尝有重编龚集之意，他自觉精力见衰，唯能期待年轻学人。我说，我知道复旦大学谈教授，曾撰文指出王佩诤整理本存在的诸多问题，有意重编龚集。贵老听了甚是高兴，当即让我邀请谈教授来广州，他愿意无偿提供资料。

遗憾的是谈教授因家事与工作烦冗未能前来，后因身体不佳，走动亦少。几年后，贵老还问我："谈教授什么时候来啊？"他一直期待龚集新整理本问世，因为这也是他未了的心愿。但是我只能"唯唯"以表歉意。

2012年初，王贵老把形成系列的龚自珍著作及相关文献、张之

2012年8月，与王贵忱先生（陈定方摄）

洞手札、广东地方文献等369种，共807册，捐赠给了广州市图书馆。我参加了这次盛大的捐赠仪式。从此以后，普通读者也可以在图书馆借阅这些珍贵资料了。而贵老毕生所藏，在晚年大都捐给了图书馆或博物馆，化私为公。

古往今来，收藏家慧眼识珠，捡漏得宝，令人钦羡。殊不知这些原是节衣缩食得来的。世上佳物多多，个人财力却是少少，每每为求一珍品，便不得不割爱另一珍藏，其实平素拮据，终生皆无余财。及至身后，藏品犹不免星散。那些真正有眼界的收藏家，多以收藏自娱，欣喜得饱眼福，亦是为社会作积累，最后则化为公器。

贵老作为学问家，已是著作等身；作为书法家，亦久有定评；作为收藏家，集腋成裘，最后将毕生所聚，慨赠予他曾经工作的单位，也是得其所哉。诚所谓"挥一挥手，不带走一片云彩"。

斯人虽逝，其泽永存。

2022年11月6日

**【回音壁】**

**吴振武**（吉林大学）：贵老很早就跟我说：龚氏全集，没我编不全。

那方印很有名，容老还写入他的名文——《鸟书考》。我藏有原钤本，归故宫之前钤的，也很难得了。

贵老曾跪地叩头拜于省吾先生为师，因为他也是东北人，他铁岭，于老海城。加上容、商二老跟于老也是哥们。所以他视我为师弟，待我特亲。我又在很多方面跟他能聊起来，他就喜欢我，见面必要送点玩的东西给我。

**黄仕忠**：我看到他的及门弟子的回忆文章，也都说到贵老每见晚辈，多赠予"手信"。他是真正的"玩家"。所以我写这篇作纪念，都是趣事，并无哀情，我以为这会是贵老喜欢的。

**吴振武**：是，老人家在天之灵，也必喜欢大文。

**郑志良**（中国人民大学）：我写存华、钮祜禄氏与《遇合奇缘记》那篇文章时，也接触了一些宗室与旗人的材料，感觉旗人与汉人一样，也忒爱面子，尤其是宗室之家。像顾太清在丈夫刚刚去世，就被婆婆赶出家门，且是带着子女的，这一定是犯了在婆家看来不可饶恕的错误，否则无法向整个宗族交代。俗话说，不看僧面看佛面，儿子刚死，就将孙子撵走，这老太太是不是太绝情了？这件事即使放在今天普通人家，也是遭人议论的，何况还是旧时亲王之家。因此，您考证顾太清与定庵有瓜田李下之嫌，事在情理之中。空穴有风，风动裙襟，成亲王之家必不止耳闻。再看龚、顾二人，亦为此付出巨大代价，定庵暴卒自不必说，而顾太清在丈夫死后守寡近四十年，按清制，似可获立牌坊，但史无记载。

**张宏生**（香港浸会大学）：太清后人不喜，我也知。

**莫崇毅**（中山大学）：贵翁收集到的这四首诗作，尤其是诗中自注，对佐证龚自珍心事，颇具价值。奕绘和顾太清的词都收入了张宏生师编的《全清词》的"嘉道卷"，我校读过。读奕绘的词作，不仅觉得夫妻间情真意厚，也觉得奕绘是个很有内涵的人物，想必顾太清对其是真心真意。龚自珍才华太大，炫人眼目，他的文笔真是木秀于林。顾太清早年寡居之时未必不为之动心，或许这也是龚自珍念念不忘的原因。另外，太清后人对真实地认知先人有所不满，让我感到意外。

**廖智敏**（中山大学）：定庵乃狂狷之人，浪漫热烈。不过舆论一般会对男生比较宽容，认为他浪子痴情，对女生则有许多联想。还好老师考证完之后，说清了两人没有逾礼之举，某种程度上也算为顾太清正名了。不然之前流传的那些捕风捉影、模模糊糊的推测，更容易引人遐想。

# 且饮美酒登高楼
—— 追怀曾永义先生

2022年10月10日上午9点45分，台湾大学名誉教授、世新大学讲座教授曾永义先生，在台北市寓所安详地离开了人间，享年八十一岁。

曾先生在2014年当选为台湾第三十届"中央研究院"院士，是第一位被评为院士的戏曲学者。这表明他所从事的戏曲研究工作，得到学术界的普遍认可，也标志着以他为代表的戏曲研究，真正进入台湾学术的主流。

我与曾先生相识已有二十多年。在1990年代以前，台湾学者来到大陆的机会不太多，大陆学者去台湾则更少，两岸学者之间交流极难，颇存隔阂。业师黄天骥先生回忆与曾先生在北京初次会面，曾先生直呼"老弟"，黄师只好说比他还大六岁，曾先生于是改称"老哥"。

那时，大陆学者对台湾的学术缺乏了解，主要是因为买不到也买不起、看不到台版的著作，不清楚台湾已有的学术成果和学术动态。台湾学者对大陆的了解也存在误区。他们购买了大陆1980年代以来出版的重要著作和学术期刊，但那时大陆学术界同题重复、"大题小做"的现象十分突出，境外学者唯恐对已有成果有所遗漏，花了很多时间来查找、研读，结果却收获寥寥，这影响到他们的整体观感，故话语间隐约存有微辞。这也是我最初与日本、香港学者交流时,常有的感触。

在认识曾先生之前,我们师生相聚时,多次谈论过台湾的戏曲研究,对曾先生的学术成就以及他在台湾学界的引领和影响,深感钦佩。

中国的戏曲小说向来被视为"不登大雅之堂"之物,未能进入主流学术的视野。20世纪初,王国维先生有感于"吾中国文学之最不振者,莫戏曲若",着意为戏曲争取文学史地位,写成《宋元戏曲史》(1912),鲁迅先生则写成《中国小说史略》(1923),因此二著,戏曲小说才在文学史上占得一席之地。

在大陆,1950年代之后,陶渊明、王维等人的田园山水诗歌,一度被视作封建地主阶级的情趣而被否弃,戏曲小说则因为代表底层民众的声音而得到肯定,特别是《窦娥冤》《水浒传》等具有"揭露"与"反抗"性质的作品,其文学史地位获得显著提升。改革开放之后,随着古代诗歌研究重新回归学术的中心,戏曲研究要在学科竞争中守住自己的位置,已非易事。特别是钱南扬、赵景深、王季思等前辈学者去世之后,高等院校的戏曲研究,呈现出明显的衰落态势。

但是,我们看到,1990年代以来戏曲研究在台湾学界十分活跃,各大学和科研机构都有戏曲方面的学者。他们不仅深入研究古代戏曲,而且十分关注舞台表演,还展开了许多田野调查。最难能可贵的是,学者自觉参与到剧团的编、演活动,担任剧团、戏班的艺术总监、艺术指导,甚至直接出任编剧、导演。

而在大陆,戏曲研究和演出实践是相对分离的。只有戏曲(戏剧)专业院校和文化部门所属机构的学者,因工作需要,才与演出关系密切,他们熟悉舞台,但给予的指导和参与仍然有限,因为剧团首先要听取的是主管部门的意见。在大学任教的戏曲研究者,则与剧团关系疏远，观剧少，和剧团演员的接触也少，对舞台的了解更是不足。

我在台湾看戏，发现剧场是满座的。观众对戏曲的喜爱，让我深有感触。而1990年代以来，大陆戏曲演出最令人痛切的一点，是观众越来越少，去的都是老观众，不见年轻人。怎样吸引年轻人进剧场，是演艺界颇感困扰的难题。那时一说看戏，大家都想到找赠票，免费看戏，收到赠票的人也未必真的去，前排经常是空位。

而在台北的剧院，观众都是自己买票。他们喜欢戏曲，支持戏曲，都体现在行动上。因为艺术是有价的，怎可不劳而获？在他们的观念中，观剧与听音乐会、欣赏歌剧，是同样的雅事。

我很好奇，在台湾这么个小小的地方，他们是怎么做到的？

曾先生介绍说，台湾一直重视培养大学生对戏曲的兴趣，经过几代人的努力，这个群体慢慢成为爱好戏曲的基础观众。这些受过高等教育的大学生，走出校园后本身有一份体面的工作，能真正欣赏戏曲，也出得起钱走进剧场去看戏，于是形成了一个良好的"生态"。另一方面，台湾的剧团、戏班都是自负盈亏，他们希望得到学者的参与和指导，希望学者来撰写剧评，扩大影响，引起关注。戏曲学者也将观剧与评剧作为自己的责任，自觉参与。由于这是双方都需要的，所以自然地构成了一个共生的链条。

曾先生原先在台湾大学任教，荣休后到世新大学执教，直到去世。近三十年来台湾地区最为活跃的戏曲研究者，大多与他有直接或间接的关系，很多都是他的学生辈——直接指导的硕士、博士，听过他课的，由他主持答辩的，受他指点与帮助的。他还指导了许多海外学者，例如荷兰的伊维德、美国的奚如谷，都曾经跟随他做访问研究。

在很长一段时间里，他几乎担当着台湾戏曲研究界"教父"的角色。可以说，当下台湾戏曲研究的繁盛，是与曾先生的教学、研究和学术影响联系在一起的。

当然,这些功劳不能都归于曾先生一人。1950年代之后,从台静农先生到郑骞先生、张敬先生,戏曲研究的学脉在台湾不断得到传承与发扬。曾先生的同辈学者,如新竹清华大学的王秋桂先生,"中央大学"的洪惟助先生,也都在戏曲文献与昆曲研究等领域卓有建树,但曾先生堪称这个时代的代表。

曾永义先生长期执戏曲研究之牛耳,为台湾戏曲研究的繁盛做了许多工作。在参加各类评审时,他积极为戏曲研究学者争取机会。许多戏曲有关的基础性重大项目,往往因为他的竭力推荐和支持而得以立项展开,这些项目的实施,又进一步拓展了戏曲研究在学界的影响力。曾先生通过自己独特的指导方式,通过学术著作,通过指导学生、奖掖后进,长期担任"中华民俗艺术基金会"执行长、董事长,在各种场合为戏曲研究争取资助,让台湾的戏曲研究呈现出欣欣向荣的景象。这些工作贯穿了他的一生,直到离开人世,可谓是鞠躬尽瘁,死而后已。

曾先生说:"我读大学时,台湾还没有专门的戏曲专业,戏曲研究是冷门中的冷门。现在台湾各大学都有了规范的戏曲专业,戏曲研究和戏曲民俗活动已经开花结果。"事实上,在本世纪初,这"枝繁叶茂"的程度,就已经让人"嫉妒"。有台湾学者问我:在台湾这个小小的地方,有这么多戏曲学者,有必要吗? 我很理解他的心情。大学和研究机构的职位都是有限的,学术内部存在着激烈的竞争。戏曲学者占的份额多,其实也是另一种意义上的"表彰"。而这背后,站立着曾永义先生的魁伟身姿。

曾先生研究戏曲,从古代入手,贯连当代,领域广阔,著作等身。他很早就致力于台湾本土戏曲的调查和研究,同时又把研究领域拓展

2016年4月,参加台湾大学"曾永义先生学术研究与薪传国际学术研讨会"

到俗文学。他年轻时就在曲律上下过功夫,后来撰写、改编了多部戏曲,在创作上也是硕果累累。2016年4月,我在台北看曾先生新戏的演出,当字幕上打出"戏曲院士／院士戏曲"字样时,恍惚中如见关汉卿"驱梨园领袖,总编修师首,捻杂剧班头"的模样。

我是在进入新世纪之后,才有机会去台北的。此后与台湾同仁的交往就比较频繁了。我去台北,有时是参加曾先生主办的活动,有时是中研院、台北故宫博物院的会议。每一次到台北,我都会去拜访曾先生。他带我参观他领导的基金会,看他们收集的资料、出版的书籍。又热心为我介绍各界朋友,向他的朋友介绍我做的戏曲文献研究,颇有"逢人说项"的味道。

有一次,我说起郑骞先生的几种著作我手边没有,他立即安排助理复制,装订成册,很快就寄给了我,现在仍放在我研究室的书架上。他为台湾"国家"出版社主编了一套"国家戏曲研究丛书",向我约稿,我将有关戏曲文献的论文汇成一集,题为《戏曲文献研究丛稿》

（2006），这也是我在台湾地区出版的唯一一部书。而曾先生所编的这套书，汇集了两岸三地戏曲学者的主要成果，至2022年6月，总数已出至第119种。这是他为戏曲研究界汇集的一份珍贵财产。

曾先生在学问之外的一大爱好，就是喝酒，他号召成立"酒党"，自封"党魁"，倡导"人间愉快"。每当新结识了朋友，都会参照地域、籍贯，分封做各地的大员。他也要给我赐官，我说我就做一个"带刀侍卫"吧。多年以后，在一次酒会上，曾先生说我新近的表现"甚得朕心"，要升我的官职。我说我就做个一等侍卫，贴身侍奉在您身边。

曾先生来大陆开会，但凡我随同他参观时，都会注意"护卫"的责任。有一次我们在内地参观某剧团，那洗手间阴暗且潮湿，有一级很高的台阶，我特意在阶下等候。他出来时边说着话，没留意脚下，一个趔趄前仆，幸好我在旁边顺势搀住。他开口称谢，我说这正是"侍卫之职"，于是党魁大笑说：善！善！

但2006年12月那一次，我与刘祯兄赴台北参加史语所的会议，期间相约前去拜访曾先生。交谈结束后，先生和刘兄去盥洗室，我未能随侍。结果先生在转身时不慎摔倒，磕破了嘴唇，我们赶紧送他去医院缝了针。这是我作为"侍卫"的失职，让我一直自责不已。

还有一次，参加香港中文大学的会议，会后在小餐馆的室外安了一张小方桌，南开大学陶慕宁兄、当时还在安徽大学任教的朱万曙兄和我陪坐。两位仁兄初次觐见党魁，得授职位，很是激动，颇思越位以"邀宠"，被我以侍卫身份禁止，其间谑语迭出，笑声连连，党魁则手抚下颔，"龙颜大悦"。此情此景，犹在眼前。

我在先生身边的时候，只是叫他"曾老师"，而不称"曾先生"，因为"老师"近而"先生"远。曾先生平易近人，他总是努力消除相互之间可能存在的隔阂，因为那时两岸学者之间有许多话题比较敏感，所以大家努力建立一种亲切的关系，避免不适当言语影响双方的情感。所以在会上谈学问，在会下讲交情，通过酒党和酒文化，很快就拉近了关系，这其实是"党魁"智慧的一种表现。

我一直认为，一个学者的学术贡献，主要包含两个方面，一是个体的学术研究，主要看个人的著述多少，具体解决了什么问题，推进了哪些领域的研究；二是对学界的贡献，主要是在学科建设、学术组织、后学培养等方面做的工作。曾永义先生在这两方面都做出了杰出的贡献。

曾先生奖掖后进，可谓不遗余力，有一善必扬之。他为许多年轻学人的著作写序，总是尽力肯定他们的努力，褒扬他们的成绩。这不免让人觉得有些"过誉"，以至引发过争议。但我能体会到曾先生对年轻学者的呵护与勉励之意。因为没有这样的大树遮挡风雨，又怎么可能有小小树苗朝气蓬勃的模样呵！

其实曾先生未尝没有批评。记得有一次，他由已经出师的弟子陪侍来中大，席间介绍这位弟子的学术，在肯定的同时，又指出不足，说这还不是他的学生中做得最好的。我接口说："嗯，不是最好的，——尚且如此！"曾先生闻言一顿，哈哈大笑说："尚且如此！ 善！"于是举杯浮一大白。

还有一次，我在学术会议上遇到一位曾先生同辈学者。这位先生的学术与曾先生可称"一时瑜亮"，但谈及学生培养与学术影响，则令他颇生困惑。他说，自己一向对学术极为认真，对学生严格要求，结果学生却多不亲近，也未能培养出优秀的学生；曾永义总是笑呵呵地表扬，也不批评，结果学生多与他亲近，好学生反多，真是奇哉怪也！我则从中体会到曾先生其实是用赏识教育的方式，在培育人才方面，另辟蹊径。

2010年前后，曾永义先生身体有恙，在医生的强烈要求和师母的严格督促下，他被限制饮酒了。之后我每次拜见，他都是轻声细语，人也显得安安静静，只是带着微笑注视周围的晚辈，再也看不到那种举杯畅饮、挥斥方遒、气吞山河的架势。

2021年5月25日，他浏览了我呈上的《革白酒》一文，作评语曰："简洁笔触中流露小品况味，是冷热调剂也！"

一直期待着疫情赶紧过去，能够再度相聚。忽然间，我从微信中获知消息，先生已经安详地离开了人世！

我想起了李白《梁园吟》中的诗句：

> 洪波浩荡迷旧国，路远西归安可得！人生达命岂暇愁，且饮美酒登高楼。

人生有开始便有结束。有些人，躯体虽然消失，道德文章仍长留人间。

2022年12月24日稿，壬寅除夕订定

# 金文京先生小记

金文京先生是当今日本最具实力的中国文学及东亚研究者之一，在韩国及我国台湾地区，声誉甚隆。他承继了京都学派的传统，涉猎面甚广，擅长小说戏曲与俗文学研究。

2005年3月，金文京担任京都大学人文科学研究所所长一职，其后又连任一届。该所自1920年代成立并由狩野直喜担任首任所长以来，历任所长均为东方学权威学者。由此亦可见学界对于他学问的认可。

金文京长我十岁，韩国人，太太是台湾人。他出生、成长在日本。身高一米八十又五，貌似威严，即之也温，常常很严肃地表达他的幽默。他用中文主持会议的能力，置身中国学者中，也不遑多让。每一次与他相见，都让我对他多一分了解，也多一分敬意。

例如我后来才知道他还是当今研究胡兰成的三个不能绕过的人士之一。他谈到他早年作为记者对胡兰成的日本保镖的采访，说到胡兰成一本正经地作弄保镖，而保镖在胡兰成死后，仍深信不疑地奉若神明，令我听着大呼过瘾。

有一年，我们在南京开会，游览明孝陵，有看相的老妪上前兜生意，国内学者均避之唯恐不及，老妪最后堵住了金先生，大谈他的命相八字，说他有晋升之相，大约把他当作来自北方小城市的官员，令

2016年9月,在横滨神奈川大学参加日本中国古典小说研究会成立三十周年大会,右起金文京、黄霖、大塚秀高、黄仕忠、廖可斌

我在旁边忍俊不禁。但金先生很认真地听老妪讲完。他愿意听老妪所言,是因为小说戏曲中颇有这类描写,而他则是作为一种民俗学的考察。

多年后,我们在日本相聚,再议及此事,他戏言道:看来那看相的老妇还是有些准的,所以他担任了人文科学研究所的所长。

2005年春节,我从台湾大学张宝三教授处得到金文京荣任所长的消息,曾作信以贺。不过金文京先生本人却视此为苦差事。因为从此以后,他失去了作为一个学者的"自由"日子,再也不能随意而潇洒地四处参加学术会议了。出门必须向所里报告,一切听命于所里职员的安排。他戏称所长犹若囚徒。他总是说"他们"不让如何如何,同时也细心地避免做了所长而给人倨傲的印象。

但他的"运气"很好,作为八十年才轮到一次的"日本研究所联席会议"主席,随后轮到了人文科学研究所,所以金文京一周有两三次赴东京主持各种会议。他答应我来广州来讲学的事儿也就泡了汤。

2006年12月初，我们在台湾中研院的学术会议上再次相见，金文京首先在大会上作唯一的主旨演讲。上演讲台之前，金文京一脸严肃地调侃说：因为他的杂务繁忙，论文直到最后期限才交，由于小组会议议程已经编排完毕，使得主办方大是为难，不得已，只好安排他单独来做一个大会演讲，所以他要表示对不起。会场气氛顿时变得轻松起来。看来研究所联席会议主席的角色，让他的即兴演说变得更加自如。

金文京希望两年的所长任满，可以解脱。所以，2007年的元旦刚过，收到了他的贺年电邮，道是：

> 今天是此地工作开始日，案上已经文件如山，等待处理。希望三月底能够顺利摆脱这个苦差。（2007年1月4日）

不过，是否能够及时脱身，恐怕是由不得金先生的了。

【附记】此文撰于2007年。2015年春天，金文京先生正式从京都大学退休，转聘到东京的鹤见大学。我刚好在前一年去过这所大学开会，是一所佛教背景的大学，有庙寺园林极佳，藏书极有特色。这是一所在中国知名度并不很高的大学。金先生只是淡淡地在信中带到，因为他早就答应了在该校任职的学弟的邀请。记得多年前我问他，怎么从庆应大学副教授任上转去京都大学，他也是平淡地说：因为老师让我回去。

# 我与铃木阳一先生

初见铃木阳一先生，我就感到十分亲切，因为我们都曾经在杭州大学跟随徐朔方先生学习。我拜入徐先生门下的时间比较早，所以铃木先生称我为"师兄"，其实他比我大十岁，我表示不敢当，他却认为理所当然。

日本学者通常都是十分客气，说话委婉含蓄，礼仪周全而又界线分明。铃木先生却是性格直爽，甚至豪放，这更容易让人亲近，让我只记得同门情谊，而忘记了国籍与文化的差异。

我们对徐先生有着同样的敬佩，深感高山仰止。他说："西溪路到黄龙洞这一段路，是世界上教育最严厉的大学院（研究生院）。"因为先生总是约他在这段路上散步，同时交谈学术问题。他说，"先生对学问非常严格，并且没有权威主义，尊重合理主义"，对此，我也深有同感。

徐朔方先生是戏曲、小说研究领域的大家，不过我只传承了戏曲这一块，铃木先生则是从小说切入的。在中国学界，小说与戏曲的研究者似乎各自为阵，交集不多，而铃木先生到中国来参加学术会议，主要也是小说研究方面的，所以我们此前接触的机会有限，直到我去日本访问之后，交流才多了起来。

2001年5月，我赴日本创价大学作为期一年的访问研究，这是我初次到日本。浙大的金健人教授正在横滨的神奈川大学做客座教授，他是我大学同学，也是铃木先生的好友。我根据健人兄的建议，购置了数码相机、扫描仪等工具，并从他那里学会了购书、复制资料的窍门。不久，另一位大学同学、汉语史专家方一新教授也以静冈大学客座教授的身份来到横滨，我们因为专业不同，此前交集甚少，不料能在异国他乡相聚，令人格外喜悦。

只是三位同学甫一见面，就被领到了一间会议室里，却见一排学者端坐以待，有多位还是白发苍苍的前辈，我这才知道原来还有一场学术对话。

因为刚到日本，初历阵仗，兼之对交流内容毫无准备，面对那些精心准备的问题，我只能率尔作答。他们对这次交流期望甚高，但这些问题其实都不在我们三人的专攻领域，我记得自己只是解答了面上的问题，而不能再作深入。对此，日本学者流露出了理解的笑意。这令我印象深刻，记住了不应在自己不熟悉的领域轻易发言，面对所有的交流，事先必须有所准备。

铃木先生长期负责神奈川大学外国语学部的工作，因学问与领导能力出色，后来他又担任了神奈川大学的副校长。在他的努力争取下，神大与中国多所知名大学建立了合作交流关系。

2013年3月，他携员来到中山大学，与中大签署了合作协议，其中包含一系列互惠条件：一，交换留学生，双方免学费交换留学生，包括本科生与研究生，神大还提供每个月五万日元的奖学金和价格便宜的宿舍；二，交换短期研修生，神大设有"日语与日本文化短期研修项目"，接受中大学生的申请；三，举行各类学术交流等。

我趁机邀请他在中文系做了一次讲座，题目是"江户文人为何酷爱苏堤之柳"，主要讲杭州西湖对日本文人及园林的影响。他的研究从来不限于文本，而有着更为广阔的视野。他说："比起只研究作者生平的做法，采用结构主义的方法，利用生活史、社会史、民俗学、人类学、语言学等多种学科的研究方法，将会更有效果。"

2014年春，铃木先生接纳了我的博士生陈妙丹随他学习研究，并亲自帮助妙丹办理了所有手续。妙丹现任教于汕头大学。在日本的一年学习，大大拓宽了妙丹的学术视野，通过与日本老师、学生的交流，她更明晰了学术研究的方法与路径，这对她未来发展十分重要。

2016年春，铃木先生又接纳了广州大学的仝婉澄副教授赴日做访问研究，并给予她很多的帮助。婉澄的博士论文是我指导的，她曾在京都大学做过一年访问，主要从事日本的中国戏曲研究史的探讨。再次赴日，她主要搜集、研讨的是东京地区的有关文献，也借此机会，对冈晴夫、冈崎由美等研究中国小说戏曲的学者做了比较深入的学术访谈。其中，对铃木先生的访谈录（《中华读书报》2017年11月22日09版"书评周刊"），让中国学者更好地了解他的学术经历和研究工作。

2016年9月，时值日本中国古典小说研究会创立三十周年，铃木阳一先生召集并承办了一次规模宏大的学术研讨会。与会的有近白位日本学者，还有二十多位中国学者，会议的议题十分广泛，讨论非常深入。我也应邀参加了本次会议。与许多旧友新朋相见，其乐融融。一个学会创立不易，而能坚持三十年不辍，更是不易。

这三十年间，大冢秀高、金文京、铃木阳一、大木康等学者在小说研究方面硕果累累。这些学会创立之初的清俊学者如今也渐次退出学术岗位，将接力棒传给下一代，岁月如流，令人感叹。

2016年底到2017年初，铃木先生利用难得的假期，到中山大学短期访问。我们有了多次轻松愉快的交谈。时值元旦，中大中文系工会举办了一次以教职工家属为中心的活动，去番禺的大夫山烧烤，铃木

2016年9月，在神奈川大学参加学术会议时，与铃木阳一、廖可斌两位同门留影

先生则以我"家属"的身份参加了这次活动。

　　期间，我正与邹双双、佟君老师合作翻译江户大儒新井白石的《俳优考》。这是世界上第一部优伶史著作，重点考索了中国的俳优历史，同时又与日本演剧有所比较，是中日戏剧比较研究史的重要资料。这两位日语系的老师都是在日本获得博士学位归来的，我们经过多次讨论修订，基本解决了字面上的意思。但因为文章是用古日语写作的，文字背后的意思不易明了，有些细微之处，只能模糊感觉，而不能精确表达。

　　于是，我请铃木先生也加入这个翻译小组。我们每天在一起逐字逐句地讨论翻译稿，铃木先生细致地解释了文字背后的涵义，我则对他的解释再作追问，刨根究底，直到问题完全弄清楚为止。这篇六千多字的译稿，仅后续的研讨就花了整整一周时间。但我认为很值得，因为这是我所敬仰的日本前辈学者通常的做法,更是我和铃木先生的美好的合作成果。这篇译文后来发表在《戏曲与俗文学研究》第三辑(2017)。

当时,铃木先生还应我夫人的邀请,分别在两家私营书店做了讲座。他说很高兴能够为普通市民做讲座,这与面向学生的讲座很不相同,是一次难得的体验。其中一次是在一个书吧,他特意以饮食作为承接点,讲述了中日寿司文化形成史,说明从中国引进醋的制作方法,不仅使日本寿司的制作方式产生了巨大变化,还让醋成为日本人日常生活的重要组成部分。这次讲座图文并茂,十分有趣生动,听众的交流也十分踊跃。

铃木先生自己十分喜爱杭州西湖,所以另一次在学而优书店的讲座,他讲解了日本人的"西湖"。他发现在江户时代,日本人就很喜欢江南文化,尤其是杭州和西湖。江户初期,"俳圣"松尾芭蕉去日本东北旅游,到达有内海而且风景很好的地方,他说这儿的风景不亚于杭州西湖,写下了"象潟や雨に西施がねぶの花?"(像泻蒙蒙雨,淋打合欢树上花,楚楚赛西施)这一俳句名篇。但其实他并没去过中国。江户末期,更有文人在东京的小湖里按照西湖格局筑堤,还专门进口了杭州的柳树种在堤上,称之为"小西湖"。在名古屋、广岛、和歌山县等地也都有类似的景观。这些现象都可以说明日本国人对于中国文化的热情。

铃木先生希望通过他的这些研究,为中日民众之间的交流与理解,增添一份力量。

从时间上说,铃木先生的青年时代与中国"文革"时期相重合。"文革"初期的做法,曾对日本有直接影响。当时日本大学生模仿中国罢课闹革命,一度影响到日本大学的入学考试。以中国文学为专业的这一代日本学者,因为深爱中国文化,其思想无可避免地受到中国当时的政治、思想理论的影响,但另一方面,他们又能批判地看待,有自己的独立思考。

上世纪中叶的中国文艺界流行"文艺作品是社会和时代的反映"的看法,铃木先生认为只看政治和阶级斗争,或者以此判断作者的思想进步不进步,实际上等于扣帽子,所以不能采用以前的方法,而是要考虑社会和时代给予了文学作品什么样的影响。文学是语言的艺术,以前的叙事学强调"文体",重在现实的作家及其思想。1970年代以后的叙事学,则在"作家死了"的前提下进行文本的分析和比较研究,故不应拘泥于作家作品。

他说,他对很多问题的研究,是从"朴素的疑问"出发的。例如,他考察中国人参的产地,宋代主要产于山西上党,称党参;明代之后,多产在东北。《西游记》中有关人参的叙述,可以印证故事的形成时代大致在元末明初。他不同意从佛教的文献、图像中去寻找猪八戒的原型,而认为原型就是现实生活中的猪,这一点也可以从文本中呈现出的猪八戒与厕所的密切联系来证明。

再如他试用年画破译小说,讨论猪八戒为何戏耍三星。他重视《西游记》和普通文人的关系,推想作者的房间应当有三星的年画,借此创造了这一段故事。他认为作者和读者是三教都信而又都不信的典型文人,我们应该按照他们的思想、价值感、审美感来解读文本。

1988年,他在云南大理洱海边看到一座蛇骨塔,相传一位英雄与发水的大蟒蛇搏斗,跳到蟒蛇腹中消灭了它,自己也丧了命。后人把这位英雄和蟒蛇埋葬在一起,建了这座塔,祈求不再发洪水。因为日本与中国江南同属"稻作文化"区域,对调控旱涝的水神特别重视。他由此联想到《白蛇传》故事的形成与杭州及水神文化之间的关系。在古代,西湖是杭州城最为重要的水资源,承担着生活用水、农田灌溉等多种功能,但西湖水位很浅,杭州时常受旱涝困扰,保护西湖就成为关系生存的重要问题，水神信仰由此而生，在此基础上升华而成《白蛇传》故事也就不是偶然。

以上所说，只是铃木先生学术观点的点点滴滴而已。他因明清小说研究而关注江南，又因江南风物而注意到江户日本人对于江南文化的喜爱与影响，由此自然而然地进入到江南区域文化和风俗图画、近世日中文化交流史的研究中。他一贯强调学者应当成为文化交流的津梁与使者，也矢志不渝地将文化交流作为教学与研究工作的重点。

时光如梭，铃木阳一先生如今已年入古稀，准备从教职上荣休，愿他荣休后的日子如"江南三月，莺飞草长"般充满诗情与惬意。我因想起与铃木先生交集的往事，思绪涌来，撰成此文，以为纪念。

辛丑年清明于中山大学

# 我的表舅

大学同学陈叶葳与钱志熙有写诗的二叔、二舅,令人羡慕。我解嘲说:"我只有张小泉剪刀厂做剪刀的二舅,所以我现在能剪辑照片,也是'家学渊源'。"其实,二舅虽然没有教我怎么读书,但他有一位出色的妻弟在杭大工作,我喊他表舅,曾给我很大的影响,所以记下来说一说。

我在杭大读书时,比较幸运的是受到了表舅斯章梅先生点拨与影响,某种意义上说,表舅也是我从事学术研究的领路人。

表舅当时负责杭大印刷厂的工作。他是我二舅妈的亲弟弟,来自诸暨的斯宅村。很多年后,我读胡兰成《今生今世》,得知胡去温州前,就在斯宅躲过一段时间,后来由斯家的一位温籍女士带着去了瓯城,路上他们就同室而处了,再后来更把张爱玲冷落在旅馆里,从而结束了张胡之恋。

从20世纪初开始,斯宅人就十分重视现代教育,从留学日本到自办学校,用偏僻山乡微薄的出产,供给外出求学的子弟,所育人才甚多,在民国至当今的政界、学界,均有声望。胡兰成便是与在民国省政府做事的斯家子弟有友朋联系,才被安排到这山村里躲避时世的。

表舅早孤,曾随姐姐生活过一段时间,所以与我父亲、母亲很熟悉,我则跟着在杭州工作的表姐叫他舅舅。

舅舅对我很是亲热,当作自家亲外甥看待。他话本不多,年未及弱冠的我,对他的了解更少,不知道该如何请教,也几乎没有共同的话题。所以主要的收获是有所见、有所闻。

舅舅家就在杭大新村,住一楼。记得每次去他家里(我大多是晚饭后去的),要么看到他在校读清样或审读原稿,要么看到摊开的清样放在书桌上,所以我能看到校改后的样子。有些文稿还是中文系的名家所撰,例如有一次我看到他正在审改蒋礼鸿先生的一部书稿,让我肃然起敬。

舅舅为人温和,总是笑眯眯的,一边轻声和我聊着天,一边审读稿件,不时发现原稿的问题,随手作校改。先是用红笔把要改的字圈去,然后用线从字缝中间拉出来,用很大的颜体字,很工整地写在天头或旁侧的空白处。这让我懂得了校改稿子的基本格式。那漂亮的颜体字,多年之后,还经常在我的眼前晃动。

舅舅所改的稿子,让我明白,即使名家,也会出现误记,存在知识上的盲点及习惯性的错误用法;而编辑的眼光与作者不同,虽然不直接改动作者的观点,但有责任掸去灰尘,清除污迹,擦光抹亮,摆放整齐。一本优秀的学术著作出版,编辑在其中起到很重要的作用。

校对、校勘这些事,在很多人看来,实在是琐碎而繁难,我却感到新奇而有趣,很是有些喜欢,内中很重要的原因是受到了舅舅的影响。

我近年办了一份刊物,叫《戏曲与俗文学研究》,请任平兄题的刊名,每年两期,以文献与实证为特色,已经出了多期。主要是想有一个自己的地方,用合乎学术规则的方式,来倡导做些事情,也是作为培养年轻人的阵地,并为中大的后学留下一点遗产。因为我个人其实不需要这些了，这些也不进入到考核计算，但我们总要有人来做一些"无用"的事情。每一期都是我自己组稿并审读校改的，有些稿子读改来往几次，十几次，甚至二十几次，约来名家稿子我也照改，这些都可以说是舅舅影响的延续吧。

1980年，春节后返校，我照例前去拜访。那时正值周公四周年忌辰不久，新闻联播节目播报了缅怀之情。进了书房，舅舅哼一声后，好像是自言自语地，轻声说道："好与不好，还可以有不同角度的理解。"我听得这话颇为特别，心中一紧，顿时屏住了呼吸。舅舅依然轻声地，不紧不慢地补了一句："要不是周想方设法撑着，早就玩不下去了，也许世道早就改变了。"

他好像只是平静地说了这么几句话，然后我们就岔开了话题。但这几句话在我脑海中震荡了很久很久。慢慢咀嚼，更让我想了很多很多。

第一，舅舅这么平静地叙说，说明这大约不是他个人一时萌生的观点，而是他那个群体的共通看法，这个群体仿佛特立于尘世之外，让我觉得神秘而向往；第二，他们所取的视角，与时行的眼光完全不同，太过大胆，简直令人直冒寒气，但又忍不住去想象那种可能性；第三，这大约便是所谓的"第三方立场"，站在历史的高度，跳出当下，反观时世，虽然历史不可假设，但对世道我们可以别有认知。

这让我醒悟：历史的认识与评价，其实存在着不同的视野与角度，必须要学会跳出来看；我们习以为常的想法，我们以为足够激进的观念，如果不能在理性的层面上有所超越，其实是依然处于"鬼打墙"之中而不自知的。

那时的我，不善交流，但心思可能比较细，喜欢观察、聆听别人的做与说，并努力思索这些说法与做法背后的规则与学理。很多东西

我与表舅

我都是从别人那里听到片言只语，然后不断咀嚼思考，从而获得自己的看法，明白做事的道理的。

人生充满偶然，也未必都属偶然。

2018年10月21日上午，入学四十周年同学会在图书馆前结束，华关祥组长早早安排了七组午餐在文二路。郑广宣说太远，建议改在道古桥边，考虑到关祥预约在先，便没有再作改动。我们一伙人从北校门出去，走了很多的路。走着走着，我忽然看到舅舅迎面走来！

很惭愧，去广州后，我很少回杭，也难得前去探望。后来曾去原来的住处寻访，却已经是断墙残垣。再后来通过表姐联系，约在一家小餐馆里匆匆见过一次，却又已经过了好几年。这次回杭，内子还特地嘱咐，一定要找个时间去探望。

握着舅舅微凉的大手，心中有万语千言，却不知如何叙说。幸喜舅舅年届八五，身体依然康健，令我喜不自胜，便请朝骞给我们拍了张合影，交换了微信，然后匆匆道别。相约下月我回杭州开会时，再去拜访。

舅舅在晚上给我发了一条长长的微信：

> 仕忠：我难得到外头走走，这么巧能碰见你，十分高兴。可惜匆匆而过，等下次时间充裕一点多聊聊。我退休25年，已经无能为力，你有了不俗的成就，一定能够更上一层，当拭目以待。
> 
> 我本来是修数理的，60年代初被派去做管理，把专业荒废了。80年代初到了岔路口，继续做行政工作，像我这种出身背景是没有前途的，所以决心从零开始。83年都满50岁了，评了一个讲师，到《语文导报》做编辑，其实是不务正业。87年升了副高，还说是提前破例的。从那时起开始接触中文系的人，感到老一代确实不同凡响，但颇有点后继乏人的样子，不免感慨系之……

舅舅与老杭大中文系渊源颇深，至今仍念念不忘。而冥冥中或有主宰安排，让我与"难得到外头走走"的舅舅在路中相遇，让我动笔回忆，于是便有了这一篇文字。

撰于2018年10月

# 第四辑 东瀛书影

# 影书侧记

《日本所藏中国稀见戏曲文献丛刊》第一辑，共十八册，黄仕忠、金文京、乔秀岩合编，广西师范大学出版社2006年12月出版。收录东京大学、京都大学、内阁文库、东北大学等单位所藏四十五种孤本、稀见戏曲。此集的影印，颇多曲折，兹述于后，以见欲成一事之不易。

这是我与海外友人合作编集影印的第一部书，完成至今，已经过了整整十个年头了。回首此辑的编集出版过程，往事历历如在眼前。当时曾作记录，现在取来，略加剪辑，或可供读者一粲。

一

这套书最初定下的出版社，并不是广西师大。由于我的《日本所藏稀见戏曲经眼录》一文，在《文献》杂志2003年第1期刊出，殷梦霞女史来信，希望裒为一集，由她所在的出版社来出版。其实向未谋面，而我本来就有此种计划，所以欣然同意。

电话交谈，方知她本科与内子为校友，硕士则与我为校友。这都是缘分。她也曾在日本做短期访问，着眼点即是日本所藏中国古籍，所以谈来更不陌生。

在2003年，影印出版一套大书，真是非常不容易的。对我来说，这套书能够出来，自己不需要另筹出版补贴，而只须贴些资料复制费用，已是出于望外了。

所以，没想到竟然这么顺利，顺利得令人有些怀疑是否是真。果然，担心成为现实。在进展过程中，社中主事者并不看好此书，因担心亏损太多，要求尽量压缩篇幅，致使出版搁浅。殷女史再三致歉，我却知她已经尽了最大努力，所以再三请她不必挂怀。虽遇波折，我却并不太过担心，以为此物既然有其价值，则总归有出版的机会。

山重水复之时，得遇广西师大出版社总编何林夏兄。谈及此书，何总并未有丝毫的犹豫，当即拍板，并慨诺支付复制费用。何兄刚完成哈佛燕京藏善本的影印，对域外稀见文献的出版，有宏大的计划。见有现成书稿，不须另外劳心劳力，自是求之不得。而我的意中，能够顺顺当当出版，已是感激不尽。宝剑得赠烈士，明珠亦不暗投，才有今日。多年后，我承担"海外藏珍稀中国戏曲俗曲文献荟萃与研究"重大项目，有一系列的影印计划，也毫不迟疑地与广西师大出版社继续合作，亦是缘分的延续。

稍后，黄山书社汤女史亦来信问此编，谓其社长曰愿列作重点图书来出版。我因为答应林夏兄在前，只能谢其好意了。

## 二

出版社的波折，不过是一片微澜而已，更多的波折，乃在出版许可的申请。

我邀请了京都大学金文京教授作为合作者，蒙其同意，京都大学所藏之出版许可，当可解决。又请东京大学东洋文化研究所的桥本秀

2003年11月，在香港参加"明清小说戏曲国际学术研讨会"时与金文京教授留影

美（乔秀岩）助教授作为另一合作者，承其慨允向所方交涉，由于是与本所教授共同合作，所以基本上未有障碍。这样，最主要的两家收藏单位顺利过关，其中已含有三十余种稀见版本了。

京都大学而外，关西地区收藏稀见戏曲最多的是大谷大学与天理大学。金教授回信说：

> 大谷大学因兼任的关系，比较熟悉，如要出版，须办公函申请，不过他们也另有出版计划，不得乐观。天理方面，已通过朋友打听，容有消息再奉告。京大当无问题。此三处我可以负责，只望先生准备公函，以便申请。（2003年9月10日）

东北大学方面，我请创价大学的水谷诚教授通过花登正宏教授，顺利获得三种曲本的出版许可。

看来已是一路绿灯了。

东京地区，尚有内阁文库、东洋文库、宫内厅、成篑堂文库等需要申请。我请出版社方面向各收藏单位提出复制出版申请，又请东京大

与古屋昭弘教授（摄于2002年2月1日）

学名誉教授、日本学士院会员（院士）田仲一成先生和早稻田大学文学部古屋昭弘教授代为问询。田仲、古屋两位先生同时也是东洋文库的研究员，以两位的身份及其在东京地区的影响力，想来问题不会太大。

不料，在我把事情想得容易之时，麻烦便接踵而来。古屋先生来信说：东洋文库现在只允许复印每种资料的一半，因此事情并不一定顺利，这一点敬请谅解。反正有什么进展我一定跟您联系。（2003年12月13日）结果，古屋先生失望地回告我说：成篑堂文库的有关人员说该文库对全书的影印出版一概不允许，只允许一两叶的影印，每张还要付一万五千日元。东洋文库还没有回音。这些消息一定会让您大为失望，实在抱歉。（2003年12月16日）

我回复说：

成篑堂文库的情况，我上月见到田仲一成先生时，向他请教过，他说当年传田章先生想看一下明版《西厢记》，也没有得到同意。而且文库本身已经归于商业性机构，则不获同意，也是意料之中的事情。好在我们只是选辑，成篑堂文库的两种未收，不会影响大局。

东洋文库方面，田仲一成先生今在文库的图书部任职，不知是否需要让田仲先生从另一个侧面说一说？（2003年12月16日）

两天后，古屋先生又来信说，得到东洋文库的回音，结果跟成篑堂文库一样，对全书的影印出版还是一概不允许，只允许几叶的影印而已（这是东洋文库的规定，恐怕田仲先生也没办法）。古屋先生把出版社的公函译成日文，跟原文一起寄到两所文库，但也没能起到作用。（2003年12月18日）

俗语谓好事多磨，正是如此。

## 三

无奈之余，只能把希望寄托于金文京教授。

我给金文京先生写信说：

影印戏曲之事，东京大学和东北大学方面都已经获得许可，并正在复制之中。但请古屋昭弘先生联系的成篑堂文库和东洋文库，均未能获得许可。特别是东洋文库未能获得同意，颇让我感到意外。好在那里也只有一种明代版本。

目前我尚未联系内阁文库、日比谷图书馆（有一种明版《荆钗记》）、宫内厅图书寮（一种明版杂剧《西游记》）、蓬左文库（一种明集义堂刊《琵琶记》），我日前咨询古屋昭弘先生，他说："以我的经验，内阁文库、东京都立日比谷图书馆、宫内厅图书寮这三个单位肯定不允许全书的影印出版。"

　　这个答复令我很惊讶,也很担心。因为内阁文库的藏书最重要,有多种明杂剧为唯一存世的版本,而且我都已经复制了。而我原来问东洋文化研究所的桥本秀美先生,他认为内阁文库作为国立单位,肯定没有问题,他甚至认为我个人直接联系都可以。由于他近来较忙,我不便让他再去问内阁文库。现在听了古屋先生的话,我颇担心如果我问的时机不好,会把所有路都堵死了。而且古屋先生的意见是没有获得许可,则不能出版。所以想请教您的意见,您看看有无更好的办法,能够比较有把握地顺利完成申请许可之事?(2003年12月23日凌晨)

金先生回信道:

　　因香港回来后又去台湾,迟复为歉。大谷、天理两处,据悉过年才会开会,而一二月正当大考时期,难免拖一段时间,请原谅。东洋文库和内阁文库之事,我也感到意外。香港回程,我跟田仲先生同去机场,虽没提及此次计划,他自言愿意公开资料。然此事不好贸然启口,容我找机会通过别的管道再打听。至于内阁方面,我问问古屋的看法后,再奉告。反正今年没几天,都是明年的事了。(2003年12月25日)

　　这样,在忐忑不安中等待了四个月。这期间还经历了更换出版社的波折。当我在2004年的3月底再度发信问询时,金先生那里传来了佳音:

　　来信敬悉。因最近去越南考察,迟复为歉。换出版社我没有意见，想目前在中国出这类学术图书，也相当困难。大谷大学、天理大学迄今仍无消息，大概学期刚开始的缘故，我过几天去问问看。另外，日前去东京出差时，跟内阁文库的负责人谈此次计划，得到基本同意，详节容日后再奉报。（2004年4月5日）

内阁文库方面只是按规定要求：如果该馆提供的书籍超过全书的三分之一时，须适当收取版税。以整套书而言，内阁文库所藏部分，大约占六分之一而已。

就这样，柳暗花明，内阁文库之所藏，有惊无险地拿下了。金文京先生处理事务的能力，令人钦佩。

## 四

2005年的元旦刚过，便收到金文京先生的来信：

> 新年好。京大和内阁文库的胶卷全部弄好。让您久等了。下一步应该如何寄去才好？我怕胶卷在海关受查，发生意外。最安全的方法该怎样，请示。（2005年1月18日）

最是新年气象新，开门即遇喜事，真是喜不自胜。本来用国际快递，也是很简单的事，但是我担心万一海关给查扣了，就麻烦大了。为保万无一失，最好的办法是请人带来。激动之下，愿意付出任何代价。所以立即回函说：

> 阅信喜不自胜。在此谨表感谢。

您说的海关受查问题，确需担心。请您看看有无中国留学生或香港留学生来大陆，请代为带到北京、上海、香港均可。我再想办法去取。

或则稍晚一些，容我联系在日本工作的国人，由他们和您联系，在春节归国时带回，您看如何？

金先生说：

春节前后总会有留学生回国，我去打听后再奉报。（19日信）

二十八日又得信曰：

因找人较费事，迟复为歉。京大有一研究生目前在南京大学，刚刚回来度假，说2月18日要回南京，我想把胶卷托他带到南京再转交适当的人，不知方便否？ 请示。

我即回信：

胶卷之事，多有烦劳。我会在二月十五日至二十日访问台北，不知道您是否去台湾过春节？ 如果去的话，我们或许可以在台湾见面。

如果台湾未成的话，先带到南京也可以。（2005年1月30日信）

金先生回函：

我没有去台湾的计划，所以还是要托留学生带到南京，请示

知到南京后要交给谁。(1月31日信)

我即回信说：

请交南京大学张宏生教授，我会与张教授联系的。"(2005年1月31日信)

数天后，金先生又来信说：

我有一个学弟在东京，刚好他于2月20日要去台湾，我想托他带到台湾较方便省事。请示知您去台北甚么地方。

金文京的学弟住吉先生，受邀赴台湾大学，为该校所藏旧版日文书籍编制目录。台大中文系张宝三教授为金文京的旧雨，且负责接待住吉先生。住吉在20日下午才到台北，我在21日早晨即须离开。所

2005年2月20日，与住吉先生（左一）及张宝三教授一家

以我们商定在 20 日傍晚交接。

  2 月 20 日下午，住吉先生抵达台北。傍晚，我与内子在台大附近一家小餐厅里，与张宝三教授及夫人、公子相见。张教授引见了住吉先生，我顺利取到了胶卷。然后共进晚餐。内心的喜悦无法抑制，这晚餐也就非常愉快。更因了这个机缘，我还得到了张教授这一位好朋友，以后续有往来。这是我借助"我的朋友金文京先生"而得到的优待吧。此是后话。

  当晚在宾馆细看金文京精心包扎的物事，不免有些激动。这份胶卷可真是得来不寻常呀！回到广州，立即给金先生作信：

    我于今天凌晨回到广州。
    在台北，通过张教授顺利地从住吉先生那里取到了胶卷。这样，第一辑影印所需的资料已经具备，我可以与出版社商定出版的日期了。想想这部分材料绕了这么大的一个圈才到手中，觉得做成一件事也真是不易，也更加感激您的帮助。

  就这样，第一辑的编集工作，最后有惊无险地完成了。而今以私立图书馆藏本为主的第二辑，也已经编集完成（说明：正式出版在 2016 年），希望一切顺利吧。

2007 年 1 月 8 日

# 东京短章

## 东京第一日

去年的此刻,正收拾行装离东大回广州,而今年的此日,则是刚刚落脚在早稻田。在冬日的阳光下,准备收割田里的"谷物"。

早上先与冈崎教授见面,她请早大演剧博物馆的客员助手森平崇文先生带我去办相关手续。先办了互联网的入网许可,然后去早大图书馆办借书证。

冈崎教授的先生是早大图书馆事务部副部长兼综合阅览课的负责人,因而得以事先办好手续,进门可取。不过工作人员给的是二号证,按说明,如果去别的大学看书,早大图书馆不能给办介绍的手续,而我恰恰需要开介绍信。向副部长说明之后,他就给换成了一号证。这样,下次我要开介绍信,只需找工作人员就可以了。

现场决定下周要寻访的图书馆。预定先去拓殖大学与东京外国语大学,就请工作人员帮助查阅开证。在日本去图书馆看书有预约制度。可是上了拓殖大学的网,却没有查到我要的古籍,只有民国以后的排印本,而且都远在八王子校区。我赶紧取出复制的"宫原文库"的藏书目录,一查,还是没有。后来才知道,我需要的古籍已经归入贵重书,该校图书馆尚未纳入网络检索。

宫原文库出于宫原民平的旧藏。宫原民平（1884—1944），日本早期研究与翻译中国戏曲的知名学者，曾留学北京。他与金井保三（1871—1914）合译了《西厢歌剧》（东京：文求堂，1914），此书较以往各家不同之处，在于弃金圣叹评本而改用陈眉公评本为底本，改以往的训读体为平易的口语体。又与盐谷温一起主持《国译汉文大成》中的元曲部分，负责翻译《西厢记》《还魂记》《汉宫秋》《燕子笺》等，此外，著有《支那小说戏曲史概说》等。因为研究与兴趣，宫原氏个人收集的中国戏曲小说很多。他本人毕业于拓殖大学，后来在母校任教，对该大学中国语学的发展，贡献甚巨。殁后，其庞大的藏书赠予母校。

我前几次都没有来得及去看。曾请博士生关瑾华作过调查，她给了我目录中的戏曲部分。但我现在看到原目录，发现一部分戏曲作品，被误收入小说类了，实际收藏的戏曲比我们以前掌握的要多。因为是贵重书，需要先列出详细书名，再提出申请。理了一下，需查核的曲籍，共计有八十七种。

东京外大也需要做同样的工作。那里有"诸冈文库"，系诸冈三郎所赠。诸冈三郎（1877—1942），出生于旧佐贺藩的士族之家。1903年毕业于东京外国语学校清语科，进入东京一家建筑公司，被派往天津分公司工作，在天津生活二十余年。1928年担任东京外国语学校讲师，主讲中国文学。死后，其旧藏汉籍8300余册，赠予母校，为设"诸冈文库"。文库以小说、戏曲及俗文学文献最为突出。有康熙刊《啸余谱》十一卷、乾隆间经纶堂刊《藏园九种曲》、叶氏《纳书楹曲谱》、乾隆刊《玉燕堂四种曲》等，略有可观。

下周一，是全国休息日，周二还不一定能够得到回告。再下周，我与森平定下去山口大学和南部福冈的九州大学。看来这一周内还完成不了拓殖与外大两处的调查。时间苦短。

取了证，与森平道别。漫步馆内，闻到熟悉的气息，仿佛回到了七年前。那时我请古屋教授代为办了借书证，总是白天先在东京大学的东洋文化研究所看书，待四点半那里关门后，再转到早大的书库，然后背一包书回八王子的宿舍。早大有一套线装版的《车王府曲本》影印本，可以借出来。那套书1991年出版时定价三十万元人民币，国内大学买不起。所以我将子弟书、俗曲部分借出来拍照，通常到半夜一点拍完，制好文档名，第二天就可以还却，然后再借。我后来校勘《子弟书全集》，这些图片帮了很大的忙。

先去寻访《近代文学研究丛书》，其中有我想要的一批明治时期作家兼学者的资料，共七十多册。令人欣喜的是在其中发现了千叶掬香的专辑。这位留学欧美，以哲学、经济学为业的学者，同时也是明治中后期西方戏剧的介绍者，不过完全没有人知道他还写过介绍中国戏曲的论文。我是春天在关西大学的"长泽（规矩也）文库"内看到千叶藏训译稿本《水浒记》，才开始关注他的。

复制了笹川临风、幸田露伴、森鸥外、三木竹二、千叶掬香、依田学海等人的资料。先前买了两千日元的复印卡，一会儿就用完了。再买了一张两千元的，方才够数。

想到傍晚古典籍部要关门，决定还是先去线装书库。摩挲那一排排的旧识，依然如故，而我已两鬓斑白了。唯有书籍是不死的精灵，我辈终将随时间而老去。

在二层见到宁斋文库，上次我还没有注意到宁斋与戏曲的关系，未及阅读。请管理员找来文库目录，借来宁斋旧藏的数种曲本。

野口宁斋（1867—1905），名壹，通称式太郎，字贯卿，别号疏庵等。汉诗人野口松阳之子。幼承庭训，能汉诗，少年时代即有"宁馨儿"之誉，在作诗方面展现出异常的才能。后游学于森槐南门下，诗作益发出色，有"诗坛鬼才"之称。此外，宁斋还撰有小说及文学评论。殁时年仅三十八，数千种汉籍藏书归于早稻田大学，为设"宁斋文库"。

宁斋的旧藏戏曲，有明刊清初印本《汤义仍先生邯郸梦记》《汤义仍先生南柯梦记》《红雪楼九种曲》《红楼梦传奇》《绘图长生殿》《绘图绣像桃花扇》《梨花雪》等，多有"宁斋枕中秘"等章，并有朱笔圈读，可见他当年曾细心阅读过。

翻完宁斋的曲籍，天色已经昏黄。忽然想起午饭未曾落肚。便从古籍书库借得三十册（限借，薄薄的线装也算是一册），又在外面借了几本平装的厚书，一并抱回宿舍。再想，正好要去买IP电话卡和电线转接插，便起身拟去池袋或新宿，计划在那里犒劳自己。

JR线的高田马场站，处于两地的中间，新宿方向的车先来，所以去了新宿。

在电器店的八楼找到"海外用"的转接插，从电梯直下，中间层暂停。有人低头进来。一见，似是旧识，我轻声叫道："杜先生。"

那人抬头，哈，果然不错！南开大学的清史专家杜家骥教授。我在写"车王府藏曲考"时，曾参考了他的大著《清朝满蒙联姻研究》（人民出版社，2003），并求示教，不意却在台北故宫举办的文献学会议上见到了本人。那是2007年冬天的事，他在佛光大学作客座教授。现在我们却在日本二度相见了。

他给我介绍了后面的年轻人，原来是杜公子，现在在日本大学读国际关系学博士。杜兄这次是承早稻田历史系的邀请而来的，为时三周，次日即去京都，却让我在电梯里逮着了。这世界原本就很小。

又去中国人办的知音店买了电话卡。无心找食肆，直接坐车回早稻田，顺路买了些熟食。回到房间，时间已经九点多，煮上面条，打开啤酒，对着电脑，边上网，边喝着啤酒，中饭、晚饭一并享用，其乐也融融。

昨晚不算，这便是我在东京的第一天吧。

2008年11月24日

## 东京淘书记

才在东京停得一日，就是周六了。早大的古籍部不开放，正好会友。在东京的旧雨还不少：复旦的正宏兄在庆应，北大的李简学兄在东大，复旦的蓓芳教授则同在早稻田。电话联系上以后，与正宏与蓓芳两位教授约在早大图书馆门口见面，转到西北风餐厅用午餐。

在国内大家都忙，数年未及相见，此番竟在东京得聚，自是快事，且亦是图谋已久。

谈蓓芳教授有重新整理龚定庵全集的计划。因为通行的王佩诤本，其实存在不少问题。我因在日本访书，偶得顾太清的稿本戏曲，后又从国内访得另外一种，且因考索太清的生平而关涉龚、顾二人的"丁香花案"，所以对定庵也顺带关注了一眼。

王贵忱先生尝撰一文，谓据太清遗墨，其书法甚似定庵。我知道他话里有话，因而在拜见的时候，提及此事，颇引出王老的兴致。谓关注定庵著作已五十余年，为天下收得定庵版本最齐全者。我也介绍了谈教授的工作，因称暇时或可介绍相见。王老复赠一清末民初人关涉龚、顾之事的诗跋，我存于箧中几年，今年秋后才比较合适地用上了这份资料，改定《顾太清、龚定庵交往时间考》一文。此稿先后撰写了三年，至此方得以呈请王老指正。王老阅后予以肯定，又问复旦

2015年3月，与陈正宏教授在斯道文库

教授何时去访，自觉精力见衰，唯是期待年轻学人有所作为。

而我联系的结果，蓓芳教授正在早稻田。所以，我到早稻田的第一件事，便是联系她了。

正宏到庆应的斯道文库访问研究，则是春天就听金文京教授介绍了。他的版本学研究，渐成气候，如今不在图书馆善本部工作而研究版本者，侪辈中恐无出其右了。他对古籍的那番痴情，也不是常人可及的。

见面时，正宏提着一个袋子，我不知三人见面吃饭，带这东西作何用。我们在西北风餐馆就座后，正宏说，他早上去高元寺赶古书的周六早市而来。那地方就如同北京的潘家园，他每周都去，早上一个小时内，好书就会被扫光。如今已经成为一种习惯，唯愁回国后无这般地方可寻，不知如何消遣呢。——原来袋子里装的是他早晨的"战利品"。

取出观看，其中有一册为和刻本，品相甚佳，妙在牌记俱备，而且还有刻工姓名，作为和刻本的标本，自然最为合适。正宏的目标是每一时期的版本购藏一本。这当然是为版本研究而设，并不是从奇货可居着眼。这种情况，我在日本书志学创始人长泽规矩也身上看到过。

正宏说：在日本，和刻本不受重视，店主也不甚识货，所以他这一册只花一百日元购得。但另一方面，中国的古籍却被炒得很高，很离谱，因为有许多中国人购买。他在书摊上一有擒获，就带到斯道文库，同道们都会围上来，看他的收成，然后大家分头查目录，或者从文库中找相同的版本来作验证。偶有比文库所藏本还佳，而出价甚微，大家便啧啧称道。而他也在这个过程中，向日本同道学到了不少和刻本的有关知识。

正宏后日便需返上海处理学校与项目的事情。他把一家古书店寄给他的书目给我，道是出此信函，便可得优待。又道神保町今日尚有古书展示会。我说既然还有，不如现在就去看看。所以三人便一起坐电车赴神保町。

书展里果是人头挤挤。正宏昨天已经来扫过一遍，所以，入门后，就择要给我作了介绍。其中有吉川幸次郎所译的油印本《杀狗劝夫》，有"伊濑平"签名，内偶有朱笔改订，当是伊藤濑平的旧藏，薄薄一册，十六开，标价五千日元。我先放于筐底，后来考虑了以后，决定放弃了。我们分头各自转圈。

最后，我将所得两筐，请正宏鉴定。内有几本厚书，定价颇高，先给枪毙了，如青木正儿《支那近世戏曲史》，标六千元，我因为做戏曲研究，虽已经有了这书的中译本，还是想买一原刊本作纪念。正宏认为此书非初版，且他处尚有可觅，必能买到比这更低廉的，故不必着急。但我淘到的其他几本，正宏也连连称好。

最可称说的是一本薄册，价仅一百日元。书衣上题"诗稿"，下署名作"恭斋"，诗末题"右　明治十八年应招聊供祝词"，自是明治中某汉诗人所为。此为自笔稿本，有诗数十首，内亦有清新可喜者，如《煎新茶》："去岁前庭手自栽，今春摘得新芽魁。吟友迎来试一啜，评史论文散郁埃。"又《秋兴》之二："领取秋色竟妙姿，嫩红幽白傍东篱。庭前独酌几杯酒，夕日西倾亦不知。"其名姓当可考知。

还有以下数种略可称道：

后藤朝太郎所撰《支那文化之研究》，大正十四年（1925）初版本。首有三幅彩印，一为敦煌壁画，二为梅兰芳剧照，三为叶德辉的名刺及刘存厚的请帖。书分天、地、人三篇，五十八章。以一个日本人的眼光，通过大正间在中国各地实地亲身经历，而以独到的眼光作分析，对了解当时中国的社会、人情、风俗、趣尚，颇有帮助。

首为三上参次的序，三上是第一部《日本文学史》（1890）的撰写者，也是一位汉学家。次为儿岛献吉郎的序，儿岛是中国文学史的最早撰写者之一，在1894年就写了《文学小史》。两人在写序的时候都已是年近古稀，属于泰斗级人物，而对此书均推许有加。

三上参次谓作者毕业于东京大学汉学科，曾十九次赴中国，将以往所学文献知识与实地考察相印证，著成此书，其着眼之奇警，观察之锐利，立论之堂堂，古今对照叙述之妙巧，莫不令人叹服。其篇什，或为学问、艺术之批评，或为政治、经济、人情、风俗之论说，或游泰山、庐山、巴蜀而作纪行，左右逢源，趣味盎然。读此书可对日中两国过去两千年间的紧密关系有更加切近的了解。

书末空白页有原藏者钢笔所书识语，略谓支那研究，是自己的专攻，唯书典购置很不容易，时常念记而不可得，但本日求得此书，心情甚快，自加勉励，期待研究不止云。署一九六一年八月廿日。有"野崎"印。

可见在1960年代，由于中国闭关锁国，中日邦交尚未正常化，外国学者要了解中国本土的学术，非常不易，再则战后日本政治经济一度陷入困境，日本汉学家的处境更是艰难。于此题记，略可见一斑。此书近790页，二千五百日元得之。

《现代日本文学全集》第十三册，改造社发兑，昭和三年初版本。三栏，小字，559页。仅费六百元得之。所录作家为高山樗牛、姊崎嘲风、笹川临风。

我感兴趣的是笹川临风，他在1897年刊出《支那小说戏曲小史》，是世界上最早的中国小说戏曲合史；同年及次年又刊出《支那文学大纲·李笠翁》《汤显祖》，两书合观，已经是一部中国戏曲专史。但临风的生平，以往所见，均是大同小异，而临风实是此书之编定者，书后有临风自传，所叙早年经历最为详细，亦多为后人引用。

再观前两人，方知三人为挚友，更知樗牛号嘲风，为明治时期批评界的巨擘，早逝；嘲风与临风、登张竹风，时称"三风"，纵横文坛。如此，又得知一些史实及重要信息。故此书颇可补充拙著《日本藏中国戏曲文献研究》，堪称雪中所得的炭火了。

内藤虎次郎（号湖南）撰《清朝史通论》，弘文堂书房刊，昭和十九年（1944）三月初版，八月二版，423页，六百日元。内藤湖南为京都学派的创始人之一，其学术享有盛名，得此一册，价不甚贵，可作纪念。

此外尚有西园寺公一的《北京十二年》，二百元得之。著者从"大跃进"到"文革"初，在北京等待了十二年。写作此书时为1970年。当时仍对"文化大革命"颇有期待。有意思的是还用了较多的篇幅介绍了"样板戏"（当时还只提到六个），重点介绍了"抗日戏剧《红灯记》"和"现代京剧《智取威虎山》"。尤其是鸠山设宴招待李玉和，与扮作胡彪的杨子荣与座山雕的那段精彩对话，一一作了翻译与介绍。读来令人会心一笑。

还有三宅周太郎的《日本演剧考察》，出价二百日元。

正宏说："你买书主要还是考虑书的内容。"——他说的不错。所以我不会成为藏书家，也没想过玩版本。

付款后找得六百元，我想起和刻本《评纂唐宋八大家文读本》，只需百元一册，也想弄一本作样本，结果此套凡八本，散去两本，残存六册，恰合六百元。故最后所费六千元，得书凡八种。

归后联系上水谷诚教授，告知他，我已经去过古书展。他则告诉我，已经将《杀狗劝夫》一种买下，请我放宽心。

先前我在广州时，水谷教授写信告诉我近期有古书展，书目上有吉川氏的《杀狗劝夫》等戏曲有关的书，问我是否有兴趣。我说吉川的这本我有些兴趣。这是对话的由来。

我不知道今天如果将此书买下，我是否会同时得到两本《杀狗劝夫》呢？

2008年11月26日

## 寄内二封

说明：昨晚偶然翻出2001年和2008年在东京访学时寄给内子的两封信，恍如隔世，又似在昨日。

那时，我刚定下一个宏愿：全面调查日本所藏的中国戏曲文献，以目验为据，编制一部目录（此项工作历经十年、五赴日本，才告完成，题作《日藏中国戏曲文献综录》，广西师范大学出版社2010年出版）。

听京都大学金文京教授说，1980年代初，吉川幸次郎先生就有编制日藏小说、戏曲目录的设想，小说部分交给大冢秀高，大冢后来已经完成；戏曲原托金文京等，一直未能展开。我以往多见日本学者为中国历史文献编制目录，如今我赴日本，为日本所藏此类文献编制目录，诚是前所未有，也是大好。

这同时也是向孙楷第先生致敬。他在1931年赴东京调查中国通俗小说，编有《日本东京所见中国小说书目》(1932)，亦是中国小说研究史上的大事，胡适为之作序，颇多褒扬。

因为这项调查，我每天都往东京市内各图书馆跑。从所住的创价大学出发，先坐公交车到八王子市里，再乘京王线，然后转地铁，按最快捷的路径，也要坐两个小时的车。到晚上，再坐两个小时返回。

有一次返回时，困极，恍惚之中，听闻"高幡不动"站到了。我知道再过两站就是八王子，就不免心中略松。不意迷糊中，又听得列车播报说，高幡不动到了。心想，这高幡怎么总是不动啊？突然惊醒，原来是我睡着了，列车到了八王子，又返回到这处。于是赶紧下车，幸好还有尾班车。

所以，其时独在异乡，每日打仗一般，扫荡各家图书馆古籍部。早上早起，争取在九点开馆前到达；下午5点闭馆，最晚告退。疲极累极，举目无所识，遂诉诸书信。

因为这些信有些意思，正是当时情状的写照，所以收录于此，以作纪念。

2023年9月29日

# 一

定方：

　　昨天见了北京大学的几个老师，在那里畅聊了一通。但主角张鸣却因为与田仲一成先生有约在先，未能赴会。所以约定下次再见吧。

　　北大对外交流的名额很多，我所认识的就已经有六七人在日本。他们住的地方，是刚建成的，专门供外国交流学者用，设施都很周备，而且在市区内的好地方，令人羡慕。

　　日本的大学都陆续放假了，但图书馆倒不放假。像东洋文化研究所，反而变得热闹起来。因为各地的学者、研究生都来查资料了。这几天冷气都开放了，所以还可以。这里一些明显有价值的戏曲资料，差不多都已经在我的电脑里了。下一步的目标是子弟书和地方戏。因为照片更清楚，速度也快些，所以我计划一些普通书也用数码相机来拍。

　　星期五是红日子，日本全国放假，所以周末应当有三天，我计划再去一下横滨，我大学同学、浙江大学金健人兄那里，要把借的书还给他，他二十三四号要回国。

　　一天下来，真是有些累了。最后拍的是《满汉西厢记》，有四册，纸很薄而本尤厚，保持一个弯腰的姿势，不断加快速度，但还是留下了一本，只好等待明天再拍了。眼睛觉着酸，手脚也是如此。

　　早餐也在东大食堂吃的，吃的是饭，所以又买了两个面包，这样中午就不必再跑出来了。

　　下班后先在一个活动中心整理资料，过一会却是他们有活动，时间也已到晚饭时分，就收拾起，拉着旅行包，独自穿行在东大的九曲街路中，在学生商店买了两罐啤酒——今天终于看到有啤酒了，比

我们·家人（摄于 2001年10月）

食堂的便宜，只需一百四十日元，食堂是一百九十；在日本喝酒有年龄限制，所以一般店里无酒售——然后在中央食堂点了个"和定"，即和式定餐，五百六。

吃完后，来到树荫下的长凳上，已是感到醺醺然，便躺下美美地睡了一觉。包横倒了也不扶；脚发痒，则脱掉袜子，除却索缚，呼呼而睡，不知身在何方。

醒来已近八点，大气已凉，华灯早上，那灯正对着我，贼亮。便起身，来到图书馆，给你写完这封信，发出。

仕忠　2001年7月18日

二

定方：

又有几天没有写信了。今天早上要去京都，在京都大学做一次一个半小时的演讲，实际上这也是我此次来，他们给我的唯一任务。其他时间都是我自己安排看书查资料。

这一次来，与以往的不同，就是日程安排得太满，因为我想看的书与访问的图书馆还有很多，还有一些学术交流活动。一般都是早上七点多醒来，整理些东西，然后去图书馆，一直到晚上十点，因为图书馆开到这时闭馆，再回到宿舍，整理复制、拍摄的资料，上网，一会儿也就过了十二点了。

剩下的行程是这样的：今天（13日）上午十点坐新干线赴京都。下午两点，在京大演讲，题目是"日本明治时期的中国戏曲研究"。晚上与听讲的各位一起聚餐。

明天（14日）去天理大学。后天（15日）十点与天理图书馆谈影印书的事情。他们已经复制了我要的内容，这次可以取到。只有一种清钞本《夺秋魁》正在修复，由于年底事忙，需要三个月才能完成。我会在天理再看一天书，16日下午回东京。

17日上午，将在早稻田演剧博物馆看书，他们有一批戏曲文献，没有进入早稻田大学的汉籍目录，所以此前我没有注意到。昨天去库房看了，计划按架号加以核查。先看了一部分，发现了一种日译本《水浒记》，从来没有人注意过。此前我在关西大学、山口大学分别发现了两种稿本，其来源是江户时代，因而它将是日本的中国戏曲翻译史上的一个重要发现。由于是日文译本，我建议早稻田的一位博士生能够对此展开研究。他正是演剧博物馆管汉籍的，现在跟冈崎老师读博士。这也算是一个缘分吧。

17日下午，将参加庆应大学斯道文库高桥智教授的一个讲座。主讲人是我的朋友、茨城大学的真柳诚教授。他帮助我复制了宫内厅和大东急纪念文库的藏书，会收在第二辑中。我们发现这次要在东京见一面也不易，后来他想到了他做这次演讲时，可以见面。也只能借这个机会相聚了。

18日上午,将继续在演剧博物馆看书,下午去东京的一个学术中心会场,我要做一个演讲,题目是"关于清代宫廷演剧"。这次东北大学(原七所帝国大学之一,在仙台)与庆应大学的学者合作获得一个日本学术振兴会支持的大项目"清代宫廷演剧研究",与我们的工作有相近之处,我想了解他们的进展,他们却提出让我做一个专题演讲,而排来排去,只能有这个时间了。晚上再与听讲的各位有两个小时的聚餐会。

19日将去拓殖大学看书。那里有日本早期的中国戏曲家研究与翻译者宫原民平的藏书。我这次一来东京,就请早稻田大学图书馆方面向拓殖大学提出阅读申请。但因为要查看的书有七八十种,都属于贵重书,他们回答说需要经过一个专门的委员会讨论,一个月后才能决定,而那时我早就回国了。想办法找认识的教中文的教授,结果仍然一样,但这样又拖了一些时间。后来我压缩了数量,回答说仍是不行,只能看胶片。这真是日本式的回答。我说能看微胶就可以。而这样一拖磨,浪费了一些时间,算一算,只有19日这一天了。而且,这些书放在远离市区的八王子校区,从早稻田到该校区来回得有三四个小时吧。晚上,早稻田有个欢送会。所以下午五六点以前我得赶回。

20日上午就将离开早稻田,结束这次匆忙的访问,可以回家了。

昨天(12日)去了大仓集古馆,是早年在中国也很有名的大仓洋行的美术馆。这里有几种董康卖给他们的戏曲典籍,最珍贵的是一种清抄本《传奇汇考》。专门联系了以后,获得批准,特别为我们找了出来,因为那不是图书馆而是美术馆,没有阅览室,而所有的书也被当作文物来看待的。那里建筑极具有中国特色,而且极为精美,对面则是东京最高级别的宾馆,两处建筑风格和谐,也是大仓财团的。看了介绍,才知道这些都是关东大地震后重建的,现在已经登录为日本的有形文化财。

我发现京都大学藏的《传奇汇考》，原来是从这个本子抄录的。看京大本入藏的时间，是大正四年，所以是民国初年董康流亡日本时，应京都大学狩野直喜的请求而作过录的。大正六年，董康将这书连同一批宋元明刻本，一起卖给了大仓，也成为大仓集古馆的古籍文书的基础。由于这个本子有道光九年的跋，京都大学钞本也摹写了，而学者们未见到过大仓集古馆的这个本子，便以为京大藏本是道光间钞本。我此前已经发现此说不准确，因为京大藏本是大正初年东京一家抄书的书坊抄录的，典型的日本钞本，但未找到源头，这次才如愿。

下午回到早稻田，在演剧博物馆看了一本《西厢记讲义》，这是明治时期最早的全译本，然后就看到了那日译本《水浒记》，是坪内逍遥的旧藏书。他是早稻田的神一样的人物，当年的《小说神髓》，影响一个时代，而其翻译莎士比亚，开创早大文学科，功绩卓著。早大的演剧博物馆就是按维多利亚时代的建筑风格建造的，这个演剧博物馆，又是以他的藏品为基础建立起来的。

五点半，演剧博物馆下班了，只能离开，便去了"中央图书馆"，继续翻查明治时期的杂志，又发现了森槐南的几篇戏曲论文。当时他们的一种研讨方式，是一批学者合作讨论一本书或一个问题，请的是熟悉东西方文学和日本文学的学者，然后汇集成篇，在刊物上发表。森槐南是作为中国戏曲小说研究的专家而被选中的，所以题目上完全是日本文学的讨论，其中却有相当于专篇论文长度的关于中国戏曲的研究文字。

晚上十点闭馆后，在一个中国人开的餐厅吃了晚饭，回到住处。

前天（11日）上午，按约定会见早稻田大学演剧博物馆的馆长竹本幹夫教授。这次是由他发出邀请，请我来的。他是日本能乐研究的专家。中午一起吃工作餐。关于"能"的起源，江户时期的学者说是来自中国，或者说受中国影响而来，但现在日本学者一般不谈这个关系。我问询了他，他的回答是两者没有关系。然后他问我中国戏曲起源的一些问题。因为"能"与"谣曲"等，确实有中国唐宋伎能的影响。然后谈到今后继续交流的问题，他答应邀请我的学生来日本作研究，这样，学生们就有机会去申请国家的留学基金了。

午餐一小时。下午，去芦山图书馆。这是早大文学部的图书馆，因为一些明治时期的杂志只有这里有。

大前天（10日），先去东京大学的近世·明治文库，看那里藏的明治文献。早期的汉学有关的杂志，现在保存下来的很少，早稻田所藏还算不错，而大学中收藏最多的则是当时唯一的帝国大学：东京大学。但是，从网上检索到了杂志名，现场看了，才发现，有些发行了一两年的刊物，他们其实只保存了一期或几期。

在那里确认了明治二十四年（1891）三月十四日晚，森槐南在文学会作演讲的事，因为《报知新闻》作了报道。这篇报道概述了演讲的内容，题为"支那戏曲的沿革"。这是迄今可以考见的第一个关于中国戏曲的演讲，也近乎是日本第一篇关于中国戏曲的论文。而这个信息，我是偶然从一个明治时期日本学者的笔记中，看到报道的摘要，才得到的。

又查看了《汉学》杂志上森槐南的《元人百种解题》，才知道这其实是一个专栏，从创刊到1911年3月，每期都有刊登，等于是十几篇的论文。二月号上尚有继续刊出的预告，三月号已经没有了。因为这年三月七日，森槐南在东京去世，年仅四十九岁。如果不是这位有名的汉诗人，中国诗学研究者，日本的中国戏曲小说研究的开创者，如此英年早逝，则第二年（1912）东京大学设中国文学讲座教授，也就不会轮到远在湖南的盐谷温副教授，而东京大学的汉学研究的历史也将重写。但历史是不能假设的。

中午一点钟转到东大文学部图书室。明治二十年代的《支那文学》杂志，只有这里与国会图书馆有藏。文学部所藏的其实是一个学者旧藏的合订本。当时是用讲义方式在刊物连载，然后合订成书。这里有森槐南的《西厢记读方》，这是日本第一篇中国戏曲的论文，时间在1891年下半年。这也是明治时期最早的《西厢记》的译本（不全）。

三点半去东洋文化研究所。我与金文京、桥本秀美合编的《日本所藏稀见中国戏曲文献丛刊》第一辑装订上颇存在错倒。该所的第十二本装倒，桥本向我问询是否可换，我就把我自己的那套拿来替换了，换了还得背回来，其实也是不容易的事。该所图书馆因为搞抗震加固后才搬回来，整理未完，所以每周有一天为内部整理日，不幸正是本日，所以未看到书。而原来我至少想看一种江户时代中日学者的"笔谈"，即用汉文问答，里面涉及戏曲小说的一些问题。

四点，见大木康教授。我们讨论影印出版东京大学东洋文化研究所藏中国资料丛刊的计划进展。第一种即是双红堂文库。今年3月大木专门去京都大学，与我讨论商定了出版方案。此后由我向出版社谈妥了基本的问题。这次我们主要讨论合约的内容与向研究所提出申请的事。大木以为这样的项目，怎么都得三两年，没有想到可以这么快推进，所以很是高兴。他请客，我们在东大旁边的韩国餐厅吃烤肉，佐以啤酒与韩国酒。甚欢。（附记：后来我们合作完成了《日本东京大学东洋文化研究所双红堂文库藏中国钞本曲本汇刊》，广西师范大学出版社2013年出版。）

……

写到这里，已经是日本时间早上八点四十分了。我得收拾出发去京都了。所以先打住吧。

仕忠　2008年12月13日

# 掬念成香

## ——《水浒记》训译本与千叶掬香

一

关注山口这个地方，是因为山口大学收购了德山藩毛利元次（1667—1719）的旧藏书籍，其中有几种戏曲藏本甚为罕见。2008春天，我在京都大学作访问研究时，就希望能够访问山口，被告知说那里很偏远，光路费就得几万日元，加上时间也已不够，就放弃了。

这次冈崎老师说有一次外出访书的机会，问我想去哪里，我毫不犹豫地说：山口。

山口地处日本的西北部，比广岛更靠西北，完全是个偏僻的山区地方。

12月1日，我与森平崇文先生一起坐飞机到了山口宇都机场。然后坐三十七分钟电车，到新山口站，再转公共汽车三十分钟到山口大学。一路上路窄而曲折，人丁稀少，果然是够偏远的了，所以得先弄清楚后天如何回去。了解一下车程，每两小时才有一趟到新山口车站的汽车。下午只有两点多、四点多、六点多三次班车。

森平事先帮助与图书馆方面联系了，所以很顺利。但我拿出书单，却发现与我原先想象的有很大出入。我在《德山市立图书馆藏书第十二集：毛利元次公所藏汉籍书目》上看到有几种稀见的戏曲，后来又在《山口大学附属图书馆所藏栖息堂文库目录》里看到了名字，所以想当然地以为这些书大约是从德山市转归山口大学了。但山口大学实际所藏，仅有《盐梅记》《名家杂剧》两种。

这两种倒确实是德山毛利氏所存的曲籍中最重要的。前者最为珍贵，系明漱玉山房刊，孤本。2001年9月中，我拜见九十岁高龄的波多野太郎先生时，告诉他我在日本的目标是寻访日本所藏稀见戏曲，这位中国学研究的前辈，当时就和我说到了有这部戏曲的存在。后来我的师兄康保成教授把它复制并影印了出来（北京图书馆出版社，2002）。

《名家杂剧》，实际上是《盛明杂剧》初集在清初的改题印本，流传不多。但细看其内容，也有些意思。它的目录仍题作"盛明杂剧"，但正文三十卷，二十六卷均题作"名家杂剧"，有一种未改，另三种则作"十种曲"。看来原书雕板在清初曾被继续翻印，而改题"名家"，可能是因为已经入清，称"盛明"两字会引起麻烦。题"十种曲"，则似乎还有故事。大约曾经选出其中十种，以"十种曲"的名字单独印刷过。康熙间李渔的"笠翁十种曲"正盛行，不知道书坊是否也曾凑过这个热闹。

其他要看的几种，则不见踪影。问馆员，均告不知。我告诉我的依据，她们找来德山市出版的那个目录，并比较山口大学的目录，从其序文及解题，才弄明白，德山的目录编在前（昭和四十年五月），而两年后，部分藏书，因上村幸次教授作介，由毛利就举氏售给山口大学，共计8208册。因为毛利元次的藏书处号"栖息堂"，所以山口大学也用作文库名。但这并非毛利氏存藏书籍的全部。

那么，剩下的应该还在德山市。所以问德山市图书馆，他们却是星期一休馆。那地方很远，要先到新山口站，然后转车，有一个多小时的车程。我盘算着明天上午赶去那里。

森平傍晚就转福冈，他要去九州大学访书。他说，明天一早就会打电话问清楚，然后再请山口大学图书馆的工作人员转告我。

所以我也只好等待明天了。

幸好除了上述两种外，还有所发现。有一种《水浒记》传奇的江户时期的稿本译本。三册，摘译本，并非全本。据汲古阁刊《绣刻演剧十种》所收本翻译。卷上多系摘译，卷下则较完整地译了十七至二十六出。其他部分当已经丢失。多用草书书写，书法极为流利，造诣颇深。如果属于毛利元次时代所译，则此本当是日本最早的戏曲译本了，好像从来没有人做过介绍。可惜其中的日文部分草书难以辨认，而我的日文能力欠佳，此项工作，只能请日本学者来做。

其篇首有日文注："此书系（中国）唐之演剧脚本，演《水浒传》中宋公明、晁盖等事。"

同时还看到两册"俗语拔书"，一为一册装，一为一帖装。后者四卷，两卷已经表明系从《水浒传》中摘出。《水浒传》很受日本读者欢迎，大约是因为这个缘故，《水浒记》传奇也受到了关注。

我此前在关西大学的"长泽（规矩也）文库"里，发现了一个千叶掬香的完整译本，是以极精细的小楷，直接将训读标在原刊本上的。所以我很想把这两个本子收在《日本所藏稀见中国戏曲文献丛刊》第二辑内，然后请日本学者来判别它们的价值吧。

## 二

关于千叶掬香，我寻找了一些资料，作了考证，兹述于后。

千叶掬香（1870—1938），本名鑛藏，生于东京深川。千叶家历代属岩崎藩士，他也是纯粹的"江户仔"。他从祖父那里继承了"拥书楼"的雅号，也自称拥书山庄主人。其父居住在东京京桥繁华之地，过着优渥的生活，尤喜戏剧，并为剧场投资，所谓的"金方"（老板）便是他的工作。其义兄（姐夫）千叶胜五郎，在明治前期曾参与演剧改良活动，明治二十二年（1889）因福地樱痴之劝，在东京京桥区木挽町创立歌舞伎剧场，在演剧界留下功绩。

掬香自幼随父兄频繁出入剧场观剧，他成年后热情致力于海外戏剧的翻译与介绍，即与此相关。掬香从小即读《太平记》《太合记》，十一二岁时即听读《三国志演义》《西游记》《水浒传》等，耽读日本作家的稗史小说，十五岁时关心当时的杂志，逐渐养成对汉文学的浓厚兴趣。之后，出入浅草、神田等地售卖"唐本"的书店，便成为他的日课，并开始了以汉籍为中心的庞大的藏书搜集工作。

他在明治十八年（1885）入茅野雪庵的塾中学习汉文学，同时也在以高等学校（高中）的入学考试为对象的本乡"进文学舍"学习英语、英文学、世界史等。受惠于良好的家境，他打下了从事纯粹学问研究的基础。在东京英和学校学习两年后，留学美国，在康奈尔大学等校学习哲学、心理学、政治学、社会学、比较经济学等。

明治二十八年（1895）研究生毕业后，又转德国，在柏林大学学习政治学、经济学，与此同时，广泛观赏演剧、音乐、绘画、雕刻等，以吸收欧美的新文化。明治三十年（1897），结束十年的留学生活归国。海外留学所掌握的语言能力和积累的文艺知识，为他成为一名文学家打下了基础，不过他个人最终的兴趣主要在社会学与经济学专业。归国次年，受东京专门学校（即早稻田大学的前身）之邀，授讲从英国文学特别是维多利亚时期的文学、经济学等。

早在明治二十六年（1893），他已经开始翻译介绍易卜生的社会剧；三十二年（1899），加入以演剧改良为目标的"青叶会"。此外的会员还有坪内逍遥、高山樗牛、尾崎红叶、大町桂月等，从而开始了他在文坛的活跃时期。从介绍哈代的小说，到海外的演剧，并有《伦理学与经济学的关系问题》《政治的罪恶》等重要文章发表，影响深远。

明治三十五年（1902）后，一度主政《读卖新闻》的"读卖文坛"，立誓增加海外戏剧、文学、思潮的解说。三十五年六月，《艺文》杂志发行，继承了当时已经停刊的《栅草纸》，掬香在其中起了主要的作用。刊物运作的两年中，以发表评论、诗歌、考证、翻译而引人注目。

此外还曾主编《泰西思潮》，涉及政治、经济、文艺等多个领域。而他个人在文坛的影响，则以介绍西方文学思潮，特别以易卜生的剧作翻译介绍而引人注目。

这样一位以介绍西方文化为主，以哲学教授的身份而留下印痕的学者，几乎没有人关注他与中国戏曲研究的关系。他自己撰文称"爱读外国的小说戏曲"，曾撰有《希腊戏曲小史》等，又有《戏曲御弟子》等文，在关注西方戏剧与日本演剧同时，也兼及中国戏曲小说。撰有《支那小说话》(《趣味》，明治四十年九月号)、《支那小说讲话》(《自由讲座》，大正二年六月号)，并有《水浒记解题》(《明星》，明治三十七年四月号)。

《水浒记解题》是千叶掬香唯一发表的关于戏曲的论文。原因正是因为他藏有一部汲古阁刊本《水浒记》的训译本，用蝇头小楷精心地标于原书上。这部译本作为日本中国戏曲翻译史上的重要作品，理当给予合适的评价。

千叶掬香卒于1938年12月25日。似乎早在他去世前，他庞大的藏书便已经散出。部分小说、戏曲的珍藏为长泽规矩也收得。长泽氏在影印江户后期远山荷塘的《西厢记》译本时，曾想过把千叶掬香收藏的这部《水浒记》译本一并影印，只是因为篇幅过大而未果。

长泽去世后，剩余的藏书归关西大学，为设"长泽文库"。但文库的藏书目录向未公布，而世人遂无从知晓千叶掬香的这部藏本了。

2008年12月2日

## 尘世匆匆，相逢不易

—— 偶遇徐志摩

2008年的初春，京都的街头犹是十分寒冷。京大图书馆总馆的书库照例是不开暖气的，冷色的日光灯下，尤显清冷。

我要编《日藏中国戏曲文献综录》，所以遍访日本各图书馆，逐册翻阅，以目验为据。京大总馆所藏汉籍中的戏曲书籍，数量上远不如文学部所藏，也无特别珍贵之物。大略以朝川善庵（1781—1849，江户时代后期儒者）旧藏的《西厢记》最为可喜，因为它可能是朝川所译《西厢记》的底本，日本学者也未曾留意于此。

检核完成后，我顺着高高的书架，漫无目标，一排排地浏览书脊，忽然，一函《寐叟题跋》（商务印书馆，1926）跃入眼帘。寐叟为沈曾植晚年所用的号，此老学问，在清末民初颇有盛名，然著述其实无多。

信手抽出，随意一阅，发现扉页有一则题跋，观其署名，居然是徐志摩！

因喜不自胜，遂摄得书影以归。今归国转眼已近十载，近日检出照片把玩，觉可作一小文介绍。兹录其文如下：

> 尘世匆匆，相逢不易。年来每与仲述相见，谈必彻旦，而犹未厌。去冬在北平，在八里台，絮语连朝。晨起出户，冰雪嶙

崤,辄与相视而笑。此景固未易忘。仲述此来,偕游不畅,谈亦不尽意。西湖之约,不知何日乃能复践,岂胜怅触?濒行,无以为旅途之贶,因检案头《寐叟题跋》次集奉贻,以为纪念。愿各努力,长毋相忘。

十八年六月十一日早三时,志摩。["志摩"朱印]

这是1929年夏天的事。诗人因友人离去,取书以赠,略加点染,情趣盎然,宛如一则明人小品。巧越为我代检《徐志摩全集》《徐志摩:年谱与评述》等,未见收录。想是远渡东瀛,杂厕于书库,故无人能知。

徐志摩题跋

检"仲述",知为张彭春之字,系南开大学创立者张伯苓之弟,行九,人称"九先生"。张彭春生于1892年,是南开学校的第一届毕业生,与梅贻琦同班。1910年考取清华第二届庚款留学生,与胡适、竺可桢、赵元任等七十一人同船赴美。后获哥伦比亚大学文学硕士及教育学硕士学位,于1916年回国。而胡适则在1915年转哥大哲学系,师从杜威。

张彭春在美国读书,课余的兴趣便是研究戏剧,也写作戏剧。他最喜挪威剧作家易卜生，称易卜生使他这个学哲学的年轻人爱戏剧胜于爱哲学。

归国后，在南开任教，任新剧团副团长，导演了在美所写的剧本《醒》。胡适的剧本《终身大事》曾被称为"中国现代文学史上第一部话剧剧本"，但张彭春此剧的发表，实较胡作早三年。

洪深于1922年留美归来，始从事戏剧导演，或称其为"中国最早的导演"，实际上张彭春导演话剧，较洪深要早六年。

1919年南开大学创立，张彭春则赴哥伦比亚大学攻读博士学位。导师为杜威，与胡适同门。1922年，毕业回国。次年9月，迁居北平，任清华大学教授兼教务长。同年11月，次女降生。以所敬仰的诗人泰戈尔著有诗集《新月集》，取名"新月"。

当时徐志摩、胡适、梁实秋、陈西滢等文友筹备组织文学社，社名尚未确定。张彭春便把女儿"新月"这个名字推荐给朋友们，大家欣然接受，"新月社"由此诞生。

张彭春本人并没有参加新月社，但与新月社的主要成员是好朋友，与徐志摩更是亲密。1924年，泰戈尔访华，徐志摩全程陪同，并任翻译。泰戈尔于5月8日在北平度过其六十四岁的生日。新月社为了给泰戈尔祝贺，用英语排演了泰戈尔的话剧《齐德拉》，导演便是张彭春。演出结束，徐志摩满怀深情地说："我们几个朋友只是一般的空热心，真在行人可说是绝无仅有 —— 只有张仲述一个。"

徐志摩，1896年生，浙江海宁人。中学与郁达夫同班。1916年考入北京大学，并于同年应父命与年仅十六岁的张幼仪成婚。1918年赴美留学，1920年赴英国，就读于剑桥大学，攻读博士学位，其间徐志摩于婚外爱恋林徽因，并于1922年3月与元配夫人张幼仪离异，同年8月辞别剑桥启程回国。

1924年泰戈尔在清华，前排左起：泰戈尔、辜鸿铭；后排左起：张彭春、徐志摩、张歆海、曹云祥、王文显

1926年，徐志摩与陆小曼结婚，邀请梁启超做证婚人，梁先是拒绝，后经胡适与张彭春说情，乃允。事后，梁启超在给子女的信中说："我昨天做了一件极不愿意做之事，去替徐志摩证婚。他的新妇是王受庆夫人，与志摩恋爱上，才和受庆离婚，实在是不道德之极。我屡次告诫志摩而无效，胡适之、张彭春苦苦为他说情，到底以姑息志摩之故，卒徇其情。"于此也可见张与徐的交情。

1928年12月25日晚，徐志摩在南开大学讲演，畅谈游历英美日印诸国的观感，即是出于张彭春的邀请。此外，张彭春曾经委托徐志摩为南开大学图书馆购买新月书店出版的诗歌与戏剧类书籍，至1929年底，已经购买了一百多种。

1929年，徐志摩在上海光华大学和南京中央大学任教。他在家书中曾说到："儿本定今日一早去苏州女子中学讲演，惟彭春今日由津到申，即转轮去美，必须一见，故又临时发电改期明日……十二月十六日。"

张彭春在1929年底从上海坐轮船赴美。次年2月16日，以总导演身份同梅兰芳剧团赴纽约百老汇49街剧院举行首演。演出前，张彭春身着燕尾服，以流利的英语向美国观众讲解中国人的演剧观念和中国戏曲独特的表现形式。故梅兰芳赴美演出得以成功，张彭春起了重要的作用。

张彭春此行，曾在芝加哥大学作中国哲学、中国文艺讲座。次年执教于哥伦比亚大学。1932年1月，才回到南开继续任教。而他的挚友徐志摩，已经在1931年11月19日因飞机失事不幸罹难。

此一题跋撰于1929年6月11日，两人一南一北，诚如志摩所说，"尘世匆匆，相逢不易"。每次相见，畅谈彻旦，而犹未厌。此跋书写的时间是在凌晨三点，亦可以为证。此书于1959年12月23日入藏京都大学图书馆，目录页框右钤有朱印，内填"铃鹿三七寄赠"。铃鹿三七（1888—1967），查京人书目，知其编有《异本今昔物语抄》（自印本，1920）、《敕板集影》（小林写真制版所，1930）、《句集吐根未》（人文书院，1939）、《现存藏书印谱》（自印本，1959）等。唯知年长于张彭春四岁，二人是否有所交集，不详。

张彭春从1940年起，担任国民政府外交官。1946年联合国大会期间任联合国经济社会理事会中国代表。1947年7月任联合国安全理事会中国代表。1948年任联合国人权委员会副主席，参与起草《世界人权宣言》。后定居美国。1957年7月19日因心脏病发作，逝世于美国新泽西州，终年六十五岁。

只是不知道这部书，从徐志摩送给张彭春之后，经历怎样的曲折，到了日本人铃鹿三七手中，最后又存身于京大书库，悄无声息。而历八十年后，笔者于无意中得以见之，揭此跋文，并检索得诸人故事如上。

或则冥冥中有数存乎？

【附记】此文完成后，我向日本学者请教铃鹿三七的信息，早稻田大学博士班的中村优花同学给了一些新的线索：

铃鹿三七（1888—1967），出身于著名神道派卜部神道家的一族，是神道研究者、和歌人铃鹿连胤的曾孙。他毕业于京都大学国文学系，曾在皇学馆任教授。被称作是关西书志学的开拓者。文献学相关著作很多。他的夫人是爱媛大学原图书馆长井手淳二郎的令妹，所以在他1967年去世以后，藏书都捐给了爱媛大学图书馆，设有"铃鹿文库"。

铃鹿三七在1959年与《寐叟题跋》二集一起赠予京都大学图书馆的，还有《宋拓云麾李思训碑》和《诸寺缘起集》两种。

此外，1959年时，铃鹿三七在巴黎圣母院清心女子大学任教授。

由此可见，铃鹿三七在1950年代活跃于西方汉学界。张彭春于1950年代移居美国，1957年去世。显然，此函有徐志摩题跋的《寐叟题跋》，张彭春始终带在身边，盖睹物如见故友。直到在美国新泽西州去世，然后散出，为铃鹿氏所获，转辗归于京都大学。于此亦可见张彭春对老友之情，终身未曾忘记。

"尘世匆匆，相逢不易。"信然！

又，本文在《南方周末》刊发时，所录徐氏之跋，"因检案头"误录作"因捡案头"，蒙中华书局总经理徐俊兄指出，识此以作纠正。

2017年4月19日

# 众里寻他千百度

—— 王国维旧藏善本词曲书籍的去向

王国维（1877—1927），字静安，号观堂。浙江海宁人。1911年冬随罗振玉流亡日本，1916年初回国，1925年以后担任清华大学国学院导师。1927年6月2日自沉于颐和园昆明湖，年仅五十。一生著述甚多，先后涉及词学、曲学、史学、历史地理学、古文字学等多个领域，均卓有建树。

戏曲研究，只是王国维在1907—1913年间所进行的学术工作。期间，他编写撰述有《曲录》六卷、《戏曲考原》一卷、《宋大曲考》一卷、《优语录》二卷、《曲调源流表》一卷（佚）、《录鬼簿校注》二卷、《古剧脚色考》一卷、《宋元戏曲史》等。这些著述为中国戏曲史这门学科奠定了基础。

王国维主要以实证方式研究戏曲，故首重文献。他居风气之先，收罗了大量的曲籍，而且手自抄录批校，故《宋元戏曲史》序文称："凡诸材料，皆余所蒐集。"但王国维去世时，平生所集词曲善本多不存于家，且下落不甚明了。

王国维的助手赵万里在《王静安先生年谱》（1928）中说："先生手校书之存沪上者，尚有数十种。其校书年月，与其他行事之未详者，当续行补入，以俟写定。"

赵万里在《王静安先生手校手批书目》(1928)一文中则说:"先生于词曲各书,亦多有校勘。如《元曲选》则校以《雍熙乐府》,《乐章集》则校以宋椠。因原书早归上虞罗氏,今多不知流归何氏,未见原书,故未收入,至为憾也。"

也就是说,王国维手校的词曲书籍中,"有数十种""早归上虞罗氏",后则"不知流归何氏",下落不明。

一

那么,王国维旧藏的词曲书籍为什么会归于上虞罗氏呢?

王国维《丙辰(1916)日记》,在离开日本归国的前一天,即正月初二日,记云:

> 自辛亥十月寓居京都,至是已五度岁,实计在京都已四岁余。此四年中生活,在一生中最为简单,惟学问则变化滋甚。客中书籍无多,而大云书库之书,殆与取诸宫中无异,若至沪后则借书綦难。海上藏书推王雪澄方伯为巨擘,然方伯笃老,凡取携书籍皆躬为之,是讵可以屡烦耶。此次临行购得《太平御览》《戴氏遗书》残本,复从韫公(罗振玉)乞得复本书若干部,而以词曲书赠韫公。盖近日不为此学已数年矣。

据此可知,1916年旧历正月,王国维离开京都赴上海任职之时,罗振玉择其"大云书库"藏书中的复本相赠,王国维则以所藏"词曲书"作为回馈。故赵万里在《王静安先生年谱》中说,在得到罗氏赠书的同时,王国维"亦以所藏词曲诸善本报之,盖兼以答此数年之厚惠"。

罗振玉在《海宁王忠悫公传》中也说:"公先予三年返国,予割藏书十之一赠之。"罗氏大云书库藏书号称五十万卷,则所赠达五万卷之多。赠书一事,罗氏后人也每有提及,以表明罗氏对王国维的恩惠,只是王国维同时"以词曲书赠韫公"一语,则不甚受人注意。

王国维在京都前后五年(1911年11月至1916年3月)。在1912年底、1913年初,他用三个月时间,完成了《宋元戏曲史》的撰述,此后转向史地及古文字研究,而未再涉及戏曲研究。

在京都时,王国维可以方便地利用大云书库及京都大学藏书,其文史研究,进展神速。后因生计问题,不得不先行回国,任职于上海仓圣明智大学。当时所担心的是在上海时资料利用不便,所以"从韫公乞得复本书若干部"。

罗振玉慨然将其藏书中的复本相赠,但以王国维的性格,自不肯完全无偿接受,故亦思有以报之。由于王国维本人已经无意继续从事词曲研究,而书籍本身有其价值,所以将所藏"词曲书"送给了罗振玉,以作为回馈。虽然在总册数上以罗氏所赠为多,但罗氏所赠者,均为"复本";王国维回赠者,虽不过区区"数十种",却都是"善本"。

当然,在1916年,王国维已经完全放弃了词曲研究,因而将"多余"之书,以作回赠,也是合适的。两人谊属知交,原不会有过多的计较。

这里,王国维自记是"以词曲书赠韫公",赵万里则称"以所藏词曲诸善本报之",两人所说的是同一事实。只是王国维说得极为平淡,这符合其性格行事;而赵万里则特别点出是"善本",意在表明王国维所回赠的亦非寻常之物。

所以王国维旧藏词曲归于上虞罗氏,正反映了罗、王两人的深厚交谊。

## 二

王国维回赠的这些词曲书籍，由罗振玉的四弟罗振常收存。

罗振常（1875—1942），字子敬。他在罗氏家族中，擅长经营。而古董字画及书籍的买卖，原是罗氏家族共同的生意。罗振玉本人学术与书籍出版兼顾，具体的经营与销售，主要是通过罗振常。罗家在上海汉口路开设有书店"蟫隐庐"，即由罗振常打理。

罗振常小王国维两岁，也曾在东文学社学习日文，故两人实为同学，交往密切。王国维曾以《词录》手稿，交付罗振常。

王国维在1916年归国居于上海时，经常出入于蟫隐庐看书购书，或访罗振常，以作"闲谈"，如《丙辰日记》所记：正月初八日，"出至蟫隐庐书铺"；初九日，"坐电车至三马路蟫隐庐，与敬公（罗振常）闲谈至晚十时归"；十二日，"午后出至蟫隐庐"；十四日，"至蟫隐庐"；十八日，"午后二时出，过蟫隐"。从中亦可见两人交谊之一斑。

1916年之后，王国维旧藏的这些词曲书籍，已经属于罗家的私产，保存于上海罗家。但到1928年初，离王国维去世不过半年，罗家所存的王国维手校书籍，已"多不知流归何氏"了。

何以如此？原因是1927年的夏天，罗振常将王国维所赠的这批书籍标价出售了。

这批书籍的出售，与王国维的突然去世有关。

1927年6月2日，王国维所作遗书，谓"五十之年，只欠一死。经此世变，义无再辱"，遂投颐和园昆明湖自尽，一时学界震动。其后事及遗孀子女的生计，也大令师友关心。

在这一背景下，罗振常开始整理从王国维处得到的这批词曲书，为之撰写识语，或加浮签，公开出售。据笔者考知，一部分流往东瀛，为日本学者与学术机构购藏。

地处京都的大谷大学，收藏有明末朱墨套印本《西厢记》一种，上有"王国维"印，其第四册有内藤湖南识语："丁卯六月，王忠悫公自沉殉节，沪上蝉隐主人售其旧藏以充恤孤之资。予因购获此书，永为纪念。九月由沪上到。炳卿。"

据此识语，我们可以知道，罗振常曾将王国维所赠的书籍公开出售，并号称"以充恤孤之资"。但罗振常显然只向读者说明这些书籍是王国维的旧藏，而没有解释这些书籍此刻在产权上是属于罗家的，可能他认为没有这个必要，而且想要作说明，也颇不易说清楚，故省略了。

王国维的旧藏书籍，居然由罗氏出售，如果不了解前文赠书之由，显然易生误解。

其次，罗振常虽然在售书时曾表示会将出售所得，用来抚恤王氏亲属，但观王国维子女的回忆文字，完全没有收到此类款项的记述，所以这些款项的去向，也值得一议。

罗振玉与王国维谊兼师友，且为姻亲。王国维去世前一年，长子潜明病故，其媳为罗振玉三女孝纯，因与婆母有隙，竟归罗家。在处理后事过程中，罗振玉护女心切，王国维则因丧子之痛，心绪亦未佳，两人在协商中出现未谐之音，遂使三十年师友，一旦反目绝交。

一年后，王国维竟赴水而死，罗振玉深表愧悔，亦思有以弥补。据其《集蓼编》所述："既醵金恤其孤嫠，复以一岁之力，订其遗著之未刊及属草未竟者，编为《海宁王忠悫公遗书》，由公同学为集资印行。"可知确有"醵金恤其孤嫠"的举措。罗振常则正在王国维的"同学"之列。

但在当时，王国维的家人似乎并没有收到这种救恤款，故未见其遗孀与子女提及。所以罗家所做的事情，大约是把筹得的费用，用作出版王国维遗著的开支，而以版税归其家属。

也就是说，罗振常出售王国维旧藏词曲书之所得，可能主要花费在王国维遗书的出版费用上了。故称"由公（王国维）同学为集资印行"。

王国维旧藏的这些词曲书籍，此时是罗家的私产。但罗振常公开出售时，号称"充恤孤之资"，在日本的王国维知交与后学，因敬重静安之学术，并重其交谊，遂多越洋认购，以作纪念。

据笔者所见，有王国维的旧雨内藤湖南、狩野直喜、铃木虎雄，学生神田喜一郎，京都大学后学仓石武四郎、吉川幸次郎、戏曲研究者久保天随，以及京都大学、东洋文库等公私机构。于今检视，均属孤本或稀见之本。故赵万里说"以所藏词曲诸善本报之"，属于事实。

这是近代以来从中国学者手中流徙日本的最重要的一批戏曲文献。

## 三

王国维赠予罗氏的"数十种""词曲诸善本"，现在虽然已经难以知晓其全体面目，但通过现存日本的王国维词曲旧藏，尚可考见其大概。

兹举笔者在日本各图书馆所见钤有"王国维"印者，并参酌近人著录，胪列如下：

宣德原刊本《周宪王乐府三种》三册、明文林阁刊《绣像传奇十种》二十四册，此两种今藏京都大学文学部图书馆。据该馆的图书入库纪录簿，三书于1927年12月15日入藏，注明系直接从上海蟬隐庐购入。

清代精钞本《西堂曲腋》四册，铃木虎雄购藏，于1956年3月归京都大学文学部[①]。

明广庆堂刊《折桂记》二册，吉川幸次郎购藏，后归京大文学部。

明继志斋刊《重校窃符记》二册、明万历刊《玉茗堂重校音释昙花记》二册，此两种系神田喜一郎购藏，今归大谷大学。

明末朱墨套印本《西厢记》四册，内藤湖南购藏，有识语见前文所引；后赠予学生神田喜一郎，今亦归大谷大学。

明继志斋刊《重校紫钗记》四册、唐振吾刊《镌新编出像南柯梦记》四册，久保天随购藏，后经神田喜一郎，亦归大谷大学。

万历刊《词林白雪》六册，仓石武四郎购藏，今归东京大学东洋文化研究所。

从上述情况看，学者个人所购藏者，多为单种，册数不多，单价相对较低，也可知确为购作纪念而已。

而最集中的一批，达二十五种，1928年7月，经日本的文求堂书店，由东洋文库收购。这一批书籍，当时铅印有一份书目，青木正儿将所得这一书目，连同王国维遗像、遗书、报道王国维死讯的报纸，一并重装于王国维在1912年手赠给他的《曲录》内。此目录题作"海宁王静庵国维手抄手校词曲书目"，一叶，铅字排印，内录有王国维手抄手校词曲共二十五部，二百四十册。此份书目恐即是罗振常印制的求售目录。据此，罗振常当是将王国维所赠书籍，分批出售的，

---

[①] 唯此本无"王国维印"，今据青木正儿《中国近世戏曲史》附录"备考"所注。

东洋文库所藏，有二十种为词籍，另含戏曲相关书籍五种：

《元曲选》一百册，明万历刊本，王国维句断、校录，并附识语。

"明剧七种"六册，有两种为王国维影钞，并有题识。

《录鬼簿》二卷，王国维手校本，有跋。

《曲品》三卷附《新传奇品》一卷一册，王国维手抄并跋。

《雍熙乐府》二十册，明嘉靖十九年序刊本，有王国维识语。

以上藏本，大多有罗振常识语或浮签，如"明剧七种"之《新编吕洞宾花月神仙会》卷末记："此种乃忠悫手自影写，丁卯（1927）仲夏，上虞罗振常志。"并有"罗振常读书记"印。这类批跋，主要是说明属于王国维的手泽，用来表明其价值。当是1927年夏日，这批书籍待沽之时所为。

也有原本有欠完备，而加以补抄者。如王国维手校本《录鬼簿》，罗振常跋："丁卯孟夏，以大云书库藏旧抄尤贞起本校一过，知艺风虽以影钞尤本寄示，观堂未及校也。罗振常记（"振常手校"印）。""尤本有序，为此本所无，别录之。"观东洋文库所藏此本，首页序文笔迹不同，实系罗氏据王国维旧藏之尤贞起本影钞本补录。

王国维的旧雨、后学所购，多是单种曲籍，且无批校，其价格当不是很贵，个人财力能够承受，故纯属购作纪念。而二十五种词曲书籍，主要为钞本，多有批校及跋文，或施有标点，数量庞大，其价钱当是不菲，故须是东洋文库才有这样的财力购买。

东洋文库收购的这批书籍，在1977年榎一雄撰《王国维手钞手校词曲书二十五种》文，首次作披露，1990年被译介到中国（见《王国维学术研究论集》第三辑），为中国学者所知。

但有学者怀疑这当中某些书籍并非王国维所藏，亦非王国维手抄，而是罗振常的伪题，因为"真假混杂以卖大价钱历来是古董商、书商的惯技"。其依据是曾问询罗振玉的女婿周子美（延年），周氏说，王国维卒后，儿子不攻文史，继配夫人不甚识字，王家有些书交罗振常蟫隐庐出售，而罗振常曾将不是王国维的藏书也盖上王国维的印记[①]。当是时人不知王国维旧藏"数十种"善本已赠送给罗家，仅见罗氏售书，加以对罗振玉的人品有所怀疑，遂以为罗氏所售之称出于王氏旧藏者，属于伪托。此类揣测，实不足为凭。

笔者还可以举出相反的例证。如前所举铃木虎雄旧藏本《西堂曲腋》钞本，笔者在京都大学检阅原书时，并未发现钤有王国维藏章，故最初并不把这种精钞本作为王国维旧藏。后见青木正儿《中国近世戏曲史》附录列有《西堂曲腋六种》一种，其"备考"内注："王国维氏旧藏有钞本，今归吾师铃木虎雄先生所有。"因知出自静安旧藏。若今人的怀疑属实，则此种《西堂曲腋》也应当钤有"王国维"印；今此种并没有王国维的印记，但仍然作为王国维旧藏出售，说明罗振常并没有作伪。

同时，现今所知，罗振常出售王氏旧藏词曲，集中在1927年夏至1928年夏之间，此外并无售书记载，既然这段时间所售者也没有借"王国维"印以求溢价，此后就更不可能。而且王国维的私章也不可能归罗氏。因此，罗振常出售已归罗家的王氏旧藏，原是一桩善举，后人反以此责难罗氏，实有违于事实，故为之辩诬如上。

---

[①] 周一平：《〈王国维手钞手校词曲书二十五种〉读后》，见《王国维学术研究论集》第三辑，华东师范大学出版社，1990年，第371页。

## 四

王国维旧藏的这些书籍，也有一小部分为国内藏书家购藏。笔者在上海图书馆发现周越然言言斋旧藏书中，有四种戏曲，有"王国维"印章：

《新刻出像音注姜诗跃鲤记》四卷，金陵富春堂刻本，四册。
《新刻出像音注唐朝张巡许远双忠记》二卷，金陵富春堂刻本，二册。
《新刻出像音注增补刘智远白兔记》二卷，金陵富春堂刻本，二册。
《财星照》二卷，稿本，写样待刻，二册。

这四种，当是周氏在1927年从罗振常处购入者。

但归于罗家的王国维旧藏书籍，亦并非全部出售。据近人所记及笔者所见，应还有以下数种：

**清曹楝亭刻本《录鬼簿》**

内有王国维校语及识语，一云："宣统二年八月，复影钞得江阴缪氏藏国初尤贞起手钞本，知此本即从尤钞出，而易其行款，殊非佳刻。若尤钞与明季钞本，则各有佳处，不能相掩也。冬十一月，病眼无聊，记此。"后来罗振玉辑《海宁王忠悫公遗书》第四集，即据此本排印，题作《录鬼簿校注》。此书今藏于辽宁省图书馆，有"罗邺旧农""继祖之印""东北图书馆所藏善本"等印，可知此书当年罗氏未曾出售，而是由罗振玉之孙罗继祖传藏，直到1950年代，时居东北的罗继祖迫于生计，才售予东北图书馆，今归辽宁省图书馆古籍部。

或有论者质疑罗氏整理的《录鬼簿校注》底本选择不善，我请学生张禹将此本与东洋文库藏本作了比较。因知王国维在1908—1910年间，曾得到多个版本的《录鬼簿》，1910年2月，以亲笔过录的明钞本为底本，校以楝亭刻本；随后又以楝亭刻本为底本，校以明钞本，"校勘既竟，并以《太和正音谱》《元曲选》覆校一过，居然善本矣"。

但王国维本人并没有作《录鬼簿校注》的打算，以上工作只是其戏曲研究的需要，所以分别以两个不同系统的版本为底本，以作出比较，并将比勘的内容，批校于书上而已。比较而言，楝亭本刊印时经过精校，所需校改的字少，罗振玉取以为排印本的底本，是妥当的做法。

### 影钞尤贞起钞本《录鬼簿》

内有罗振常识语："此本王观堂以五十金得之董绶经。观堂有《录鬼簿》校本，刊之《观堂遗书》中，所据以校订者有数本，此为其一。罗振常记。"并有"罗振常读书记"印。有浮签，书"录鬼簿一本"，下有罗振常题识："此签观堂所书。"书内有"王国维"印。罗振常撰此识语，最初目的当是为了出售。此书曾入《蟫隐庐旧本书目》，今归中国国家图书馆[1]。

### 《盛明杂剧》

狩野直喜于1910年秋在北京拜见王国维，对王国维拥有《盛明杂

---

[1] 周一平：《〈王国维手钞手校词曲书二十五种〉读后》，见《王国维学术研究论集》第三辑，华东师范大学出版社，1990年，第243页。王钢又谓，"传云罗氏多作伪，疑此题签及王国维亦出伪造，而原书实与王氏无关也。"则显是受前举周一平之说的影响，以致疑之过度。参见同书第272页。又，此书如何转归原北京图书馆，不详。疑亦由罗继祖传藏，1950年代，并部分王国维书信等，一起售给北图。

剧》等曲籍甚是羡慕。王国维《盛明杂剧初集》跋谓"己酉冬日，得此书之于厂肆"。己酉为1909年。1918年董康诵芬室据王国维旧藏本覆刻，董康自记："《盛明杂剧》为明沈林宗辑，曩曾假王静庵藏本影刻于宣南。"此书出售后，为王孝慈购得，今藏中国国家图书馆，编号：A01837。

笔者尝在异国摩挲王国维的手迹，见其以谨严的楷书抄写的剧本、曲目，二色三色的批校，以及因续有所得而增至再三的题识，遥想百年前静安先生独自致力于戏曲研究的情状，体会"凡诸材料，皆余所蒐集"所包蕴的言外之意，仰望"欲学术之发达，必视学术为目的，而不可视为手段而后可"的高远境界，感慨系之。因作此小文，略述王国维旧藏词曲"诸善本"的归属，以表纪念。

2009年5月

【附记】笔者撰成此文后，得阅新出版的《王国维全集》（浙江教育出版社、广东教育出版联合出版，2010），其第二十卷收录中国国家图书馆藏稿本《静庵藏书目》，末所列为戏曲。本文已举并见于此目者有：《录鬼簿》手抄本一册，《曲品》手抄本一册，《元曲选》一百种一百册，《雍熙乐府》嘉靖楚藩刻本廿册，《西厢记》（当即内藤氏藏本），《玉茗堂刻昙花记》二本，《西堂曲腋》钞本四本。今未知下落者有：《传奇汇考》精钞本十册，《六十种曲》一百廿册，《北宫词纪》四册，《南宫词纪》四册，《南北九宫大成》殿本五十册，《南词定律》殿本八册，《北词广正谱》八册，《啸余谱》十册，《纳书楹曲谱》廿二册，《长生殿》，《牡丹亭》，《帝女花》，《董西厢》，《琵琶记》，明刻《牡丹亭》。

此种《静庵藏书目》未注编纂时间，但既然有七种后归罗氏的戏曲相关书籍已经见于此书，可知其编纂的下限在王氏1911年10月赴京都之前。又王国维藏有《盛明杂剧》，而未见于此目，《盛明杂剧》购买于1909年冬，故此书目在1909年冬之前就已经编定。

又《雍熙乐府》跋称"光绪戊申冬日，得于京师"，钞本《录鬼簿》手录后作跋所署时间为"光绪戊申冬十月"，而《曲品》跋称"宣统改元春王正月，国维识"，而此三书已经收录于此书目，故可推定此书目编定于1909年夏秋之际。

顺带说一下，新编《王国维全集》第二册收录有《罗振玉藏书目录》，所据为日本人过录、京都大学藏钞本，原未题撰者，编校者因其大半承袭《大云精舍藏书目录》，且1913年王国维提及替罗氏整理书库目录，以为此书目亦出于王国维之手，故予收录。今观此目中已经收录了王国维原藏的词曲书籍，可知其编定必在1916年之后，且非成于王国维之手，故不当作为王氏著作收录。

# 第五辑 学人书序

## 东廊又见月轮出

——《玉轮轩曲论》编校后记

2021年,中山大学出版社出版了王季思先生的《玉轮轩曲论》,收录先生1986年之前所撰戏曲有关论文。这其实是由三部前后相承的书稿汇集而成的。

早在1963年,北京中华书局就计划出版王先生的学术论文集,先生整理了自己在1949年之后撰写的论著,汇作两辑,上辑为戏曲研究论文,下辑为古典文学方面的论文,又选录1949年之前所撰的部分论著,作为附录。但当时因政治气候等原因,最终未能付印。

直到1978年,大陆的学术研究逐渐回到正轨,为了满足青年学者的需求,先生决定把原编的上辑,连同附录里有关戏曲的部分重新整理,构成了此书的正编,于1980年初由中华书局出版。

其后,年逾古稀的老人家犹如焕发了新春,在指导中国戏曲史师资培训班和指导硕士生、博士生的过程中,撰写了诸多重要的论文,先后结集为"新编"和"三编",分别在1983年和1988年出版。直到1993年,先生还结集了新作,题为《玉轮轩戏曲新论》,由花城出版社出版。

每一次重读先生的著作,都是一次重新学习的机会。这次校订出版先生的《玉轮轩曲论》,让我又一次重温了先生的著作,脑海中浮现出先生的音容笑貌，想起了关于先生的点滴往事。

1906年，季思先生出生于浙江温州永嘉县。学名王起，字季思，后以字行，室名玉轮轩。

温州是宋元南戏的发源地，先生从小爱看戏，与戏曲结下不解之缘。在中学学习时，正值"五四"运动，从《新潮》《新青年》等刊物里接受了平民文学的观念。

中学毕业前一年，先生有机会到清末朴学家孙仲容（诒让）的家里住了几个月，从藏书楼中获见孙氏的遗稿和手校本，从中学到一些整理古代文献的方法，即所谓"校勘考证"之学，这对先生后来校勘《西厢记》《录鬼簿》的不同版本、考证元人杂剧的特殊用语，颇有启发。

1925年，先生考入南京东南大学中文系，受吴梅先生影响，走上了戏曲研究的道路。先生仿效王引之、俞樾、孙诒让等学者研究先秦诸子经传的态度与方法，考证金元杂剧的特殊用语；对宋元戏曲小说的用语，则收集句例，沿流溯源，先逐个解决疑难问题，进而找出一些共通的条例。这是关于词汇学的基础研究，虽未曾集为著述，其实已经独辟蹊径。

1944年，在抗战最困难的时期，先生出版了《西厢五剧注》，这也是在学术界第一部用注经史的方式来校注戏曲的著作，书中对元曲俗语词汇的解释，建立在广泛收集宋元明俗语语词例证、细致归纳、深入研究的基础之上，故颇多创获。此著亦奠定先生在戏曲研究界的学术地位，为校注古代戏曲设立了一个新的标杆。

先生当时曾撰有一批札记，后题作《翠叶庵读曲琐记》，系十四种元杂剧的读书笔记，并有多篇论文，它们莫不体现以实证为中心、冷峻客观的学术态度。

新中国成立之后，关于学术研究的指导思想及理论方法都有了巨大的变更。对于从旧时代过来的学者，要适应新的形势与要求，避免简单机械地套用理论，并不是一件容易的事情。因为年轻时就接受了"五四"以来新文学与平民文学的观念，所以先生能够很好地结合马克思主义的理论与方法来研究戏曲与俗文学。他在1954年写的关于关汉卿剧作评价的论文，产生了重要影响。1958年关汉卿被世界和平理事会推为"世界文化名人"。

1957年，中国剧协组织了一场规模宏大的"《琵琶记》研讨会"，先生在会上反对因事涉礼教便予以简单否定的研究方式，更强调作品本身所拥有的艺术感染力，所以写了《〈琵琶记〉动人的艺术力量》一文；在与侯外庐先生讨论《牡丹亭》的曲意时，则指出不能对戏曲文本做过度解读，必须从作品本身出发，这些都体现了实事求是的研究态度。

在1950年代，先生所撰论文其实不多。他把主要精力倾注在经典剧目的整理上，出版了修订本《集评校注西厢记》，与学生苏寰中合作校注了《桃花扇》，又与学生合作校点出版了多种明清传奇，并曾有意整理车王府曲本。此外还有校注《牡丹亭》的计划，后来浙江大学毕业学生徐朔方承担了这项工作，在向王先生咨询有关问题时，先生深感高兴，把所积累的相关资料一并相赠。在校注过程中，书信往还，亦多有指导。

当"文革"结束时，先生已经年入古稀。在整个国家百废待兴的时刻，他被推举为国务院第一届学科评议组成员，与评议组的其他学者一道，承担了中国语言文学学科发展的规划、指导与评估等方面的工作。在这一过程中，先生深感学术薪火相传的迫切与学术研究拓展与转型的必要，并在这些方面做了许多工作。

1978年，先生受教育部委托，承担了"中国戏曲史师资培训班"的工作，指导学员共同完成了《中国十大古典悲剧集》和《中国十大古典喜剧集》的编校,同时开始招收研究生,以培养青年学者。在组织安排这些工作的过程中,先生高瞻远瞩,建立起了一个以戏曲研究为中心的学术研究团队。随着青年教师的迅速成长,很快构成了一支老中青结合的学术队伍。

从1986年开始,先生带领弟子集体编校整理《全元戏曲》,将元杂剧和宋元戏文作为一个整体来收录,汇为一代戏曲文献总集。同时,通过基础性重大项目来发挥团队攻关的优势,增强团队的凝聚力,因而不仅能保持特色,在困境中也能经受风浪,故能长盛不衰。

在指导研究生过程中,先生强调理论与实证相结合。首先把校点整理戏曲文献,作为学术研究的入门工作,来打下基础。因为古籍的校勘、标点、注释,也是一种细致入微的"文本精读",可以借此培养阅读古籍的真切感受,还关涉到古籍的阅读理解以及古代文史、语汇等诸多方面的具体知识,是一项牵涉面甚广的基础训练。借助这一指导路径,先生招收的首届五位硕士研究生,毕业后每人出版了一部古典戏曲的校注本。

先生后来将1979年到1986年所写的论文,结集为"新编"和"二编"。先生对于学术论文写作的指导,也已经体现在这些论文之中了。

这个时期,先生虽在衰年,仍勇于创新,写作更多于往昔。从当时所写的这些论文,不仅可以看到先生广阔的视野,更可以看到先生的与时俱进。例如《从〈昭君怨〉到〈汉宫秋〉——王昭君的悲剧形象》《从〈凤求凰〉到〈西厢记〉——兼谈如何评价古典文学中的爱情作品》《从柳永的〈定风波〉到关汉卿的〈谢天香〉》等篇,体现出对恩格斯《家庭、私有制和国家的起源》等论著的深刻理解,耦合了主题学研究等类观念方法,却又是建立在对中国古代社会深入理解的基础之上,用平实的话语、常用的概念,作出历史的陈述,可以说为1980年代学人运用新观念、新方法以探索学术研究的新路径，做出了很好的示范。

再如先生为《悲剧集》《喜剧集》所写的前言，更显示出理论的高度与学术的张力。这是先生对中国古典悲剧、喜剧观念的全面系统的阐释。这种阐释是建立在深入把握中国古代戏曲特色的基础之上的。先生运用恩格斯的悲剧观念，通过与西方古典悲剧的比较，注意到文化的差异对悲剧表达的影响；通过具体作品的解读，对中国古典悲剧提出新的理解，这与通过比附西方悲剧要素来获取"悲剧"认同的做法，完全不同。后来先生还提出"悲喜相乘"的概念，进一步解释中国古典悲剧的审美特性。这些观念，在今天也依然处于这一领域的前列。

今天再读先生的论著，我觉得其中还有许多闪光之点、精粹之论，如启明的晨星，指引我们前行的道路。

例如，关于戏曲及俗文学文献的校勘，先生有诸多的实践和真切的心得。先生给研究生上课时，为如何研讨宋元讲唱文学的特殊用语，提出了三条路径：一是探源，二是释例，三是沿流。这在今天仍具有指导意义。

先生在与刘靖之讨论怎样校订元刊本《单刀会》和《双赴梦》时，概括出一些校刊宋元以来通俗文学刻本的共同要求：一是必须掌握第一手材料，对原刻本进行认真地辨认；二是对简体字、通假字以及俗手的误书、刻工的脱略，进行比较分析，掌握其中规律；三是要明确曲调的音律、句法，才不至于点破句，还可从中看出不合音律、句法的地方，加以订正。

再如，在和学生吴国钦谈到戏曲语言问题时，先生指出：

> 李渔认为戏曲演给识字与不识字人同看，语言要力求浅显，这当然是对的。但优秀的舞台演出本不仅演给当时人看，同时还

流传给后人作文学读物欣赏。王实甫的《西厢记》，早已不能照原本演出，从明中叶以来的各种评点本看，实际是把它作为文学名著来欣赏的。由于文词的变化，不像口语的变化来得快，虽然文采派的作品距离现实生活稍远，未免影响到当时演出的效果，却可以长期得到后人的喜爱，经久不衰。孔子说："言之无文，行而不远。"多少说明了这个道理。提出这一点，不是为文采派王实甫争历史上的地位，而是企图适当纠正长期以来舞台演出中以粗制滥造为本色当行的偏向。

虽然先生主要是从舞台演出角度批评"以粗制滥造为本色当行的偏向"，这里却是触及古代戏曲的一个重大的命题："作文学读物欣赏""作为文学名著来欣赏"，是一个剧本在戏曲史与文学史上之意义价值所不可缺少的一个维度，是古代遗产能够保存下来的最主要的途径。在音像资料无法保存留传的古代，文本阅读是戏曲传承发展的一个非常重要的环节，我们不能因为重视舞台性而轻视其阅读传播方面的意义和价值。

先生晚年回顾自己的经历，多有自省。他说在50年代，当自己的观点、观念与时势不符时，他首先怀疑自己思想进步不够，努力改造自己以适应时势；经历"文革"之后，他才醒悟到，自己原本没错，是"极左"观念出了问题。所以他告诫我们要不断自省，坚持实事求是的原则，不要轻易否定自己，以保持独立的精神。

先生去世后，长子王兆凯编集其著述，共得六册。在同代学者中，这个著述数量并非很突出。但回观先生一生的贡献，我意识到，一名杰出学者对于学术的贡献，应包含两个方面：一是个体的学术，即其个人著述所呈现的贡献；另一个是群体的学术，即对于学生培养、学科建设、学术引领、提携后学、学术传承等方面的贡献。在后一方面，先生也取得了令人瞩目的成绩。

例如1962年前后，他应教育部安排，赴北京参加《中国文学史》的编写时，对年轻学者多有提点，这些学者后来成了学界的骨干，终生感恩先生。再如"文革"结束后，他通过与学生合作编撰著述、组织团队完成重大课题等方式，带动弟子快速进入学术前沿，又通过《全元戏曲》编纂等大型工程，在完成一代文献编纂、为学科未来发展奠定基础的同时，还达成了人才培养的目标。

年入古稀之后，先生深感当前学术人才青黄不接，十分关心薪火相传的问题。他撰诗云：

> 人生有限而无限，历史无情还有情。薪火相传光不绝，长留双眼看春星。

上世纪末，在中国古代文学领域，有两所学校的学术研究团队令人羡慕：一是南京大学程千帆先生带领的团队，主要通过培养学生而建构；另一个便是王季思先生带领的团队，把本单位学者与新培养的研究生组织起来，组成老中青结合的团队。

先生高瞻远瞩，为中山大学中国戏曲研究的长盛不衰，铺下了基石。之后，在黄天骥老师的带领下，我们传承季思先生遗志，继续进行古代戏曲文献的整理与研究，展开了《全明戏曲》编纂等超大型工程，同时在非物质文化遗产与俗文学研究方面有新的拓展。想来先生泉下有知，当能慰其心怀吧。

【附记】撰于2021年12月。标题取自王季思先生《金缕曲·庚午中秋悼海燕》。

# 十年辛苦亦寻常

——《日本所藏中国戏曲文献研究》后记

2001年春,我利用中山大学的国际交流计划,赴日本访学,顺道访查所藏中国戏曲。但到底有哪些孤本稀见本,心中并没有底。询问海外朋友,大多认为日本汉学发达,戏曲研究尤为兴盛,再要有发现,恐怕不易。不过,能够到日本看看,总是不错的。

5月20日,在经过再三迁延之后,赶着签证最后的期限,我启程赴东京,在创价大学作为期一年的访问研究。

创价大学在东京都西南部八王子市郊区的一座小山上,风景优美。住宿也很好。若只看看书,上上网,写点东西,便很是惬意。但我的目标是各家图书馆,所以每天都在外面跑。创价国际部要找我,反倒要向我预约。

我的合作教授水谷诚先生,为我访书提供了很多帮助。在他安排下,我最先访问的,便是东京大学东洋文化研究所(以下简称"东文研")。

第一次去东文研,托付了池田温先生作引介。池田是东京大学名誉教授,以研究唐代敦煌"簿籍账"而驰名史学界,退休后,受聘于创价大学。当时他已经七十多岁了。在路上,我想帮他拎包,他很有力地夺了回去,我只好顺从地跟在后面。

东文研承自原东方文化学院东京研究所,一向重视俗文学的收藏。

尤以来自长泽规矩也博士的"双红堂文库"最为著名,堪称中国戏曲小说的渊薮。此外如"仓石(武四郎)文库""仁井田(升)文库"等,也颇有难得之书。但该所的藏曲,还没人做过全面的调查,其概貌与价值,都不是很清楚。我在这里发现了十余种稀见曲本,像明代边三岗的孤本影钞本《芙蓉屏记》、清代顾太清的孤本稿本《桃园记》等,都是第一次介绍给学界。又如清初《闹乌江》《花萼楼》《二胥记》等孤本刊本,傅芸子在半个多世纪前就作过介绍,但中国学者想要去阅读,终属不易。

事实上,《双红堂文库分类目录》和《东京大学东洋文化研究所藏汉籍分类目录》刊行已久,诸种曲本,一一可按。赴东京访问的戏曲研究者,也不乏其人,不过大多觉得既然如此方便,东大又颇多戏曲研究名家,稀见之书,应早已采撷殆尽,没有再核查的必要。我也曾和日本学者谈起访曲经过,他们则觉得日本的藏曲,中国本土应该都有,便没有留意。大约正是这般阴差阳错,才让那么珍贵的曲籍在书库中沉睡多时吧。我则如广东俗语所说的"冷手执了个热煎堆",喜出望外。

东文研的藏书中,清代百本张、聚卷堂等书坊钞本和清内府钞本、车王府旧藏的花雅曲本和俗曲唱本,数量十分庞大。我有整理《子弟书全编》和《木鱼书全编》的计划,又在做"车王府藏曲本"的整理,对这类曲本比较关心,收获也不少。只是时间的原因,北京、四川之外的俗曲,还没来得及展开调查。

长泽规矩也氏自订的目录其实没有编完。加上俗曲唱本编目,还没有很好的体例,编制困难。他的近千册清末民初木刻、石印、排印本唱本,统称"唱本",归作三目,分别包含652册、190册、64册。若不是亲手翻阅,就不知道内容,所以一直未能得到利用。有些晚清的钞本曲本,长泽未及细检,拟定的书名亦存差错。

另外,仓石文库曾编过一个目录,有油印本。我核对其中词曲部分，讹误很多。这么丰富的收藏，因目录不够完备而不便利用，令人遗憾。我依原藏序次，花了一个月时间，给仓石文库的词曲部分重新编了目录，送给东文研。由此结识了桥本秀美博士，相得甚欢，复得入库，依次复核。不仅重编了仓石文库的词曲部分，也为双红堂的三种"唱本"编了细目，先后在《东洋文化研究所纪要》上刊出。现在该所网上的目录，便是参考了拙编。我另外重编了《双红堂文库曲本目录》，则尚在笥中。

我后来才知道，池田温是仓石武四郎的女婿。由彼领我入室，由我为之编目，也算是一段因缘吧。

我在东京一年，大半时间在东文研度过。每天都充满期待，都有新的收获，早出晚归，忘记了疲劳。从住处到东文研，按最佳线路也得两小时。图书室上午九点开门，下午四点半闭馆，时间不多，但中午不闭馆。我中午在东大中央食堂用餐，只是去食堂用餐，要花四十分钟，去，还是不去，对我，常常是哈姆雷特式的难题。

在早稻田大学看书借书，得到了古屋昭弘教授的帮助。古屋是出色的汉语言文字学家，后来曾担任文学部的负责人。他帮我办了一张借书证，可以自由出入开架书库。我通常在东文研闭馆后，转道到早稻田。早大图书馆晚上十点闭馆，我离开时，再借上一摞书，背回八王子。

那时，我随身的一个电脑包和一个可以拖与背的旅行包。两个包总是塞得满满的。回到宿舍，整理完白天所得，往往已是凌晨一两点钟。

到庆应大学看书，得到了涩谷誉一郎、八木章好两位教授的帮助。八木教授给了我一个合作研究的名义，这样我就能自由地出入书库做调查。

内阁文库所藏稀见戏曲最为惊艳。那里有德川家的藏书，主要是江户时代的收藏，以明末清初的戏曲刊本居多，如叶宪祖的《琴心雅调》《渭塘梦》《三义记》，王衡的《没奈何》，臧晋叔改订评本《昙花记》等，均是世间孤本。

在内阁文库和国会图书馆看书，不需要出示任何证件，服务十分周到。我在国内从来没有享受过这种待遇，惴惴不安地进门，如释重负地出馆，总怀疑是否真实。

此外造访的图书馆，还有静嘉堂文库、东洋文库等。

不经意间，东京地区藏有中国戏曲的图书馆，我大都已经访查。在此过程中，产生了编撰《日藏中国戏曲文献综录》的想法，先据诸家藏书目录编成简目，并拟遍访藏有中国戏曲的图书馆，逐一翻阅，作成定稿。

此后，在东京以外，南至福冈的九州大学，西至山口大学、京都大学、大谷大学、天理大学、大阪大学，中至名古屋大学，北至仙台的东北大学，重要的曲籍收藏，大都一一目验，收获亦丰。

天理图书馆是收藏汉籍较为丰富的图书馆之一。我久闻其名，但天理教给人神秘的感觉，以为未必有机会造访。没想到水谷诚教授与天理有旧缘，在他陪同下，拜见了天理教中心教会会长山田忠一先生。

事实上，天理图书馆十分开放，只是要求事先联系而已。我先后去过几次。他们没有公开目录，我第一次去，据馆藏卡片分类目录，抄录了数百种书籍，回东京后，再提出阅读申请。第二次则是独自住了一个星期，借阅原书，逐一目验，发现了三十二出本《夺秋魁》(《古本戏曲丛刊》收录的钞本只有二十二出)，孤本《鸾铃记》等，都是盐谷温的旧藏。2008年又去了两次，主要商讨影印出版的事情，同时对漏访的曲籍作了补充调查。

初访京都大学，是在2002年的春天。在金文京和赤松纪彦两位教授的帮助下，调查了京大文学部和人文科学研究所的藏书。

京大是中国戏曲研究的重镇，在狩野直喜的主持下，文学部在设立之初就注意曲籍的购置。狩野和铃木虎雄的私藏，都转让给了文学部。后来吉川幸次郎又续有购入，并有据别处珍藏复制者，利用甚为方便。

我和金文京教授一起骑自行车访问了大谷大学。那里有神田喜一郎的珍藏，其中明刊孤本《四太史杂剧》、董康赠内藤湖南的清钞本《九宫正始》等，久闻其名。另有乾隆钞本《育婴堂新剧》一种，以往曲籍不见著录，所叙事实，又与清初北京地区的育婴堂的兴起有关，可为善会善堂史研究提供资料。我对几种孤本曲籍提出复制请求，也获得允诺，不久就寄到我手中。

就这样，我对日藏戏曲的研讨逐渐深入，从版本考证出发，进而涉及各馆藏文献来源的研讨，各文库多来自戏曲研究者的私藏，对早期收藏者的追索，又追溯到明治中国戏曲研究的缘起。正是对这些方面的研讨，构成了本书的基本框架。

蒙日本住友财团的资助，2007年冬及2008年春，我又再赴东京大学、京都大学作短期访问，并调查了关西大学、大阪图书馆、立命馆大学、龙谷大学等处，重新核查了京都大学的藏曲，得以核实补充资料，纠正以往考论之讹。至此，完成了本书初稿，遂于2008年夏交付高等教育出版社。

但在后续校订时，收到了早稻田大学的邀请，便又将稿子压下了。在冈崎由美教授的安排下，2008年冬，我经历了一个月紧张而充实的访书生活，先后访问了山口大学、东京外国语大学图书馆，还有大仓集古馆、早大演剧博物馆、庆应斯道文库及古城贞吉"坦堂文库"。又利用早大和东大的收藏，对明治时期的中国戏曲研究情况做了调查。可以说

2008年12月，在早稻田大学访问，与冈崎由美教授合影

迄今为止，明治时期戏曲研究的情况，第一次获得较为系统的了解。

归国后，又经过整理补充，终于得以定稿，是为呈现在读者面前的这个面貌。

因此，本书虽然是我个人的著述，但她得以完成，得到了许多人的帮助。除了前面已经提到的学者之外，需要感谢的人，还应当列出长长的名单：东京大学的丘山新教授、大木康教授，庆应大学的高桥智准教授、吴敏女史，早稻田大学的伴俊典君、森平崇文君，茨城大学的真柳诚教授，东北大学的花登正宏教授，仙台的高士华先生，天理大学的朱鹏教授、金子先生、泽井勇治先生，九州大学的竹村则行教授，大阪大学的高桥文治教授，关西大学的井上泰山教授，立命馆大学的芳村弘道教授，神户外国语大学的佐藤晴彦教授，等等。

2002年4月22日东京大学讲座后，与大木康（左二）、孟二冬（右二）等合影

此外，还要感谢一些在日本的中国留学生与学人。例如在东京大学医学部作访问研究的杨莉萍副教授，在神奈川大学任客座教授的大学同窗金健人君。令人难忘的还有在东京大学任教的孟二冬教授，我曾有两天在他那里借宿，抵膝长谈，不意他回到北京大学后不久，就因病逝世，从此天人永隔，令人哀伤。东京大学名誉教授田仲一成先生，不仅为本书撰写了序文，而且在多次的长谈中，让我得益良多。

我希望这本书是一个新的开端。中日之间的文化交流，源远流长，千余年来，日本吸收汉文化为多；近代以来，中国学习日本文化，借道日本吸取西方文化，也是不争的事实。虽然本书涉及日藏中国戏曲这样一个角度，但内中也已触及颇为广泛的内容，并且深感还有很多工作值得去做。那应该是未来的目标吧。谨志于此，以俟来日。

2009年农历除夕撰于浙江诸暨钱家山下，2011年春节订定于广州

## 此中有真意
——李芳《清代说唱文学子弟书研究》序

### 一

李芳这部书,是在博士论文基础上修订增补而成的。

时光如流,屈指算来,她博士毕业已经十四年,而我们合作开展子弟书整理与研究的经历,却仿佛就在昨天。

"子弟书",是在清代八旗子弟群体中产生的一种说唱文学,其文本介于传统诗词和鼓词唱本之间,就像元人散曲介于诗词和俗曲之间一样。它主要流行于北京及沈阳一带,随着清亡而消亡。虽然其文本在民国以后的说唱和地方戏中仍被演唱或改编,发生着潜在的影响,例如越剧《红楼梦》中许多优美的唱词,就来自韩小窗的《露泪缘》子弟书,但今天人们对于子弟书的了解,已经十分有限。2012年,我和李芳、关瑾华合作编集的《子弟书全集》《新编子弟书总目》出版,就有不少人在介绍时把它说成了"弟子书"。

我涉及子弟书,最初是因工作需要。1989年夏天,我博士毕业,留校在中山大学古文献所工作,当时明清文学研究室的主要任务,是标点整理清车王府旧藏曲本,其中有将近三百种子弟书,我们整理之后,以《清车王府钞藏曲本·子弟书集》为题,于1993年由江苏古籍

与李芳合影（摄于2024年5月22日）

出版社出版。全书共四卷，用大十六本开本，像两块大砖头，厚厚的、沉沉的。我主要负责其中第二卷。通过校点，我对子弟书产生了兴趣。我发现车王府所藏只是众多版本中的一种，其他版本仍为数不少，而且车王府所收者，不过占已知篇目总数的三分之二，所以想系统地汇集所有版本，编纂一部总集。这五百多种子弟书，大约四百来万字，花个一二十年时间，凭个人力量，也应该能够完成。

2000年11月，我申请的"子弟书全集"整理项目，由全国高等学校古籍整理工作委员会（简称"古委会"）立项，资助经费两万五千元。这是我学术生涯获得的第一份资助。2001年4月到2002年4月，我在日本访学，全面调查了日本公共图书馆有关子弟书的收藏，并全部作了复制。早在1991年，首都图书馆就把所藏车王府曲本全部影印，线装，三百余函，售价人民币三十万元，主要销往海外。早稻田大学买了一套，就放在普通书库，可以出借，我用数码相机把其中的子弟书全部拍了下来。其后，又借赴北京参加学术会议之便，调查了国家图书馆、北京大学图书馆、中国民族图书馆等处收藏，构成了一个初步的资料库。最为幸运的是，2003年，我认识了社会科学文献出版社的谢寿光社长，他听完我的介绍，当场拍板说，交给他出版，不要一分钱资助。既然出版有了着落，我的工作也就必须抓紧展开。

但这只是我计划进行的工作之一。我那时刚过不惑，精力旺盛，想法稍多，有几个项目在同步展开：

一是在日本一年，对日藏中国戏曲作了全面调查，准备编一部"综录"，选录孤本、稀见版本影印，再出一本专著，构成一个系列的成果，目录与影印工作由广西师大出版社承接；

二是力主启动《全明戏曲》的编纂，并建议先整理明杂剧，获得黄天骥师认可，也得到了中山大学的支持，此事作为团队的集体项目展开，安排在中华书局出版，我是组织者与联络人；

三是"向下走"，将研究领域从戏曲拓展到说唱，时间下延至民国。"子弟书"只是其中的一项，广东的木鱼书、潮州歌册等，是后续的目标；我还希望联合学术界的同道，着手各自感兴趣的对象，分别调查整理，将来以"俗文学文献大系"之名，分头出版，逐步改变此一领域较为冷落的局面。

但个人的力量毕竟有限，从日本回国后，我开始招博士生，就有意让学生参与我的计划，在师生之间构建一个可持续发展的合作团队。我给他们的题目，大都是我展开多年、有所积累，或是深感兴趣、切实可行的，这样，不仅可以有针对性地给予指导，还能在资料与视野、观点上提供帮助，在未来也是合作的伙伴。学生多承担一些文献调查、寻访等基础性工作，我就能腾出时间与精力，再拓展新的领域，争取新的立项，之后再招收的学生就又可以有新题目供选择，从而构成一个良性循环，滚动推进。

我回顾戏曲与俗文学研究的历史，发现基本文献的建设，都是在1950年代完成或打下基础的，如郑振铎先生主编的《古本戏曲丛刊》

（一至四集，1954—1957）、中国戏曲研究院编校的《中国古典戏曲论著集成》(1959)、傅惜华先生的"中国古典戏曲总录"系列目录（前三种，1956—1959）及《子弟书总目》(1954)等，就是如此。一批在"五四"新文化运动背景下投身俗文学研究的学者，如阿英、傅惜华、谭正璧、薛汕等，在长期关注中收集了丰富的资料，编制了相关目录，为后人的研究奠定了基础。此外，许多老一辈学者在1980年代之后出版的著作，其实都是1950年至1965年这段时间写成的，而我们从1980年代以后所做的工作，很多只是拾遗补阙，或是将有关专题捋得更细一些而已。到1990年代后期，通俗小说、文言小说和古代戏曲等，都已编成较为完备的目录，主体资料大部分得到影印出版，而数量极为庞大、体裁各异的说唱，除了《子弟书总目》《中国宝卷总目》以及木鱼书、鼓词等有简目或草目外，大多处于空白状态。另一方面，经过"文化大革命"，老一辈学者的收藏大多归于公立图书馆，经过近二十年的努力，各馆逐渐将这类新获书与"未编书"编目公布，所以，我们已经有条件对俗文学文献作全面系统的梳理，编制较为完备的总目，改变以往"家底不清"的局面，并且为今后编纂整理分类"总集"奠定基础。而这每一种具体的体裁，其实也是一个个有待拓展的"领地"，我们与其执着创造新理论、新体系，不如用朴实的态度，选择合适的领域来做一个真正的"专家"。

我希望我的博士生，选一个合适的对象，圈出一块领域，构建自己的"根据地"，通过三五年的开垦，完成基础文献寻访，然后写成博士论文；再用三五年时间继续深入，在全面阅读所获文献的基础上，识其全貌，然后编制完成总目或叙录；再以三五年时间深入到文本内部有关问题，同时结合整个学术领域，打通其他体裁，那么，用十到十五年时间，就可以让一个领域从基础文献整理到专题内容研究都得到全面推进，让自己成为一名真正的"专门家"。在此过程中，我个人与团队则是他们的后盾，给他们指引方向，保障工作有序地推进。我一生应可带十几、二十位博士生，若其中有半数达成预期目标，则能把八到十个专题领域，作出全面的推进，那时再回首返观，它们就会从星星之火，到遍地开花，或是星光灿烂了吧！

## 二

2004年春夏之际，李芳获得硕博连读生资格，我专门就其研究方向，做了沟通。李芳硕士时跟陈永正教授学习，接触了"类书"，她也很有兴趣，一种方式是沿这个题目做下去，但我个人对类书没有研究，所能给予的指导十分有限；另一种选择是跟我做子弟书研究，只是她从来没有接触过，不过我已积累的资料可成为她的基础，她则可协助我完成这个选题。在认真思考后，她选择了跟我做子弟书研究。

她没有意识到的是，其实这给学弟学妹们带了一个好头。因为接下来广东籍的关瑾华选了"木鱼书"，潮汕籍的肖少宋选了"潮州歌册"，福建籍的潘培忠跟我做博士后，选了闽台"歌仔册"，图书馆学专业的熊静做了清代内府戏曲文献的著录与研究，周丹杰、李继明则后续完成了粤剧、木鱼书文献的编目与研究。我自己在日本一年，深感走出去看世界的必要性，所以我招收的博士生，大都有海外访学的经历，加上我结合以往工作，申请承担了一个国家社科重大项目，题为"海外藏珍稀戏曲俗曲文献汇萃与研究"，依托这个项目，仝婉澄做了日本的中国戏曲研究中，刘蕊做了法藏中国俗文学文献及汉籍研究，徐巧越做了英藏俗文学有关文献的研究，斯维做了悲剧观念的东传研究，林杰祥做了日本俗文学文献的寻访与研究。还有一些同学则在参与《全明戏曲》编纂的过程中，找到自己的方向，如罗旭舟做明杂剧研究，李洁做明传奇研究。也有同学在参与集体项目的过程中找到了自己的题目，例如王宣标在调查《全明传奇》目录时，发现《明史·艺文志》的编纂有许多问题尚待澄清；彭秋溪在追索明清曲目时，选择了做乾隆朝禁饬戏曲的研究及宫廷档案中的戏曲史料的辑录整理，他们的毕业论文也都得到了专家的好评。这是后话。

我自己则是花了十年时间积累、消化、深入，完成了日藏戏曲文献的寻访编目、选录影印和专题研究，所以对如何展开一个新领域的研究，有了一套自己的工作程序。首先是对有关文献作全面系统的调查，这种调查不限于国内，而要求将眼光放在全世界，以求全面掌握资料，再在此基础上完成目录编纂；其次，通过版本比勘，考查其中的珍稀文献，申请复制和出版许可；最后，结合文献版本、庋藏源流及相关内容，完成一部研究著作。在我看来，要真正推进一个专题领域的研究，以十到十五年时间为周期是正常的。我当时为李芳所做的安排，也是按这个程序来展开的，只是当时我个人的工作尚未完成，这些"设想"结果究竟如何，其实尚未可知，所以我很感谢她的信任。按我的安排，子弟书的编目和整理是我们共同合作的课题，"研究"部分则交给她，作为她的毕业论文和后续成果。

子弟书收藏最集中的城市是北京，所以李芳入学后的第一项工作，就是到北京访曲。当时关瑾华刚刚获得硕博连读生资格，也很有兴趣参与调查，于是她们两人结伴而行，一起赴京。

三

2005年秋冬，她们在北京待了三个月；2006年夏天，再赴北京一个月。当时我们唯一的经费，就是"古委会"的那些资助，她们则想尽办法掰着指头花。先是搭伙到李芳家乡驻京办事处，安顿住宿，每月只花一千多元。两个人拿着北京地图，寻找各路公交的最佳路线，满北京城东奔西跑。外地人不能买月票，她们把一元钱的车票攒了一大堆，回来后向中大财务处报账时，贴了十几张贴票纸。结果是两次北京之行，她们报完账，我的经费还余下大半。

她们出门时的标配是手提电脑、相机，一套江苏古籍出版社版《子弟书集》（以便核对校勘），以及笔记本、水杯和其他日常用品，也就是背一个双肩包，拉一个旅行箱，再加一个斜背小包。

她们去的时候尚是初秋，但要看的资料太多，转眼间就到了寒冬，连冬服都是在北京买的。我听着她们的汇报，眼前的景象，是两个小小个子的南方女孩，穿着厚厚的羽绒服，戴着绒线手套，背着包，拉着箱，在冰天雪地的北国，呵着热气，每天都赶在图书馆善本部开门前到达，总是赖到最后一刻才离开；中午啃两片面包，下午离开图书馆后才找个小吃店填一下肚子；晚上则整理白天所得资料，分档归类，记录在案，然后寻觅第二大的目标。

她们告诉我很快乐，很充实，因为每天都有新的发现，每馆都有新的收获，并且长进很多。因为看到的都是原始文献，有抄本、刻本、石印本，不同的纸张，异样的装帧，各款的印章，笔迹各异的题识，与看铅字印刷的书籍，是完全不同的感受。她们还说，终于能体会到，为什么老师总说古籍都是有生命的，亲手抚摸书册，她们仿佛看到了一册书从产生到辗转流徙的轨迹，体会到前辈们悉心收藏花费的心血。而她们的收获并不限于此，还有多方面的成长，因为她们不仅要学会安排好自己的饮食、生活，要适应北方的气候与环境，还要与不同类型的图书馆、不同性格的工作人员打交道，要面对诸多的新问题，通过了考验，就意味着成长。所有这些，让她们忘记了每天高强度看书的疲劳。也许正因为她们年轻，充满着朝气，有着昂扬的斗志，她们没有觉得这是一件苦差事，只留下一生难忘的记忆。

记得她们最初到一家收藏子弟书十分丰富的图书馆访书，由于该馆原则上不对外单位人员开放，查验过介绍信，核对了她们的研究生身份，工作人员便公事公办，按规则收取"提书费"，显得十分冷淡，让她们颇觉难受，于是来向我诉说。我说不用介意，我们会用行动打动他们，改变他们的态度的。果然，几天下来，她们每天最早到、最晚走，翻书、核对、记录，几乎不挪窝，忙碌有序，不知时间流逝，这让管理员产生了好奇，于是主动问询了解，她们则如实地告知我们的工作程序，例如全面系统的调查，逐册验看的要求，这令管理员深为感动，觉得她们作为学生能够这般认真投入，实在太难得，就一路开了绿灯，甚至主动提供了馆藏卡片柜里没有著录、很可能是子弟书的文献，这给了她们意外的惊喜。

我只能利用到北京出差的机会，与她们汇合，去解决一些她们难办的事情。然后拉着她们四处"打秋风"，让北京的朋友请客，来"犒劳"她们。记得"敲"卜键兄那次，伊白女史作陪，我们高谈阔论，评点古今，她们听得兴趣盎然，因为这与课堂上的情况完全不同；卜键和伊白还有针对性地为她们作了指导，点明老师从文献入手展开研讨的意义。这些长辈的指点，有时候比自己老师所说，还让她们印象深刻。我带她们拜见了人民文学出版社的弥松颐先生，见到了满族老人家弥奶奶，八十八岁的老人给她们每人都写了"福"字，这份祝福让她们之后的生活与工作都十分顺当。我们一起去拜访李啸仓先生的夫人刘保绵，刘先生慨然拿出所藏子弟书和俗曲让翻拍，我们才知道刘先生毕业于北大，也是一位俗文学研究者，这些文献其实是她和李先生共同收藏的，我们还发现傅惜华先生当年可能没有见过这些原本，所以在著录李氏所藏时出现了一些误差。

其间还有一则故事。2005年10月，正当李芳踌躇满志地要在子弟书领域大展拳脚时，忽然发现北师大的崔蕴华同学刚完成了一篇题为《子弟书研究》的博士论文，她之前设想要写的内容，崔蕴华全都写了。她来电告诉我这个情况，焦急之中，语带哭音。我觉得题目相重是可能的，但具体做法不可能一样，让她不要着急，先把论文转给我看一看。看过论文，我觉得崔博士凭借个人的努力，独力完成这篇论文，很是难得。但她主要利用了已标点出版的子弟书文献和学者新发掘引用的资料，再加上北师大图书馆的一些藏本，并没有想过利用北京的地缘优势来展开系统调查，其核心仍是古代文学研究模式下对题材、内容的讨论。我们则是从文献普查入手，在全面寻访、汇集、研读文献的基础上再展开深入研讨，二者其实有着很大区别。所以我告诉李芳：不用担心，在你还没有对这个专题展开真正的调查与研究之前，单凭印象中的研究范式，所设计出来的章节、内容，其实是没有太大意义的；我们的观点、想法是要通过文献研读之后才确立起来的，所以要有信心，只要继续按计划实施，最后要担心的不是没内容可写，而是内容太多，写不完。

这让李芳平静了下来，更加着力于文献搜寻。而她后来论文写作时的情况，也确如我所预料，不是没东西写，而是材料太多，要吃透不易。甚至在毕业之后，又用了十多年时间来慢慢消化，才修订完成她的这部专著。

四

人生总是充满着缘分。有次赴京，我去社科院文学所调查子弟书资料，遇见蒋寅兄，承他问起，我陈述了正在做的事情。对我们的做法，他深为欣赏，并且感叹说："现在还有年轻人愿意这么做，太难得了。"说完，他又冒了一句："文学所的俗文学收藏极多，无人编目，要是你的学生愿来文学所，我一定支持。"没想到，几年后，李芳真的去了文学所工作，其机缘就始于此。

我们在普查了北京、天津、上海、沈阳等地的收藏后，发现还是缺了很重要的一块：刘复（半农）当年收集的文献。1928年前后，刘复担任历史语言研究所（简称"史语所"）"民间文艺组"负责人，搜集了两万多种、六万多册俗曲唱本，其中仅子弟书一项就超过一千种版本。这批文献在1949年之后被迁往台湾，收藏于傅斯年图书馆。2004年，史语所编选影印了《俗文学丛刊》，在第四辑里收录子弟书条目309个，实收326种（内有同名异书），每种收一个版本，大大方便了学者的利用。不过，当同一种书存有多个版本时，编者考虑到文献的完整性，优先择取那些首尾完整、抄录工整的本子，结果所收多为晚清、民国抄本，而一些早期抄本，则因首尾有阙而未获影印。我们编纂总目，要求目验所有版本，再加著录；校理全集时，必须校勘所有版本，最终厘为定本。所以，傅图的收藏，是不可或缺的，必须逐一验勘，但那时两岸尚未通航，要去台湾，却不是一件容易的事情。

2005年，中山大学获得校友资助，设立"凯思奖学金"，资助博士生到海外访学，虽然数额不大，只够支付最基本的交通与住宿费用，生活费用都需自己补贴，但这样的机会却是极为难得。我第一时间向学校提出了申请，并写信请"中研院"文哲所副所长华玮研究员担任合作导师，终于帮助李芳争取到去文哲所访问半年的机会。于是，李芳成为大陆第一位自筹经费去台湾访学的学生。——在此之前只能通过台湾方面的资助，才能成行。

"中研院"不招研究生，大约因为如此，学生身份的李芳，得到了文哲所和史语所许多师长的关照，常常被约请共进午餐。那时两岸交流还不是很通畅，很多学者从未来过大陆。他们饶有兴味地询问大陆学生和学界的事情，李芳则乖巧地回答，更多时候是做一个聆听者，聆听师长们讲述他们在海外学习的经历，台湾学界的状况，对不同学术流派的评价，还有许多的提点，这大大拓展了她的学术视野。与此同时，李芳作为一个"局外人"，还获悉了诸多学人的"八卦故事"，并且习得一口纯正的台湾腔，直到去北京工作后，才转换了过来。期间，李芳还去台湾大学蹭曾永义先生的课，周末去剧院看戏，与台湾从事戏曲研究的师友们建立了良好的联系。

　　李芳的日常工作，是每天在上班时间到傅斯年图书馆看书，结束后回到文哲所的研究室整理所得资料、阅读台湾和海外的文献。因为时间紧迫而资料丰富，她带着强烈的"饥饿感"，每天都幸福地泡在书堆里。她不知道的是，师长们也在观察她，因为这是第一个大陆学生"标本"呵。一年后，我去史语所参加俗文学研讨会，"中研院"的师友对我说：他们每天早上到所里时，李芳就已经在研究室了；晚上十点多准备回家，发现李芳还在研究室。他们感叹台湾的学生不够用功，这样下去，今后和大陆学生的学术能力差距将会越来越大。因为欣赏我的学生，他们无意中对我这个当老师的也"高看"了一眼，这是最令人感到欣慰的事情。

　　李芳自己也陷于文献中，不能自拔。她来信汇报说，傅图收藏的广东俗曲也非常丰富，虽然在网络可检索，并且有一部分得到了影印，但还有许多工作可做。于是我与史语所王汎森所长联系，签订了一个合作协议，请他发邀请函，我派学生自费赴台去编那些待编的文献。子弟书项目剩余的一点经费和我新获的一个教育部项目，让这项协议得以完成。

这样，李芳在台又多待了半年，在全面比对校核傅图藏本之后，又利用近史所等处的收藏，编制了七万余字的子弟书目录。同时，关瑾华、肖少宋、梁基永三位博士生也前去做了几个月的调查编目，我们基本摸清了傅图所藏俗曲的情况，掌握了许多其他类别的古籍资料。基永在文献收藏方面颇有心得，还应邀做了一次小型讲座。

我们这个小小的团队，借助这样的调查工作，除了马彦祥先生的旧藏不知下落，关德栋先生的收藏因未清理不能借阅，可以说在全世界范围内，凡是曾有著录、有人提及的子弟书文献，我们都复查验看过了，藉此全面系统地掌握了现存的文献，为总目编纂和全集整理奠定了基础。

## 五

应当说，在我们之前，关于子弟书研究做得最为深入的，是台湾政治大学的陈锦钊教授。他1970年代读硕士时，参与了傅图所藏俗曲的整理工作，主要负责其中的子弟书文献，后来遂以子弟书为对象，完成了博士论文。傅图藏子弟书文献的一些珍稀印记、题识，就是由他首先发掘利用的。1990年代之后，随着两岸交流的增加，他经常利用假期自费来大陆调查子弟书文献，又发掘了一些重要的文献。我对他的工作深感钦佩，闻知他也有意整理子弟书，我觉得这类文献，出版一次不易，能出一种就不错了，所以在21世纪初与他相识时，我曾表达过合作意向，请他负责台湾所藏，我们来承担大陆所藏，但他未置可否。李芳赴台后，我请李芳拜见时再度诚恳相邀，仍未获应允，那就只好各做各的了。

陈先生的优势是他见过傅图所藏，所凭借的是早年的积累。当李芳在台一年，按版本目录学的规范要求作全面系统的调查之后，我们掌握的信息，就已经超过陈先生了。也缘于他最初并没有这样的意识，后来要再重做，时间和条件却已经不允许了。至于大陆所藏资料，虽然他已经做了多年的访书工作，但他只有假期很短的时间，无法像我们这样做"地毯式"搜寻，加上某些图书馆还人为设置了借阅门槛，他凭个人之力，其实是很难完成普查的。我阅读陈先生的《快书研究》（1982），其中附有他辑录整理的"快书"，发现当有多个版本时，他往往选择最易获取的民国铅印本作底本，而没有用傅图收藏的清抄本。事实上民国排印本存在较大的改动，已非清代面貌，看来对于底本的择取，对于文献学基本规则的理解，他似乎与我的想法不太一样，所以也确实是分开各做一书为好。

我们在2007年左右完成了总目的初稿和全集的录入工作，出了清样之后，又花了多年时间作校对，尽力补充遗漏的文本。有几种同名称同题材的子弟书，在最初调查时，我们以为是同一书，所以只录了开头数句和末尾数句，经过仔细校勘之后，发现是同题材的别本，需要一并收录，但也有两种郑振铎旧藏本，因为国图将郑氏藏书集中扫描，不能提供，只好付之阙如。

经过前后十年努力，2012年，《子弟书全集》（全十册）由社会科学文献出版社出版，《新编子弟书总目》则由广西师范大学出版社出版。2020年10月，陈锦钊先生的《子弟书集成》也由中华书局出版。近十年来，子弟书研究十分活跃，学位论文和期刊论文的数量都有明显增长，想来我们和陈先生所做的文献资料工作，已经产生了作用。

而李芳在2008年6月顺利通过答辩，赴中国社科院文学所工作。之后又跟随南京大学张宏生教授做了一程博士后，主要承担满族词人

《清代说唱文学子弟书研究》

的词作整理。她把自己的研究领域从子弟书拓展到旗人作家作品的研究，将诗、词、曲、戏剧，合而为一，耐性地积累，慢慢地消化，如今再用了三年多时间，将毕业论文作了认真的修订补充，呈献给读者。我则借此机会，把我们师生合作展开研究的过程作了一番回顾。

是为序。

2022年3月23日

# 清代内廷演剧的戏曲史意义
—— 熊静《清代内府曲本研究》序

一

长期以来,戏曲史研究者关注的重点是民间的戏曲,着眼点是以乡村祭祀为中心的演剧或城市的商业化为中心的演剧。至于帝室与王公贵胄相关的演剧,被认为至多是代表了奢华与靡费,于戏曲史几乎无足轻重,因而也较少给予正面的评价。以清代内廷演剧而言,究竟具有何种价值,似乎依然要打上一个问号。

事实上,在民国初年,关于清代帝后对演剧的参与,学者曾有过很高的评价。

1937年,王芷章以北平图书馆所藏清昇平署戏曲档案文献为基础,撰成《清昇平署志略》一书,由商务印书馆出版,他在书中提出:清代戏曲之盛,在于"俗讴民曲之发展,为他代所不及也。若其致是之因,则不得谓非清帝倡导之功,而其中尤以高宗(乾隆)为最有力。"(第2页)

王芷章所利用的这批文献,原系北京大学教授朱希祖从冷摊收购而得。朱氏曾据此撰《整理昇平署档案记》,载1931年《燕京学报》第10期在为王芷章《志略》撰写的序文中,他介绍了这批文献的来龙去脉,"略谓近百年戏曲之流变,名伶之递代,以及宫廷起居之大略,朝贺封册婚丧之大典,皆可于此征之。后因此珍贵史料,涉于文学史学,范围太广,并世学人,欲睹此为快者甚多,而余之志趣,乃偏于明季史事,与此颇不相涉,扃秘籍于私室,杜学者之殷望,甚无谓也。乃出让于北平图书馆,以公诸同好"。朱希祖在序中不仅激赏王氏的前述观点,而且补充说:"王君所推重之乱弹,谓为真正民间文学者,正发生于道光、咸丰以后,且其倡导之功,不得不推之清慈禧太后。"（第1—3页）

但王、朱二人也仅仅是点到而已,在此后相当长一段时间里,他们的观点并没有得到学者的回应。到了20世纪50年代之后,学者所撰的戏曲史著作,更多突显的是历代帝王禁毁小说、戏曲的事例,在政治意识上,实际是将宫廷与民间对立起来,强调皇权对戏曲活动的负面作用。例如周贻白先生的《中国戏曲史纲要》（中国戏剧出版社,1979）,只是在第22章"内廷大戏及其排场",正面叙述了内廷演剧与舞台美术、穿关等问题,肯定了宫廷舞美通过民间艺人入宫演剧而产生的影响（第391—401页）。张庚、郭汉城先生主编的《中国戏曲通史》（中国戏剧出版社,1982）也相类似,设"宫廷戏曲的舞台艺术"一节,介绍宫廷演剧的概况、戏台、舞台设备与彩灯砌末、服装与化妆（第278—319页）,实际上是把具体的技术性事例,作为戏曲史上之现象而写入史书,而没有对宫廷演剧之于戏曲史的影响作出评价。在相对晚近出版的廖奔、刘彦君伉俪合撰的《中国戏曲发展史》（山西教育出版社,2000）中,虽辟专章叙述"清宫廷演剧状况",但也只是在叙述"优秀京剧艺术"的形成过程时,才有条件地肯定说:"其中不能说没有清宫戏台的陶冶之功。"（第177页）这三部不同时期的代表性戏曲史著作,都只是从舞美、戏台等方面,有条件地谈到清代宫廷演剧的影响,其视野、角度,可谓惊人地一致。

也有剧种史的研究者,曾就清廷演剧对京剧的影响作过正面表述。如马少波等先生合编的《中国京剧史》(中国戏剧出版社,1990),设专节阐释"清代宫廷戏剧在京剧形成与成熟中的作用",并将其"积极影响"归纳为三点:

(一)以皇室雄厚的财力物力,为戏曲的发展提供丰足的物质基础。

(二)为了提供排演的定本和供帝、后阅览的"安殿本",提高了剧本的文学性,并使之相对稳定,从而流传后世。

(三)在舞台艺术(表演、音乐)上,帝、后是高标准、严要求。这对于京剧艺术的规范化、程式化,起了积极作用。(第235页)

这里所列的"积极影响"依然十分有限。其后,丁汝芹先生撰《清代内廷演剧史话》(紫禁城出版社,1999),对内廷演剧活动作了较为全面细致的梳理,但其戏曲史观则仍是在《中国戏曲通史》的笼罩之下。

一般认为,所谓的戏曲,主要包含舞台演出与剧本文学两个方面。舞台被视为更具本原性的;剧本的撰写,主要从文学一路,为了解古代戏曲的发展历史留下了可供追溯的原始材料。以此而论,演剧主要是一种娱乐性的活动。戏曲表演艺术,是由无数代民间艺人累积而形成一套程式体系,似乎很难想象宫廷演剧能够对此有什么贡献。在说到借助皇家"雄厚的财力物力"而在舞美、服饰、化妆、戏台等方面尚可称道时,读者能够联想到的,便只有"穷奢极欲"之类的评价。另一方面,从剧本创作的角度来看,宫廷戏剧大多属于歌功颂德之作,例如《四海升平》《法宫雅奏》之类,从题目便可知道不外乎一片颂扬之声,内容自然也贫乏无趣,很难想象对社会现实的批判性作品会出自宫廷作家之手。所以,从这种习惯视野来看,宫廷的戏剧创作、演剧活动,很难找到有价值的亮点。前引三部戏曲史书作如此表述,自有其逻辑依据。

不过，如果转换一个视角，我们可以发现，事情并不是这么简单。

## 二

演剧本身，首先是一种经营性商业活动，需要有消费市场来支持。在传统中国社会里，演剧既与祭祀、节庆娱乐相关联，也常用作社交活动的平台。这社交平台，既有文人士大夫的雅集，也有商界名流、社会贤达的聚会，同时，还是政治性活动的一个组成部分。翁同龢（1830—1904）在《日记》里记述了自己在宫内"赏听戏"的经历，三十余年间，记录所见内廷演剧多达140余次，其中可见内廷演剧的功能，一为礼仪，二为娱乐。被"赏听戏"的对象，主要为"近支王公"和朝廷重臣。这些重臣包括军机大臣、六部尚书、内务府大臣、御前大臣、上书房大臣、南书房大臣、理藩院大臣等，观戏的座次也是他们身份地位的标志。翁同龢在同治元年（1862）初次获"赏听戏"，座次在第五间，二十年后他升任军机大臣，座次才升到第三间。他感慨"廿年来由第五间至此，钧天之梦长矣"。（以上参见黄卉《同光年间清宫演戏宫外观众考——以〈翁同龢日记〉为线索》一文）这既是观剧座位的变迁，同时更是政治待遇、在皇上心中地位的变迁。翁氏在观剧问题上，也曾向皇上提出"节制"，但有大臣反对，因为这是皇家的"礼典"，即并非单纯的娱乐活动。说明这种演剧活动，是皇家表达臣民亲疏关系、身份地位的一个重要方式，从而是一项正常的"行政性开支"。皇家演剧的排场，也有着向臣民、属国展示本国高雅艺术的功能。

在清代演剧所赖以生存发展的消费对象之构成中，乡镇农民、城市平民、商人、文人、官员、王公贵人乃至内廷皇室，组成了一个由低到高、层次分明的金字塔式结构。我们以往习惯于挑出一个"最重要""最根本"的层次,其实在这个结构中,每一个层次都有其不同的功能,都是不可或缺的。

人类社会的发展,也是一个文明、文化的演进过程。在这个过程中,当基本的生存需要得到满足之后,娱乐业便必然成为时兴的行当。虽然在古代社会的正统观念里,商为末,农为本,嬉娱玩赏,令人玩物丧志,理当严律,但事实上商业活动仍顽强地存在,并且成为社会经济发展的支柱产业之一,特别在明清时代,其作用益发重要。只要"游于艺"之类的观念存在,则紧张工作学习之余,适当娱乐,便是人们调节自我身心的必要内容。

演剧本身是从唐宋的百戏伎艺中脱颖而出的,在20世纪西方电影等传入之前,一直独占中国娱乐业的鳌头。而元、明及清初文人曲家与评论家的努力,让戏曲的文本创作从"士夫罕留意"的低下地位,"进而与古法部相参"(《南词叙录》),进入"乐府"的行列。到明代中叶之后,"传奇"作为一种新兴的文体,逐渐为占社会主流的文人士大夫所认可,并因为他们的认可与参与,大大提升了戏曲的社会地位,这意味着戏曲打通了上升一路,借此占有了从底层到上层、包含整个社会各个阶层的巨大消费市场。这个市场本身足以让演剧活动、戏班、新兴声腔得以生存发展,构成巨大的"第三产业"。入清之后,演剧进入皇家祀典、国务活动,更是打开了戏曲进入"政府消费"和"高端市场"的通道。雍正间废除乐户制度,"禁止外官蓄养优伶",表面上看来是对演剧活动的限制,其实它主要限制的是官员的家班,以及官员有关消费,同时也意味着演剧娱乐市场向社会全面开放,这使得原先以达官贵人为主要消费对象的昆班因之明显走向衰落,并为花部地方声腔的蓬勃兴起打开了大门。乾隆一朝数次大庆,邀请各路戏班进京演出,这也为花部演剧提供了崛起的契机,促成了地方声腔、戏班迅速兴盛的局面，在花部和雅部对消费市场的竞争中，花部从此占有优势，而清代的演剧活动，也由此进入更为繁盛的时期。

清王朝作为演剧市场最高端的消费者，自其入关之后，就一直把戏曲作为娱乐消费对象。康熙时期就开始设立南府等机构，来组织管理宫廷的演剧。皇家的演剧在乾隆末年达到鼎盛，最多时曾有上千演员构成庞大的"皇家剧团"，不仅组织文人、宦官来写作剧本，而且君王每次出巡，各地都新创戏本以迎接銮驾，花团锦簇，歌舞升平。道光以后，改设为昇平署，规模大大缩减，但演剧活动并未减少。同治、光绪以后，演剧人员的组成方式也有所变化，即从完全由皇家出资培育、供养演员，完全用于自我消费，转而向社会"购买服务"，请戏班、演员入宫演出。这种打上皇家印记的消费行为，对于扩大"演剧"这种"商品"的社会影响力，拓展戏曲消费市场，促进戏曲的繁荣，具有无可估量的价值。

所以，内廷皇室参与演剧的意义，主要不是他们为市场"生产"了什么新的产品，而在于他们作为社会资产的最大拥有者，在"演剧消费"中所起到的作用，在于他们对整个演剧市场的存在与拓展中所承担的功能。其意义不在于具体的创作与创新，而主要在于这种介入对整个社会的号召性影响。所谓上有好者，下必甚焉。当演剧这种元明时代不能用于严肃场合的表现艺术，在清代皇家的示范下，终于可以从半遮半掩中，转向堂堂正正的演出，它对戏曲占有整个娱乐业市场的最大份额，无疑有着决定性的意义；它对戏曲娱乐业这个"文化市场"的发展，也是意义重大。

所以，当演剧进入"政府消费"之后，其释放出来的能量，是需要我们认真考虑的问题。

## 三

乾隆十六年（1751）太后六十岁生日、三十六年（1771）太后八十岁生日，乾隆五十五年（1790）皇帝本人八十寿诞，这三次大庆相关的典礼，邀请各地戏班进京演出，表示与民同乐，也借以彰示皇朝盛世。乾隆一朝太后的两次生日庆典，令南北各地戏曲声腔汇聚京城；乾隆的八十大庆，更是造成四大徽班进京，成为清代戏曲发生转折的重要节点。乾隆朝这三次庆典花费几何，今不得而知。有档案可查的是，光绪二十年（1894），为庆祝慈禧六十"整寿"，皇家曾耗费白银五十余万两。今日看来，诚为巨大的糜费。

在皇家频繁的演剧活动中，"近支王公"成为观剧者，也由此而发展成为爱好者，以及演剧活动的推动者。我们编校《清蒙古车王府藏戏曲全编》（全二十册，广东人民出版社，2013），收录了从道光到光绪间的一千余个戏曲剧本，可以说这个时期北京地区曾经演出过的剧本，六七成都已经包括在这里了。而这仅仅是一个"车"姓蒙古亲王的收藏，其他王府的情况，也应大致与此相类似。由此也可推知，这个阶层所构成的"高端市场"，对于晚清北京演剧的兴盛，会起到怎样的作用。

以此而论，王芷章说乾隆皇帝对于演剧史的意义，便在于他个人的喜好和庆典展示活动，让各种声腔、各地戏班堂堂正正进入京城市场，又可以借助在京城市场所获得的影响力，转辗其他地区，从而有力地推进各种地方化新声腔的改造、衍化，以及新生。

同样，朱希祖说慈禧太后对戏曲发展的功绩，也由此可以得到解释。慈禧对皮黄的喜爱，无疑对皮黄戏曲在清末走向兴盛至为重要。

程长庚、谭鑫培等人入内廷为太后、皇帝演出，这是皇权社会身为艺人的最大光荣，对于艺人自身的"品牌塑造"，更是意义重大。2008年，我受日本东北大学矶部彰教授邀请，在东京作了一次关于清代宫廷演剧研究的讲座，就曾经提出，给慈禧太后演戏，可以理解为当今的艺人"上春晚"，说的就是这个意思。另一方面，清廷挑选演员入皇宫演剧，也必然有其"德艺双馨"的要求，这意味着皇家对于这些民间演员的认可，而当他们重新回到民间演出市场时，号称"内廷供奉"，这种经历成为他们的重要资历，大大提升了他们的演艺"品牌"，也意味着巨大的市场号召力。所以，这种被挑选，在某种意义上，与当今演员进京演出获得"梅花奖"，具有同样的效应。因为这是一种重要荣誉、最大认可，对于演员此后在演艺方面的发展、演出市场价值的增长，意义重大。观历史可以知当今，观今天也可以让我们更好地认识历史。

平心而论，宫廷的主要功能，是"利用"戏曲，而不是戏曲的"生产"。皇家的一举一动，代表一个政府的行为，对于演剧市场有着巨大的影响力。居于市场最高端的这个阶层，对于演剧史的意义，便是其巨大号召力、影响力，会影响整个市场的走向。处于低端市场的那个阶层，可能是最有活力的。但在乡村、乡镇，消费能力有限，市场空间有限，必须向上努力，进入城市，才能拥有更大的市场，获得生存发展的更大空间。例如浙江嵊县的越剧，便是进入上海后，重新根据市场需要而发展出独特的、为市场认可的演出方式，从而取得巨大的成功。而在城市的戏班、名角，则不断寻求官家的、商人的、社会名流的认可与支持，以获得更大的市场份额。在这个金字塔结构上，各个阶层是怎样的发出自己的"力"，然后在一个更高的层面上构成"合力"，以推进戏曲的繁荣发展，是值得深入研究的课题。

事实上，社会"高端市场"对于演剧活动的贡献，在晚清民国时期，依然发生着作用。如果没有罗瘿公、齐如山等人的发掘与支持，就不会有梅兰芳等名旦的崛起。而一批商业巨子成为京剧爱好者，因他们的介入、揄扬，助成了梅兰芳广泛的演出机会和巨大的影响力。这种"造星运动"，也是戏曲得以兴盛发展的一个重要推动力。当晚清之后，戏曲演出成为庞大的商品市场的一个分支时，商业活动所需的营销、策划，也成为演剧繁盛的保障之一。张彭春等人组织安排梅兰芳在美国演出并产生巨大的国际影响力，可以视为一例。

以此而论，作为社会各阶层演剧消费中居于最高端的宫廷演剧，有着巨大的研究空间，有待于我们深入拓展。

## 四

事实上，我们对清代内廷演剧基本文献的存藏情况，还不是很清楚。特别是在十年前，我们能够看到的只是《故宫珍本丛刊》里收录的一些剧本，还有周明泰从内府档案里摘抄的一些资料，以及我们在海内外图书馆里寻访到的从昇平署散出的零散文献，包括东京大学东洋文化研究所双红堂文库藏的一百余种"库本"。所以，我们还需要在广泛调查的基础上，编制一部现存内廷剧本的总目。也就是说，首先需要从最基础的资料入手，做文献的发掘、梳理、研讨工作，然后才能真正推进内廷演剧的研究，才能从宏观视野重新认知内廷演剧对于整个戏曲发展史的意义。

也正是有感于此，十年前，熊静在考虑博士论文选题时，选择了"清代内府曲本研究"这个题目。因为她的学科背景是图书馆学专业文献学方向，我觉得版本目录学应该是她的基础，所以建议她从第一手

与熊静合影（摄于2012年6月11日）

文献出发，先编制一部《清内廷所藏剧本总目》，作为后续研究的基石，然后再就相关的问题展开研讨。她愉快地接受了这项任务，并且很快就找到了感觉，所以进展良好。

2010年9月到2011年9月，在矶部彰教授的帮助下，熊静获得了去日本东北大学作访问研究的机会。矶部教授当时正承担"清代内府演剧研究"这个日本文部省的重大课题，组织一批从事戏曲小说研究的日本学者，分头进行有关研究。熊静的选题，正好与之相衔接。在矶部教授指导下，熊静在编目、文献探讨等方面取得较快的进展，而且拓展了视野，真切体悟到日本学者的做事方式，因而收获良多。她还发掘了藏于日本的一些清代内廷演剧的珍稀文献，例如她对大阪中之岛图书馆所藏《昇平宝筏》的研讨论文，就是其成果之一。

2012年，熊静顺利完成学业。她的毕业论文厚达六十余万字，前半为内廷演剧剧本的专题研究，后半则是《清内廷所藏剧本总目（稿）》，在论文答辩时，受到全体专家的高度肯定。其后，她赴北京大学随王余光教授做博士后，利用北京地区所藏有关文献，对论文作修订补充。现在取其中研究部分，作为十年努力的阶段性成果，正式出版。她所编的《清代宫廷戏曲文献总目长编》也完成了初稿，待细致打磨后另行出版。

近十年中，关于清代内廷演剧的研究，也渐成热门。故宫博物院故宫学研究所在2013年5月，故宫博物院和中国人民大学、北京外国语大学合作在2015年11月，先后召开了两次学术研讨会。昇平署旧藏的文献，更是渐次公布于世。先是朱希祖转让的那批昇平署旧藏档案和剧本，2011年由中华书局影印出版；随后故宫博物院图书馆所藏的两万多册剧本，也在2016年由故宫出版社影印出版。这意味着清代内廷演剧的研究，进入了一个新的阶段。难得是一批年轻的学者，进入这个领域，其中如张净秋、谷曙光等位，做出了引人注目的成绩。

熊静此前发表的一系列有关内廷演剧研究的论文，受到了学界的关注。现在，她的博士论文经过修订充实后以完整的面貌出版，作为这个领域的最新成果，可以大大丰富我们对内廷演剧的认识，对于进一步了解内廷演剧对于清代戏曲发展史的价值，也具有重要的意义。

我期待着有更多的年轻学者，投入这个领域的研究。

是为序。

2017年4月30日

# 探寻戏曲史研究的新视野
—— 彭秋溪《乾隆间饬禁戏曲研究》序

一

剧戏在先秦已经出现,本为"小道",侏儒俳优,供人调笑而已。或因事涉讽谏,故而见载于史书。汉唐以降,百戏并作,演艺人冲州撞府,演事不断;到宋代则有杂剧,金代有院本,而"真正的戏曲",也在这一过程中悄然形成。

至迟在南宋时期,"南曲戏文"已经出现于温州一带,但不受"名公才人"关注,还一度在杭州遭到"榜禁",所以一直只在民间潜行。北方一路,则在宋杂剧、金院本之后,形成了"一本四折"形式的"北曲杂剧"。有关汉卿者,创作了六十余种杂剧,被明初朱权称是"初为杂剧之始",关汉卿可能是最早运用这种体裁进行创作并获得巨大成功的剧作家。通过关汉卿和同代人马致远、白朴等人的努力,"北杂剧"以其中"曲"的要素,上溯"乐府",中承诗、词,并联"散曲",为文人士大夫所接纳,从而进入主流社会的视野。杂剧演出也由此为达官贵人所喜爱,并且进入宫廷。故元人自称"唐诗、宋词、我朝乐府",后人则用"元曲"一词来代表这个时代的文学,并有"一代有一代之文学"之说。

到了元代末年，杂剧创作开始走向衰落，而在南方，进士出身的高明及施惠等人，重新发掘了南戏的价值，在北曲杂剧所积累的文学成就的基础上，完成了对南戏文学性的提升，创作出《琵琶记》《拜月亭》等杰作。

戏曲的演出，主要是由乐人及民间戏班来完成的，它主要供人娱乐，地位低下，所以单凭演艺人群体自身的力量，是难以进入文化史的主流的。与之相对，文士阶层是演艺的欣赏者，而不会是参与者，他们能够参与的只能是剧本的创作。因为在俗与雅之间有一条清晰的分界线，演艺与创作，事关森严的社会等级。今天我们所说的"文化史视野"，在古代其实是以文人士大夫的目光所及为范围，以这个群体的价值观念为基准的。文人阶层掌控着一条"文化"或者"文明"的分界线，形成上通下达的通路，因为他们的参与，"戏曲"得以化俗为雅，被主流文化的追影灯所照亮，从而进入到历史舞台的"表演区"。出身低微的戏曲，想要为主流社会所接纳，以获取广阔的市场空间，首先必须获得掌握着书写权力与阅读评价权力的文人阶层的认可；而获得这种认可的路径之一，就是让"戏曲"成为文人阶层自身所喜欢的一种书写文体，成为他们表达内心情绪和思想文化的一种新的文学样式。这不取决艺人和演艺群体的意愿，而是文人阶层主动选择的结果。

在元代，诚如胡侍在《真珠船》中所说："中州人每每沉抑下僚，志不获展……于是以其有用之才，而一寓之乎声歌之末，以舒其怫郁感慨之怀，盖所谓不得其平而鸣焉者也。"关汉卿等人便是在这样的背景下，发掘出杂剧的功用，一新体制，让杂剧文学迸发出灿烂的光芒。只是随着元亡明兴，朱明一朝回归汉族统治之后，进入到比宋代更兴盛的科举时代，汉族读书人"沉抑下僚，志不获展"的状况已经全然改变,"戏曲"再度沦入卑微的境地,而不再是读书人表达不平之鸣的选择了。

从这一角度,我们可以看到,明朝开国七十年,虽然杂剧创作仍然沿着元末的惯性滑行了一段时间,但创作主体其实是藩王如朱权、朱有燉以及永乐皇帝朱棣在燕藩时周边的文人,到正统(1436—1449)之后,文人的杂剧创作就完全停滞。至于南戏,从明朝立国开始,在创作上就处于沉寂状态。所以,戏曲史家称明初百年,戏曲处在一个沉寂的阶段,这意味着到明中叶戏曲再兴,需要经过文人士大夫的"重新发现"。

正德年间,康海、王九思因受刘瑾案的无端牵累,仕途失意之后,归居田里,在主流文学之外寻求文学创作的新路,因而选择了时人眼中十分低俗的散曲和戏曲来作为创新的文体,以表示一种无声的对抗。他们各自创作了《王兰卿贞烈传》《杜子美沽酒游春记》这种一本四折规范的杂剧,同时又用"院本"形式分别创作了同名剧本《中山狼》。状元出身的康海,在文坛有着巨大的影响,他不仅致力于戏曲创作,还倡导作剧谱曲,他在嘉靖七年翻刻了朱权《太和正音谱》,作为谱曲的工具书。可见这是有意为之,而不是一时的心血来潮。

康、王的创作,实际上开启了"明杂剧"的新时代。这种新兴的"明杂剧",在曲调上可南可北,篇幅上可长可短,可以根据自己内心的需要而任意书写,它介于杂剧与院本之间,是一种以阅读为主的新文体,所以在嘉靖、隆庆及万历间,深受仕途失意的文人士大夫的喜爱,所谓"假他人之酒杯,浇心中之垒块",杨慎的《洞天玄记》、徐渭的《四声猿》、王衡的《真傀儡》,可以视为其中的代表。

与此同时,南戏创作也发生着静悄悄的蜕变。早在景泰初年,下第举子丘濬寓居南京,在戏场看戏时,因不满于演剧内容的低俗,遂标举《琵琶记》"关风化"之意,化名"再世迂遇叟",写下了一部《五伦全备记》,便发挥戏曲"教化"民众的作用。至成化年间,因为左目眇而仕进无望的宜兴老生员邵璨(字文明),续取《五伦新传》,写成了一部歌颂兄弟伦理的《香囊记》。大约在弘治年间,海盐人姚茂良(姚能,号静山),撰写了歌颂唐代张巡、许远的《双忠记》。这些符合儒家伦理观念的创作,逐渐改变人们对南戏俚俗淫秽的观感。海盐腔、余姚腔、昆山腔和弋阳腔这"四大声腔",也随着创作的改变悄然兴起。

在正德年间,明武宗好听曲观剧,教坊之外更设钟鼓司,编剧演戏成为常态。特别是在正德末年,武宗下江南,一些南曲名家如徐霖等人,被征召到御前,即兴谱曲撰剧,颇得圣眷。明武宗的作为在政治上受到非议,在史书上也无好评,但所谓"上有所好,下必甚焉",南方社会风气,实为之一变。从正德末到嘉靖初的一段时间里,"四大南戏"和《琵琶记》都开始出现有较大幅度改编的"改本"。也是在这一时期,先是由一批生员为主体,创作、重编了一批南戏剧本,如徐元据《赵氏孤儿》重编为《八义记》(有嘉靖六年序刻本),据说徐霖改编了《绣襦记》《三元记》,陆采则据"王《西厢》"重写了《南西厢记》,同一时期的作品有《连环记》《还带记》《四喜记》等等。然后是一批仕途失意的官员进入南戏创作。在嘉靖十三年,陆粲与弟弟陆采一起合作完成了《明珠记》,只是陆粲因为有着官员身份,不便在剧中署名,所以此剧只以陆采的名义流传。但到嘉靖二十年左右,谢说、李开先这些进士出身的官员,在宦海失意、归里家居之后,则是很自然地作剧写序,不以为非。这说明这些被贬斥的官吏的观剧、撰剧行为,已经为这个社会所接纳,其实也意味着再度"中兴"的南戏日渐被社会所接纳。

## 二

在这个过程中,文人的剧本创作,构成了这个阶段戏曲史发展的主体。而这些将南戏典雅化的剧本,也正是后人所称道的"传奇"。换言之,"明传奇"的时代就此正式开启,并逐渐汇成一股荡涤一切的潮流,滚滚向前,势不可挡,直到万历间,以汤显祖"临川四梦"为代表,达到明代传奇创作的巅峰。所以,"明传奇"的兴起,实际上是明代文人发掘、介入南戏创作的结果。它以《五伦全备记》为起始,经过正德、嘉靖年间文人群体广泛关注、参与创作,"传奇"作为一种新文体,正式得以确立。

文人的广泛参与,代表着士大夫阶层对戏曲的认可。文人士大夫亲自编创、改写,组织家班或请戏班来演出自创的新剧,邀请同好前来观赏,因而在士大夫家族中演剧逐渐成为一种常态。在家族或宗族的演剧中,主事者通常忙于应酬,而真正的观戏者,主要是妇女与孩童。从孩童时代就开始观剧生活,平时又不断听母亲一辈或姐妹们交流对于戏剧的观感,一代又一代的年轻士子在这个过程中得到"戏曲素养"的培育。他们成人后又成为戏曲创作与资助演剧的主要力量。近年来有学者对江南戏曲世家的探讨,取得了出色的成绩,可惜其着眼点只落到曾有多少曲家、多少曲作名目,可供辑佚索隐,而没有从戏曲演出生态与戏曲素质养成的角度,去挖掘更多的内容。

在我看来,中国戏曲的发展历史,并不只是剧本文学和演剧表演的孤立的演进历史,而是始终交融于社会文化系统的一种变迁史。也正因为它是社会文化系统的一个组成部分,是其中一种表征,所以它的意义、价值乃至功能,也不应当被局限于它自身的内容。我们研讨戏曲史，当然应以"演剧"为主体，也即所谓以"舞台"为中心，但作为研究对象的"戏曲史"，却有着比之远为丰富的内容。作为"行院之本"，作为"演剧用的底本"，剧本当然应该服务于演出。但在文人士大夫的参与过程中，"杂剧""传奇"已经是他们手中的一种文学体裁。这种"新文体"不过是用演剧模式作为叙事方式，保留了以演出为目标的痕迹，但事实上已经独立于舞台之外，主要作为"阅读文本"而出现。它已经进入到"文学"领域，并且用便于阅读的方式被不断刊印与传播。

从"戏曲"的刊印历史，我们也可以看到这一"阅读文体"的形成与演变过程。《元刊杂剧三十种》录曲文而删宾白的刊印方式，令读者在阅读时无法联贯情节故事，这意味着它主要不是用于阅读的。它发挥的是"掌记"功能，即以舞台演唱为中心，为配合演出而使用。阅读这些印刷物，可让人事先熟悉曲文，便于观剧时的记诵与欣赏。到永乐间，朱有燉自刻杂剧，正文曲白齐备，题下特别标有"全宾"二字，说明在当时这是"特例"，并非主流模式。这种印刷物，不仅可供玩味曲文，而且可以作为文本来阅读，这是藩府财力充足才能做到的。所以我们看《永乐大典》收录的戏文，以及嘉靖间所刻杂剧、南戏或传奇，通常不分出和折，当然也没有出目，曲文中正字和衬字均不作区分，曲和白都是用人字连写、连刻，颇不便于阅读，这说明"阅读文本"的特征还不是很明显。到隆庆、万历之后，戏曲刊刻的格式逐渐明晰定型，形成今天通行的戏曲排版方式，也即便于阅读的格式，说明其主要功能，已经从演出的脚本转化为阅读用的文本。而这种变化，与文人戏曲创作的日渐繁盛是同步的。

不过，随着文人对于戏曲了解的深入，人们开始从演戏、观剧角度，提出"本色""当行"之说，再进一步则提出曲文的写作应当"合律依腔"，让妇孺都能听懂。这是从何良俊到沈璟这一路的进展，再进一步延伸，则进到清初李渔对演剧的解说。这样的延伸，是从创作到表演，并且考虑观众欣赏，代表了"戏曲史"的舞台主体视野。但另一方面，这毕竟是从文人角度对于如何符合演剧要义的表述，而无论是看起来"昧于音律"的汤显祖，还是精通音律的沈璟，以及主张通俗以迎合观众的李渔，与真正精通舞台表演的演艺人，与真正的舞台艺术，总归还是隔着一层。真正向舞台的回归，只能由新生的声腔与演艺人来完成。所以那些被不断演出的文人剧作，主要附着于"雅部"昆曲而延续着舞台生命，但它的"演出市场"也同时在不断萎缩之中；清中叶之后新兴的以舞台为中心的地方戏，虽然在剧本文学上无足称道，却是百花盛开，显示出旺盛的生命力。

另一方面，文人剧作因为拥有其文学功能，故而一直未曾失去生命力。清初，戏曲创作大为繁盛，最为成功的当然是《长生殿》和《桃花扇》，以及以苏州地域为中心的李玉等人的创作，但我以为值得注意的是，许多在明末时期对戏曲不屑一顾的文人，纷纷运用戏曲这一文体展开创作。例如吴伟业写了《秣陵春》，尤侗有《西堂乐府》，嵇永仁有《续离骚》等，还有许多曲家以曲代史，用戏曲来抒写史实与人物。正是从这样的角度，我们可以发现戏曲的"文体"特征更加得以彰显。因为诗、词、文，乃至小说，都有其"文体的规定性"。诗言志，词擅长吟咏婉曲的感情，小说虽是叙事，但受史传的影响，通常用白描，而不擅长抒发内心。易代之际，清初文人不约而同地拾起戏曲这种文体，来表达自己内心的独特感受，使得写史咏事的戏曲创作骤然兴盛。

## 三

我以为,在中国文化的进程中,每一种新文体的出现,都是人们基于抒发心灵新的需求而做的探寻,虽然"戏曲文学"之主体是一种叙事文体,但因为融诗词曲于一体,可以"借他人之酒杯,浇心中之垒块",拥有其他文体所不能具有的功能。因此,虽然每个剧作家都希冀"场上""案头"兼擅,但实际上大多数缺乏剧场意识和音律天分,他们更希望用这种特别的文体表达所想要表达的内容。所以,他们既是为戏曲史添加了剧目,更是为文学史书写着新篇章。

到晚清及民国初年,西方印刷术和西方报纸刊物构成的传播平台被引入中国,这些报刊所构成的新平台,尚未建立起相适应的报刊专用文体,"杂剧"和"传奇"便作为一种为大众熟悉并接纳的文体,而被经常使用,充当人物和事件的深度采访和专题报道。学者们在晚清民初的报刊上发现了数以千计的"戏曲"文本,有人批评这些都是案头之作,没有演剧史意义,其实它们本身就无意在演剧史里争地位,它们原本就是文学的一种体裁,也是中国近代报刊文体成长变迁中的替代品。

正是在这样的视野里,我们可以发现,学者反复强调的"戏曲的本质是舞台",其实并不足以涵盖戏曲史的全部,至少在演剧史上有重要意义的剧本,同时作为一种"文体",在"文学史"领域也有着自身的价值。元明清文人参与戏曲创作,并不是为了给"戏曲"或演剧作"嫁衣",而是为了抒发自我心灵的需要而作出的拓展,是为自身的需求而做的探索与创新。

另一方面,"戏曲"(演出)作为宋元以来"娱乐产业"中最主要的

"商业项目",并不是先天拥有无限的"消费市场",戏曲的演出市场是在文人士大夫的参与过程中逐渐拓展的。因为这个阶层不仅拥有评价的权力,而且拥有足够的资本来从事"戏曲消费",同时也就掌控了"市场准入门槛"。在明代,从明初到景泰间戏曲创作沉寂,在没有文人士大夫参与的情况下,其背后必然是戏曲演出市场的空前萎缩。戏曲市场的拓展过程,也是社会大众戏曲审美的养成过程,其中知识阶层发掘并参与戏曲创作,起到了关键的作用。必须指出的是,明武宗个人的爱好,以及他下江南过程中频繁地观剧听曲,召集徐霖等人为供奉等夸张的行为,无疑对以戏曲为中心的娱乐市场的开启,起到了催化的作用。

乾隆皇帝庆寿与徽班进京,被视为清代戏曲的一个转折点,它最终引发的结果,是皮黄的兴起和地方戏的遍地开花。同样,慈禧太后对皮黄的欣赏,对于皮黄在京城的崛起,乃至最终成为全国第一大剧种,无疑有着直接的联系。帝王的喜爱与参与,在皇权社会中对于其臣民的影响,是绝不可低估的。因为它意味着整个娱乐市场对戏曲演出的全面开放,帝王的爱好还让"戏曲演出"在这个市场的产业竞争中,占据了无可比拟的优势地位。广阔的娱乐消费市场,为戏曲的全面发展提供了前所未有的机会与条件。

所以,戏曲的发展历史,并不单纯是文本创作和舞台表演两者之间的事情,更是与整个社会系统之间交互关系的变迁历史。正因为如此,戏曲史研究的视野仍需要不断拓展。

民国立国之初,溥仪仍居故宫,到1924年溥仪搬离之际,这十多年里,故宫昇平署所藏档案与曲本大批散出,其中一部分为历史学者朱希祖所购藏。朱希祖后来将这些资料转让给了北平图书馆,以便研究者利用。王芷章利用这些材料写成了《昇平署志略》,周明泰则据以完成了《昇平署存档事例漫抄》。朱希祖在王芷章著作的序言中，充分肯定了帝后的行为对于戏曲史的意义，这让帝王及宫廷演剧与戏曲发展史的关系，成为学者的关注对象。

但也因为统治者身份的缘故，清代内廷演剧以往很少能获得戏曲史家的认同。例如主流的中国戏曲史和京剧史的著作，大都仅仅肯定了其中舞台美术方面的成绩，其他方面则隐而不论。我曾经留意到翁同龢在日记记载的他在畅音阁陪皇上看戏的事——第一次是在廊柱间隔的第五间，二十年后做到军机大臣，才坐到了第三间——于是才明白，大臣陪皇上看戏，并不是一种单纯的娱乐，而是"国务活动"的一部分。

事实上，清代统治者对戏曲十分喜爱，无疑间接地影响了戏曲史的走向。而清帝王对于戏曲的关注与掌控，内廷与戏曲的关系，内廷演剧与戏曲为整个社会的普遍接受，凡此等等，还有许多新的内容有待研究与发掘。

彭秋溪也正是在这样的视野下，在博士阶段展开了对清代乾隆饬禁戏曲的研究。但他的研究并不是从概念出发，而是在阅读与研讨中发现了问题，然后展开进一步探考，逐渐形成系统的想法。他在参与《全明戏曲》编纂时，查核了近现代学人所编的戏曲簿录，注意到王国维《曲录》、董康等人《曲海总目提要》，都提到了清代人黄文旸的《曲海目》。根据这个话题，他进一步去了解《曲海目》的编纂与清高宗查禁戏曲之间的关系，发现当时为饬查"违碍"剧本，在苏州、扬州地区设立专局作处理，聘用一百多人参与工作，其运作体制与当时"四库"馆臣编纂《四库全书》大同小异，而学术界对这件事还没有系统、精密的考察，有许多令人疑惑的地方有待解决。所以，他的博士学位论文选题以清高宗谕令各地搜缴、勘查"违碍"剧曲为中心，层层深

与彭秋溪在东京大学

入,最后完成了一篇颇多新见、文献资料十分翔实的毕业论文,受到评审人和答辩委员的较高评价。

之后,他又深入调查了北京故宫、台北故宫及"中研院"所藏档案文献及戏曲资料,从清代各朝"活计档"中辑录了十余万字的内廷演剧资料,部分已经在《戏曲与俗文学研究》上连载,最近还完成了对畅音阁戏台及演剧的新探考,他将以自己独到的视野,把这类资料与昇平署档案相结合,完成一系列的写作计划。他的工作,也正耦合了我所说的戏曲史视野的拓展,因而十分令人期待。

值秋溪新书即将付梓,问我索序,我借此简要地陈述一下我对"戏曲史"视野的新的理解。是为序。

2021年8月21日

# "戏曲"一词的西去与东来
## ——孙笛庐《近代戏剧观念的生成》序

一

人生似乎充满着偶然，不过回头再看，其实有着某种必然。

笛庐在中山大学中文系读的本科，毕业后转到资讯管理系的图书馆学专业跟我读研究生。到博士阶段，又回到中文系，跟随黄天骥师学习古代文学。我那时已经从资讯系回到中文系，所以也分担了一些指导工作，推荐她去东京大学跟随大木康教授访问学习一年。因这机缘，她对近代中日戏剧观念的生成有了自己的探索与看法，以此为中心完成了博士论文。之后去清华大学随刘东教授做了一程博士后。结束后，再回到中大跟我做合作研究。

她初到东大时，因为对长泽规矩也先生的汉学研究深感兴趣，于是认真调查了东洋文化研究所图书室的长泽藏书，细读其批校本，考察他创办"书志学"的经过，写成一些札记给我看，但毕业论文的选题，尚未有明确的目标。那时我发表了一篇谈王国维的戏曲研究与明治日本之关系的文章，在一次与笛庐的交流中，我谈到王国维所用"戏曲"一词，可能有着日文的语源，请她重点追溯一下。而她追溯的结果，打开了她此后学术研究的新领域，成为她个人学术经历的一个分界点。

与孙笛庐合影
（摄于2017年
6月21日）

我自己于2001年春第一次赴日本作访问交流，在一年的时间里，主要致力于日本所藏中国戏曲的调查，这也是我着力于日本及海外藏戏曲俗曲调查、影印的开端。在调查过程中，我发现各馆所藏戏曲大都集中在其学人文库，例如京都大学的"狩野文库"、东京大学的"双红堂文库"。这些收藏显然与学者个人的喜好及研究有关。这其中，又以明治、大正时期的戏曲研究者或爱好者的收藏最为珍贵。

沿着这一线索，我从戏曲收藏追踪到日本的中国戏曲研究历程，发现明治学者才是现代学术意义上中国戏曲史研究的开创者，他们的研究是日本学人首次用西方的"文学观念"来梳理中国文学的结果。有意思的是，王国维去世后，有很多学者都曾购藏了王氏旧藏曲籍，这让我开始注意到静安先生的早期学术与日本的关系。

我们以往通常引用盐谷温的话，说王国维在1911年到了日本之后，日本学术界深受"刺激"，纷纷致力于戏曲研究，呈现出"万马骈镳"的局面（《支那文学讲话概论》第五章，大日本雄辩会，1919）。这给人的感觉，好像是日本的中国戏曲研究是在受了王国维的影响之后才展开的。青木正儿可能对盐谷温这一"模糊"的表述有所不满，特别指出狩野直喜才是"日本元曲研究"的开创者。

但据我考察，早在1891年3月14日，森槐南就在东京做过题为"支那戏曲之一斑"的主题演讲，同年8月还在《支那文学》创刊号开始连载《西厢记读法》，此后多年，陆续有中国戏曲及小说方面的论文发表。他的学生也纷纷撰写介绍中国戏曲的文章。

1895年，幸田露伴的《元时代的杂剧》在《太阳》杂志创刊号上开始连载，首次对元杂剧作了较为系统的介绍。

1897年6月，笹川临风出版了《中国戏曲小说小史》；11月，出版了《支那文学大纲·李笠翁》，重点介绍李渔的戏曲与曲论；1898年4月，出版了《支那文学大纲·汤临川》，介绍汤显祖及明代文学；8月，又出版了《支那文学史》，将戏曲作为元明清文学的主体予以介绍。

也是在1898年，森槐南担任了东京大学的专任讲师，开始在帝国大学的课堂上讲授词史和戏曲。后来他的讲义《词曲概论》与王国维的《宋元戏曲史》差不多同时在中日不同刊物上登载。

这些日本学者的工作远早于王国维，而王国维的著作中，则明显可以看到明治学者著述的影响。例如王国维关于"而元则有悲剧在其中"的话语，我在笹川临风的论著中找到了王国维所针对的对象。

也因为这个原因，我对王国维早年的学术经历及其戏曲研究的具体过程产生了兴趣。借江苏凤凰出版社邀请我讲评《宋元戏曲史》的机会，我对有关问题作了梳理和探讨，了解到王国维在"东文学社"学习日语时（1898—1900），受到日本导师田冈佐代治和滕田丰八的影响。滕田丰八与笹川临风是十六卷本《支那文学大纲》的主要撰写者，王国维应能通过老师读到这套书，并了解到笹川临风的戏曲研究。

此外，我检索早稻田大学、东京大学等图书馆所藏的明治文献，注意到有许多以"戏曲"命名的著作，让我觉得"戏曲"这个词，可能有日本元素存在。因为虽然元初人刘埙在《水云村稿》之《词人吴用章传》里已经用了"永嘉戏曲"一词，是目前所知"戏曲"一词的最早出处，但检索元明清三代（不计晚清）文献，"戏曲"一词的使用总数不过寥寥数十例，并且几乎没有以它指代中国古代戏曲这个"整体"的用例。

但在明治维新（1868—1911）初期，日本人就已经广泛使用"戏曲"一词，来称呼日本本土的戏剧、指代西方戏剧及中国戏曲。明治初期，日本的知识阶层十分强调戏曲小说在开启民智、传播知识方面的功用，并且积极投身新剧运动，开创了日本新戏剧的历史。

## 二

在中国，戊戌变法失败后，20世纪初，人们开始关注"戏曲""小说"，强调戏曲与小说对于教育民众的意义，这明显模仿了日本明治维新初期的做法。1912年底，王国维在京都撰成《宋元戏曲史》，随着此书在民国学术界产生广泛影响，"戏曲"一词也逐渐成为"中国古代戏曲"和"传统戏曲"的代称。

问题不仅在于此，对"戏曲"一词语源与含义的认知，还涉及学术史的一些重要问题。例如民国以后的学者，大多批评王氏研究"戏曲"只关注文学而不关注舞台演出，是十分偏颇的；再如20世纪80年代初，对《宋元戏曲史》所使用的"戏曲""戏剧"两个语词，王国维本人是否有意识加以区分，曾引发过一场讨论，但也未有最后结论。

我注意到王国维在1907年所写的《自序》里说到："余所以有志于戏曲者，又自有故。吾中国文学之最不振者莫戏曲若。"在1909年的

《曲录》初序中,他再次重申"我国文学中之最不幸者莫戏曲若"。所以,他研究戏曲的宗旨,就是要为戏曲争取文学史上的地位,正如他在《宋元戏曲史》里称《窦娥冤》《赵氏孤儿》"列之于世界大悲剧中亦无愧色",是从悲剧审美角度为中国戏曲争取世界地位。在这样的视野里,王国维关注的是戏曲的文学特性而不是戏曲的表演艺术。如果"戏曲"一词确有日本的语源,则它的原义可能是指"文本"(脚本、剧本),因为在日语中,戏剧表演称为"演剧"。

我请笛庐对日本关于"戏曲"一词的使用情况、来龙去脉作一个系统考察,看看能否确认我的猜测。

笛庐很快就汇集资料,推究原始,作了很好的解说。据她调查,"戏曲"一词,确实是在明治维新之后才得到较为广泛的使用。但它也不是日本人的发明,而是中西文化交互影响的结果。

原来,英国汉学家罗伯特·马礼逊(1782—1834)在1823出版的《华英词典》第三部《英汉字典》的词条"Drama"内,对中国戏曲的起源、分类、脚色等做了讲解,将"戏曲"与"drama"作了对译。"戏曲"这一词例则出自明臧懋循《元曲选》卷首引"涵虚子论曲"和"天台陶九成论曲"中的"戏曲至隋始盛"及"唐有传奇,宋有戏曲,金有院本杂剧"这两段话。而"drama"在英语中更侧重于"剧本"。《华英字典》是世界上第一部英汉相互对照的字典。日本明治维新之后,马礼逊的这部词典也是日本人学习与翻译英文的重要工具,于是人们倒过来把"戏曲"作为"drama"的对应词来使用。

此前据我自己的检索,明治初期用"戏曲"称西方戏剧的,有1886年大阪刊印的《沙吉比亚戏曲:罗马盛衰鉴》,1887年久松定弘译介的《独逸戏曲大意》等;用以称呼日本戏剧的,有1891年刊《戏曲丛书》,所刊凡18种,收录近松左卫门等人的剧作,及1894年诚之堂刊《江户时代戏曲小说通志》、庚寅新志社刊印依田学海的《新评戏曲十种》等。从1891年开始,从讲座到刊物,在涉及中国戏剧时,使用的都是"戏曲"这个词,如前举森槐南讲演的讲座,又如1891年创刊的《支那文学》就设了"戏曲小说门"栏目。

据笛庐考察,"戏曲"一词,于明治初年的日本人而言,是新见的"外来词",为了让民众能够读懂,有些文章和著作给此词标注的读音是"じょうるり",即日文"净琉璃"的读音。而净琉璃是日本的一种说唱的脚本。也就是说,"戏曲"一词,最初是指演剧用的脚本(剧本)。

20世纪初,受日本影响,中国学者开始广泛使用"戏曲"一词。由于这词在中国是"古已有之"或者"本已有之",所以直到今天,人们也并没有意识到,现在广泛使用的这个词,并不是对古代已有词汇的直接传承,而是经过日本人使用,再被学者转引回来,最后被固化而成为现在的面貌的。

就这样,"戏曲"一词的来龙去脉,经由笛庐的工作,得到了完美的解答。前举与王国维戏曲研究有关的问题,也可以获得很好的解释——王国维使用"戏曲"的初义,重心就是"脚本"(文本、剧本),也即是"文学",宗旨是为"戏曲"争取文学史上的位置。所以,王国维的目标很明确,已经很好地达成了。

至于用"戏曲"一词兼指中国戏剧的表演,甚至包括舞台、剧场及相关的内容,是后来人们对其内涵、外延作扩展、丰富的结果。因此,若以此来指责王国维的研究"偏颇"于文学,反是失之"偏颇"的。

## 三

我请笛庐将此内容写成文章,并推荐到刊物上发表(《作为翻译词的"戏曲"及其文学内涵》,《浙江学刊》,2019年第5期)。她则以此为机缘,继续深入考察日本有关"戏剧"观念形成与变化情况,并与中国近现代的戏曲或演剧观念作比较,最后形成了自己的博士论文。

笛庐在论文中运用大量资料,就有关问题作了系统的探讨。阅读她的文章,我们可以知道,明治初期使用"戏曲"一词时,日本本土的"戏剧"尚未发育成长,只有像"能乐"一类的祭祀用的古剧,"歌舞伎"尚是古老而简朴的。日本明治之后对"戏曲""戏剧""演剧"等词汇的使用,这类词汇作为特定词语及概念,它们的外延、内涵的变化,又是与日本新剧运动的兴起、发展同生共长、紧密相关的,这是一个"历时"的过程,不能以为它们的使用与理解是一成不变的,更不能简单地用今天的观念作"共时"的判断。另一方面,近代中国学术界对戏曲的认知与新剧的萌生发展,到戏曲、戏剧、话剧等概念的确立及分化,也是经历了一个变化的过程。两相结合,我们还可以看到,在"西学东渐"背景下,近代以来中国和日本两国的戏剧,正是通过主动应对挑战,达成了从理论到实践的不断完善进步。

所以笛庐的论著,主体虽然是探讨戏剧观念在文化与文学艺术中的演进过程,其实际内容却已经指向更为广阔的领域。这是她未来将继续展开的内容,也让我们充满期待。

值笛庐的博士论文修订出版,我借此解说一下笛庐写作的缘起。

是为序。

2022年10月17日

第六辑

我的大学

# 大学印痕

有许多事情,当时不过偶然得闻得遇,却影响到人的一生,永难忘记。我在读大学时,就有这么一些片段,略可记述。

## 一

中文系,其实是"汉语言文学系"的简称,它的课程设置,颇有讲究:先是现代汉语语音、语法,当代文学,文学理论,现代文学,然后进入古代汉语、古代文学,由今入古,由浅入深,循序渐进。

1978年10月入学的我们,被讲授的当代文学和文学理论课,有不少其实是当代思想史的内容,所以,1950年代以来的标准尺度与"新时期"之初刚出现的新苗头,并存于课堂之内。

当时,刘心武的短篇小说《班主任》(刊于《人民文学》1977年第11期),正在大红。它后来被认为是"伤痕文学"的发轫之作(卢新华的《伤痕》小说,发表在1978年8月11日的《文汇报》,随后成为一个符号)。戈铮老师给我们讲授文学概论课,谈到了刘心武这篇小说。那时,下课后,总有许多同学围着老师,问各种各样的问题。我既没有胆量发问,也不知道该怎么提问,只好站在一步之外,伸长耳朵,在旁边听他们的问答,从中选取有用的内容。很多的新观念与他们的提问方式、思考角度，都是这样被我"偷"来的。

戈老师说：《班主任》作为一部小说，艺术上其实是不成熟的，但在文学史上有其地位。

因为已经下课了，戈老师直接说了结论，没有再作展开。

这段话被我听得十分真切，这个"虽然……但是"，被我深深地刻蚀在记忆中。回寝室后，仍然苦苦思索，欲求其解。如此这般，不知道用了多少日子，终于让我觉得自己可以解答了。

第一，自己的文艺鉴赏能力有待提升。虽然我不觉得这篇小说是十分的好，至少我从来没有想过它是不够好的；何况都这么有名，已经进入课堂讨论了。

第二，思想与艺术上的探索，与在历史上的地位，并不一定是合一的。有些看起来更成熟的作品，其实没有什么影响与地位，反而是那些不成熟的东西，却被人经常提到并称道，是因为它在探索过程中产生过重要的作用，才被人铭记，从而获得"史"的地位，不可磨灭。

这里既有"一分为二"看待的思想，也有放到历史的维度，从变化、发展的角度去看待，避免把不同时期的作品放在一个平面上作简单比较评骘。列宁已经说过：评价一个人的价值，主要是看他比前人提供了哪些新的东西。

在此之后，我开始疏离了教科书，并且不断就所见所闻，提醒自己：教科书里的分析与评价，如果用这个尺度再衡量一次，会有什么样的结果？例如六朝的"形式主义"思潮，在形式上的探索，是否可以视为唐诗繁盛的基石？明代传奇创作中的"文词派"倾向，被判定为要把戏曲"引向绝路"，是否可以视为是一种积极的探索而给予肯定？

甚至让我想到更多的东西，涉及国民性的、文化特性的一些东西。例如我们总是用最后的结果作为评价的对象，习惯成王败寇的模式，其实，那些文学史上被否定的事例，何尝不是人类对艺术的积极探索？无数次不成功的探索，才让人类社会不断进步，这样的思路是不是也可以用在对文学潮流的理解与评论之中？

再一个，受戈老师的启发，我们还可以从思想史上着眼，说说这篇小说的意义。因为当时及之后若干年中，小说与诗歌还有报告文学，也是思想解放的急先锋。它们所讲述的故事，所蕴含的政治思想内容，所抒发的感情，是打破变革僵局的重要力量。例如蒋子龙的《乔厂长上任记》，曾经是企业改革中人手一册的文本。这样的事情，现在的学生大约会当作神话来听的吧。

以上这类的胡思乱想，对于我后来从事学术研究，自是意义深远。

回忆至此，好像那次从戈铮老师那里引出这番答案的，是张扣林。只是不知道张班长的《杭大日记》里，是否记着这件事，要等他查看了才知。

## 二

入学不久，系里布置了中文系学生必读书目，又从图书馆借来了一批书籍，人手一册，供大家课外阅读。我领到的是汪辟疆校录的《唐人小说》。

系里原本的意思，是要大家轮换着看。大约热门的好书，都被选走了，我这本无疑是属于冷门，应当也不会有人想来跟我轮换的，我很郑重地把它放在抽屉里，每天一打开抽屉就可以看见它，所以印象深刻。

这是一本三十二开的书，米黄色的封面，有一些雅致的云纹，天头很小，纸很粗糙，略呈灰褐色。直接录文，没有注释，也没有说明。

看起来很是吃力。我虽然记住了汪辟疆的名字，却一直没关注他是谁，有些什么著作，大约以为与我无关吧。

小学时候，不知道读到哪本小说，城里来的男孩，在贫农老大娘家里啃着发硬发霉的食物，一点都不挑剔，贫农大娘看着，充满了慈爱的笑容，这让我知道了不挑食、不嫌憎是一种美德，牢记在心。当然，对我来说，那时有吃，就已是美好，所以我暗暗告诉自己，只要别人能吃，不管那是什么，我也一定要吃下去。而读书，也应是如此。不是说"随遇而安"吗，就把它当作一种缘分吧。

由此，我开始读古籍。

《唐人小说》里有几篇小说特别出色，好像后来课堂上或者文学史里也讲到过，最有名的是《莺莺传》《李娃传》《霍小玉传》。对这三篇，我花了不少功夫，努力去读清楚每一个细节。但由于没有注释，对我来说，要真的读懂，并明白内里的意思，仍然是一件不容易的事情，所以不免是囫囵吞枣。

大约三年级第一学期的时候，不记得是哪位同学跑来说，系里要我们自己编一本大学生论文集，让我也来写一篇。当时号召向科学进军，大家也以为当仁不让。这种热闹的事情便是那个背景下的产物。我没有去问为什么会来找我，只是觉得自己已经读了一些书，也有了一点想法，颇有些跃跃欲试。

我选了《李娃传》来写。还找了马振方先生写的一篇鉴赏性文章来看。我觉得自己阅读当中的感觉，与教科书和马先生所说的很有些不一样。刚好那时上海古籍出版社推出一套"中国古典文学作品选读"，有一册便是《唐代传奇选读》，我买了一本，定价0.38元（1980年6月第1版）。其中选录了六篇小说，有详尽的注释。

对所选的《李娃传》，我又反复阅读了好多次，觉得读通了每一个词，找到了整个故事的脉络，完全理解了其中的人物，他们仿佛已经投影到我的脑海中，可以像放电影那样放一遍。又努力用所学的文学理论去观照，用心去体悟。

记得那时有不止一位老师引用过西方哲人的话"理论是灰色的"，并加以发挥让我印象深刻。老师说创作本身更为鲜活，理论则相对要落于其后一些，因为理论只能总结已经发生的事情，而创作却不断在提供新的范式。

我对它作了无限的引申与联想：这是否也意味我们自身的阅读感悟，也比理论要更加鲜活一些？例如有些东西，我们在阅读时明明感受到了，但想要用理论来解说时，却只能放到一个框框里，于是便僵死了。

老师们经常说到的另一句话，是"人是复杂的"。我想，复杂的，就不是单一的，不能只从一个角度理解与评价。这复杂，也包含着人是在前后变化的，不会一种想法走到头的吧。

进而，我通过《李娃传》，看到了"理论的贫困"与"语词的牢笼"。因为按照"高大全"的逻辑方式，李娃是一个正面人物，是作者肯定的人物，所以她的品行自然是完美的；而且作为一个圆满的爱情故事，女主人公李娃对爱情也一定而且一直表现为真挚的。我看出马先生的文章，是以上面所说的逻辑为前提的。

但我明明看到，李娃起初对郑生并没有什么感情，更不要说一见钟情之类，这本不是传统爱情故事的套路。这位名妓眼中的郑生，是一个公子哥儿，一只可爱的小肥羊，正在该挨宰的时候，所以在骗光了郑生的钱财之后，用金蝉脱壳之计，轻松脱钩，摆尾而去。也就是说，郑生是从头到尾都一直迷恋李娃（真是个痴人！），但李娃"阅人多矣"，这个雏儿只是她卖笑生涯中的一个过客而已。

转折点，在于李娃没想到郑父会在一怒之下打死儿子，抛弃在荒野,侥幸未死,已是乞讨为生。当李娃再一次见到郑生,是在雪天,郑生已经沦落为一个乞丐,愧疚之意与同情之心交集,才让她决定接纳郑生,最后"复其本躯",结尾更是以退为进,让郑父也同意接纳了她。在这整个过程中,每个环节都在李娃的掌控之下。这个故事异常完整,结局更是让人难以想象的圆满,其针线之绵密,情节之曲折,与《莺莺传》这种以个人经历为基础的小说相比较,超出太多。这应当归功于说唱"一枝花话"。大约是在民间艺人的反复讲唱过程中完善起来的吧。

这一篇谈唐人小说《李娃传》的文章,收录到杭大中文系学生论文集里,算是我在学术上蹒跚学步的开端。它让我有信心去从事学术研究,所以随后有考研究生的念头。

至于那本论文集,上一次同学会时我还找出来过,现在却不知道放到哪里去了。

又因为反复阅读《李娃传》,对书中情节十分熟悉,其中所写东肆、西肆比赛唱歌的场景,历历在目:对手一曲高歌,赢得满场喝彩;待郑生上场,歌毕良久,全场鸦雀无声,从而高下立判。后来我读屠格涅夫《猎人笔记》,发现也有一个同样的比赛场景。所以在完成"古代小说研究"课程作业时,将这两者加以比较,写了一篇类似于比较文学的札记,交了上去。

平慧善老师给了一个"优"。这让我窃喜。不过,似乎也在意料之中。因为经过两年的学习之后,我已经明白,如果作业里有一点真正属于自己的观点,老师都会高看一眼的。所以读书时不仅记诵着知识点,而且更多地在想,怎样才能得出自己的想法,并且让它们在学理上能够站得住脚。

不曾想到的是,我无师自通地对《李娃传》《莺莺传》《霍小玉传》

等篇所做的精读,后来让我受益颇多。我的博士论文做《负心婚变母题研究》,从《诗经》中的《氓》《谷风》一直贯穿到1988年谌容的小说《懒得离婚》,其中唐代部分,主要借助了阅读《唐人小说》时的积累,正是那几个名篇的精读,让我很快把"负心婚变"这条线索贯串了下来。

很多年后,当我自己也成为老师,指导过许多研究生、博士生之后,深深感到,学生是否能独立思考、是否会琢磨,其实是从事学术研究最重要的一种素质。我以为,对于学生,第一要义是"听话":遇到什么就做什么,让你做什么就做什么,而不要总问为什么要这么做。第二要义则是"不听话":做的时候,要不断想着,让我做这个到底是要达到什么目标? 先辈得出的结论与思考问题的方式,也未必都对吧,我用心去体悟,说不定也能找出他们的差错或者不周之处。从"听话"到"不听话",大约便是齐白石所说的"学我者生,似我者死"吧。

我曾想,如果我分到的不是《唐人小说》,而是《古代汉语》的书,说不定我就和方一新同学一起去做古汉语研究了吧。

2018年10月26日

# 大学生活撷珍

## 恋 爱 篇

我写《上学时,你戴上手表了吗》(见微信公众号"杭大之声"),得到回音极多,也极有意思,大家都鼓动继续。我说,那就写一个系列,用小物件、小事件来记录我们的大学时代,并认真地开列了具体题目。但朋友们异口同声说:第二篇写"谈恋爱"!

是呵,这肯定是大家最感兴趣的话题。我们杭大中文系七八级,总共102位同学,最后结成了十对夫妻,如今已近"红宝石婚",依然信守当日誓言,百年好合,亦是可期。所以,他们当年恋爱,故事想必很多。只是我懵懂而未曾觉知,也不便代他们作答。

同时,要提这问题,还得从我自己说起,这便有些犯难。我不坦诚表达,就不能引出同学、朋友的真心倾诉。那就豁出去了! 就从我自己说起吧。

大学四年,其实是有过"恋"和"爱"的,只是不曾谈过一场正式的恋爱。即使后来读研究生,还是懵懵懂懂的;直到毕业留校,才谈了一次恋爱,但那时我已经二十五岁了,结果仍是无疾而终;待到缘来而结婚时,我已经三十岁。因而恋爱大事,着实不易。

想起来,我们这一代,小时候男女界线分明,古人说"七岁不同

1982年6月，七组同学的毕业合影，后排中间为作者

席"，我们虽然不知道古代有这规矩，却是忠实的执行者。初中在新山学校，我负责出黑板报，从内容到形式，都由我负责，学会了书写标题，设定版面，修订句子，压缩文字等等。班主任则安排了一位字写得很端正、人也很文静的女生来协助。我们经常在放学之后，一起出报，各自站在一张小方凳上，我写一半，她写另一半。因为我们总在一起，有个调皮的男生就起哄说：你们是"两老嬷"（两夫妇）。从那以后，我们依然出报，相互之间也各自留意着对方，却是再也没有说过一句话。

高中在白米湾五七中学，有一对同学谈恋爱谈得惊天动地，但今日回忆，原是正常的交往，只是被其他同学起哄的声音推动着，酿成了师长都来干预的事件，最后也没能走在一起。我中间一度辍学，毕业时才勉强认全了班里同学的名字，连"萌动"都没有机会，就已经结束了。

考上大学时，我满了十七周岁，是年龄最小的十来个同学中的一个。普通话是上学后学的，说得磕磕巴巴，第一学期就有"现代汉语语音"课，我发音都发不准，自然学得更紧张。系里开出中文系学生的"必读书目"，列有两百多种书，舍友孔小炯是七二届高中生，杭州人，他翻了翻就扔下了，说他大都读过了；而我，从作者到书名，大多是第一次知道。所以，唯有努力读书。一二年级时，根本没有想到恋爱这回事，就稀里糊涂地过去了。

那两年还发生了一些事情，记忆深刻。

先是有一阵子，系里让学生组织跳交谊舞，同学们都有些难为情，报名并不踊跃。又命令团支部作为任务来完成，于是男生女生，分成两排，交换着行进，那音乐是《青年友谊圆舞曲》，旋律优美，节奏欢快，歌词道：

> 蓝色的天空像大海一样，
> 广阔的大路上尘土飞扬。
> 穿森林过海洋来自各方，
> 千万个青年人欢聚一堂。
> 拉起手唱起歌跳起舞来，
> 让我们唱一支友谊之歌。

我只参加过一次，好像还没有行进到与女生拉手，就结束了。再过了一些时间，又说是不准跳舞了，所以我一直不会跳舞。

那时候我们每个小组都订有《中国青年报》，1979年冬的某一天，那报纸第三版，用大半版的篇幅，报道了杭州大学政治系的徐同学，谈了女朋友，又抛弃女方，属于"道德败坏"，被开除了学籍，且是全国通报。我们系书记也在全系师生大会上通报了此事。政治系就在中文系北面的文二街上，这样的事情，在当时肯定有着某种普遍性，其实是"杀鸡儆猴"，这让我忽然觉得，谈女朋友真是一件"可怕的事情"！

——后来才知道，这件事情，让那些曾"谈"有"对象"的同学，再不敢生出其他念头。我更看到同辈好友，毕业之后，当他的女朋友在"妇联"支持下，以失去公职和读研机会相威胁时，只能乖乖就范；再之后，为了挣脱婚姻枷锁，又耗费了最宝贵的岁月。另有同学，在大学读书时不敢生变，待到毕业工作了，以为可以追求真正的爱情，不愿妥协，结果在强压之下，一度失去了公职。事实上，从50年代开始，小说《在悬崖上》《离婚》，话剧《霓虹灯下的哨兵》就已经涉及这些内容，根据作家们查出的原因，这是"受小资产阶级思想影响"的缘故。可是我明明看到，在资产阶级还没有出现的古代，就已经有许多事例存在了呵。所以，我的博士论文题为《负心婚变母题研究》，从《诗经》的《氓》《谷风》，一直写到1988年谌容的《懒得离婚》，就是想为这一辈年轻人说句公道话。因为在我看来，古代用"负心婚变"作道德谴责，基于保障正妻（嫡妻）地位，并不保护所有婚姻中的女性（如妾、二房三房夫人）。用古代保护秦香莲的方式，施于当代社会，其实是时代的错位。女生幸福的保障，在于自立与自强，需要有独立的经济地位，而不应该把希望都寄托在男人身上，何况革命导师也已经说过：没有情感的婚姻，本身就是"不道德"的。事实上，两人地位相近，便叫分手，便称离婚；地位有高下，才叫"负心"。这种道德大棒，从来不承认婚姻中情感的位置，而1980年的"新"《婚姻法》，明明已经规定：情感是婚姻的基础。不过，我的论文其实只是一厢情愿，没有起到任何作用。更重要的是，1990年代以后，在经济大潮面前，当女生拥有更大的空间而能独立自强之时，"负心婚变"问题也自动消解了。所以，时间才是最好的分解器。

到三、四年级时，八〇、八一级同学入学了。仅我们镇在杭大读书的同学就有将近二十位，他们组织同乡聚会，邀请我参加；有时还组织与浙大同乡一起活动。忽然之间，我从年级里的小辈，成了别人口中的"大师兄"，因为他们多为前后届中学毕业生，比我要小三四岁。其中也有几位很优秀的女生，令我心生爱慕。但由于毫无恋爱经验，又不好意思向舍友讨教，心中犹记领袖教导的"学生以学为主"，谈恋爱可以，万万不能影响学习，何况那时还倡导"革命化的恋爱"，根据这些道理，我很自觉地为自己设定了规则：一周最多见一次就可以了，不能把恋爱当成重头戏而荒废了学业。

其实，这些都是冠冕堂皇的话头，心里十分明白：考上大学，只是获得了一次读书机会，提供了从山村走向更广阔空间的可能性；读不好书，则什么都是空的。假期回家时，就传有村人不屑地说：不就掌了个居民户口么！所以我需要做的事情、要承担的责任还有许多，恋爱只能是学习生活的一个插曲。

这些都想过之后，心中大定，于是依然按课程节奏，控制着时间。其实也从来没有挑明过。只是每周挖空心思找个理由在饭点时去女生宿舍拜访（那时还没有宿舍管理大妈），每次聊十几二十分钟，既没有一起去看过一场电影，也没有单独约请游湖观景，就以为已经在恋爱之中了。尽管如此，那种忐忑和悸动，至今犹有穿越到现场的感觉。

殊不知那时女生原本就少，既为优秀的女生，则焉能缺少男生追求？同乡之间、同学之间都存在竞争。而恋爱需要热度，我这般三天打鱼两天晒网，又如何能够升温？更何况我这种学究式的想法，既不懂女生心思，也不懂处理各种关系。待某天我想确立关系时，得到的，自然是否定的答复。

回头想想，这仍然不过是我的单恋而已，算不上是"谈恋爱"。契诃夫说："每个七岁的男孩都有心仪的女生。"也就是说，当性别意识觉醒之时，就会对美丽的异性萌生感觉。这般说来，我那时憧慕过的女生，也还是有的。有的是算一下条件，便生退意；或是甫一转念，知不可能，亦自放下。再或是心生欣慕，单纯作女神般欣赏，珍藏于心底。说直白了，只不过是心中想想而已。

总而言之，如此这般，还没有品尝过恋爱的滋味，我就匆匆结束了大学生时代。

## 粮 票 篇

我们1978年上大学时，还使用粮票，男生女生，每人定量都是三十斤。女生饭量小，吃不完；男生胃口大，吃不饱。像我这样身高一米八的人，块头硕大，每天在篮球场上要跑两个小时，用一斤粮票想要填饱肚子，着实是个问题。

吃饱饭，这个问题似乎是生来就要面对的。虽然我实际上不曾真正挨过饿，但"吃不饱"，却是我们这一代人年轻时的共同记忆。

我出生在1960年农历十月初七日。那时队里仍办着食堂，母亲每天用盆去"号粥"，先给父亲留下一大茶杯，然后再分给我两个姐姐和一个哥哥，她自己留得最少。我还未满月时，生产队长来派工，说是去杨村队里筛米，可以另给二两米。为了这二两米，母亲抱着我去了河对岸的杨村，忙碌了一个上午，再去食堂，却是去得晚了，粥都分完了，全家人的午饭，只能靠手中这二两米，但二两米又如何熬出供

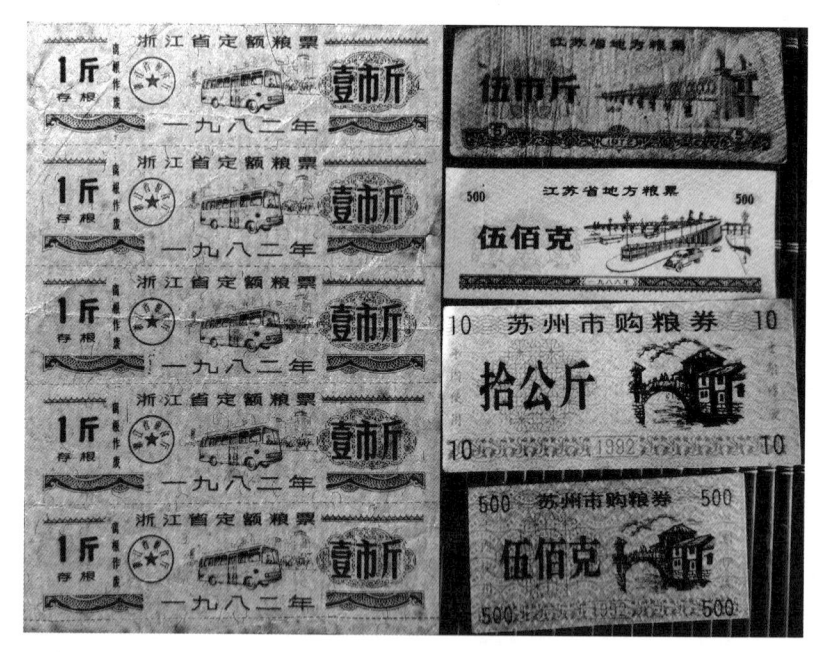

夹在毕业纪念册里的粮票（吴朝骞提供）

一家吃的粥呵！

这是我降生后家中最铭心刻骨的事件，母亲多次讲给我听，每次讲述时都是泪盈于眶。

母亲说，我一岁多时，一餐就可以吃一茶杯糊糊。后来我的个子很快超过了大我三岁的哥哥，于是我从来只对他直呼名字，不叫哥哥。而据我们的同学回忆，家中兄弟姐妹，60年代出生的普遍比50年代出生的要长得高。

听说到了1961年，食堂解散了，允许社员自己挖"潜力地"。我父亲便每天早出夜归，在山坳、溪边开垦了很多荒地，种上玉米、番薯之类，不过半年，就解决了肚子的问题。但过得两年，就不允许种了，因为那是"资本主义尾巴"，必须割去，所以后来又大多荒芜了。

我成年后参加生产队劳动，父亲指着那些再度荒芜的地方，说是他当年开垦的"潜力地"。

那时按规定，每个人的自留地，只能是七厘二，不得超过。其实生产队的水田，人均起码一亩，另外还有不少山地，最后大家却还是吃不上饭；而这七厘二的地，家家户户都是精心种植，除了解决菜蔬，还要种出三个月的粮食。这是"文革"期间我渐渐懂事、并始参加自留地劳作后，印象最为深刻的"反差"。为何"生产效率"如此低下，以及如何提升"效率"，成为我在少年时代经常思考的问题。

我1967年上小学，1976年高中毕业。中学时，我的梦想就是在十八岁时做一名生产队的小队长，以便改造我们的生产队。所以时常谋划着，若是让我来安排，要怎样耕种这片土地，让大家都能吃饱饭。

村里人说"吃饱饭"，其实是指"吃一顿饱饱的饭"。通常只有替别人帮工，尤其是替工人家帮工，才可以放开肚子吃。凡是有这样的活，村人就说是去"吃饱饭"了，很是羡慕。那时说人家里"豪富"，一句"屋里头饭都吃勿完"就足矣！

村里的许多人家，只有过年的那顿"分岁夜饭"，允许孩子们敞开肚子吃。我一位远房堂兄，过年时恨恨地拍打自己的肚子，道是："平日总话没得吃，要你吃时吃不动！"于是传为"古话"。

我稍懂事时起，每到五、六月间，总听母亲在念叨，不晓得明早米在哪里。甚至母亲晚年也经常夜半从噩梦中跌醒，因为想起瓮中已没了米。生产队长却总是能下"及时雨"，隔几天便分个三斤五斤，"吊着一口气"。我则从中感受到什么叫作"青黄不接"。那个时节，饭镬里通常是去年的番薯丝、今春的草紫干（紫云英煮后晒干）垫底，然后摊上剩饭，再放上米；煮好后，则是先把新米饭舀起，为下餐作准备（剩饭再煮后更膨胀，可增加产饭量），然后拌匀垫底的杂粮，舀到碗中开吃。

杨村有一个比我小几岁的孩童,因为剩饭没得滋味,也失了香气,哭闹着要吃"镬心米饭",就是那镬中间用新米煮出的晶莹饱满、香气四溢的米饭,当时传为笑话,并得了一个"雅号",叫作"镬心米饭佬"。我上初中时认识他,其实是一个乖巧听话的孩子。

记得第一批早稻收割,队里就直接在晒场分新谷,按人头一次八斤谷或十斤谷地分。队里并不能把收割的新谷都分下去,必须保证先完成农业税和"爱国粮",然后才能分口粮,所以那八斤十斤,主要是让各家能缓一口气,毕竟还要"双抢"呢!农民却也已习惯,既然新谷到了晒场,便不需恐慌了。

我高中毕业回家种田的那一年,是我们家总工分最高的一年;但分红值只有三角五分,是历年最低,所以又是收入最低的一年。哥哥已是"全劳力",所挣工分在队中名列前茅,但做的全是力气活,吃得也多。那年我十六岁,工分只有六折,却正是胃口最好的年龄。家里分得的口粮自然不够吃,必须去黑市籴米,通常是请盛产稻米的湖区亲戚,帮助订好分量。有一次是我去背回的,那米是五角一斤。家里一年分红所得,也就只够籴个一袋、半袋。

我个子抽得快,特能吃。初中二年级,我十三岁,被安排去齐东中学的校办工厂学铁匠,我掌小锤,同学益忠抡大锤,学打镰刀。在中学食堂蒸饭,我用特大号饭盒,先泡米,再加满水,这样少少的米也能蒸出满满一饭盒,差不多有一斤半饭,我一顿全吃下,但舔舔双唇,意犹未尽。

平常在家里,早餐是泡饭,晚上是稀粥。谚语说"薄粥楦大肚",那肚子也像被鞋楦似的楦着,越撑越大,像个无底洞,平常三大碗米饭,几分钟就可扒拉下肚。

分红既少,母亲"不知米在何方"的念叨常在耳边,少年的我,也想着为家里分忧,所以曾有一段时间,我有意减少了摄入,大碗改成高脚碗,以往每顿两碗,改成一碗。实在熬不住饥,就弄撮萝卜丝、番薯干顶一下,居然也就那么过来了。只是家人都各自忙碌,没人注意到我少吃了一碗半碗。我还想着把每天节省的米先放到一个瓮中存放,也许到时候可以给母亲一个惊喜。

忽然听说恢复了高考,我才把这"节食计划"给抛到了一边。

又过了大半年,我考上了大学。于是得自己来安排一日三餐。

我那时的胃口,一顿吃个半斤八两,也只需花三五分钟。但定量既然是一斤,就得按"规定"来。于是早餐二两,中午、晚上各四两,成为定例。乡下有句谚语,道是"老虎舔蝴蝶",意思是才一点点,根本不够饱;但另有一层意思,据说老虎每天只杀生一次,舔了蝴蝶,也就用完了一天的定额。我就这般做了每天遵守定额的老虎。

也听说有同学用大饭盆打饭,师傅看得盆中才一点点,总会再添多点。但我入学时尚未满十八岁,又被委任为班体育委员,看上去是个本应去读体育系的傻大个。因为好面子,不敢用大盆,怕被人说成是"饭桶",平时尽量装作吃饱。吃饭不过"例行公事",吃了便走。好像大学四年中,我还真的没有与任何同学(包括最要好的室友吴朝骞、方青稚)讨论过吃饭问题。

记得有一次,食堂难得做了大肉包子,一两饭票一个,壮硕诱人,虽然我已经吃过四两定额了,却不知为何馋虫上来,就一下子买了五个,装在盆里,自解说是要做夜点心。从食堂回寝室路上,想先尝尝味道,不料一尝不可复止,刚过大教室,还没走到办公楼前,五个大包子就又下肚了。奇怪的是,肚中反而觉得空落落的,愣神间,颇疑之前所吃包子,或是幻觉。

母亲惦记我这大肚汉,每次回家,总要炒一布袋小麦粉让带走,约有五六斤。我肚饥时，就直接往嘴里放一大勺，闭住嘴，慢慢洇润，然后咽下，焦味与麦香齐至，精神为之一振。吃炒粉也有讲究，干咽才好，不能立刻喝水，否则会胀得难受。当然泡成糊糊再吃更好，但我嫌那样太费时间。

如此这般，一两个学期下来，我的肠胃完全适应了定量，所以也不曾对我的读书与运动造成任何障碍，我便这样轻松愉快地度过了大学四年的时光。

近年来身宽体胖，有专家教以养生之术，道是"迈开腿，管住嘴"。其实便是谚语所说"三分饥七分寒"。于是恍然大悟：原来我在大学时的饮食，就十分切合养生之道了！

## 衣 服 篇

尚建同学说：刚入学时，我们看见一位高个子男生，一身旧军装、一双军球鞋，在写黑板报。孟丽珍说他是我们班的，好像是复员军人。这男生回头看我们，算作笑容状，我看看年纪，不像退伍军人，像个"伢儿"（杭州话，意为"孩子"），笑一下脸还红了。他那一手好字，印象深刻。

我的军装，是大姐夫给的。他是1968年参的军，那时已经是干部，所以给了一件棉布军上装，我入学就穿了。这是没有袋袋的士兵服，土黄与绿色之间，皱巴巴的。

大约二年级以后，姐夫给了我一套崭新的"的确良"军装，草绿色，是四个袋袋的，袋里可装好多东西呢！

这衣服笔挺，威风，不会发皱，也穿不破；那是棕色扣子，圆圆的，

1979年3月，登南高峰，七组获集体第一，我穿的是军上装（后排右一）

大大的，一看就与众不同。最好的地方，是头天晚上洗了，放在窗外或者走道吹吹风，第二天就干了，又可以穿了。我一直以为这是天底下最好的服料，一件衣服就可包打天下。只是我一直纳闷也没有个女生来关心我一下，现在想来，很可能女生们看到，就以为我这件衣服是从来不洗的吧。

四年级的时候，毕业之前，我与王琳姐姐也说上了话，她说她一直以为俺是转业军人，年纪比她们都大，谁知道却是小弟弟。而王琳的男朋友老樊同学给我的题词是："好大一个小孩。"

以上算是引子，以下言归正传。

### 我们大学时代穿什么衣服？

这原本就在计划的问卷之中。既然尚建说了，那我就接着说吧。

杭州这地方，夏天热得像火炉，冬天冷得如冰窟，幸而春秋两季，美如天堂。只是天堂里的时光不易记住，地狱般的日子却难忘怀。夏天暑假长，我回家参加"双抢"，对杭城的热没有什么感觉，但那"严冬一样残酷无情"的滋味，则记忆犹新。

从小在诸暨农村长大。孩提时，身子热，不怕冷。虽然十来岁时，手上脚上长过冻疮，父亲用双轮车拉着我和哥哥去县城治疗，我对那黑色的冻疮膏印象深刻。但这也许是那年特别冷，其他时间，没有太过深刻的记忆。

在冬天里，外面一件"空壳棉袄"，里面是一件棉布做的"小布衫"，这就是过冬的装备了。既不晓得什么毛线衫、棉毛衫，也不晓得什么是棉毛裤。下身，在里面穿一件"夹裤"，是旧裤加了补丁，较为厚实，也较能保暖。跑跑跳跳，加上还要干农活，就不觉得冷了。

我到杭大报到后，很快就是冬天，基本的过冬装备，其实与农村时差不多。带的是一床大棉被，十斤重，盖在身上，厚厚重重，严严实实，睡着很是心安；起先底下只是草席，后来才有了一条旧毯子。待到天气转热，只盖半身，露出双脚；夏天莅临，就只在肚子上盖一只被角。说起来别人可能不相信，夏天的大棉被，感觉上是凉的。难怪卖棒冰的要用厚棉絮裹着。

我从小看着母亲和姐姐"翻棉被"，所以能自己洗了被单，买来长针、粗线，然后"翻棉被"，从来没有请过女同学帮忙。不过一年也就翻洗那么一次。因而翻洗时，被头上的油渍，已是光亮可鉴。那时倒头便睡，从来不知其他。后来读书，见古人说"千日洗脚，不如一日洗被"，遂击节称赏。

我带来学校的衣服，并非都是新的，但外衣则都是完整而没有补丁的。母亲从小告诉说，只要穿得干净，有没有补丁，都没关系。在家里，被母亲和两个姐姐照顾着，我从来不用洗衣服。到了大学里，虽然不算洗得勤快，却也不曾有过泡了一周而未洗的记忆。

那时主要的外衣就是一件黄绿之间的军装，还有一件改装的中山装，蓝黑色，母亲请裁缝到家里做的，四个口袋特别大，可以装很多东西。

灰色,是那个时代的基本色调。也是许多外国人第一次到中国,看到满大街人们的衣着时,所留下的印象。

那时,外衣、内衣我经常换洗,棉袄其实是不洗的,只洗罩衫。棉袄外面是藏青色的,内衬是厚白布,穿得时间长了,白色的领口就有了黄渍,而袖口则油光可鉴。我自己觉得,比起物理系七七级的阮建忠,还算能注意仪表的。二年级的冬天,物理系七九级何栋小老弟带我去他寝室(都是枫桥镇的老乡),建忠正忙着给同学发放饭票、商量班级活动,十分热心,那时很多人不愿意为集体活动浪费时间,他这样做其实是"傻"的,真正的"诸暨木陀"。我清楚记得,他的棉衣袖口,真的是剃头佬的"篦刀布"一样,黑黑的,油油的,而且他领口里把里面布衫的扣子扣在棉袄领扣上了,导致外套扣错了扣位。这是个把自身生活完全忽略了的主,却是全国第一位自费留美(获全额奖学金)的七七级本科毕业生。其事颇经波折,是陈立校长以杭州大学作担保,并找省长支持,特批提前半年毕业,于1981年10月赴美留学的。此后经小平同志指示,才有数以百万计的年轻人用各种途径出国留学,接触先进的科学技术。(关于他的出国经过,同乡历史系七七级陈侃章兄《杭大七七级阮建忠:首闯自费留学美国之路》一文,有详细记述。)

三年级时,我自己买了一件高领的腈纶衫,也是像的确良般耐穿,只要水里洗一遍,就又是干干净净,蓬松绵软。这是1972年尼克松访华后,政府感受到与先进国家的差距,节衣缩食引进了多套大型化工设备,其中第一套设备是由上海"金山石化"于1977年投产的,其中的一个目标,就是"让全国三分之二居民能穿上一件的确凉衣服",所以那之后化纤服装就大大增多了,而且棉布要"布票",化纤布则不需要。

那时穿什么裤子，已经没有印象。关于鞋子、袜子，则尚有一些记忆。

我上学时穿的是母亲做的布鞋。之后母亲每年都给我做一双，一直到我研究生毕业留校工作那年。我认为这是天底下最舒服的鞋子。很可惜，最后一双也被我穿坏，没能留下来做纪念。

纳鞋底，是一件很吃力的活，一只就要做许多天。把破布头垫起来有将近一公分厚，再按鞋样，先用锥子凿洞，接着用苎麻编的粗线、粗针，用顶针顶着穿过，再用力将线绷紧，方言叫作"持一下"，每针之间只隔约四分之一公分，同等距离，一圈圈游龙般的线脚，看着就令人喜悦。城里的水泥地特别磨鞋底，就请修鞋匠钉上轮胎皮。待胶皮磨薄磨破脱落了，就再换一次。总要穿到鞋底断成两截三块，才惋惜地扔掉。

大约大三时候，买过一双皮鞋，是人造革做的，可能是温州产的。皮鞋穿着显精神，不过那帮和鞋尖，都是硬硬的，卡脚；脚汗浸透后，发臭，气味难闻。领袖《语录》中说，"事物都是两面的"，我一直以为这是皮鞋必有的副作用。等到许多年后穿上真皮做的皮鞋，才惊奇地发现，原来真皮鞋是不臭的。

冬天穿的袜子，都是姐姐用棉线给编织的。有短袜，还有长袜，长的穿到膝盖前，可当半条棉裤。但棉线不耐磨，我又是一个跑跑跳跳闲不住脚的人，很快就把脚底给磨破了。第二学期返校时，父亲把他穿过的一双半脚尼龙袜给了我，虽然那绒的部分磨了一些了，但筋网仍然坚牢，穿了好久也没破，很觉神奇。

数九寒冬，中文系的大教室，四面通透，寒冷异常。一到课间休息，大家就跺脚取暖。青稚和朝骞不知从哪里学来一种双人推手游戏，两人对面立定，以双手能碰到对方为限，以将对方推动了脚步算赢。

这游戏的妙处，不在于推倒对方，而在于突然收手，让对手失去平衡，直往你怀里扑来；又或是乘对方发力的一刹那再一触碰，用四两拨千斤之法反弹回去，使之自倒。青稚身子柔软，纵然如风中柳条般大幅度摇摆，脚底仍是稳稳的；朝骞则易被引诱上当，收力不住时，这黑面汉子便夸张地作乳燕投怀之状，引来旁观者哄然大笑。因为一身之劲全在脚底，相互推不了几下，身子便暖和了。

由于喜欢运动，这鞋子损得有些快。穿的是草绿色的解放牌球鞋，2.5元一双，底薄，待到大脚趾把鞋尖捅破，或是鞋底磨穿，才恋恋不舍地丢弃。比较好的是上海"回力"，得花5元。好处是底厚，弹跳好，鞋底即使磨出洞来，还可衬上鞋垫，再坚持一段时间。后来知道要保护脚踝，得买高帮的，但很贵，读研究生时才买了一双。

穿球鞋不能光脚，要穿尼龙袜。但尼龙袜太贵，我买的是薄丝袜。丝袜不耐穿，不多时，大脚趾尖就顶穿了。所以我每次收回晾干的丝袜，就用黑线或棕线将那破洞缝起来，就又可以穿了。对我来说，这事儿跟农村时用苦竹片补畚箕差不多。只是最多穿得两次，就要再缝了。有一次，舍友见那么破的袜子我还在缝，说他有几双袜子还不太破，意思是想送给我，我笑笑，摇头婉谢了。自己的破袜子补一补再穿是可以的，穿别人的破袜子，还是接受不了。

运动后洗澡，全年都洗的是冷水澡。冬天最冷的时候零下几度，屏住呼吸，将冰水抹在身上，那个感觉真是冻并快乐着。洗过之后，那种酸爽也是妙不可言。

二年级的夏天，杭州供水问题尚未解决，不仅二楼没水，一楼也放不出水。只有盥洗室外低一级的户外水龙头还有水。那里也是家属、女生共用的洗濯之处。我们就穿着短裤，待放满一脸盆水，就往身上淋。对我来说，就像在村里溪边，妇女在埠头洗菜洗衣服，男人、孩子水中洗澡，并无违和之感。

四年的时光过得很快，世界的变化则更快。以上的记忆，主要是一二年级时的。从当时同学的合照看，那时连女同学也以穿军装或中山装的改装居多。颜色非绿即灰（蓝）。

大约从二年级下学期（1980年春）开始，大家的穿着就有了明显变化。很多人把头发留长了，裤子的臀部收紧，裤管变大，这就是所谓的"喇叭裤"。衣服的颜色也由深变浅，变得明亮了。

某一天，有女同学忽然穿了裙子，又有女同学忽然烫了头发。我听到比我年纪大一些的男生在议论，都觉得并不好看，甚至还不如原先的麻花辫子好看，哪怕穿军装，那飒爽英姿也是无可匹敌的。现在则是不伦不类的。

但再过了一段时间再看，观感却又有不同了。觉得好像是换了个人似的，光彩绚烂，令人不敢直视。在习惯"中性"状态之后，男生们第一次对女性有了一种新的"即视觉"。

对此，那时我还曾认真地思忖过。先前说不好看，因为只有裙子是新的，衣服未变，发型未改；那些发型变了的，裤子和鞋子并未跟上。大略和男生穿上绉巴巴的西装，脚下却仍然是一双老布鞋，模样差不多。女生具有敏锐的审美感觉，她们很快就摸索出上下和谐的着装方式，于是焕然一新。（但第一位烫发穿裙的杭州女生，因这事在分配时被系里故意穿了小鞋，是毕业四十年后我才知道的。）

我那段时间正在读哲学书，感兴趣的是这"变而未变至新形态之际"的认知。许多新的东西，最初不易被接受，不仅是从旧有平衡态上升到新的平衡点需要一个过程，还在于欣赏者的欣赏，从旧的习惯走向新的审美，也需要一个过程。

同时，任何探索所经历的过程，有短有长，有可能成功，也有可能不成功，从不成功到成功的这个"过程"最是艰难，因为可能受到嘲讽、反对甚至阻挠，结果导致夭折，而此刻最需要的其实是理解与支持，却正是我们的传统所缺乏的。

以上种种，让我对"变革"有了一个新的认知，同时也让我后来了解尧斯"接受美学"、伽达默尔的阐释学理论时，有了一个直观的例证。

如此看来，吃饭穿衣，诚非小事呵！

## 自行车篇

大学同学说："有一件事，黄仕忠可能忘记了，就是向我借自行车外出，回来只能推着车，因为与人还是与物撞了。当时脸上显出恐慌的神情，毕竟那时候自行车还是稀罕物。我连说没关系，就在宿舍门口自己修理了。那还是住在一楼的时候。"

描述的场景，如同镜头一样呈现在眼前。我在记忆库中努力搜索了一番，却没有任何痕迹。又设定条件：撞坏车，推着回来，走一段路，承受路人的奇怪眼光，回宿舍还车，内心煎熬如何开口；若是住一楼时，即入学第一学期，我刚十八岁，对新环境尚是陌生，像我这样的农村孩子、胆怯的个性，如此严重的事情，经历借车、撞车、还车，这过程中包含无数的节点，却完全没有印象，很不应该啊！难道是太过难为情，故意把记忆封存起来，不愿面对？我好像也没脆弱到这个程度。

那么，换个思路，我什么时候学的自行车？——于是封存的记忆，渐次打开。

入学前，在乡下，家里买不起自行车，学了也没车骑，就没学。

入学后，不会骑车，没觉得有需要。中文系在分部，去本部借书，也只走两里路，除此之外，我活动的范围就是：宿舍、教室／阅览室、饭堂、篮球场，除晚上偶尔去隔壁的海洋研究所看场露天电影，连分部大门也不出，好像也没有外出下馆子之类的记忆。再想想，那时我甚至没有留意过谁有自行车，停放在哪里。

寒暑假回家，倒是有机会学车的。我在1978年10月考入杭州大学，是本公社该年两个幸运儿中的一个。因为考上的人很少，所以我的名字就叫作"大学生"，村里的老人家或是婶姆、嫂嫂们见到我，都是眼含笑意，招呼道："哟，大学生回来啦。"甚至我做研究生、读博士生时回家，人们依然这样称呼。村人觉得"大学生"就已了不起，并不知道大学里的学生还有不同类别。所以，这时候我要是会骑车，向有车人家借一辆来用，应该是没有问题的。

但我清楚地记得，那时的想法很坚定：我不学车。

自行车，广东人叫"单车"，村人叫"脚踏车"。学车，得借车，初学者易损车，不好；会骑车，出行便想借车，村里有车人家极少，也是平日自家要用的，去借，让人为难。不如不会骑，则别无他念，老老实实走路。若不想走路出行，就正好在家陪父母。

在大学里，也是同理：有车一族极少，不会骑，就不用麻烦于人。那时心思很单纯：能上大学，已是幸运，毕业之后将做什么，不知道（当时七七级也没有到毕业时），但看"文革"前的杭大毕业生，大多是回本地当中学老师。可能一生也就这四年的读书时光，必须抓住时间，好好读书。

读了大学，让我明白：每个人都是平等的，但人的出身却是不平等的；有些人生下来所拥有的，是我努力一辈子也得不到的。不必比，也比不上，但在精神层面上，我不可以输给别人。

我们七组去杭州郊区华关祥同学家（1979年）

当时，"文革"中被打成毒草的文学名著，不断重印出版，校新华书店前，需要排队才能买到。记得舍友买下一部，包上书皮，细心地放在箱底，再将箱子推到床底下，然后拍拍手，满足地对我说："以后慢慢读。"其实他说的这个"以后"，是指毕业以后。我那时没有能力买书，见状，却只有一个念头：我必须现在就把这些书都读了！

所以学不学车，只不过是在脑海中闪过的一个念头而已。那个时候，因为"文革"十年，大家对读书有一种强烈的"饥饿感"，除了听课及傍晚的体育锻炼，几乎所有时间都在自觉地学习，读书，再读书。无他，读书的机会，犹如天赐；读不好书，将来怎能立足并有所作为？因而时时心怀忧惧。而四年的时光，也这样在不知不觉中就过去了。

大学四年级时，老师们的生活条件也开始得到了改善，许多老师换了新居。同乡同学倪建平来叫我，去帮中文系一位老师搬家。搬家，特别搬大件物品，我最擅长。因为从父亲那里学了些经验。例如用一根粗绳，勒住柜脚，两个人就可以用手提着上下楼而不必弯腰，省力且安全。我们先将大件物品搬下楼，装到一辆三轮车上，然后从集体宿舍运去杭大新村的房子。我二话没说，骑上车就走。

这其实是我第一次骑三轮车。记得骑到校门口，是弧形弯道，那车把不由自主地右转，直往花坛上撞去，好在我臂力够大，硬撑了回来，再一路保持着这个强度，顺利骑完了路程。搬上楼时，那五斗柜上方是玻璃拉门，建平抬着物品，后退时不小心碰到，将玻璃门的下方磕下了一只约一公分的小角，把师母心疼得嘴巴直发出声音，建平顿时面红耳赤。说起来老师夫妻异地分居二十余年，刚把师母调来杭城，因当时经济困难，置物不易，才让师母觉着心痛，还让我看来有些失态。

有意思的是，很多人都说，三轮车很难骑的。我说："没有啊，我跳上去就骑了，很好骑的。"一讨论，原来是我不会骑自行车的缘故。不会骑自行车，反而易于骑三轮车。因为自行车龙头太过灵光，手指一拨就可；三轮车吃重，总往一边偏着走，必须用大手劲才能撑得住。很多人习惯了自行车，手力不足，掌控不住，于是就直冲路边了。

所以，这也证明，那个时候我还不会骑自行车。

我后来又骑三轮车帮许多同学搬过家，就更有经验了。其中有七七级的徐岱兄，我骑三轮车帮他从杭大宿舍搬到官巷口，一上午走两趟，完成时正好十二点，我就拿了饭盆去饭堂。后来才想起，这老兄太过专注于物品的安全，一上午都没想起请我喝一支汽水，其实也欠我一顿午饭。他现在是浙大资深教授，下次见面，一定要让他给补上。

再微信问我哥，他说家里是1981年底买的自行车，永久牌，载重型，二姐的公公（时任视北公社书记）给的票，我哥到枫桥去骑了回来，价格在一百三十元以上。那么，我应是1982年春节回家时学的车。那个场景我还有印象：在村口大埂上，我哥扶着，我骑着骑着，就整个人压到他身上了，他根本架不住我的重量。后来我说，你回去吧，我自己来。于是踮着脚尖，寻找平衡，没想到才过得一会，便能歪歪斜斜地骑着走了。

记得在生产队时期，村里其实没车，只有邮递员或者卖棒冰佬才骑车进村，但社员们都喜欢谈论这"脚踏车"。大家都没骑过，却津津有味地讨论起骑车技巧。金水老卵不以为然地说："这有什么难的？只要两手把定龙头，两只眼睛向前看，保持好平衡，然后就只管用脚踏着便好。"村人将这话传为"经典"。因为初学的难处，正在于把不住龙头，忍不住要往脚下看，也保不得平衡呵。

学了车，便要用。阳春郭君与我同年上的大学，约好骑车去镇上看望同学。他是多年的老司机，上岭、下坡，灵巧地避开坑洼，绕过凸块，稳稳地让轮子在那剩余两三寸宽的平道上行进，微风吹起白衣，拂动额前的黑发，诚是美哉少年！而我则紧握龙头，两眼向前，无论平或不平，有坑没洼，咬住牙关，勇往直前，那车轮上上下下蹦跳着，我的双手则像是用力按着琴键。到得枫桥，臀已麻木，臂则发酸，汗透重衣，捋一捋湿漉漉的头发，装作若无其事，谈笑自若。

读研究生时，我买了第一辆自行车，杭州产。有时晚上九点之后，读书略厌，便骑车于西湖边上，沿白堤或苏堤，明月在空，清风徐来，万籁无声，唯有车轮滚动的唰唰声，极是快意。有时也于无人处，试着"双放手"，让龙头自行滑动，初极紧张，龙头倾斜，似不得不出手；但若能放松，下一刻再转得一囷，却又自动返之正，于是畅行。忽悟此中颇有哲理，故而印象深刻。

骑在自行车上，人在空中，思绪纷至，不觉之中，入于空灵之境。

1982年10月，我的第一辆自行车

某次在西湖边上骑车，有顿悟之感，忽见行人突入路中，我右手急刹而左手不应，于是前轮骤制，后轮犹在送力，顿即腾身飞起，幸而顺势前翻，落于草地中，居然人车无恙。但从此再不敢在骑车时开小差矣！

## 外 语 篇

入学不久，外语分班，有英语测试，分出快、慢班。但这与我无关，因为我选了日语。

我在1972年上的初中。初中时，老师也教过英语，但只上了一两节课，就停了。高中时再没学。也没有教汉语拼音，但26个字母却是认全了的。那时很多人以"26个字母也认不全"为豪，就像公社干部总是大声说"我是大老粗"以示荣光。这意味着一定是工农出身，而与"四类分子"和"小资产阶级"无涉。我还会讲两句英语,一句是"Long live Chairman Mao(毛主席万岁)",另一句"A Long Long Life to Chairman Mao(毛主席万万岁)",是跟姐姐学的。她们读中学时,我还在读小学,听她们在家里说过这两句,我觉得很新奇,一下子就记住了。

我初中在新山学校,当时是"浙江省教育革命先进单位",有很多人远道而来,参观取经。其中有从省城下放来的大知识分子。比我低一年级的郭润涛,就在那时见过杭州大学的姜亮夫先生,是偷偷去看的:"我记得他穿着大衣,戴着眼镜,镜片像墨水底一样,一直坐在新祠堂的大厅上写东西。我是听别人说,他是姜亮夫。"省幼儿师范的老师来实习,很喜欢机灵聪明的润涛同学,之后也一直保持联系。新山学校是郭姓为主的新山大队办的,润涛是本村人,才有这样的机会,令我好生羡慕。但即使这样的"先进单位",也只教了一节课英语,就没了。后来在"白米湾五七中学"读高中,半农半读,大半时间是采茶叶、护茶山,没开英语课。当时的说法,理直而气壮:"我是中国人,何必学外文?不学 ABC,照作中国人!"

1977年恢复高考,不考英语;1978年加了英语,但只作参考,不计总分。我参加了考试,想着反正就是勾勾画画,总不能交白卷吧。结果我得了五分,看,这不还是有基础的嘛。(钱志熙同学批:你真聪明,还是去考了,我根本没想过去考,不然的话,或许也能拿个三五分。)

不过要在大学里进英语班,不免心虚。所以毫不犹豫报了日语班。没想到,正是这选择,让我之后的求学道路十分顺畅。

其实也是认真思考过的,学英语没什么用,英美是敌国,不可能去的,也不会与老外接触;听说日本人对中国研究很深,有许多书,将来也许有机会读到;口语是不必要的,太浪费时间,能阅读就可以了。这也代表了当时一名普通大学生所能拥有的视野。

日语班是小班,二十来人,年龄相差很大。何一枫、金树良等是老三届,学过俄语,是从头再学。大多数人日语都是零基础。老师何美莲,是杭大俄语专业出身,一直教公共外语,因为取消了俄语课,就改教日语;日语原是她读大学时的副修课。

当时没有正规教材,用的是"上海市业余外语广播讲座"版《日语》,封面是浅粉色的,大约是用樱花的颜色,内容浅显,开头是五十音图,正课也是从"毛主席万岁""共产党万岁"开始的。日语里有许多汉词,一看就认识,读音也都是从中国南方音变过去的,听起来与浙江东阳人说的方言差不多,难怪叫作"东阳(洋)鬼子"。

虽说大家都是从零开始,但几节课下来,差距就拉开了。老大哥们年龄在二十五岁到三十二岁,记性变差;我们这帮小毛头,则是十六岁到二十岁。大家跟着读得两遍,就都记住了。我们到第二课及第N课也还记得清清楚楚,老大哥们则记了又忘。何老师为人很温和,尽量平衡照顾大同学,小同学们就越发轻松了。

广播教材太简单,我得给自己加码。课文就在上课时搞定,平时则读别的。那时没有日语教材可买,即使有,大多只编出上册——这还是因为1977年恢复高考,为适合新形势而组织编写的,我就把校图书馆能查到的都借来读过。记得有一种理科版,天津出的,有很多理工科专业术语,我就只读课文,专业词汇就跳过去算了。这些教材有一个特点,内容都是讲中国的,要么是中国人写的文章,要么是日本人写中国的事情,似乎是为到中国来的日本人当翻译之用(中日建交后,从日本引进许多大型设备,有许多日本技术人员来做指导),并无为去日本生活而学的意思。文中夹杂大量中文译词,索然无味,读着还拗口,记还是不记,常让人为难。

那时尝试过许多单词记忆方法。比较常用的一种,是每天睡前记十几、二十个单词,记过之后,躺倒便睡。早上醒来,先回忆一遍。凡是能回忆起来的,就基本上记住了。也不多背,此后主要借助大量的课文阅读,凡是再次出现并能回忆起意思的单词,经过二次复验,加深记忆,就能真正掌握了。后来读心理学著作,发现这符合心理记忆的原理,所以研究生时仍继续使用,似乎从来没觉得记单词是一件难事。

自动加码后,日语课变得更加简单,进度太慢,听得让人直想睡觉。但班上人少,何老师在讲课中提出问题时,又经常先看我的反应,我也不能真的睡觉,于是学樊诗序同学用左手写字(他是天生的左手将)。左手笔划不易控制,得集中注意力,就不那么困了。体验到左手写字的艰难之后,对老樊的"左书"佩服得五体投地。

很快,所有日语教材我都翻遍了,就去找日语系本科生的教材。那时"新日本语"教材只出版了前两册,三、四册只有油印本,但比图书馆的那些好多了。稍后,则有一些日汉对照的小册子出版,我买过一册《两分铜币》(黑岛传治著,吴俗夫注释,上海译文出版社,1979年3月)。

大约1979年的冬天,日本早稻田大学的稻畑耕一郎到杭大访问学习,有一天,一班的同学把他约来宿舍见面,倪建平来叫我,二班就只有我去了。当时拍了一张合影,是我个人第一张彩色照片。我请他在《两分铜币》扉页上签了名。

记得大家七嘴八舌地问了他许多问题。有人问他会不会开汽车,他说不会,而且他穿的是一双布鞋,一副书生模样,大约并不能跟上日本年轻人的潮流。二十多年后,我们在早稻田再见面时,他已经是头发斑白了。

三年级时,见到七七级同学在复习考研究生,我像是忽然开窍,对呀,我也是可以考研究生的啊! 如果考上,毕业分配就不用去求人,

一缕阳光,青春洋溢。稻畑(前排左四)拱着手,像个小炉匠。我在后排右二,和任平一样迎向阳光(摄于1979年12月,原为彩照;经张玲燕修复)

至少可以"缓期三年执行"。分析一下"形势":专业课不难,难的是外语和政治。英语全国统一出题,据说极难;日语是小语种,各校自己出题,相对容易。政治课嘛,至少我向来比较听话,每堂课都认真听讲,考个及格应当没问题。这么一盘算,颇有胜算。

结果不出所料,我顺利考上了,而且总分很高,因为日语考了89分! 那时为照顾古代汉语与古代文学考生,外语降到45分,还是有人上不了线。我选学日语,只考笔试,真是小菜一碟。后来考博,升职称,外语也不需费神,可谓占尽便宜。

读研究生之后,何美莲老师继续教我们日语。我和钱志熙、方一新去过她家,发现跟我的导师徐朔方先生是前后栋,她先生杨教授教英语,与徐先生是好友。多年后我回杭州见徐先生,先生还笑着说:"何老师一直夸奖你,说你都是她的得意学生。"遗憾的是,我留在广州工作之后，就再也没有去见过她（去年我们终于联系上了，加了微信，她已经九十岁，头脑依然清楚，只是行动不太方便了）。

之后又换成朝鲜族的李老师，他的日语口语很地道，让我的日语听力有较大的提升。

到了新世纪，世界格局大变，我居然有了去日本的机会！2001年5月到2002年4月，我赴日本创价大学作访问研究，得以遍访日本各公私图书馆，调查、著录日本所藏中国戏曲文献。后来又多次访日，后续完成调查、复核，编成《日藏中国戏曲文献综录》，其中得意之处，是以往多见日本学者为中国所藏文献编目，我却是为日本所藏文献编了目录。又选择那些珍稀文献，分成数次影印出版，同时就有关问题作了研讨，出版了一本专著。

在这项工作中，我的哑巴日语起了很重要的作用。只是口语没学好，限制了我与日本学者的深度交流。

比较得意的是，我曾用日语做过一次演讲，很成功！对象是创价学会所属北海道幼儿园的小朋友。时长约五分钟。我在前一天下午接到通知，代表中国教员作演讲，晚上花了几分钟时间拟了演讲内容，请创价国际科的轻部女士过目，她只改了一两个词，说可以了。大致内容是："我的儿子今年四岁，和你们年纪相同，他很希望到日本来，也欢迎你们到中国去，希望你们能成为朋友，让中日两国人民世世代代友好下去。"

演讲结束后，国际科主任大为赞赏，说："黄先生，您的演讲别具风格，很有亲和力。"

同行的厦门大学日语系雷教授则在点头示意之后，微笑着对我说："昨天怕是准备了一宿吧？"

后来，我重访早稻田大学，正值义学部召开学术年会，请我发言。

我先用日语作了问候与自我介绍，后面则仍用回中文。结束后，几位早大教授故作惊讶地说："我们都以为你这是要用日语完成演讲了呢！"

至于英语，我只是作为二外学过一点，应付了考试，就还给老师了。当我有机会在全世界范围内展开交流时，却只能裹足不前，因为语言不通，不能在欧美国家生活，无法独立展开文献调查。

幸好我的学生外语都很好，不仅能阅读翻译，也能自如交流。我想了很多办法，让博士生走出国门，所以我的学生大多有海外访问学习的经历。

在全球化的时代，我们要了解世界，要让我们工作跟上国际潮流，就必须走出去。外语作为交流工具，不可或缺。最近听到有人主张中国人不必学外语，让我想起了我的初中时代，就不禁"呵呵"了！

## 体 育 篇

### 一

大学开课后，我被任命为二班的体育委员。我一直很纳闷，怎么会选中我的呢？

我在乡下长大，只参加过一次白米湾五七中学的田径运动会，但跟同学相比，那成绩根本不值一提。看来唯一的理由，可能是因为人高马大，有些力气吧。

我们年级，最小的十五岁，最大的三十二岁。我十七岁上学，上学一个多月后才过的十八岁生日，也算是年龄最小的那拨中的一个。体检表上，身高一米七九；后来考研究生再体检，又高了将近两公分。也就是说，大学里才长完身体。老樊总说我是一个"大小孩"，其实说的一点不差。

刚入学时，我们每天早晨六点半要集体出操，九点二十分，则是课间操。那时没有录音广播，是体育委员站到队列前，面对全体同学，领操喊口令：

同学们，现在开始做广播体操。
预备——开始！
一，二，三，四；二，二，三，四……

我那时觉得第一句话好长，"现在开始"四个字，很是拗口，总不能四声齐全，不免有几个音是含糊过去的。面对一排排整齐的目光，我每次都是紧紧张张的，不敢看面前的同学，只好把目光投向他们头顶的虚空。喊着喊着，总有几个音节，冒出方音，一急，不免乱了节奏，动作更加笨拙，然后便听到学姐们善意的谑笑声。所以喊完操，背心已经湿透了。

我其实从小就很害怕站在人前说话的。做班级体育委员，一直是强自镇定。大约是三年级时，班里搞民主竞选，朝骞同学勇敢地接过担子，我则是终于长长地松了口气。

但由于那两年中，强作镇定地跟比自己大许多的学兄学姐说话，慢慢也练了胆子，让内心的恐惧与表面的镇定，找到一个平衡点，这对我日后的学习与工作，都有很大帮助，所以一直心存感激。

二

大学期间，我参加了中文系的许多体育活动，与七七、七九、八〇级擅长体育的同学有许多交集。

我参加了每年一次的校田径运动会。我们中文系向来是拿全校团体总分第一的。但我个人其实没有能力在单人项目上争第一,只是靠集体项目拿到金牌。我一直是系里4×400米接力跑的主力,因为表现比较稳定,很多时候跑第一棒。七七级徐岱的第四棒很强,后来有七九级的任其良,都极强。八零级则有祝明华,是体育特招生,则更强。有他们在,即使第四棒落后20米,也照样能赶上夺得第一,很多次则是遥遥领先。这可以说是中文系的必拿项目,也是学校田径运动会上气氛最热烈的时刻。

我个人项目通常选的是400米跨栏。因为最厉害的短跑选手都去跑100米了,而最厉害的中跑选手,都会选择400米和800米。跨栏比较冷门,竞争不那么激烈,所以我每次都能拿个第三名,并且连续两年获"三级运动员称号"(任平有二级运动员证书,应该是我们年级最厉害的了)。

还有一次,全校三千米越野跑,从学校本部西边,绕往文二街,沿西溪河从东门返回。我一路领跑,快到东门时,到了极限,几乎喘不过气来,只好减速,最后只拿了第九名。大概因为这个原因,我被招入学校中长跑队。每天下午四点半去本部训练。

我们的主要任务是参加元旦的"环湖接力赛"。这是杭州八所高校的固定"节目"。环西湖一周,二十余公里,分成十棒,也可能是十二棒。每人跑1600米到2000米左右。我有两次跑涌金门这一段,还有一次是里西湖那边的山道。这是浙大与杭大较劲的项目。当时,浙大的体育整体上比杭大要强,但这个项目上,我们每次都赢了浙大。

杭大男子中长跑队出了不少人才。如数学系的鞠实儿,现在在中大哲学系,是数理逻辑的国内第一号人物;外语系的凌建平在联合国工作；历史系的张富强在华南理工大学工作。老鞠说还有在清华做教授的。不过我那时只是一起训练，从不相互问询，结束后马上回到在分部的中文系。所以，要不是后来有所交集，其实我连名字也没记住。

我们班女同学里，徐敏是拿金牌的常客。那次沈澜晒出女子中长跑队的合影，令我十分吃惊，原来这小小的个子里竟有这般的能量！和她们相比，我的田径成绩，实在是微不足道。

## 三

在大学里，我几乎每天都做的事情，便是下午四点半之后打篮球。从本科到硕士生、博士生，乃至做大学教师的前二十年，一直如此，所以堪称是一生的伴侣。现在也仍然每个周末与老师们一起打一场"养生篮球"。

在大学之前，我记得只在中学时摸过一次篮球，很是喜欢。诸暨是篮球之乡，村子里就有篮球架，但从我懂事起，从未见有人打球，大约是队里买不起篮球。县城里还有"灯光球场"，我曾从那边上经过，无比向往。

我的篮球是大学里学的。方青稚和我，就像是篮球场上的柱子，每天都杵在那里。那时我们两个同龄人，正是精力过剩的年纪，完全不懂杭州的风花雪月，每天下午至少两个小时，不知疲倦地跑呀跳的，天黑才回，洗个冷水澡，晚上又是生龙活虎。吴朝骞更喜欢排球，打篮球的动作，则不免有些怪样。另外，对我们的组队邀请，华关祥组长则是露出银牙笑笑，敬而远之，因为他的门牙，在中学打球时留在了篮球场上。

我代表中文系参加学校篮球比赛的时候，还不太会打球。我给自己的定位，是做好防守，专抢篮板。后来篮球之神乔丹开创公牛时代，有一位队友罗德曼，是NBA抢篮板第一高手，令我最是喜爱，大约是有所共鸣吧。

七七级的篮球高手很多。张建康、徐岱都是系队主力，身高体壮。但真正的篮球高手是葛阳生，投篮神准。当然，也有失准的时候，有一场比赛，我连抢四个前场篮板，都传给了葛阳生，当第五个投出时，我都不好意思再抢了，结果还是没中，全场人都笑了。那时中文系的篮球水平一般，从来没有在学校拿过名次。

七七、七八级真是一帮"怪物"，可以说是德、智、体全面发展。因为下乡、支边、工厂生活的磨练，让许多体质孱弱者，被残酷无情地淘汰，只有极小比例的一部分人，幸运地逃出生天，所以都堪称"怪

1984年11月，获杭州高校篮球赛冠军后的合影，后排左四为作者

物"。我当教师后参加学校教工篮球队，相当长的时间里，都是老三届毕业生在唱戏，再没有第一线的年轻教师能够进入。

读研究生时，因为毕竟打过四年球了，我被召入校篮球队，但只是替补。

杭大的篮球，一直比不上浙大。但有一年我们赢了！那次比赛，一直打得很胶着，比分交替上升，始终不能拉开。然后教练喊我上场，对方没有重视，放空了我，化学系的后卫陆同学很有经验，给我连传四个球，而我那天手很顺，都进了。有两个因为跳得高，旁边的队友学弟说我几乎是扣进去的。第五个则是在弧圈顶，我笑着喊道："快抢！这个要不进呢。"没想到颠了两下，还进。我全场只打了这几分钟，而且我们最后总共也只赢了浙大七分。大约是我的上场，打破了僵局，这是我的篮球生涯中最值得自豪的一次亮相吧。

## 四

篮球对我还有其他很多重的意义，因为我把它当作对我的某些能力的训练，而并不只是用来消磨体力而已。

篮球是集体项目，必须讲究配合，让所有队友都融入进来。所谓好球员，就是能让队友变得更好。何况大家一起打球，不能做球霸，要让别人也有表现机会。特别是新手，这让他们更能感觉到打球的愉快，然后我们才有更多的打球伙伴。我经常带着一帮刚学打球或者不太会打球的队友，打赢对手。最觉得快乐的是让篮球也拿不稳的同伴成为投篮高手，因为对方放空了他，而我总能送出妙传。所以朱承君同学给我的毕业留言是："跟你打球，我总能发挥最佳水平。"

打篮球，还必须有大局观，进攻时要从全局着眼作配合，防守时要能够看穿对方的意图。但球场上又是瞬息即变的,必须有敏捷的反应。所以,我常常用这个来锻炼自己的反应能力、预判能力。也还包含设下陷阱,例如故意留出空间,让对手以为得计,我却瞬间加速,盖帽或者断球。年轻时反应快,三米范围内都是我的地盘,别人还以为我的手特别长。后来读研究生,我对这种锻炼依然乐此不疲,因为它与学术研究中判断力的养成有其关联。

另外一个有关篮球的记忆,是研究生时打学校篮球比赛。那一次,中文与物理、经济三家总分相同,只好凭净胜球排位。三家分别为 +1分、+2分、+3分。不幸的是,我们是 +1分,只得名列第三。但这已是中文系篮球队的最好成绩了。决赛那一场,是晚上,在学校本部的室内球场,副系主任姜新茂老师也在场边鼓劲。我们本来有机会拿下来的,可惜最后关头,方一新与陈飞(刘操南先生的硕士生)的中投,在巨大的压力之下忽然失去准星,浪费了我好几个抢下前场篮板后的妙传,结果最后输了一分。

到本科三年级之后,因为要考研究生,感觉时间很紧张,有时不免觉得,自己的身体素质已经很好了,每天花这么多时间在运动上,似乎有些浪费。不过,到了研究生阶段,我已经明白,这种高强度的锻炼,对于我的学术研究是不可或缺的补充。因为做学问,其实也是一项"体力劳动"。一帮人做着"智力竞赛",看起来关键在于头脑,实际上决定要素在于你的体力,在于你在书桌前能够支撑多少个小时,是否依然能够保证大脑运转正常,而且要求日复一日,天天如此,数十年不懈,方能有所作为。所谓学问,并无什么捷径,都是这样老老实实地用"工作量"堆积起来的。

体育项目其实是通的,能玩一种,也就能玩其他的。跑步是本能,不需要练习。游水,是小时候在大溪里泡出来的。乒乓球,是我们小学时的必修课，拆下台屋大门的门板，架在石磨上，中间放三块破砖头作网，木头做的拍子，球碰瘪了，用开水浸一下，让它凹处复凸回来，依然可打。至于足球、排球、羽毛球、桌球之类，我是在大学里才见到，也可以上去凑一下热闹。

室友吴朝骞来自温州，那是围棋高手层出的地方，他自然也是我们年级的第一高手，带出许多徒弟，光我们寝室就出了好几位爱好者。但我只学了五子棋，原因是围棋动辄要两三小时，五子棋学起来简单，玩起来不费时间，随时可以打住。我那时深深忧虑，可能自己一生只有这四年的读书时光，对于时间，我没有资格大手大脚。

这许许多多的体育项目，其实我玩的只是篮球一项。我总以为，一个人应当有一个喜欢的体育项目，但是有一个，就够了，因为运动也会上"瘾"。只做一项，成为习惯，为生物钟所记忆，成为调节大脑的固定"节奏"，就可以了。我习惯把运动放在傍晚，因为我的职业特性，一半的工作是在晚上，所以傍晚的运动，便是两个工作时段之间的必要调整，是休整大脑所不可或缺的事项。

回首往事，大学时代养成的运动习惯，不仅给了我许多的快乐，而且也是我一生事业的重要助力，这是我深感庆幸的。

撰于2022年5月至8月

# 附录

## 读书种子
——《中国戏曲史研究》序

郑尚宪

我与黄仕忠忝列王季思（起）、黄天骥先生门墙，同学三载，情如手足。近日欣闻他的新作即将出版，高兴之余，不禁想起了一些往事。

第一次认识黄仕忠，是在1984年的秋天。那时他从徐朔方教授问学，专程来南京大学访学收集资料，顺便看看同专业的同学。当时仅匆匆交谈数语。他说硕士论文做的是元高明的《琵琶记》，我们都有些不以为然。因为《琵琶记》历来研究者甚多，论争纷纭，特别是经过50年代那次全国性的大讨论，似乎该说的都已说到了，而作为毕业论文，要面对多方责疑，恐怕是吃力不讨好的。不过我们对他为人的认真笃实，都很有好感。

两年后的秋天，我往中山大学读博士学位，惊喜地发现：黄仕忠也从杭州大学考来了！当我在宿舍楼前见到他时，他正满头大汗地冲洗一个沾满灰土的破书架。原来，学校分配给的大书架他不够用，不知从什么地方去弄回来这么一个废弃多时的旧书架，正兴冲冲地拾掇呢。我帮他把书架抬上楼，看着他把一摞摞书往架上摆，不由得为他买了那么多书感到吃惊。

刚入学的那段时间，黄仕忠的信特别多，而且其中一些一望而知出自女性手笔，于是师兄弟之间免不了一番戏谑。原来黄仕忠年初曾在《中国青年报》上发表了一篇随笔，颇引得一些青年朋友的共鸣，其中自然也包括一些女性。我要求"审查"这篇"招蜂引蝶"的文章。然而读了这篇题为《书的诱惑》的文字后，我开不起玩笑了。文中真切地描述了他小时候僻居山乡、四处求书的经历，以及借到书后姐弟四人如何挤在一盏煤油灯下夜读的情景，还写到上大学后邀游书海的快乐和嗜书如命的心态。字里行间那种对书本、对知识的渴求和眷恋之情，深深地扣动了我的心弦。

而我也慢慢地对黄仕忠有了深入的了解，体悟到在他慈厚敦实的底下，是深沉与机敏，外犷内秀，即所谓"南人北相"者。以其江浙人本性的敏捷，却偏以木讷为表，不较一日之短长，自是志存高远。

三年的同窗生活是丰富多彩的。

入学后不久，我们就于金风送爽的清秋时节，远赴黄土高原，到《西厢记》故事发生地——蒲州普救寺，寻访当年那位多情才子跳墙的踪迹；我们也像张生一样，久久伫立黄河渡口，领略那浊浪排空的九曲风涛。归途中，我们登上华山，在西岳之巅仰天长啸，笑指日出，听野老闲话沉香太子劈山救母的传说。

第二年花果飘香的夏日，我们又与众多师友聚会在南海西樵山麓，一边啖味荔枝，一边细细探究唐明皇与杨贵妃的生死情缘，为《长生殿》扑朔迷离的主题争个不亦乐乎。

为了寻觅宋元南戏的遗响，我们还曾沐着霏霏春雨，在悠扬雅丽的南音丝竹声中，流连于古城泉州的大街小巷……

康乐园的三度寒暑，更给我们留下了许多美好的回忆：绿树掩映的"玉轮轩"里，我们曾无数次围坐在两位恩师的身旁，聆听他们的谆谆教诲，感受一代大师的道德文章和崇高风范。每年初夏时分，我们趴在宿舍窗口,用细竹竿勾取洁白的玉兰花,给远方的亲友寄去缕缕芳香;秋冬时节,我们常常在江堤上漫步,看着夕阳将珠江染成一派通红,然后踏着暮色回到斗室,黄卷青灯读到深夜。元旦晚会上,我们不敷粉墨就昂然登场,在哄堂大笑声中,串演了一出"歪批三国"。我生病住院时,他每天往返十几里前去探望;他初涉爱河时,我则以过来人的身份为之出谋划策……

毕业已经八年,而这一桩桩、一件件,历历如在目前,令人难以忘怀。

然而更难忘的,还是三年中那无数次竟夕长谈:在书堆纵横的桌上挪出一小块空间,摆上一把缺了嘴的茶壶,两个锈迹斑斑的小茶杯,泡上一壶他从家乡带来的大叶茶,然后就海阔天空地聊将起来。我们聊人生,聊理想,聊家乡趣闻,聊往日师友。

由于我们都来自农村,思想感情上颇多共通之处;又因为以往师承不同导师,各人的知识积累、治学方法、研究重点又不尽相同,颇多互补之处。常常一聊聊到深更半夜,茶壶里倒出来的水早已淡白无味,而我们的谈兴却越来越浓。一个个想法在神聊中产生,一篇篇文章在聊天后出笼。

无论我还是他,每当有了一个新的想法或读书有所得,第一个念头就是找对方聊聊,切磋切磋;每篇文章脱稿后,总要让对方第一个过目,提提意见。有时候干脆合作撰写。这种学问商量之乐,是常人难以体会的。

但生活不可能总是洒满阳光,有时难免也会碰到一些不愉快,甚至挫折磨难。不过黄仕忠却自有解脱的办法。正像他高兴时会来一段"天上掉下个林妹妹"一样,这时他通常是拉长声调,抑扬顿挫地来一段"金玉良缘将我骗",声调从高亢激昂到低沉平和,音量越来越小,最后归于无声。不用说，此刻他将烦恼宣泄之后，重又埋头于他的书堆了。他的旷达与超脱，每每令我这位做师兄的叹服不已。

许多年后，在他的文章中读到这么一段话："文学艺术本有合时与不合时之别，故其流传于后世各代，亦时见其幸与不幸。当其不合于时，则种种贬责亦自不免；而时势变换之后，观念变更，忽得其时，种种不实之辞转瞬已为陈迹，人们刮垢磨光，复得其温润之质。故幸时不必甚喜，不幸时亦不必过忧。"这里虽然谈的是文艺作品，但我想这未始不是他对于人生的一种感悟。

所以，即使他毕业留校后因故当了一年多"待业青年"，在收入不足糊口，前途未卜的情况下，也仍能超然物外，心平如镜，无怨无悔，一如既往地读他的书，做他的论文。又因只能以学问消解心中之垒块，心不得旁骛，反少俗务羁绊，遂使学问精进神速。祸福得失，固相依存也。

在短短的几年时间里，他不但修订出版了博士论文，而且发表了一系列学术论文，对戏曲史上诸多重大问题，提出自己的见解，还在一些向未引起注意的领域，作出了开拓，深得学术界的好评。

在去年，他更推出了洋洋三十万言的《〈琵琶记〉研究》。他从版本入手，探寻前人视焉不察的许多问题，步步深入，对作者生平、版本源流、思想内容、社会影响、文化内涵、艺术成就等诸多方面，作了全面探讨。仅涉猎明代版本就达三十余种，收罗之广，学界无出其右者。而审视的眼光更放到整个戏曲史、文学史和文化史的高度，故由点及面，言之有据，论之成理，堪称集《琵琶记》研究之大成。

记得当年同窗之际，每当聊及《琵琶记》，他都有说不完的话语。他也自知《琵琶记》研究难搞，却偏知难而进，只为寻求一个高起点。因为突破了这一难题，也意味着学术上的登堂入室。而苦苦探寻之后，探幽索秘,豁然得解,其中之快乐,实不足与外人道也。我看他如此痴迷于《琵琶记》,曾戏称之为"琵琶独奏",没想到十年之后,果真让他奏出一阕妙曲,着实令人叹服。

每次捧读他的新作,我又仿佛回到康乐园的斗室,听他用浙江口音侃侃而谈,既十分亲切,又十分感佩。中国知识分子自古以来就有"发愤著书"的传统,有"穷而后工"的说法,而今也在黄仕忠身上,得到了印证。

1993年春节,我回到了阔别数载的康乐园,在王季思先生的指导下,和黄仕忠一起负责《中国当代十大悲剧集》《中国当代十大喜剧集》《中国当代十大正剧集》的编选定稿工作。师兄弟再一次朝夕过从,商量学问,其快乐是难以言喻的。然而在这次合作过程中,我深切地感受到,我和黄仕忠在学业上已有了十分明显的差距。这一方面固然是由于我自己的疏懒懈怠,但更重要的还在于他的突飞猛进。古人云:士别三日,当刮目相看。因为黄仕忠不仅对于徐朔方、王季思、黄天骥三位导师的治学风格已有比较深刻的理解和感悟,而且较好地吸收其长处,形成了自己的特点。他本人却并不以为满足,觉得自己主要问学于江南和岭南,且学界又多有近亲繁殖之弊,应兼取南北学术之长,予以融会贯通,方能成就其大。所以其后又专赴北京大学任访问学者一年,以感受北方学术之氛围,体悟其间之短长。

当今之时,搞中国古典文学者,多有借出国讲学以自重,亦以缓解经济之困窘;在国内名校进修、访学者,又大都为博一文凭、资历。像黄仕忠这样获得学位和职称之后,纯以学术为念,犹然访学不辍,恐怕是很少见的。而黄仕忠在学问上的精进,便是对他最好的回报。

有位友人读了黄仕忠的某篇文章后,很感慨地对我说:"黄仕忠得了徐朔方先生的真传。"我告诉他:你多看他几篇文章,就能看到王先生、黄老师的影响。王先生本人在他晚年发表的《关汉卿〈玉镜台〉杂剧再评价》文末,曾特地附上一笔:"这是黄仕忠同学根据我的提纲和谈话撰写的。在某些段落还融进他自己的见解,不见拼凑痕迹,这是不容易的。"身为王门弟子,我深深理解先生这段话所蕴含的分量。

有人将广州称为"文化沙漠"。这固然是不切实际的夸大之词,但与北京、上海、南京等地相比,广州的文化气息确实要薄弱一些。在这个商业气息极为浓厚的繁华都市里,经济大潮对知识阶层的冲击和挤兑,远远超过其他任何一座城市。毫无疑问,在这么一种充满喧嚣和躁动,充满机遇和诱惑的大环境下,要想实实在在做点学问,除了甘守清贫、耐受寂寞之外,还需要充分的自信和从容、执着的心态。

黄仕忠在《〈琵琶记〉研究》的后记中这样谈到自己的治学心得:"当深入某一作家的心灵,便是得到一个永生不渝的知己,静夜之时,每可作心灵的对话;虽或偶尔相别,也必时时挂念,留意其最新消息,关心别人之议论与评价,以至于历数十载而不变,不亦宜乎!"其中便可见其心态之沉稳与从容。持了这种心态,实已不再视学术研究为苦役,为谋生于段,为进身之阶,甚至已不仅仅是一种事业追求,而是生命的一个重要组成部分。所以他又说:"盖学问固然可以作为一生的功业待之,但本应属于兴趣,有所谓痴与迷,未必尽可称'耗'。如前辈学人多已将学问变成人生乃至生命的构成部分。只有二者分离时,才有'耗'之所谓。"

在这里,治学变成了人生第一需要,学问与生命已融为一体,不可分割。在当今做学问被许多人视为"黑道",视为畏途的时代,读书问学到如此痴迷的地步,真不知是幸呢,还是不幸?

曾有一次朋友聚会,席间评论同辈学人,因系知交闲聊,褒贬从心,一无假借。言及黄仕忠时,有人用了"读书种子"四个字。一言既出，举座叹服。我想，这应该是对黄仕忠最贴切的评价了。

黄仕忠希望我能为他这部新著作序。而时下气习，多以名人作序为尚。我自忖才疏学浅，不敢作此雅事。然而黄仕忠既无意于借名人自重，而我作为同窗好友，也觉得很有些话可以借此机会说一说，或许有助于读者诸君了解作者之为人为学为文，因此不避琐屑，拉杂书来，聊博一粲。其实算不得序。

1997年3月记于秦淮河边

# 后　记

　　这本集子，是从我积年所写有关求学问学、从师忆友、访书论学的文字中选辑而成。编辑赋名《进学记》，可谓得其要旨。

一

　　书凡六辑。

　　第一辑"问学之路"，可概见我大半生求学、进学的历程。青少年时在山村无书可读，为书诱惑，四处觅书，也因嗜书、爱书而稍有积累，高考恢复后才能侥幸考上大学。之后在学术道路上蹒跚前行，实乃有赖于硕士导师徐朔方先生、博士导师王季思先生的言传身教。我从两位导师那里得到的收获，不仅有做学问的具体方法与技巧，更有对待学问的态度，对学术与人生、学术与社会文化的感触，以及为人、为学境界的体悟。回顾自己的学术经历，若有所得，要感谢当年师长为我立下的格范，让我能沿波溯源，并秉持初心，恪守终生。

　　第二辑"从师岁月"，系描摹学生眼中的师长。我写晚年的王季思先生，记录他在特殊时期的遭遇与晚年的心境。我还为一批"老杭大"的学者写下纪念文字，希望留下他们的音容笑貌。这里选了回忆徐朔方、沈文倬、刘操南、郭在贻四位先生的文章。这些先生，有的亲炙时间久一些，有的只有过短暂的接触，但都是我仰慕的学者，也曾对我有过不同层面、不同程度的影响。我努力把他们还原成有血肉、有个性的平常人，写下他们身处的时代、遭受的际遇，从另一角度作学术史的补充。至于他们具体的学术贡献，自有其入室弟子专文论述，我就藏拙了。

第三辑为"师友往事"，书写这些往事，其实也是在记录自己的际遇。我与波多野太郎先生仅有一面之缘，与王贵忱先生也只曾数次拜谒，但我希望借助这些散金碎玉，记录下短暂却难忘的往事。写金文京和铃木阳一教授，记下的也只是几个片段，或许将来还会有后续的文字。写表舅斯章梅先生，虽然他并不是我的老师，却是亲友中对我的学术研究影响最大的一位。

第四辑"东瀛书影"，选取了我近二十年在东瀛访曲、影书的一些片段。《影书侧记》记录影印一套珍稀戏曲文献的曲折经历，在日本拍得胶片，辗转在台北交接，恍如谍报，却是实情。《东京短章》，是我访书、寻曲的一些花絮；其中《寄内》两札，约略可见我当时的工作情状。所述千叶掬香的藏书、徐志摩的题跋、王国维旧藏善本词曲的去向，因人系事，延伸开去，当属于现代学术史的内容。

第五辑"学人书序"，有我整理导师著述的跋语，还有我个人书籍的后记，以及给四位学生的著作所撰序文。学生的著作，都是以博士论文为基础增订而成的；我的笔墨，则着重在著作背后的故事，借此记录他们的问学经历，记录我们合作展开学术探索的过程。

第六辑"我的大学"，记录本科阶段的学习与生活。我以恋爱、粮票、衣服、自行车、外语、体育等具体的事或物为线索，串联起当年的情景与故事。那时物质贫乏而精神富足，有淡淡的酸楚，亦有按捺不住的青春勃发。如今，七七、七八、七九这"新三届"天之骄子正在逐渐淡出社会舞台，他们的求学经历却正在被神化或虚化，从这些短章，尚可略见当年的真情实景和心绪情志。

本书的第一篇文章写于1984年年底，全书审订编定，则已是2024年7月。时间跨越了整整四十年。这四十年中，我们国家的改革开放取得了巨大的成就。我们这一代人的幸运之处，正在于我们既经历了共和国最艰难的岁月，又参与并见证了中华民族辉煌的腾飞历程。因而我个人的"进学"，始终与家国的发展紧密相连；我们行进的步伐，永远与时代的脉搏同频共振。

我原先并没有完整的写作计划，最初所写的篇章，也较为零散。这些内容实是长期萦绕于心，因偶有所感，便化而为文，斯所谓"情动于中而形于言"吧。原初并不着眼于发表，只是基于内心抒发的需求。而写作的机缘，还在于遇到了合适的"助产士"和"产房"：编辑就是我的助产士，发表的平台则是问世的产房。

## 二

本书的写作，诚可谓因缘成文。

首篇《书的诱惑》，写于1984年年底，缘于大学同学主编新创刊的《杭州大学研究生》约稿。因为是"内刊"，我写得较为随意，纪实之中带有一些自我调侃。不想此文后来被《中国青年报》转载，不仅为我赢得许多读者来信，也给了我日后随笔写作的自信。十七年后，为恭贺徐朔方师从教五十五周年，我在东京写下《徐门问学记》，力求严肃朴实，每一句话语都发自内心，用真实的细节呈现先生之为人为学，但不轻加议论。这为我后来写师长，定下了写作的基调。

2007年前后，为活跃工作单位的氛围，我开设了"博客"，信手写下一些访书寻曲、纪人纪事的文字，未加修饰，放到平台上，与师友、学生交流。本书"东瀛书影"栏中各篇，便多撰于此时。因为无意"为文"，且多是事实的自然记录，倒也符合"随笔"的意趣。

2020年前后，温州市政协邀请我为"温州学人印象书系"编选一本《王季思印象集》。我在广泛收集有关纪念文字的同时，也邀请曾聆听过先生教诲的师友，写下他们的印象和感受。当他们纷纷交来稿件的时候，我深切感受到自己的责任与压力。因为我作为发起人，又是亲炙弟子，自然必须写下自己对先生的印象。在阅读、编校他人纪念文章的过程中，我的记忆也逐渐活跃起来，费时多日，写成两篇：一篇记录我在博士阶段的从师经历，一篇写下我对晚年王先生的印象。

经由纪念王季思先生，让我想起了他的东瀛好友波多野太郎先生，于是又写了一篇。随后，硕士导师徐朔方先生的百年冥诞也已临近。在撰写《徐门问学记》二十年之后，我觉得还应有一篇文章，来表达我对先生为人为学的全面印象。于是广泛查阅资料，并与师友反复沟通核实，写下了我对徐先生的所知所感，也借此回顾20世纪50年代到90年代的思想学术变迁史。

因为对朔方师的回忆，激活了我关于老杭大的记忆，写作的热情便不可抑制。我发动同学集体回忆大学时代的老师，自己也写了一组回忆文章。本书收录的回忆沈文倬、郭在贻、刘操南等先生的篇章，就是在这样的背景下写成的。借着写作的激情，我还为刚刚去世的王贵忱、曾永义先生写下了怀念文字。

我写作回忆师长的文章，没有过多涉及他们在学术上的具体成就，只是努力写出人、写出时代，把他们的经历与贡献放到特定的时代背景之下，放到学术发展史的具体过程之中，也借此说明当代思想学术所经历的变化。

2022年，杭州大学中文系七八级迎来毕业四十周年庆典。我发动同学回忆高考，回忆大学生活。与他人的不同之处，是我选取了具体而细小的事或物作为切入点，从而构成了新的视角，引发广泛的回应，于是有了"我的大学"这个专辑。

也因为对以上的写作有所感悟，当学生邀我为其著作撰序时，我也尽力记录他们的学习经历和我们共同探索的过程，所以有了四篇随笔式序言。

## 三

2022年6月17日，人民文学出版社古典文学编辑室杜广学兄加我微信，邀我结集成书。借此机会，我汇集同类文章，并想将那些久积于心的人和事也形诸笔墨，所以在此后一年多时间里，新写了一批文章。最初汇集的文字，远比现在收录的要多。经与人文社几位编辑反复磋商，删繁就简，集中主题，遂成今貌。

人生就是一个进学的过程，对于我辈学人，更是如此。在这个过程中，幸运相伴，波折难免。正因如此，我心怀感激，感谢那些为我指引方向的人，树立榜样的人，让我了解何为真正的学术，如何处理学术与人生的关系；也感谢与我共同进学的伙伴，给我许多帮助与鼓励，使我能够坚定前行，义无反顾。谨以文字为记，用本书以表感念。

感谢内子为本书撰写序言。结缡三十余年，内子知我助我，我们携手共进。感谢我的博士同学郑尚宪教授，蒙他同意，将他1997年为我著作所写的序附录于后，因为这篇序文记录了我从事学术研究最初十年的景象。他还对本书的编集与校对，提供了许多宝贵的意见。

感谢人民文学出版社。因广学兄约稿，本书得以结集面世。古典室主任葛云波兄、责任编辑李昭女史，则在审读过程中为此书的编集定下了基调，给予了细致的改正，从而让本书仅用两年时间，就能够以我自己比较满意的方式呈现给读者。

学无止境。希望未来的岁月，仍能与书作伴，与师友相随，笔耕不辍，进学未已。

黄仕忠

2024年7月23日